Jan Müller

# *Suche im*
# *Ring des Wissens*

Roman

Alfa-Veda

9. Auflage September 2019

Copyright © Alfa-Veda Verlag, Oebisfelde 2015
www.alfa-veda.com
alfa-veda@email.de

Lektorat: Sylvia Englert, Marret Hansen
Umschlaggestaltung, Satz, Illustrationen
und Mundschrift „Fono": Jan Müller

Paperback ISBN: 978-3-945004-18-0
Hardcover ISBN: 978-3-945004-35-7

# Inhalt

1. Der mathemagische Trommelklang     7
2. Der Rutsch durch die Liegende Acht     17
3. Das Superkind     26
4. Komplikationen     36
5. Belgische Bahnfahrt     49
6. Der Duft von Tàmmat-Hêmat     63
7. Der Streit um das Anfangswort     77
8. Der Blitz im Löwenmaul     91
9. Spuk im Nachtwald     107
10. Ankunft in Màthema-Àttic     125
11. Im Attic     137
12. Gedankenfilm     145
13. Er-Innerung     153
14. Das Souvenir des Haarspalters     164
15. Am Ick-Eck     178
16. Im Bauch des Drachen     187
17. Die Stätte der Gestaltung     196
18. Die Meht-Amma     212
19. Im Sumpf belauscht     225
20. Mâ und Âma     232
21. Amt am Tam     241
22. Kosellke     250
23. Der Lesering der Ringleser     262
24. Bei Monsieur Mart     275
25. Siddhartas Klangteppich     292
26. Also dann ...     308
27. Onkel, wo gehst du hin?     319
Anhang     329
Textstellen in Ringsprache     329
Lautwandel in den Ring-Mundarten     340
Die Mundschrift vom Ring des Wissens     341
Preisrätsel: Entziffere die Mundschrift     344
Dimensionsticket zum Ring des Wissens     345
Danksagung     348

# Teil 1

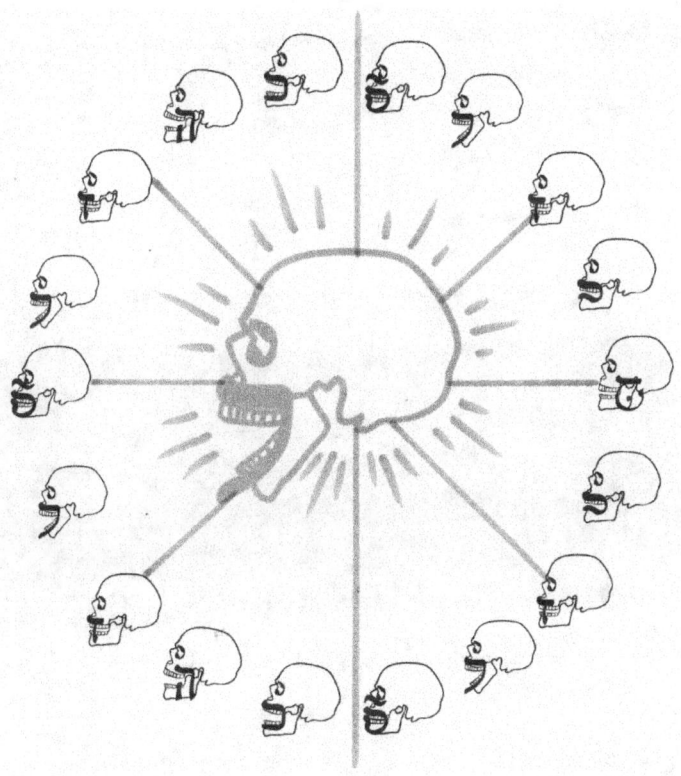

Die Mathematik
ist das einzige Reich
der wahrhaft exakten
Phantasie.
– Hans Saner

# 1. Der mathemagische Trommelklang

»MATHEMATICITAMEHTAM ... MATHEMATÌCI TÀMEHTAM ...« Es war das erste Mal, dass sich der mathemagische Trommelklang verselbständigte und Danni den Rhythmus hören konnte. Die Mundstellungen der Totenkopf-Geheimschrift im Schädelring auf der Titelseite trommelten und summten in seinem Kopf, während er die seltsamen Lautzeichen betrachtete. Als ob die Zeichen vor seinen Augen tanzten, dachte er. Es war ein archaischer Klang, ein uralter Rhythmus, der ihn Staunen und in aller Stille lauschen ließ. Er hörte den fremden Klang und spürte, wie er hinweggetragen wurde.

Der rhythmische Klang schwoll an, wurde lauter, übertönte die Stimme des Mathelehrers. Das Klassenzimmer samt Buchstaben, Ziffern und Bruchstrichen verblasste, das Trommeln wurde zum Sprechgesang, zu einer Beschwörungsformel, die ihn schwindelig machte und wie ein Strudel in den Schädelring hineinsog. Er wollte sich losreißen, ins Mathebuch schauen, aber es war nicht möglich. Er saß nicht mehr im Klassenzimmer in der Mathestunde, las nicht mehr heimlich unter der Bank das Manuskript seines Onkels, sondern sah einen Film wie im Kino. Was hatte der mathemagische Trommelklang nur mit ihm gemacht? War das Trommeln eine Zauberformel?

Über einer mächtigen Trauerweide brauten sich dunkle Wolken zusammen. Danni roch feuchte Erde, kühler Wind wehte ihm um die Nase. Dunkler wurden die Wolken. Blitze zuckten. Regen prasselte nieder. Ein schmächtiger Junge mit schwarzem Haar blickte ängstlich zum donnergrollenden Himmel und lief auf die Weide zu.

Mit lautem Knall schlug ein Blitz in die Weide und spaltete ihren Stamm. Kreidebleich floh der Junge an den Waldrand, verschnaufte, schaute zurück. Danni schätzte ihn auf zwölf oder dreizehn Jahre, etwa in seinem Alter. Rotgelbe Zungen loderten aus der brennenden Weide. Die Rauchschwaden formten am Himmel einen riesigen Kopf, der mit glühenden Augen den Waldrand absuchte. Aus dem Geäst erscholl ein Krähenruf: »Kaaf! Kaaf! Kaaf!«

Danni erlebte alles wie ein heimlicher Beobachter. Im Hinterkopf wusste er, dass er in der Mathestunde saß und jederzeit vom Lehrer aufgerufen werden konnte, aber es gelang ihm nicht, die Welt der Geschichte zu verlassen. Wie im Film verfolgte er, wie der Junge in den Wald floh bis zu einer Eiche mit mächtigem Stamm, in dem ein breiter Riss klaffte. Der Junge zwängte sich durch den Spalt und verbarg sich im hohlen Stamm.

Eine Weile strich der schwarze Rauchkopf suchend über die Bäume, dann löste er sich in Luft auf. Der Junge verharrte reglos, bis die Luft rein war. Eben wollte er sein Versteck verlassen, da stolperte er über etwas Hartes. Er scharrte das Laub beiseite und entdeckte einen eisernen Ring. Als er daran zog, öffnete sich eine Falltür aus roh behauenen Brettern. Danni roch modrigen Erdgeruch.

Ein Balken mit eingekerbten Stufen führte hinunter in einen Schacht. Der Junge stieg hinein. Aus der Decke des Schachtes ragte ein Wurzelende, daran hing eine brennende Öllampe und tauchte den Schacht in braungelbes Licht. Der Junge schaute sich nach allen Seiten um und lauschte in die Stille, Dann nahm er die Öllampe ab und schlich damit auf Zehenspitzen vorwärts.

Der Schacht mündete in eine Höhle. An den Wänden hingen Schrumpfköpfe neben Schwertern und Äxten. Auf staubbedeckten Kommoden standen Totenschädel mit glühenden Kohlenaugen, die ihn mit ihren Blicken verfolgten. Vom Höhlenende drang ein bläuliches Leuchten. Der Junge ging darauf zu.

Aus einer Ecke kam in Kichern. Der Junge erstarrte. »Hallo?« raunte er und lauschte. Keine Antwort. Alles blieb still. Auf Zehenspitzen näherte er sich dem bläulichen Licht, das aus einem gläsernen, von Spinnweben überwobenen Schrein kam. Ein offenes Schmuckkästchen stand darin, gefüttert mit tiefblauem Samt. Über dem Samtkissen schwebte kreisend ein Armreif aus Perlmuttblättchen. Darauf leuchteten bläuliche Zeichen mit flimmernden Punkten, die Danni bekannt vorkamen.

Mit großen Augen betrachtete der Junge die flammende Schrift, da murmelte eine sanfte Stimme: »Einen guten Riecher hast du, junger Freund. Das Kostbarste der ganzen Höhle hast du aufgestöbert.«

Der Junge fuhr herum. Keine Armlänge entfernt lächelten ihn zwei Augen an, über denen sich buschige Brauen wölbten. Darunter schmale, zum Lächeln verzogene Lippen, aber weder Kopf noch Körper waren

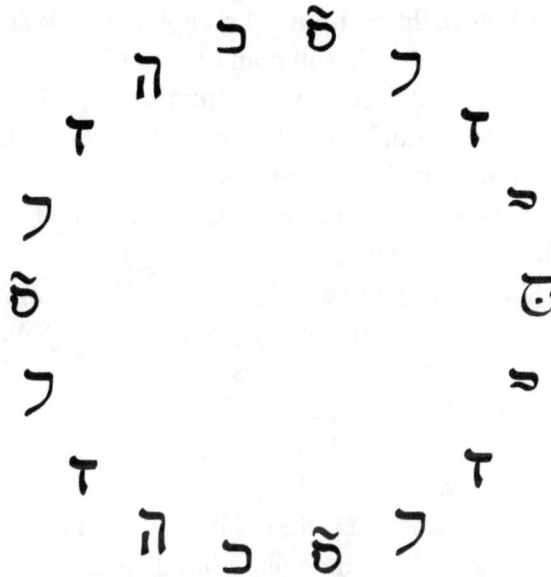

zu sehen. Eine grünliche Knochenhand erschien aus dem Nichts, deutete auf den Kamin neben dem Glasschrein und schnipste mit den Fingern. Flammen flackerten auf. »Wärm dich am Kamin, Theo. Du zitterst ja am ganzen Leib.«

Theo zuckte zusammen: »Woher kennen Sie meinen Namen?«

Während er sich dem Feuer näherte, ließ er das seltsame Wesen nicht aus den Augen. Dieses sprach ruhig auf ihn ein: »Keine Angst, Theo. Bei mir bist du sicher. Hier findet dich niemand.«

»Aber er hat mich verfolgt.«

»Wer, wann, wo?«

»Als der Blitz in die Weide fuhr stieg Rauch zum Himmel und formte einen Kopf. Der hat mich gesucht – mit rot umränderten Augen.«

»Wirklich? Oder gaukelt dir dein schlechtes Gewissen was vor?«

»Ich hab's genau gesehen. Er hat nach mir gesucht.«

»Hm!« Die Augenbrauen im unsichtbaren Gesicht zogen sich zusammen, die Mundwinkel zeigten nach unten. »Warum sollte dich der Rauchkopf suchen?«

»Ich will weg. In den Ostsektor.«

»Und warum?«

»Ich halt's hier nicht mehr aus. Essen, trinken, Wasser, Luft, alles wird ›naturverbessert‹. Wie soll man da noch atmen!«

»Na, na, na! Spricht man so vom *Tammathemer Duft*?«

»Duft? Der stinkt doch zum Himmel, dass die Kühe husten! Ich kann's einfach nicht mehr riechen. Ich ersticke.«

Theo griff sich an die Kehle, als bekäme er keine Luft.

»Du riechst es? Mit der Nase?«

»Womit denn sonst? Etwa mit den Füßen? Es beißt und ätzt, es kratzt im Hals. Ich komm mir vor, als wäre ich aus Kunststoff.«

»Hmmm ... Und du meinst, im Osten ist es besser? Das Reich des Geistes ist noch viel gefährlicher. Im Inneren Gebirge lauern tausend Stollen, Schluchten, Abgründe. Die meisten finden nie wieder heraus. Und Schwellhüter versperren dir auf Schritt und Tritt den Weg. Ein Grünschnabel wie du ist im Osten völlig aufgeschmissen.«

Theo wärmte sich die Hände über dem Feuer, sah in die Flammen und schwieg. Dann schaute er sich fragend um: »Ist hier nicht irgendwo ein unbewachter Übergang?«

»Unbewacht?« Ein meckerndes Lachen erklang. »Die Grenze wird von *Hemmas* bewacht. Wehe dir, du nennst ein falsches Passwort!«

Theos Augen tasteten die Höhlenwände ab. »Diese Höhle hat doch einen Hinterausgang, oder?«

»Wie kommst du darauf?«

»War hier nicht früher mal ein Grenzübergang?«

»Der ist längst verschüttet.« Sein Gegenüber musterte ihn scharf. Dann flackerten die Augen auf. »Wenn du auf Teufel komm raus nach drüben willst, wüsste ich eine Lösung.«

»Und zwar?«

Das Lächeln kam näher, wurde leiser. »Kannst du schweigen?«

Theo nickte.

Die grünliche Knochenhand griff durch die Spinnweben in den Glasschrein, holte das Schmuckkästchen mit dem Armreif heraus und stellte es auf die Theke. »Dieser Ring bringt dich ins Reich des Geistes. Bei jedem *Hemma* verraten dir die Schriftzeichen das Passwort.«

»Ein Passwort für alle *Hemmas*?«

»Unsinn. Für jeden Schwellhüter das passende.«

»Aber die Schriftzeichen stehen doch still. Wie soll das gehen?«

»Siehst du, wie die Zeichen flimmern? Sie verändern sich und zeigen dir jeweils das richtige Wort. Dieser Ring ist der Mund, das Sprachrohr für die Botschaft des Augenblicks. Die Mundschrift erzeugt in deinem Kopf den Klang.«

Theos Augen blitzten. »Kann ich ihn haben?«

Er wollte danach greifen, aber die Knochenhand kam ihm zuvor. »Klar. Du musst ihn nur bezahlen.«

»Aber ich habe kein Geld.«

»Bekommst du kein Taschengeld von deinem Vater?«

»Hab keinen Vater. Und von den fremden Onkels will ich nichts.«

»Oho! Und deine Mutter?«

»Sie sagt, für Spielzeug gibt's kein Geld. Weil sie für jede Blüte voller Nullen Stunden an der Walze stehen muss.«

»Walze?«

»In der Druckerei der Notenbank.«

»Ohooo!« Die Knochenhand rieb nachdenklich ein unsichtbares Kinn. »Dann gibt's nur eines: Du bezahlst mit Fantasiegeld.«

»Echt? Das geht? Was muss ich tun?«

»Wir spielen Kaufladen und feilschen um den Preis, den schreibst du auf ein Blatt der Fantas-Eiche, unterschreibst und der Ring ist dir.«

»Geritzt! Was kostet er?«

Bei dem Wort »geritzt« flackerten die Augen des Verkäufers für einen Augenblick wie rot umrändert.

»Nun ja ...« Die Knochenfinger trommelten aufs Pult, die Pupillen rutschten nach links außen. »Der Ring ist über zehn Milliarden Fantas wert. Abzüglich zwei Prozent Skonto für Barzahlung kostet er genau ...« Der Zeigefinger kratzte zehn Ziffern in den Staub der Theke: »9 876 543 210 FAN.«

»So viel? Dafür müsste meine Mutter lebenslänglich an der Walze stehen.«

»Ach was! Eine Banknote in diesem Wert ist genauso schnell gedruckt wie jede andere.« Das Lächeln wurde breit. »Es wäre allerdings die wertvollste Note der Welt, da jede Ziffer bekanntlich nur einmal auf Banknoten stehen darf. Nur die Null darf alle anderen ersetzen.« Der knöcherne Zeigefinger zog um die Ziffern einen Rahmen. »Bei zehn Ziffern ist der höchste Wert also ein Milliardenbetrag mit der größten Ziffer vorn.«

»Die wertvollste Note der Welt?«

Theo überlegte. »Und wie erschafft man Kleingeld in der Fantasie?«

»Genau wie Großgeld, nur mit Komma vorn.«

Hinter Theos Stirn rasselte der Rechner. Er wischte mit dem Handrücken die Ziffern von der Theke, malte mit dem Zeigefinger ein neues Kästchen in den Staub und schrieb hinein: 0,000 000 001. »Ich biete ein Milliardstel Fantas.«

Das Lächeln wurde breiter. »Wunderbar, mein Sohn. Haarscharf kalkuliert!« Die Knochenhände rieben sich genüsslich aneinander. »Dem Wert des Rings wirst du damit aber nicht gerecht. Du stehst vor dem mächtigsten Zauberring aller Zeiten, dem Ring des Wissens aus dem uralten Vermächtnis von Atlantis. Die Ringformel beschreibt den Kreislauf des Universums: Wie aus Uni das Versum, aus Einheit die Vielfalt entsteht. Damit kannst du jedes Ding erscheinen und verschwinden lassen.«

»Bombastisch!« Theos Miene verriet nicht, ob das bewundernd oder spöttisch gemeint war. »Also gut, ich biete genau die Mitte zwischen der größten und der kleinsten Summe: einen Fantas.«

Das Lächeln wiegte sich hin und her und senkte die Stimme zum Flüsterton. »Lass dich nicht lumpen, Junge! Du kannst so viele Banknoten beschriften, wie du Blätter an der Fantas-Eiche hast. In der Fantasie ist jeder Milliardär. Ich dagegen darf pro Gegenstand nur *eine* Banknote verlangen.« In diesen Worten lag so viel Nachdruck, als sei das Feilschen um Fantasiegeld blutiger Ernst.

»Wer sagt mir, ob das alles stimmt?«

»Also gut. Pass auf! Ich zeig dir jetzt, wie aus der Ringformel eine Form entsteht.« Das Lächeln ergriff den Ring, rief »Màti« und schlug ihn hart auf die Kante, bis ein Stück abbrach und hinter die Theke fiel.

Theo erschrak. »Shit! Jetzt ist er kaputt!«

»Keine Angst, der Ring ist unzerstörbar. Du kannst ihn zerbrechen, so oft du willst. Schau dir das Bruchstück an! Aber Vorsicht! Nicht berühren!«

Theo trat um die Theke und erschrak: In Kniehöhe über dem Boden schwebte ein bläulich schimmernder Krummsäbel mit hauchdünner Klinge.

»Das ist *Màti*,« rief das Lächeln stolz, »die schärfste Klinge der Welt. Bloß nicht berühren! Das darf nur der Ringbesitzer.«

Theo streckte abwehrend die Hand aus, da bewegte sich der Säbel, und der Griff schmiegte sich zutraulich in seine Hand. Eine innere Kraft schien ihn zu lenken. Theo stand aufrecht da wie ein Herrscher mit seinem Zepter, mit klarem, furchtlosem Blick.

»He! Was soll das? Lass den Säbel los!« Die Brauen des Lächelns stießen an der Nasenwurzel zusammen. »Schnell! Drück *Màti* zurück in den Ring!« Die Knochenhand hielt Theo den Ring entgegen, aber Theo rührte sich nicht. Felsenfest stand er da und sah dem Lächeln selbstbewusst in die Augen. Seine Hand umklammerte *Màti* wie einen Rettungsring. Eine ungeahnte Kraft und Klarheit strömte von der Klinge in seine Hand.

Da erklang vom Höhleneingang das Schnauben eines Pferdes. Theo schaute zum Eingang. Der Säbel entglitt seiner Hand. Die Knochenhand hielt den Ring an die Klinge, die wieder nahtlos mit dem Ring verschmolz. Theo prägte sich die Zeichen ein, die an dieser Stelle leuchteten. Auch Danni sah die Zeichen jetzt vor sich. Plötzlich wusste er, woher er sie kannte: Sie hatten im Schädelring die Mundstellung verdeutlicht. Dieses Wort hieß also »*Màti*«. Eigentlich leicht zu merken: Der offene Mund war das A, der geschlossene mit Tilde das M.

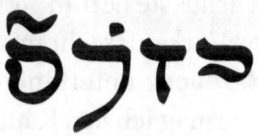

Am Höhleneingang knarrten Schritte. Auf den Stufen erschienen schwarze Stiefel mit Sporen. Das Lächeln riss einen Wandschrank auf. »Schnell hier rein, Theo! Und keinen Mucks! Hast du etwa die Falltür offen gelassen?«

Theo nickte schuldbewusst und huschte ins Dunkle. Jetzt sah Danni den Schrank von innen. Der Schrankschlüssel wurde umgedreht und abgezogen. Im Kleiderschrank roch es modrig. Theo tastete um sich und befühlte die Kittel, die neben ihm hingen. Aus den Ritzen der hölzernen Rückwand kam ein kühler Luftzug. Durch das Schlüsselloch in der Schranktür leuchtete Licht. Theo bückte sich und spähte hindurch. Im Schattenriss des Schlüssellochs sah Danni die Höhle.

Eine dunkle, baumlange Gestalt stapfte im Stelzenschritt auf die Theke zu: schwarzer Samtmantel mit Stehkragen, darunter Reitstiefel, darüber ein tief in die Stirn gezogener Dreispitz.

Das Lächeln verbeugte sich tief. »Welche Ehre, Euro Exzellenz! Womit darf ich dienen?«

Aus dem Dunkel zwischen Kragen und Dreispitz hauchte es heiser: »Den Ring!«

»Welchen Ring?«

»Den Großen.«

»Mit der Formel?«

Danni hörte Theos Herz klopfen, der Atem stockte ihm.

»Das ehrt mich, Euro Exzellenz, aber der mit der Ringformel ist bereits reserviert. Ein junger Käufer hat zur Zeit das Vorkaufsrecht.«

»Hier!«

Eine schwarz behandschuhte Hand ließ ein großes, silbern glänzendes Eichenblatt auf die Theke flattern. Das Lächeln betrachtete bestürzt das Blatt. »Neun Milliarden, achthundertsechsundsiebzig Millionen, fünfhundertdreiundvierzig Tausend, zweihundert und zehn Fantas ... Woher wissen Euro Exzellenz den Preis?«

Zwei Finger im schwarzen Handschuh wiesen nach oben.

»Oh, Euro Exzellenz kommen im Auftrag seiner Dunkelgrauen Eminenz?« Das Lächeln druckste herum. »Exzellenz müssen entschuldigen, aber wenn ich das Vorkaufsrecht missachte, verliere ich meine Lizenz. Ich bitte Euro Exzellenz untertänigst, sich eine halbe Stunde zu gedulden. Vielleicht vermag ich den Käufer umzustimmen und den Ring noch einmal loszueisen.«

Theo wurde schwindelig. Sollte ihm dieser Rettungsring im letzten Moment durch die Lappen gehen? Er verlor das Gleichgewicht und rumste gegen die Schranktür. Der Reiter horchte auf, sein Dreispitz drehte sich über dem Kragen langsam nach links und rechts, dann schritt er direkt auf die Schranktür zu.

Ein Zischen war zu hören, dann der unterdrückte Ausruf: »Oh! Euro Exzellenz verfolgen einen Ausreißer!«

Es wurde dunkel vor der Tür, der Reiter schien direkt davor zu stehen. Die dumpfen Geräusche ließen vermuten, dass das Lächeln alles unternahm, um den Reiter von der Schranktür abzulenken. Als wieder Licht durch das Schlüsselloch drang, stand der Reiter an der Theke, steckte sein Eichenblatt fauchend wieder ein, drehte sich auf dem Absatz um, schritt zum Ausgang, ballte die Faust und verschwand.

Nach einer Weile klirrte der Schlüssel im Schloss, und die Schranktür ging auf.

»Du musst schleunigst verschwinden«, kam es im Flüsterton. »Der Reiter hat Verdacht geschöpft. Wenn er dich entdeckt, komme ich in Teufels Küche. Hast du dich entschieden? Nicht auszudenken, was wäre, wenn seine Dunkelgraue Eminenz den Ring bekäme.«

»Also gut. Fantasiegeld hab ich ja genug.«

»Handschlag, und der Kauf ist besiegelt!«

Die Knochenfinger ergriffen Theos Hand. Während er einschlug, geschahen mehrere Dinge gleichzeitig: Die Wurzelspitzen an Decke und Wänden, an denen die Öllampen hingen, ringelten sich, dass die Lampen schwankten und das Licht der Höhle flackerte. Die Schrumpfköpfe blähten ihre Nasenflügel, schnupperten zur Ladentheke und öffneten die Münder wie zum Schrei. Eine kühle, nach Laub und Pilzen riechende Brise wehte ein Eichenblatt herein und legte es auf die Theke. Aus einem Tintenfass flog eine Gänsefeder und schmiegte sich in Theos Hand. Von einem Spinnrad sprang eine Spindel herbei und stach in die Spitze von Theos kleinem Finger, aus dem drei Blutstropfen die Feder tränkten.

Theo riss die Hand zurück. »Was soll der Spuk?«

Das Lächeln zog sich breit von einem unsichtbaren Ohr zum anderen. »Waren wir uns nicht einig? Nur die Zahl aufs Blatt schreiben und unterschreiben.«

»Soll ich etwa mit Blut unterschreiben? Niemals!«

***

Wie aus dem Nichts erscholl Klingeln und lautes Gejohle. Jemand packte Danni am Arm und zerrte ihn aus der Höhle. Danni rieb sich die Augen wie nach einem bösen Traum. Jetzt sah er hellgrüne Vorhänge und saß wieder im stickigen Klassenzimmer.

Oje! Hatte ihn der Mathelehrer aufgerufen? Was konnte er dafür, dass er vom Unterricht nichts mitbekommen hatte. Er konnte doch nicht ahnen, dass sich im Schädelring auf der Titelseite des Manuskripts eine Zauberformel verbarg, die ihn in eine andere Welt entführte. Lachten ihn jetzt alle aus? Wurde er wieder zum Gespött der Klasse?

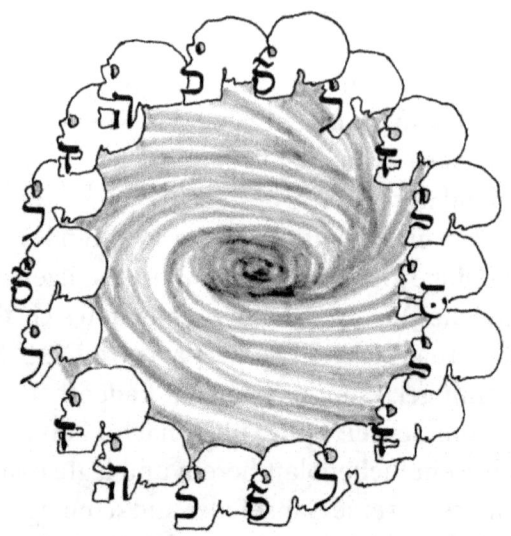

*Der mathemagische Trommelklang saugt Danni in den Schädelring.*

## 2. Der Rutsch durch die Liegende Acht

Danni sah sich um. Otto, sein Banknachbar, warf ihm einen spötti-schen Blick zu, packte seine Schultasche und stürmte mit den anderen hinaus. Danni stopfte den Schnellhefter mit dem Manuskript, in dem er gelesen hatte, in den Ranzen und stürmte Otto nach. »Otto, warte mal! Warum türmen alle? Fällt Kunst heute aus?«

»Aha! Funny-Danni ist wieder abgetaucht.« Otto grinste hämisch und drängte zum Schulhof. »Ich wette, Mathe bricht dir diesmal das Genick.«

Danni folgte ihm. »Wieso laufen alle zu den Fahrrädern?«

»Hitzefrei! Kapiert?« Otto schloss sein Mountainbike auf. »Ich fahr zum Computershop. Kommst du mit?«

»Nö, muss zum Spital. Vielleicht schau ich noch beim Zaubereck vorbei.«

»Verstehe.« Otto spannte seine Tasche auf den Gepäckträger. »Da-nielus Dubiosus, der größte Zauberer aller Zeiten! Schüttelt bunte Bälle aus dem Ärmel. Ciao!« Er schwang sich aufs Rad und zischte los.

Aus dem Ärmel, dachte Danni, typisch Otto. Dem musste er den Balltrick mal in Badehosen zeigen, ohne Hemd und Ärmel. Er blieb stehen, legte den Zeigefinger an die Nase und überlegte: zwei Stunden hitzefrei. Seine Mutter rechnete erst mittags mit seinem Besuch. Und vorher musste er herausfinden, was das Manuskript seines Onkels mit dem Superkind zu tun hatte. Der einzige Hinweis war bisher das Wort »naturverbessert«, mit dem Theo nichts zu tun haben wollte. Auch Su-perkids warb mit diesem Wort. Und was hatte dieser Zauberring mit Superkids zu tun? Wurde die Erbstruktur etwa magisch verändert?

Danni ließ sein Rad stehen und schlug den Fußweg zum Spitalberg ein. Bei der ersten roten Fußgängerampel zog er den Schnellhefter aus dem Ranzen und suchte die Stelle, bei der ihn das Klingeln aus der Höh-le gerissen hatte. Die Buchstaben verschwammen vor seinen Augen, und der magische Strudel zog ihn zurück in die Höhle des Lächelns.

»Soll ich etwa mit Blut unterschreiben?« hörte er Theo rufen. »Niemals!«

Das Lächeln erstarrte. »Dann vergiss den Ring! Die Zahl muss rot sein und der Saft von dir. Auf Blüten voller Nullen lass ich mich nicht ein.«

»Wozu verpflichtet mich die Unterschrift?«

»Zu nichts!« Die Lippen pfiffen ein gleichgültiges »Ph! Du überschreibst mir lediglich das Nutzungsrecht auf einen Anteil deiner Fantasie. Nimm Platz, mein Sohn.«

Ein Stuhl schob sich von hinten an Theo und knickte seine Kniekehlen ein, bis er sich gesetzt hatte.

»Siehst du die Mittelader auf dem Blatt? Darüber die Zahl, darunter die Unterschrift. Fertig.«

Zögernd schrieb Theo die Ziffern 987 654 3... Eben noch hatte sich alles so einfach angehört. Jetzt zitterte seine Hand bei jeder Ziffer, die sich blutrot auf das Blatt ergoss und zu einem rostigen Braun gerann. Er setzte den Federkiel ab.

»Weiter, Theo.« Ein Faden grünlichen Geifers lief aus dem offenen Mund des Lächelns.

»Es geht nicht«, stöhnte Theo. »Meine Hand wird schwer wie Blei.«

»Nur Mut! Noch drei Ziffern und die Unterschrift. Ein Ruck, und alles ist vorbei. Du willst doch in den Osten, oder?«

»Und wie hilft mir der Ring dabei?«

»Schau her!« Die Knochenhände verdrehten den Armreif aus Perlmuttblättchen zu einer »Liegenden Acht«, so dass die Zeichen in der linken Schlaufe außen und in der rechten innen leuchteten.

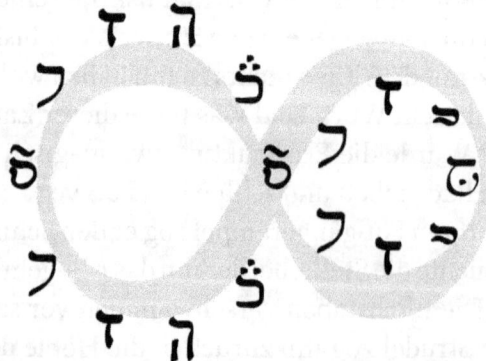

Dann nahmen sie eine Pfauenfeder von der Wand. »Du fährst mit dem Finger um die linke Schlaufe und sagst ›*êhtamathê*‹. Dann fährst du über die Kreuzung in die rechte Schlaufe und sagst ›*matickitàm*‹. Das wiederholst du dreimal. Nach der dritten Achterbahn bist du von der Außenwelt *Êhta-Mathê* über die Grenze ins Reich des Geistes gerutscht, nach *Matickitàm.*

> *Êhtamathê ∞ matickitàm,*
> *êhtamathê ∞ matickitàm,*
> *êhtamathê ∞ matickitàm.*«

Beim dritten Umfahren der Liegenden Acht war die Pfauenfeder spurlos verschwunden.

»Und wie komme ich wieder zurück?«

»Das erfährst du nach der Unterschrift. Gleich gerinnt die Tinte und dein Traum vom Ring ist futsch. Sei flink!«

Theo schluckte, seine Kehle war wie ausgedörrt. Er kratzte mit dem Gänsekiel aufs Blatt: 2 ... 1 ... Die Ziffern wurden brüchiger, seine Hand sank schwer aufs Pult. »Es geht nicht, meine Hand ...«

»Also gut«, stöhnte das Lächeln. »Ich erlasse dir die Null. Nur noch die Unterschrift, und der Ring ist dein.«

»Wie großzügig! Die Null ist ja nichts wert.«

»Nichts wert? Ich erlasse dir fast Neun Milliarden Fantas! Flink, bevor ich es bereue!«

»Ist auch kein Haken dabei?«

»Wo denkst du hin? Sei flink!«

Kaum hatte Theo seinen Vornamen geschrieben, gerann das Blut im Gänsekiel. Die Schrumpfköpfe an den Wänden zogen lange, klagende Gesichter.

»Danke, das genügt!« Die Knochenhand riss das Eichenblatt unter dem Gänsekiel weg, schob es in die Schublade unter der Theke, verschloss die Lade, zog den Schlüssel ab und steckte ihn in eine unsichtbare Tasche. »Hier, dein Ring! Aber verrate keinem, für welchen Spottpreis du ihn bekommen hast. Weit unter einer Milliarde!«

Das Lächeln wischte sich Schweißtropfen von der unsichtbaren Stirn und atmete schwer.

Erschöpft betrachtete Theo den mühsam erworbenen Ring. »Komisch. Ich fühle mich plötzlich wie ausgelaugt. Richtig groggy.«

»Tja! So fühlt man sich immer, wenn man auf einen Schlag fast sein gesamtes Vermögen verliert.«

Theos Wangen wurden kreidebleich, seine Augen wurden groß. »Ich denke, ich kann so viele Blätter beschriften wie an der Fantas-Eiche wachsen.«

»Natürlich. Und auf jedes Blatt schreibst du immer kleinere Beträge. Die Schecks, die du ausstellst, dürfen deinen Kontostand nicht übersteigen.«

»Welchen Kontostand?«

»Ich hab dir doch gesagt: In der Fantasie ist jeder Milliardär. Wie jedes Kind hattest du ein Anfangskapital von einer Milliarde Fantas, eine Milliarde Funken der Fantasie.«

»Und wie viele sind mir geblieben?«

»Das kann ich dir genau sagen. Eine Milliarde weniger 987 654 321 ergibt genau …« Der Zeigefinger kratzte neue Zahlen in den Staub. »12 345 679 FAN, also etwas über ein Prozent deines bisherigen Fantasie-Reichtums.«

»Ein Prozent?«

»Das reicht für den Normalverbraucher völlig aus. Damit kannst du immer noch Gerichtsvollzieher, Steuerfahnder, Gefängniswärter, Pauker oder Totengräber werden, und mit 65 gehst du in Rente und machst dir einen schönen Lenz.«

»Normalverbraucher? Ich will doch Zauberer werden. Deswegen will ich ja nach Osten ins Reich des Geistes.«

»Richtig, Zauberer, wie konnte ich das vergessen. Dafür bräuchtest du als erstes die richtige Ausstattung: Spitzhut, Umhang, Zauberstab, Kristallkugel …«

»Brauch ich alles nicht. Mir langt der Ring.« Theo streckte seine Hand nach dem Ring aus, aber die Knochenhände kamen ihm zuvor. »Augenblick noch.«

Sie nahmen den Armreif, lösten ihn aus der Verschränkung der Liegenden Acht, legten ihn zurück auf den Samt und holten ein zweites Kästchen aus dem Glasschrank. »Du fühlst dich groggy, sagst du, Theo? Dagegen gibt es ein tolles Mittel, das deine Stimmung sofort wieder hebt. Dieser Fingerring. Den schenke ich dir.«

Theo betrachtete skeptisch die rätselhaften Zeichen, die darauf eingraviert waren. »Wozu ist der gut?«

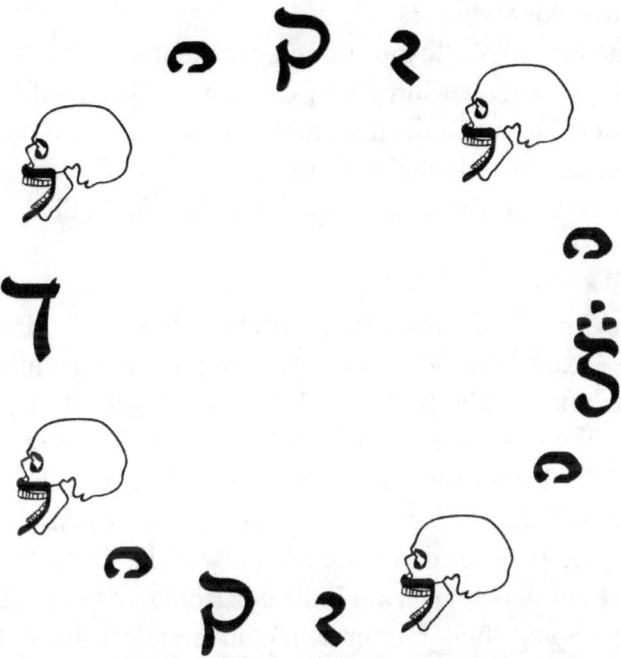

»Steck ihn an den Finger, dreh ihn und denke den Zauberspruch *Àrfu-A-Kau-Fràu-Schu.*«

Theo zögerte. War das schon wieder ein Trick?

»Was geschieht, wenn ich ihn anstecke?«

»Probier es aus. Du wirst begeistert sein.«

Misstrauisch streifte sich Theo den Ring über den Finger und war gespannt auf die Wirkung. Das freundliche Lächeln strahlte ihn an. »Na? Zuviel versprochen? Ist das nicht fabelhaft?«

Theos Stimmung schien mit einem Mal umzuschlagen. Gerade hatte er noch bedrückt gewirkt, jetzt richtete er sich auf, als fließe prickelnder Sekt durch seine Adern. »Wie viele Fantas hab ich eigentlich noch?«

»Millionen. Millionen. Über zwölf Millionen.«

»Dann bin ich ja immer noch vielfacher Millionär.«

»Du sagst es. Kein Grund zum Trübsalblasen. Schau dir die Schrumpfköpfe an. Das sind wirklich arme Teufel. Sie haben keinen roten Fantas mehr. Gegen sie schwimmst du geradezu im Gold. Für das Geisterreich im Osten brauchst du als erstes die richtige Zauberkluft.«

»Zauberkluft hab ich doch längst.«

»Schwarze oder weiße?«

»Dumme Frage. Weiße gibt's doch gar nicht.«

»Oho! In schwarzer Kluft darfst du dich im Osten auf keinen Fall blicken lassen. Du weißt doch, es gibt schwarze und weiße Magie.«

»Was hat das mit Kleidung zu tun?«

»Die Farbe zeigt, für wen du spielst. Wie beim Fußball. Im Osten trägt man weiß.«

»Ach so!«

»Na also. Immer schön am Finger drehen, dann bleibt das tolle Gefühl: *Arfu-A-Kau-Fràu-Schu*. Hier ist ein weißer Spitzhut mit hellblauen Sternen drauf, weißer Bart und Mähne mit eingebaut. *Arfu-A-Kau-Fràu-Schu. Arfu-A-Kau-Fràu-Schu*. Wow! Das steht dir fabelhaft.«

Stück für Stück wurde Theo neu eingekleidet. »Noch ein weißes Beintuch um die Hüften, ein sternverziertes Schultertuch, ein goldener Dreizack … So. Tritt vor den Spiegel! Wie gefällst du dir?«

Theo trat vor den Spiegel am Ende der Höhle und betrachtete ehrfürchtig sein Spiegelbild: Hinter dem goldverzierten Tor des Spiegelrahmens stand ein weißer Zauberer mit langem weißgelben Bart und wallender Mähne, in der Hand einen mannshohen goldenen Stab mit Dreizack wie Neptun. »Geritzt. Was noch? Hab ich noch Fantas frei?«

»Mach dir darüber keine Gedanken, mein Junge. Stammkunden kriegen Kredit.«

Wie aus dem Nichts erschallte ein lautes Klingeln.

Fahrradklingeln riss Danni aus der Höhle des Lächelns zurück in die Gegenwart. Drei Radler in enger Radlerkluft mit Helm überholten ihn. Er hatte den Stadtkern von Hügliswil bereits verlassen und war auf dem Feldweg zum Spitalberg. Zu seiner Rechten weideten Kühe und ließen die Glocken klingen, zur Linken grasten Pferde. Er atmete auf. Sonnige, friedliche Schweiz! Kein listiges Lächeln, kein Zauberring, kein verhextes Drehen am Finger. Dennoch zog es ihn zurück in die Höhle des Lächelns. Er konnte Theo nicht alleine lassen, gerade jetzt, wo er drauf und dran ist, seine letzten Fantas zu verscherbeln, weil ihn dieser Teufelsring benebelte: »*Arfu-A-Kau-Fràu-Schu*«. Was der wohl bewirkte? Er steckte die Nase wieder ins Manuskript, und die Buchstaben verschwanden. Er sah die Höhle wie ein heimlicher Beobachter, der durch eine halbdurchsichtige Spiegelwand schaute.

»... Hab ich noch Fantas frei?«

»Mach dir darüber keine Gedanken, mein Junge. Stammkunden kriegen Kredit.«

»Und wie zahle ich den Kredit zurück?«

»Du wirst bei mir Verkäufer und scheffelst neuen Reichtum, mit dem du die Schulden bezahlst.«

»Hm.« Theo rümpfte die Nase. »Ich glaube, ich nehme gar nichts von dem Kram. Sonst vergeude ich mein Leben als Verkäufer.«

»Vergeuden? Wozu ist das Leben denn sonst da?«

»Zum Zaubern!«

»Eben. Wem sagst du das? Hast du das schöne Gefühl schon vergessen, wenn du am Ring drehst? *Arfu-A-Kau-Fràu-Schu.* So ist's recht.«

*»Halt! Nicht drehen, Theo! Kannst du mich hören?«* Danni hielt es nicht aus, immer nur Mäuschen zu spielen. *»Zieh den Ring ab, Theo! Wirf ihn weg!«*

Theo griff mit der Hand an den Ring, während Danni die Luft anhielt. Hatte ihn Theo gehört?

Theo zögerte. »Was bewirkt der Ring eigentlich genau?«

»Das weißt du doch: Du fühlst dich super.« Das Lächeln zog sich in die Breite. »Er macht dich glücklich, freigiebig, beschwingt, gibt dir Begeisterung für Neues, Wissensdurst und Neugier, Freude am Zaubern und am schöpferischen Spiel.«

»Und warum hast du ihn mir geschenkt und nicht verkauft?«

»Reiner Edelmut, mein Sohn. Kleine Geschenke erhalten die Freundschaft.«

»Und wenn ich jetzt den Großen Ring zurückgeben und meine Fantas wiederhaben will? Das mit meinem Blut unterschriebene Eichenblatt?«

Das Lächeln erlosch. »Ausgeschlossen! Die einzige Möglichkeit, deine Fantas zurückzukriegen, wäre, sie gegen Dollar einzulösen.«

»Zu welchem Kurs?«

»Eins zu eins natürlich.«

»Was? Fantasiegeld gegen echtes Geld?«

»Echtes Geld? Dass ich nicht lache!« Das Lächeln sah Theo mitleidig an, als zweifle es an seinem Verstand. »Dollar sind Fiatgeld: ohne jede

Deckung aus dem Nichts geschöpft. Sie haben keinerlei realen Wert. Harte Fantas dagegen sind, wie du gerade selbst gesehen hast, mit dem wertvollsten Rohstoff dieser Welt gedeckt.«

»Fast eine Milliarde! Das schaffe ich mein Lebtag nicht!«

»Nun, wenn dir das zu lange dauert«, das Lächeln machte eine spannungsreiche Pause, »dann wüsste ich eine Möglichkeit, dich schnell wieder freizukaufen.«

»Und die wäre?«

»Du besorgst mir Fantas von anderen Menschen. Vor allem die nagelneuen von Kindern.«

»Und wie macht man das?«

Das Lächeln atmete durch und sah Theo tief in die Augen. »Ich wusste, dass du irgendwann Vernunft annimmst. Bei mir lernst du alle Tricks, wie du über Nacht steinreich wirst. Dazu gehen wir am besten mal in diese Ecke. Hier ist ein schwarzer Umhang mit roten Sternen, steht dir eigentlich viel besser als die blasse Kluft …«

*»Halt! Nicht gehen, Theo!«* brüllte Danni. *»Kannst du mich hören?«*

Theo blickte sich um und schaute zum Eingang, wo jetzt harte Stiefelschritte zu hören waren. Der Reiter im schwarzen Mantel kam zurück, über dem Stehkragen der tief in die Stirn gezogene Dreispitz. Das Lächeln warf Theo den schwarzen Umhang über, stülpte über den weißen Spitzhut einen schwarzen und verbeugte sich tief. »Euro Exzellenz kommen genau im rechten Augenblick. Wir haben Zuwachs für die Streitmacht seiner Dunkelgrauen Eminenz …«

»Theo!« schrie Danni. *»Schnapp deinen Ring und verschwinde!«*

Alle drei – Theo, das Lächeln und der dunkle Reiter – sahen sich gleichzeitig nach Danni um. Anscheinend hatten sie sein Rufen gehört und konnten ihn jetzt sogar sehen. Die Schrumpfköpfe schnupperten wie Spürhunde in seine Richtung. Selbst die Totenschädel auf den Kommoden richteten ihre glühenden Kohlenaugen auf ihn. Während die nassen, rot umränderten Augen des Lächelns immer näher kamen, sah Danni, wie Theo den Teufelsring vom Finger zog, seinen frisch gekauften Armreif vom Samtkissen nahm, ihn zur Liegenden Acht verschränkte, mit dem Finger um die Schlaufen fuhr und murmelte:

*»Êhtamathê ∞ matickitàm,*
*êhtamathê ∞ matickitàm,*
*êhtamathê ∞ matickitàm.«*

Dann war er spurlos verschwunden. Die Liegende Acht wurde durchsichtig und löste sich in Nichts auf. Nur das leere Schmuckkästchen blieb auf der Theke zurück.

Danni sah die Züge des Lächelns jetzt aus der Nähe. Die rotumränderten Augen blitzten ihn wütend an, die geschürzte Oberlippe legte zwei spitze Eckzähne frei. Die grüne Knochenhand schoss aus dem Bild hervor und hackte nach Dannis Augen.

Danni zuckte zurück und hob schützend die Arme. Eine Krähe flog an seinem Kopf vorbei und krächzte: »Kaaf! Kaaf! Kaaf!«

Etwas prallte gegen seine Schulter. Jemand brüllte: »Eh, du Trottel! Pass auf!«

Er wurde zu Boden geschleudert und fiel durch einen Strudel. War das der Rutsch durch die Liegende Acht?

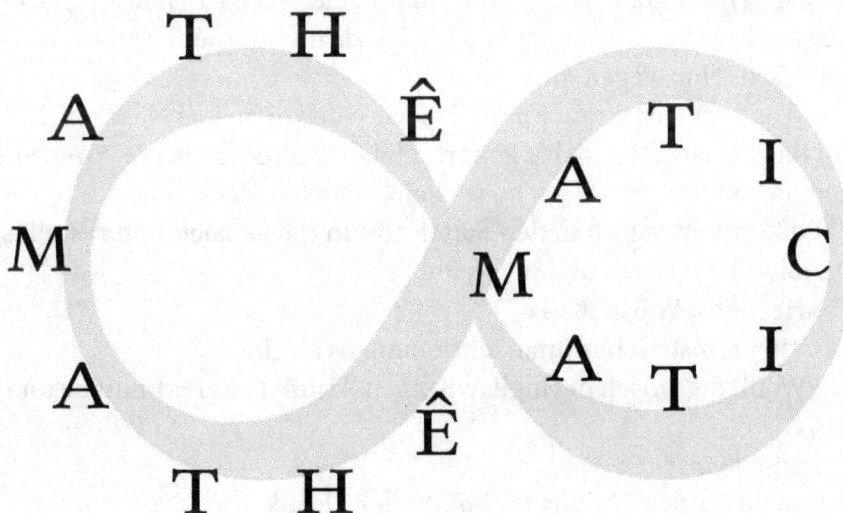

*Das Umfahren der Liegenden Acht öffnet das Reich des Geistes.*

# 3. Das Superkind

Danni sah sich um. Er lag im Graben bei der Kuhweide. Neben seinem Kopf drehte sich der Hinterreifen eines Mountainbikes. Sein Fellranzen lag neben ihm, ein Gurt war gerissen. Der Schnellhefter mit dem Manuskript lag zugeklappt unterm Weidenzaun. Durch den Klarsichtdeckel glänzte der Titel mit dem Schädelring.

Ein stoppelhaariger Dickwanst mit Mondgesicht und runder Brille klopfte sich den Staub von Knie und Ellbogen, stellte sein Mountainbike auf und suchte nach Kratzern im Lack. Es war sein Klassenkamerad und Banknachbar Otto.

»Dein Glück!« bellte Otto. »Alles heil geblieben.« Naserümpfend beäugte er den Schnellhefter im Gras. »Ring des Wissens? Was soll das denn sein?«

»Ein Ring mit dem Vermächtnis von Atlantis.«

»Hä? Und so was liest du? Mitten auf der Straße?«

»Am Hinterkopf hab ich nun mal keine Augen.« Danni rappelte sich hoch, hob den Hefter auf und strich zärtlich die Seiten glatt. »Alles verknickt. Nur wegen dir!«

»Was hampelst du auch plötzlich wie wild vor meiner Nase rum? Ich bin links vorbei, wie sich's gehört. Plötzlich streckst du die Arme aus und haust mich um. Mach so was nicht noch mal. Ciao!«

Otto schwang sich in den Sattel, trat in die Pedalen und raste los. Danni sah ihm nach und überlegte.

»He, Otto! Warte mal!«

Otto bremste scharf und kehrte um. »Was gibt's?«

»Weißt du, wo ich in Hügliswil einen Armreif aus Perlmutt bekomme?«

»Einen was?«

»So einen Armreif aus Perlmutt oder Plastik.«

»Was willst du denn mit so was?«

»Was eingravieren.«

»Hä?« Otto fuhr im Schritttempo neben Danni her. »Willst du dich verloben?«

»Quatsch! In den Ring kommt eine Formel.«

»Formel? Soso! Seit wann mag Funny-Danni Formeln?«

»Seit der Mathestunde vorhin.«

»Sehr witzig. Du hast doch die Formeln gar nicht mitgekriegt.«

»Nicht die binomischen. Eine Zauberformel.«

»Aha! Und was ist so besonders an der Formel, dass du sie in einen Armreif ritzen willst?«

Danni hob stolz den Kopf: »Sie beschreibt den Aufbau des Universums. Wie aus Einheit Vielfalt, aus dem *Uni* das *Versum* entsteht. Damit kannst du alles im Universum erscheinen und verschwinden lassen.«

»Aha!« Otto kurvte in langsamen Kreisen um Danni herum. »Weil Funny-Danni jetzt in Mathe statt Algebra Zauberformeln lernt, kann er alles erscheinen und verschwinden lassen. Und wie soll das gehen?«

»Indem du aus der Formel Silben brichst«, versuchte Danni zu erklären. »Dadurch wird der Klang zur Form. Mein Onkel sagt immer: *Nomen est omen.* Das Universum ist ein Zauberspiel aus Klang und Form. Das kann er sogar beweisen.«

»Beweisen? Mit welcher Formel bitteschön?«

»*Universum = Uni + Versum.* Es ist gleichzeitig Eins und Vieles.«

»Haha! Das nennst du Beweis?« Otto legte die Stirn in Falten. »Jetzt weiß ich, was dein Onkel von Beruf ist.«

»Was denn?«

»Wortspalter! Stimmt's?«

»Von wegen.«

»Was denn sonst?«

»Dreimal darfst du raten.«

Otto warf den Kopf nach hinten, sah aber nicht zum Himmel, sondern grinste Danni aus engen Augenschlitzen an. »Kaffeesatzleser.«

»Werd bloß nicht frech!«

»Auch nicht? Ah, jetzt weiß ich's: Vogelkot-Deuter!«

Danni schoss das Blut in die Schläfen. »Mathematikprofessor ist er, damit du's weißt! An der Europäischen Universität in Brüssel! Und er schreibt Bücher mit Formeln über den Aufbau des Universums. Hier! Das hat er geschrieben.« Danni zeigte stolz den Schnellhefter.

»Spinnt der? Ein Mathematiker schreibt Schundromane?«

Der Feldweg war zu Ende. Sie waren am Fuß des Spitalbergs angelangt, von dem sich die Straße in engen Serpentinen nach oben bis zum Krankenhaus wand. Danni blieb am Treppenweg für Fußgänger stehen. »Hier muss ich hoch.«

Otto stieg ab und lehnte sein Rad ans Geländer. »Zeig mal her das Heft!«

»Ich denke, du liest keinen Schund.«

»Ausnahmen bestätigen die Regel. Komm, zeig her den Schund.«

Zögernd reichte ihm Danni das Manuskript. »Da steht auch die Ringformel drin. Und zwar in Geheimschrift.«

»Die du selbstverständlich gleich entschlüsselt hast.«

»Logo.«

»Und wie lautet sie?«

»Tja. Das wüsstest du wohl gerne.« Danni kostete es aus, dass Otto zwar mathematisches Fachchinesisch verstand, aber sicher keine Geheimschriften enträtseln konnte. »Ein Mathe-As wie du knackt Formeln in Geheimschrift doch mit links.«

Otto setzte sich auf die Treppe, blätterte die Seiten durch und betrachtete die seltsamen Zeichen. »Als Mathematikprofessor müsste er eigentlich auch echte Formeln schreiben können.«

»Die ist doch echt. Sie beschreibt den Aufbau des Universums.«

»Und wer hat sie entdeckt?«

Danni überlegte einen Augenblick. »Die ist aus Atlantis überliefert.«

»Aha! Und damals schrieben sie Formeln in Geheimschrift?«

»Klar. Für Laien sind Formeln immer Fachchinesisch. Diese Schrift zeigt die Mundstellung der Laute.«

»Aha!« Ottos Blick huschte über die Zeichen, er schaute sich die Schädel an, die Ringformel, die Zeichen für Màti, die Liegende Acht, verglich die Mundstellung der Schädel, huschte mit dem Blick nach oben und unten, nach links und rechts, wobei sich seine Zunge und Lippen lautlos bewegten.

Danni war gespannt: Fing der Schädelring auch in Ottos Kopf an zu trommeln und zog ihn in die Höhle des Lächelns? Plötzlich schnalzte Otto mit der Zunge und rief: »Ha! *Nomen est omen.* Wahnsinn! Das ist der größte Witz aller Zeiten. Weißt du, wie dein Onkel die Formel gefunden hat?«

»Keine Ahnung. Vielleicht beim Tauchen im Bermuda-Dreieck.«

»Das glaubst auch nur du. Ich kann dir sagen, wo er sie her hat. Dein Onkel ist der größte Witzbold des Jahrtausends!«

»Wieso?«

»Schau dir die Formel doch mal an! Er veräppelt dich nach Strich und Faden.«

»Wie kommst du darauf?«

Otto grinste hämisch. »Das kriegst du schon noch raus. Du bist doch Experte. *Nomen est omen.* Die Formel ist ein Klamauk, die Geheimschrift reine Tarnung. Das Drum und Dran purer Hokuspokus. Wetten dass ...«

»Was?«

»... dass du dich in Grund und Boden schämst, sobald du merkst, wie dich dein Onkel auf den Arm genommen hat.«

»Wetten, dass die Formel echt ist.«

»Und was verstehst du bitteschön unter echt?«

»Dass sie den Aufbau des Universums beschreibt, wie *Uni* zu *Versum* wird.« Danni überlegte. Wie konnte er Otto von der Echtheit der Ringformel überzeugen. »Ich fahr in den Ferien zu meinem Onkel nach Belgien, wenn ich wiederkomme, werd ich's dir beweisen.«

»Okay, abgemacht, Funny-Danni. Wenn du gewinnst, nehme ich bei dir Nachhilfe in Zauberformeln. Verlierst du, nimmst du bei mir Nachhilfe in Algebra. Du warst noch nie so schlecht in Mathe wie jetzt.«

»Das liegt an Bürgi. Wenn der säuselt, penn ich immer ein.«

»Quatsch! Bürgi ist der beste Mathelehrer, den wir je hatten! Schuld ist dieser Schund, den du dir reinziehst. Du bist süchtig danach. Wenn ich mir so was reinziehen würde, hätte ich längst einen Tick.«

»Hast du doch. Dein Tick ist Mathe.«

»Mathe? Mein Tick?« Ottos Augenbrauen flackerten, als sei ein Geistesblitz in seinen Kopf eingeschlagen. Er schlug die Seite mit der Ringformel noch einmal auf, las die Zeichen und rief »Ha! *Nomen est omen.* Das könnte glatt von deinem Onkel sein. Hier steht es schwarz auf weiß: *mathe – ma tic!*«

Verblüfft sah ihn Danni an. Solche Wortspiele hätte er Otto gar nicht zugetraut. »Siehst du? Und mein Tick ist Zaubern.«

»Mit dem Unterschied«, meinte Otto, »dass man von Mathe den Durchblick kriegt und von diesem Quark eine Mattscheibe. – Holst du dir jetzt im Spital ein neues Gehirn?«

»Brauch ich nicht, bin mit dem alten zufrieden.«

»Das würde ich mir an deiner Stelle noch mal überlegen. Was gibt's denn Schönes im Spital?«

»Meine Mutter hat ein Kind gekriegt: das schlauste, stärkste und begabteste der Welt.«

»Das sagen alle Eltern über ihren Frischling.«

»Kann schon sein.« Danni verzog den Mund. »Aber bei uns ist das anders.«

»Wie anders?«

»Mein Papa arbeitet bei SUPERKIDS ... Gib den Hefter her, ich muss fertig lesen, eh ich oben bin.«

»Moment mal. Heißt das, deine Mutter hat ...?«

»... ein echtes, patentiertes Superkind bekommen.«

»Und darauf bist du stolz?«

»Stolz?!« Danni riss entsetzt die Augen auf.

»Ach so!« Otto sah durch Danni hindurch. »Und was ist daran schlimm?«

»Schlimm?« Danni zuckte die Schultern. »Was soll daran schlimm sein? Es ist eben besser als die Natur. Naturverbessert sagen sie. Mit den Erbanlagen eines Genies.«

Otto sah Danni von unten an. »Und das stinkt dir gewaltig, was?«

»Wie kommst du darauf?«

»Das kann man sich doch an drei Fingern abzählen.«

»Wieso?«

»Na weil du selber *nicht* naturverbessert bist.« Otto legte das Manuskript auf ein Kanalgitter am Straßenrand und rieb sich die Hände. »Ist doch klar: Das Superkid macht Funny-Danni Konkurrenz. Aber ich wüsste eine Lösung: Zaubere den Balg doch einfach weg! Mit deiner Superformel aus Atlantis.«

»Otto Anstifter! Du heckst immer Sachen aus, womit sich andre in die Nesseln setzen.«

»War bloß ein Vorschlag. Braucht ja nur für zwei, drei Tage zu sein. Sobald es Stunk gibt, zauberst du den Mistbalg wieder her. Mit deiner Superformel ist das doch 'n Klacks. So! Ich habe meine Schuldigkeit getan. Und das Manuskript wird beschlagnahmt.«

»Gib her! Ich muss noch fertig lesen.«

»Ich glaube, ich kann dir das leider nicht aushändigen. Das wäre verantwortungslos. Du brauchst dringend eine Entziehungskur.«

»Mach keinen Quatsch. Gib her!«

»Du kannst doch zaubern. Hol dir's doch!« Otto steckte den Schnellhefter durch das Kanalgitter wie in einen Briefkastenschlitz.

»Eh! Pass auf!« Danni sprang vor.

Otto ließ los.

Der Hefter verschwand im Schlitz.

Fassungslos starrte Danni durch das Gitter. »Hol das sofort wieder raus!«

»Wer mit Superformeln aus Atlantis zaubern kann, der holt so was doch mit links aus dem Kanal.«

»Schnell! Heb den Deckel!«

»Zu spät! Das Vermächtnis von Atlantis kehrt zurück zum Meeresgrund. Nimm lieber Nachhilfe in Algebra. Ciao!« Otto wischte sich die Hände an der Hose ab, als hätte er was Klebriges berührt, stand auf und schwang sich in den Sattel. Im Fahren drehte er sich um und grinste. »Und grüß mir das Superkind! Aber nicht vor Freude erwürgen!«

Danni versuchte, das Kanalgitter hochzuheben, aber vergebens. Er ließ ein Steinchen durch das Gitter plumpsen und lauschte. Das Plumpsen kam aus mehreren Metern Tiefe. Schließlich gab er es auf, nahm seinen Ranzen und wandte sich zum Spital.

Auf der Treppe den Berg hoch spukten ihm Ottos Worte durch den Kopf. Sie hatten genau ins Schwarze getroffen. Seit Monaten verging kein Tag, an dem er nicht zu spüren bekam, dass er nicht »naturverbessert« war. Er war schlecht in Mathe, schlecht in Gemeinschaftskunde, eine Niete in Sport. Die einzigen Fächer, in denen er glänzte, waren Deutsch, Musik und Kunst.

Wegen unvorhergesehener Komplikationen lag seine Mutter seit Wochen im Krankenhaus. Wenn er nach der Schule nach Hause kam, ins Holzhaus auf der Sonnenhalde, war niemand da, der Mittagessen kochte. Urs kochte zwar am Wochenende, aber nur Junggesellen-Gerichte aus der Dose oder Suppen aus der Tüte. Und wer war schuld? Kit, das Superkind mit den Erbanlagen eines Genies, das heute Nacht zur Welt gekommen war. Um 4 Uhr 20. Das hatte Urs auf den Zettel in der Küche geschrieben.

Genau zu dieser Zeit war er von seinem Albtraum aufgewacht. Seit Wochen träumte er, dass ihn der Schrei eines Neugeborenen verfolgte und aus dem Haus jagte. Dann rannte er im Traum die Bergstraße entlang durchs Dorf bis in den Wald, schlüpfte hinter der Brombeerhecke in den Felsspalt und warf sich in der Felsenhöhle auf sein Strohlager, bis der Schrei in der Ferne verhallte und sein Atem wieder ruhiger ging. Danach wachte er immer schweißgebadet auf.

Heute hatte er auf die Uhr geschaut, Es war genau 4 Uhr 20 gewesen. Und beim Frühstück hatte er den Zettel von Urs gefunden. Da musste er an den Brief seines Onkels mit dem Manuskript denken, dass er noch vor der Geburt seines Halbbruders lesen sollte.

Aber vom Superkind war im Manuskript gar nicht die Rede gewesen. Nur, dass Theo aus der »naturverbesserten« Luft ins Reich des Geistes fliehen wollte. Und das war ihm anscheinend gelungen – mit Hilfe der Liegenden Acht. Wo war Theo gelandet? Wie sah das Reich des Geistes aus? Und was hatte das mit Kits Geburt zu tun? Warum sollte er das Manuskript vor Kits Geburt lesen? Wollte ihm der Onkel etwa nur die Formel verraten, weil er wusste, dass Danni gerne zauberte? Dass die Formel wirkte, war ja inzwischen erwiesen. Noch nie war Danni beim Lesen so stark in die Geschichte gezogen worden, dass er sich einmischen konnte. Theo hatte ihn wirklich gehört. Aber im spannendsten Augenblick hatte ihn Otto herausgerissen. Jetzt würde er nie erfahren, wie es weiterging. Nur weil dieser Schlaumeier Otto ...

Warum hatte Otto die Formel den größten Witz aller Zeiten genannt? Und seinen Onkel den Witzbold des Jahrtausends? Was war ihm an der Formel aufgefallen? Wieso hatte er immer wieder *Nomen est omen* gerufen?

Am oberen Ende der Treppe setzte sich Danni auf die letzte Stufe. Jetzt hätte er Zeit zum Weiterlesen gehabt. Zwischen den Gräsern neben der Treppe wuchsen Mohnblumen, die Lieblingsblumen seiner Mutter. Er pflückte sie, obwohl er wusste, dass sie nicht lange hielten. Mit den Mohnblumen in der Hand ging er auf das große, von Zypressen umfasste Gebäude zu und betrat er die Drehtür des Spitals. Da geschah es.

Kaum hatte er das Rondell betreten, erschien vor seinen Augen die Szene mit Theo und der Liegenden Acht, und durch seinen Kopf schwirrte die Formel:

»*Êhtamathê ∞ matickitàm,*
*êhtamathê ∞ matickitàm,*
*êhtamathê ∞ matickitàm.*«

Die Silben machten sich selbständig, zogen sich in die Länge, wurden zum Trommeln, zu einem Ohrwurm, der ihn wie ein Strudel durch die Drehtür sog, immer im Kreis.

*Sein Bewusstsein dehnt sich aus, sein Schädel wird zum Himmelszelt, im Hinterkopf erstrahlt die weiße Sonne. Er sieht sich selbst von oben, den bleichen, zwölfjährigen Rotschopf mit Kräuselhaar und Sommersprossen, der durch die Drehtür des Spitals wirbelt. Wie ein Hubschrauber hebt er ab, sieht unter sich das Spital, ganz Hügliswil, die Schweiz, den ganzen Erdball, den er vom All aus betrachtet. Wie der märchenhafte Vogel Roch breitet er seine Schwingen aus, fliegt zur Sonne, zum Polarstern, verliert sich im weißen Dunst der Milchstraße ...*

*Drohend kommt ein Schatten auf ihn zu. Ein Kolkrabe mit stechenden Augen und Tränensäcken krächzt:* »Na, na, na, was soll denn das!«

*Dannis Stirn stößt hart gegen Glas. Der Aufprall bringt ihn zurück auf die Erde. Ein seltsamer Gestank steigt ihm in die Nase. Ein Opa im schwarzen Nadelstreifenanzug mit Zigarre unter der Rabennase hat seinen Stock zwischen die Drehtür geklemmt und sie ruckartig zum Stehen gebracht.* »Raus hier, du Bengel«, *schimpft er mit Fistelstimme.* »Das ist doch kein Rummelplatz!«

*Die Rabennase bläst Danni Zigarrendunst ins Gesicht und verschwindet ins Freie. Der Zigarrendunst riecht mehr nach Hühnerdung als nach Tabak.*

*Benebelt wankt Danni durch die Eingangshalle, die ihm seltsam verändert erscheint. Die Empfangsdame hinter dem Pult schüttelt schmunzelnd den Kopf und droht ihm mit dem Zeigefinger, als wollte sie sagen:* »Karussellspiel? Aber nicht im Krankenhaus.«

*Über die kühlen Fliesen rauscht er bis zum Aufzug und drückt auf* »drei«. *Das Tuckern des Aufzugs erscheint ihm endlos, als steige die Kabine bis zum Mond. Im dritten Stock läuft er den Gang entlang, vorbei an grauen Türen bis zum Zimmer, in dem seine Mutter liegt.*

*Stickige Luft schlägt ihm entgegen. Das Zimmer sieht aus wie die Felsenhöhle aus seinem Traum. Aus den Ecken sprießt Farnkraut, die von Efeu umrankten Felswände beben. Immer noch dreht sich der Ohrwurm in seinem Kopf, bis er langsamer wird und zwischen den Silben immer längere Pausen bildet:* »Êhtamathê ∞ matickitàm, ... êhta mathê ∞ má tìckit tàm ... mâ tìckit ... mâ tick it ... tick it! Tick Kit! Kit.«

*Jetzt sieht er seine Mutter mit blauen Wangen und Lippen auf dem bemoosten Lager liegen, grün wie eine Grille. Und in ihren Armen hält sie ein in Tücher gewickeltes ... Reptil!*

*Danni entfährt ein Schrei. Ein Totenkopfschwärmer flattert auf ihn zu, sieht ihn mit großen Augen an und breitet die Flügel aus.* »Bub, du bist ja ganz blass.«

*Danni wird schwarz vor Augen ...*

Als er die Augen wieder aufschlug, war seine Stirn kalt und nass. Eine Krankenschwester mit schwarzweißer Haube beugte sich über ihn und legte ihm ein kaltes, tropfendes Tuch auf die Stirn. »Geht's wieder?« raunte sie. »Was war denn los?«

»Das Baby sah aus ...« Er versuchte sich aufzurichten. Die Efeuhöhle samt Nachtfalter, Grille und Reptil waren verschwunden. Die Vorhänge waren aufgezogen, ein Fensterflügel stand offen, Sonnenlicht strömte ins Zimmer. Die hellgrünen Raufaserwände standen senkrecht und still. Mit eingefallenen Wangen lag seine Mutter im Bett. Neben ihr ein Säugling mit schrumpligem, bläulich angelaufenem Gesicht.

Was hatte er nur gesehen?

»Was war mit Kit?« hakte die Schwester nach und durchbohrte ihn mit Röntgenaugen. »... sah aus wie was?«

»Wie ein Rep...«, mehr kam ihm nicht über die Lippen.

Für den Bruchteil einer Sekunde flackerten die Augen der Schwester auf, dann verzog sie den Mund zu einem breiten Lächeln und sagte betont laut. »Ja, dein Brüderchen ist ein Prachtkerl, nicht wahr?«

Die Schwester trat zum Nachttisch, nahm das Tablett mit dem Mittagsgeschirr und rauschte mit klappernden Absätzen aus dem Zimmer.

Danni sah den Strauß Mohnblumen neben sich auf dem Tisch, brachte ihn seiner Mutter und versuchte zu lächeln.

Das Suchen nach der Vase, das Füllen mit Wasser, das Aufstellen der Blumen auf dem Fensterbrett, die Umarmung, das Reden, der Abschiedskuss – alles rauschte an ihm vorbei, als schaue er sich als unbeteiligter Beobachter vom Himmel aus zu.

Als er wieder im Erdgeschoss war, rätselte er, wieso nach dem Wirbel der Drehtür alles so anders war. Lag es an der Ringformel? Am Zigarrendunst der Rabennase? Hatte ihn der Zauberer aus der Höhle des Lächelns verhext? Hatte ihn die Liegenden Acht ins Reich des Geistes versetzt?

War das Reich des Geistes kein anderer Ort, sondern nur eine andere Sichtweise der Wirklichkeit? Oder hatte Otto Recht? Verschwammen bei ihm Wirklichkeit und Fantasie? Hatte er den Überblick verloren, den Bezug zum Alltag?

Am Ausgang hatte er Angst, allein durch die Drehtür zu gehen. Vielleicht geschah es wieder. Er wartete, bis ein älteres Ehepaar durch das Rondell ging, und heftete sich an ihre Fersen. Erst im Freien atmete er auf.

Abends teilte ihm Urs mit, seine Mutter müsse wegen unvorhergesehenen Komplikationen noch länger im Spital bleiben. Danni sagte kein Wort.

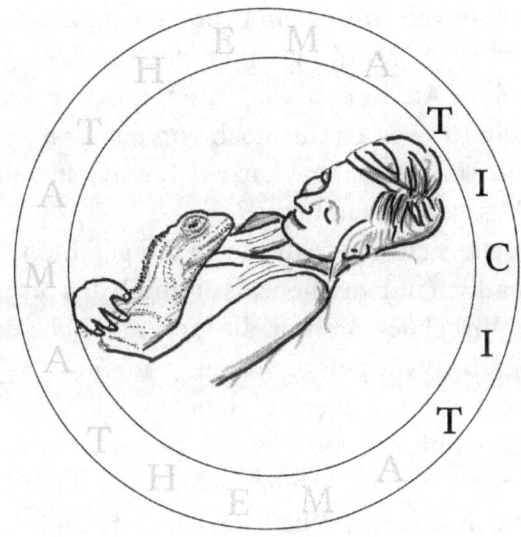

*Danni hört den Satz* »Tick Kit! – *Begreife Kit!*« *und sieht Kit als Reptil.*

# 4. Komplikationen

Der Habicht kam direkt aus der Sonne auf ihn zu geflogen. Danni stellte sein Fahrrad neben das Kanalgitter, in dem gestern das Manuskript verschwunden war, und stieg zu Fuß die Treppen hoch. Auf jedem größeren Treppenabsatz blieb er stehen und schaute zu, wie der Habicht in weiten Schleifen über dem Spitalberg kreiste. Es kam ihm vor, als hätte dieser Raubvogel sein Brüderchen gebracht.

Ja, Kit hatte ihm die Mutter geraubt, den Stiefvater, den gemeinsamen Mittagstisch. Aus Dosen und Tüten musste er sich sein Essen selber zubereiten. Urs sprach nur noch von den Komplikationen der Schwangerschaft. Und wofür das Ganze? Für ein Genie, ein Superkind? Oder für eine Missgeburt, ein Reptil?

Danni schüttelte sich. Was war nur in ihn gefahren? Dieses Hirngespinst hatte er doch nur gesehen, als er durch den Strudel gerutscht war, durch den Wirbel der Drehtür, die Liegende Acht, das Trommeln des Schädelrings. In Wahrheit war Kit ein Säugling wie jeder andere.

Danni köpfte mit den Fingern blühende Grashalme und warf die losen Ähren in die Luft.

Als er zur Drehtür kam, wartete er, bis ein Erwachsener kam und ihn sicher durch das Rondell schleuste. Die Empfangsdame erkannte ihn wieder und meinte lächelnd: »Na? Heute keine Karussellfahrt?«

Er grinste verschämt und fuhr mit dem Aufzug in den dritten Stock. Heute war seine Mutter allein im Zimmer. Noch matter als gestern lag sie da, mit blauen Lippen und durchsichtigen lila Wangen, Hals und Arme grünlich-gelb. Sie atmete schwer und sprach nur wenige Worte.

Das Baby fehlte. Danni erschrak vor sich selbst, als ihm klar wurde, dass er sich heimlich darüber freute. Endlich hatte er seine Mutter wieder für sich. Scheinheilig erkundigte er sich nach Kit. Seine Mutter griff sich ans Herz, wischte sich die Augen und meinte, die Schwester habe es am Vormittag zur Untersuchung geholt, müsste aber eigentlich längst wieder hier sein. Danni blieb lange am Bett seiner Mutter und streichelte ihre Hand. Schließlich meinte sie, er habe sicher Hunger und müsse langsam nach Hause was essen. Er spürte keinen Hunger. Widerstrebend stand er auf, umarmte seine Mutter und küsste sie auf die wächsernen Wangen.

Lustlos stapfte er die Serpentinen der Straße abwärts bis zu seinem Fahrrad, fuhr am Stadtrand bis zur Waldstraße und hinauf ins Holzhaus auf der Sonnenhalde, wo er Tütensuppe mit Knäckebrot aß.

Als Urs abends nach Hause kam, erzählte er Danni aufgelöst, die Krankenschwester sei mit Kit spurlos verschwunden. Danni schluckte. Er wusste nicht, ob er lachen oder weinen sollte.

Eine Hummel landete auf der Distel, flog brummend weiter zu den Margeriten, von dort zum Mohn. Danni pflückte alle sieben Mohnblumen, die am Wiesenrand standen. Zwei verloren schon beim Pflücken ihre Blütenblätter, zeigten ihre Wuschelköpfe mit den Staubgefäßen. Er warf sie trotzdem nicht weg. Seine Mutter hatte ihm einmal gezeigt, dass auch die behaarten, grün umhüllten Knospen noch aufplatzen und ihre verknautschten klatschroten Seidentücher entfalten konnten.

Neben den Mohnblumen saß eine Grille auf schwankendem Halm. »So grün wie Mamas Haut«, dachte Danni und rückte den Ranzen zurecht. Heute graute ihm vor dem Besuch. Obwohl er gestern ganz normal durch die Drehtür gekommen war, ohne Zauberformel, ohne Trommeln, ohne Ohrwurm, hatte die Haut seiner Mutter grünlich geschimmert. Dazu die blauen Lippen, die wächsernen lila Wangen ...

Heute früh war sie ihm als Libelle im Traum erschienen. Sie hatte in der Luft ein Menuett getanzt, hatte »Adieu!« gezirpt und war mit schillernden Flügeln davon geschwirrt. Beim Aufwachen standen ihm Tränen in den Augen.

Heute wollte er besonders nett zu ihr sein. So schnell wie möglich musste sie gesund werden und wieder nach Hause kommen. Sicher war Kit inzwischen längst wieder da. Vielleicht war das Baby in der falschen Abteilung gelandet. In der Schule hatte er mit keinem Wort seinen neugeborenen Bruder erwähnt. Otto hätte jedem sofort auf die Nase gebunden, dass er verschwunden sei, weil Danni ihn weggezaubert hätte.

Der Himmel war wolkenlos. Vom Spitalberg blickte Danni über die Giebeldächer von Hügliswil, über das Schieferdach des Gymnasiums.

Kirchtürme, Rathaus, in der Ferne der Bahnhof, dahinter der Industriepark, wo Urs bei SUPERKIDS für Rechtfragen und Pressearbeit zuständig war. Rechts Felder und Obstwiesen, ein Bachlauf mit Birken und Flussweiden, links sattgrüne Wiesen mit glockenläutenden Kühen.

Er nahm sich vor, heute allein durch die Drehtür zu gehen. Was hatte sein seltsamer Zustand überhaupt mit der Drehtür zu tun? Sicher war es die Formel gewesen, dieser Ohrwurm, der ihm nicht mehr aus dem Kopf ging?

Gerade als Danni das Rondell betreten wollte, trat ein kahlköpfiger Mann heraus, blieb mitten im Eingang stehen, steckte sich eine Zigarre an und blies ihm den Rauch ins Gesicht. Es roch genauso wie der Zigarrendunst bei dem rabennasigen Opa vorgestern. Was hatte das zu bedeuten?

Trotz der sengenden Mittagshitze überlief ihn ein Frösteln. Solange dieser Mann im Eingang stand, konnte er nicht an ihm vorbei. Der Mann war hager, bleich wie der Tod, ein kahler Kopf mit Geiernase auf langem Hals. Er musterte Danni skeptisch und schien nachzudenken, ehe er schließlich zum Parkplatz schlenderte. Als die Drehtür endlich frei war, schlüpfte Danni hindurch, fuhr in den dritten Stock und trat ins Zimmer der Mutter.

Die Vorhänge waren zugezogen. Urs, der sonst erst nach Feierabend kam, saß zerknittert am Bett, das Gesicht in die Hände vergraben. Auf dem Nachttisch brannte eine Kerze. Als Urs aufsah, blickte Danni in nasse, rot verweinte Augen. Seine Mutter lag mit geschlossenen Augen im Bett, eine Kinnbinde um den Kopf. Danni hielt ihr die frisch gepflückten Mohnblumen hin. »Hast du Zahnschmerzen, Mama? Schau mal, was ich gepflückt habe!«

Sie sah nicht auf. Blauwangig ruhte ihr Kopf auf dem Kissen. Ihre grünlich schimmernden Hände waren über der Brust gefaltet. Urs nahm ihm die Mohnblumen aus der Hand und legte sie behutsam in ihre gefalteten Hände.

»Mama?« flüsterte Danni, dann zu Urs: »Schläft sie?«

Urs nickte, strich ihm übers Haar, zog sein Taschentuch und schnäuzte sich.

Totenstille.

Danni berührte die Hände seiner Mutter und zuckte zurück: eiskalt! Eine Gänsehaut überkam ihn. Eine Weile stand er reglos da.

Dann begriff er, was geschehen war.

Er sah den stillen, reglosen Körper im Bett, der gestern noch sprechen, ihn ansehen, ihm die Hand geben und sagen konnte: »Schön, dass du da bist. Stell mir die Mohnblumen bitte aufs Fensterbrett.«

Sein Herz krampfte sich zusammen. Nie wieder. Nie wieder würde sie mit ihm sprechen. Schluchzen schüttelte ihn.

In den wächsernen Händen der Mutter ruhte der Mohn.


Den ganzen Morgen saß Danni teilnahmslos hinter der Schulbank, obwohl alle in Ferienstimmung waren. In Kunst sollten sie Dinosaurier malen. Danni brachte keinen Strich zuwege. Wenn er nur an Reptilien dachte, wurde ihm flau im Magen.

Als ihn Otto in der Pause fragte »Na? Wie geht's dem Superkind?« kniff Danni die Lippen zusammen, lief in die letzte Toilettenkabine, riegelte sich ein und achtete darauf, dass niemand sein Schnäuzen hörte.

In Mathe erklärte Bürgi magische Quadrate, und in Deutsch las Frau Gschwend ein Kapitel aus dem »Stein der Weisen« vor. Es handelte vom Finden des richtigen Zauberstabs. Obwohl ihm Otto laufend in die Rippen stieß, hörte Danni überhaupt nicht zu. In Gedanken war er ganz wo anders.

An dem Wochenende, bevor seine Mutter ins Krankenhaus gekommen war, waren sie zum Seealbsee gefahren. Das Wetter war heiß gewesen aber das Wasser eiskalt, weil der See hoch in den Bergen lag. Das Foto seiner Mutter mit Sonnenbrille stand neben seinem Bett, als letzte Erinnerung an glückliche Zeiten.

Frau Gschwend, die Klassenlehrerin, verteilte die Zeugnisse. Dann strömten alle johlend in die Ferien.

»Nicht vergessen!« meinte Otto am Fahrradstand. »Einfach wegzaubern. Als Beweis, dass die Formel stimmt!«

Danni mied Ottos Blick. Mit dem Rad fuhr er die steile Waldstraße zur Sonnenhalde hoch, bis er absteigen und schieben musste. Hinter der großen Kurve schwebte eine menschengroße Libelle auf ihn zu, starr wie eine Puppe. Als sie näher kam, wurde ihr Kopf zum weißen Lampenschirm des Krankenzimmers, der langsam mit einer Wolke am Himmel verschmolz.

Im Holzhaus legte Danni den Ranzen ab und wollte sich gerade in die Küche schleichen, da hörte er Urs im Wohnzimmer: »Unser Sohn bekommt den Schock fürs Leben, wenn er diesen Artikel liest. Wie können Sie nur so was schreiben?« Danni blieb mucksmäuschenstill im Flur stehen und lauschte.

»Erzählen Sie mir nichts! Ich bin Jurist. Sie haben den Sachverhalt völlig verdreht. ... Laut Pressegesetz sind Sie verpflichtet ... Gut. Wie Sie wollen, Herr Kosellke. ... Dann stornieren wir ab sofort die Anzeigenserie ... Ach was, Gegendarstellung, wie sieht das aus? Darauf pfeifen wir. Laut ZGB haben wir Anspruch auf Berichtigung oder Widerruf. ... Haben Sie mein Fax vorliegen? Dann gehen Sie unseren Vorschlag durch. Punkt für Punkt. ... Wenn Sie das morgen bringen, bleiben die Anzeigen drin.«

Als Danni merkte, dass das Gespräch zu Ende ging, schlich er in die Küche, nahm sich ein Knäckebrot und fischte sich eine saure Gurke aus dem Glas.

Unvermittelt stand Urs in der Tür. »Danni, schon da? Wie kommt's?« Urs fuhr sich zerknirscht durchs schüttere Haar. Er sah blass aus.

»Letzter Schultag heute«, sagte Danni.

»Ach richtig! Zeig mal dein Zeugnis her. Linda wird am Mittwoch beerdigt. Dann beruhigt sich hoffentlich der Rummel.«

»Welcher Rummel?«

»Diese Heinis vom Boten ... Nicht mal trauern kann man in Ruhe.«

»Was steht denn im Boten?«

»Völliger Schwachsinn. Ich hatte die Zeitung noch nicht gelesen, da rief mich mein Chef schon an: ›Auf der Titelseite! Katastrophal! Unsre Anzeigenserie ist rausgeschmissenes Geld. Bügeln Sie das sofort aus!‹ Nach dem Begräbnis brauchen wir dringend einen Luftwechsel. Bis Gras drüber gewachsen ist.«

»Wo liegt denn der Bote?«

»Ausgerechnet auf der Titelseite! Nur weil sie im Sommerloch nichts Besseres haben.«

»Wo liegt denn der Bote?«

»Erspar dir das! Davon kriegst du nur Albträume.«

Die ausweichenden Antworten von Urs stachelten Dannis Neugier erst recht an. Er murmelte »Ich bring meinen Ranzen ins Zimmer«, verließ die Küche und schaute im Wohnzimmer nach. Wie vermutet lag der »Hügliswiler Bote« gleich neben dem Telefon. Aber links unten auf der Titelseite klaffte ein viereckiges Loch. Urs hatte den Artikel ausgeschnitten.

»Hab ich mir's doch gedacht.« Urs stand in der Wohnzimmertür. »Ich sag dir, das ist nichts für dich. Bei deiner blühenden Phantasie. Du würdest dich beim Lesen nur übergeben.«

Danni gab sich scheinbar geschlagen, holte sein Zeugnis hervor und brachte es Urs. Dass er keine besonders guten Noten vorweisen konnte, kam ihm jetzt sogar als Vorteil vor: Es lenkte Urs von Dannis Neugier ab. Immerhin war er trotz Mathe nicht sitzengeblieben, wie Otto ihm prophezeit hatte.

Am Abend, als Urs gemütlich vor dem Fernseher saß, schlich sich Danni ins Arbeitszimmer von Urs, öffnete leise den Aktenschrank und zog den Ordner »Kit« heraus. Als er ihn aufschlug, stach ihm sofort die Schlagzeile mit dem vergrößerten Passbild der Krankenschwester ins Auge: »Hügliswiler Superkind spurlos verschwunden«.

Er fotografierte den Artikel mit seinem Handy und stellte den Ordner sauber zurück ins Regal. Dann schlich er in sein Zimmer, schloss ab, lud das Foto in seinen Computer und las den Artikel am Bildschirm.

Nach der Bemerkung von Urs war er auf reißerische Übertreibungen gefasst, fand den Text aber eher nüchtern wie ein Artikel in den Fachzeitschriften, die Urs abonniert hatte. Zum ersten Mal erfuhr er Einzelheiten über die Komplikationen bei der Schwangerschaft.

*»Der Organismus der Mutter lehnte den Fötus, dessen Erbanlagen SUPERKIDS nach einer Wunschliste der Eltern zusammengestellt hatte, als Fremdkörper ab und konnte nur durch eine Spezialbehandlung dazu gebracht werden, das Kind auszutragen. Das Neugeborene wies verschiedene Anomalien auf wie starke Hypothermie und mehrere Atavismen, darunter einen äußerlich hervortretenden Schwanzfortsatz am Ende der Wirbelsäule.*

*Kurz vor dem Termin zur Untersuchung der Fehlbildungen verschwand die Krankenschwester spurlos mit dem Kind. Laut Personalabteilung des Städtischen Spitals hatte sich Frau Ammert mit gefälschten Papieren als Hilfsschwester beworben und zur Station der Mutter Zugang verschafft. Die Mutter verstarb in der Nacht an Herzversagen – vermutlich durch den Schock der Kindesentführung.*

*Dies ist bereits der zweite Fall einer sogenannten Superkind-Entführung. Am 2. Juli wurde in den U.S.A. das Superkid von St. Louis, das ähnliche Anomalien aufwies, auf gleiche Weise kurz nach der Geburt entführt.«*

Die Zeilen verschwammen Danni vor den Augen. Die saure Gurke lag ihm wie ein Stein im Magen. Zum Glück hatte in der Schule noch niemand den Boten gelesen. Außer Otto wusste auch niemand, dass das Superkind sein Halbbruder war. Warum musste er das ausgerechnet Otto auf die Nase binden? Seine Eltern hatten ihm doch eingeschärft, mit niemandem darüber zu reden.

Otto war imstande, zum »Boten« zu rennen und dem Redakteur die Geschichte vom Wegzaubern aufzutischen, nur um sich wichtig zu machen. Dabei war es doch entführt worden. Oder? Hätte er aufpassen müssen, was er sich wünschte? War er mitschuldig an der Entführung? Danni sah wieder das Aufflackern im Blick der Krankenschwester vor sich, als er gesagt hatte, es sehe wie ein Reptil aus. Was genau bedeuteten die Fremdwörter? Danni gab sie ins Internet ein und las:

*Hypothermie, Unterkühlung. Unterkühlte Neugeborene zeigen kein Frösteln; sie werden teilnahmslos, und ihre Gliedmaßen fühlen sich kalt an.*

Wieso war das Baby unterkühlt? War es ein Kaltblüter wie ein Reptil? Er gab »Reptil« ein und las:

*Reptilien sind wechselwarme Tiere, deren Körpertemperatur von der Umwelt abhängt und nicht von ihrem Stoffwechsel beeinflusst wird.*

Hatte er etwa unter dem Einfluss der Ringformel etwas entdeckt, was die Krankenschwester vertuschen wollte? War sie deshalb mit dem Superkind verschwunden? Er las weiter über *Unterkühlung*:

*Sinkt die Temperatur unter 32° Celsius, treten Teilnahmslosigkeit, Koma oder sogar der Tod ein.*

Danni dachte an die eiskalten Hände seiner Mutter. War sie an Unterkühlung gestorben, durch die »Spezialbehandlung« von SUPER-KIDS? Und was genau waren *Atavismen*?

*Atavismus – Ausbildung von Eigenschaften, die den Ahnenformen entsprechen, zum Beispiel Halsfisteln als Überbleibsel von Kiemen, herausgewachsenes Steißbein, Hornzipfel oder*

*Schwimmhäute. Mögliche Ursachen: a) Mutation bestimmter Gene oder Änderungen der Gen-Regulation, b) Bastardisierung verschiedener Zuchtlinien oder Arten.*

Danni pfiff durch die Zähne. Das waren also die »unvorhergesehenen Komplikationen«. Wie hatte SUPERKIDS die Erbanlagen verändert? Hatten sie Gene einer anderen Art mit eingebaut? War das der Grund, warum Urs ihm den Artikel vorenthalten wollte? War SUPERKIDS für den Tod seiner Mutter verantwortlich? Hatten sie die Entführung veranlasst? Und Urs wollte sie decken aus Angst um seinen Job?

Wenn Urs ihm nichts verraten wollte, musste er auf eigene Faust ermitteln. Was wusste Onkel Jeronimus über das Superkind? Was stand in dem ungelesenen Teil des Manuskripts? Danni musste unbedingt mit seinem Onkel reden. Er rief ihn mit dem Handy an, erreichte aber nur den Anrufbeantworter, auf dem er die dringende Bitte hinterließ, zurückzurufen.

Danni wälzte sich im Bett von einer Seite auf die andere. Immer wieder sprach er in Gedanken mit seiner Mutter. »Verrückte«, hatte sie einmal gesagt, »hören im Kopf Stimmen von Wesen, die gar nicht da sind.« Genau so ging es ihm jetzt. Er hörte im Kopf ihre Stimme und antwortete ihr, als würden sie sich unterhalten. Konnten Verstorbene sprechen? Konnten sie sich mit Lebenden unterhalten? Oder hörte er nur ihre Stimme, weil er sich danach sehnte?

– Es war nicht meine Schuld, Mama –, sagte er im Geist. – Ich bin nur erschrocken, weil das Baby so komisch aussah. Da hat mich die Schwester angestarrt, als hätte ich was verbrochen.

– Sprich mit Onkel Jeronimus –, hörte er seine Mutter.

Vor Monaten, als seine Mutter Brechreiz und Schwindel bekommen hatte, war Onkel Jeronimus eigens von Brüssel angereist und mit ihr weggefahren. Als sie zurückkamen, waren beide bedrückt und schweigsam gewesen. Onkel Jeronimus hatte Mama nur abgeliefert und war wieder abgereist.

Von diesem Tag an war seine Mutter wie verwandelt gewesen. Sie lächelte nicht, wirkte kraftlos, mutlos, bedrückt, als hätte man ihr eine tödliche Krankheit bescheinigt. Zwei Wochen später wurde sie gelb und musste ins Krankenhaus.

Ja, Onkel Jeronimus wusste mehr. Er musste ihn so schnell wie möglich sprechen. Aber er hörte immer nur den Anrufbeantworter. Und nie rief der Onkel zurück. Urs behauptete, Onkel Jeronimus sei am Tag nach dem Kidnapping in eine Nervenklinik eingeliefert worden. »In die Klapsmühle« sagte er wörtlich. Aber Danni glaubte nicht, dass sein Onkel verrückt war. Vor Dannis Zeit soll er mal manisch-depressive Schübe gehabt haben, doch das war lange her. Danni hatte ihn immer als verschmitzt und witzig erlebt, mit überraschenden Einfällen. Manchmal spielte er nur den Verrückten, um Urs zu ärgern, weil der immer tierisch ernst war und keinen Spaß verstand.

»Und was wird aus meinem Ferienbesuch bei Onkel Jeronimus?« fragte Danni.

Urs runzelte die Stirn. »Schlag dir das aus dem Kopf. Das geht jetzt nicht. Wir fahren zusammen ans Mittelmeer. Ein Kollege hat uns auf seine Segeljacht eingeladen.«

Onkel Jeronimus erschien auch nicht zum Begräbnis. Der Friedhof lag auf dem Hügel hinterm Spital. In der Leichenhalle roch es süßlich und nach frisch geschnittenen Blumen. Im Sargdeckel war eine Klappe, durch die Urs einen letzten Blick auf Linda warf. Danni getraute sich nicht, durch die Öffnung im Deckel zu schauen. Urs hatte ihm erzählt, nach dem Tod falle das Fleisch ein und mache die Nase spitz und blass. Seither war ihm hinter dem Vorhang der Besenecke im Holzhaus immer ihr Gesicht entgegengeschwebt, verzerrt als runder Lampenschirm mit spitzer Nase. Dasselbe Gesicht kam ihm auf der Waldstraße hinter jeder Kurve entgegen. Er hatte Angst, diesem Gesicht jetzt im Sarg wieder zu begegnen. Lieber behielt er das Bild seiner Mutter im Kopf, wie sie mit Kinnbinde im Krankenbett lag, als schliefe sie.

Außer der Familie seiner Mutter, die aus dem Odenwald angereist war, kamen Nachbarn, Bekannte und viele Kollegen von Urs zur Beerdigung. Auch Dr. Lüthi, der Chef von Urs bei SUPERKIDS, ein bleicher, knöcherner Mann mit starken Wangenknochen und runder Goldrandbrille, bei dessen Anblick Danni unwillkürlich die Arme vor der Brust verschränkte. Ganz am Rande entdeckte Danni einen unauffällig gekleideten Herrn, der die Begräbnisgesellschaft unauffällig beobachtete und sich dabei von Zeit zu Zeit unauffällig Notizen machte. Das war bestimmt einer von der Kripo.

Sehr auffällig dagegen war ein Hüne im Trachtenanzug mit Bernhardinergesicht, der sich gleich zu Anfang mit Dr. Lüthi unterhielt, später mit den Verwandten aus dem Odenwald und beim Verlassen des Friedhofs neben Danni auftauchte: »Du bist Daniel Doeblin, stimmt's?«

Als Danni nickte, raunte er durch die Zähne: »Wie hast du's geschafft, dass der Zauber gewirkt hat?«

Danni rutschte das Herz in die Hose. »Ich ... ich denke, die Krankenschwester ...«

»Verrätst du mir die Ringformel?«

Die Ringformel? Für einen Augenblick strahlte in Dannis Hinterkopf wieder die weiße Sonne. Während ihm die Knie weich wurden, legten sich zwei Hände von hinten auf seine Schultern, und Urs sagte mit Nachdruck: »Lassen Sie bitte meinen Sohn in Frieden. Er weiß nicht mehr als Sie.«

Der Hüne lächelte Urs unverbindlich an, legte die Hand an die Schläfe, sagte zu Danni »Nimm's leicht, das Leben geht weiter« und verschwand Richtung Parkplatz. Als Danni fragte, wer das sei, meinte Urs: »Dieser Chaib hat uns die ganze Suppe eingebrockt.«

Der Ausdruck »Chaib« war das Lieblingswort von Urs für Leute, die er absolut nicht leiden konnte.

Danni ließ es keine Ruhe. Er überwand sich und wählte Ottos Nummer. »Wem hast du was von der Zauberformel erzählt?«

»Ich?« Otto tat erstaunt. »Ich kann schweigen wie ein Grab.«

»Du lügst! Wem hast du's erzählt?«

»Wem soll ich so was erzählen? Ich bin doch nicht blöd und mach mich lächerlich. Dabei fällt mir ein: Ich wüsste, wie du dir das Geld für deinen Plastikring verdienen kannst. Ich kenne da einen Redakteur vom ›Boten‹, der auf der Kinderseite über Zauberformeln schreiben will ...«

»Du hinterhältiger Köter! Du warst bei der Zeitung.«

»Werd bloß nicht frech! Sonst erzähl ich meinem Freund, dem Redakteur, dass du ein Schwarzmagier bist, der Säuglinge verschwinden lässt, bis seine Mutter einen Herzschlag kriegt ...«

Danni wurde schwarz vor Augen. Er legte auf, warf sich aufs Bett und schloss die Augen. In seinem Magen drehte sich alles. Aus weiter Ferne schwebte etwas auf ihn zu: Ein grünlich schimmernder Totenkopf mit glühenden Kohlenaugen tanzte grinsend und zähneklappernd an ihm vorbei.

Die Orgel klang Danni noch im Ohr, als er versuchte, den Text des Kirchenliedes aus dem Gedächtnis aufzuschreiben.

*»So nimm denn meine Hände und führe mich*
*bis an mein selig Ende, ich spüre dich ...«*

Ob der Wortlaut stimmte, wusste er nicht. Er saß am Computer und schrieb eine E-Mail an Christian, seinen erwachsenen Freund im Odenwald.

*»Urs sagt, das Orgelstück sei die Lieblingsmusik meiner Mutter gewesen: das Largo von Händel.«*

Er kaute an den Fingernägeln und lud den Artikel über die Superkind-Entführung als Anlage hoch. Christian war Enthüllungsjournalist. Letzten Sommer, als Danni seine Großeltern im Odenwald besuchte, hatte er mit Christian lange Touren mit dem Mountainbike gemacht. Beim Baden am Erlensee in Bickenbach hatte er ihn gefragt: »Hast du schon mal einen Mord aufgedeckt?«

»Mord. Was ist schon ein einzelner Mord?« hatte Christian erwidert. »Ich ermittle, wie und warum bestimmte Kreise ganze Kontinente versklaven oder ausrotten wollen.«

»Warum sollte jemand so was wollen?«

»Machtwahn, sagen manche. Wer einmal Blut geleckt hat, wird süchtig. Aber das glaube ich nicht. Dann gäbe es niemals segensreiche Herrscher. Da muss noch was anderes dahinter stecken.«

»Aber was?«

»Das ist die Frage. Erst wenn wir durchschauen, was mit uns gespielt wird, können wir es ändern.« Er griff in seinen Tabaksbeutel und stopfte sich die Pfeife. »Warum werden für erfundene Seuchen Impfstoffe in Milliardenhöhe von Steuergeldern eingekauft und dann an Entwicklungsländer verschenkt? Und warum sterben die Geimpften wie die Fliegen? Kannst du mir das erklären?«

Diesem Christian schickte er jetzt den Artikel und schrieb dazu:

*»Der Artikel wurde am nächsten Tag widerrufen. Der Chef*
*von SUPERKIDS hat Urs die Hölle heiß gemacht. Daraufhin*
*hat Urs dem Redakteur einen Text gefaxt, der alles verdreht,*
*und ihm gedroht, die Werbung in der Zeitung einzustellen,*
*wenn sie das nicht bringen würden. Ich will aber herausfin-*

*den, warum das Superkind wirklich entführt wurde, wie es ‚naturverbessert' wurde und wo es jetzt versteckt wird.*

*Ich hatte nämlich am Tag von Kits Geburt im Manuskript meines Onkels eine Zauberformel entdeckt, die mir nicht mehr aus dem Kopf ging. Am Eingang zum Spital packte mich der Ohrwurm so stark, dass ich wie ein Hubschrauber immer im Kreis durch die Drehtür wirbelte. Anschließend sah das Spital auf einmal völlig anders aus. Und Kit, das neugeborene Baby, sah aus wie ein Reptil. Ich glaube, die Krankenschwester war ziemlich erschrocken, als ihr klar wurde, was ich gesehen hatte. Am nächsten Tag ist sie mit dem Superkind spurlos verschwunden.*

*Diesen Schock hat meine herzkranke Mutter leider nicht überlebt. Jetzt weiß ich nicht, ob mein Wunsch, das Superkind wegzuzaubern, wirklich gewirkt hat oder ob die Entführung damit zu tun hat, dass sich die Krankenschwester von mir ertappt fühlte. Es wäre doch furchtbar, wenn ich indirekt am Tod meiner Mutter schuld wäre. Deswegen muss ich unbedingt Klarheit haben, was es mit der ganzen Sache auf sich hat. Du hast doch Erfahrung mit solchen Ermittlungen. Kannst du mir dabei helfen?«*

Er atmete auf. Endlich war es gesagt.

*»Morgen früh um 9 kommt ein Kollege von Urs, der eine Segelyacht hat. Wir sollen mit ihm für zwei Wochen durchs Mittelmeer kreuzen und haben schon alles gepackt.«*

Danni legte die Hände zusammen und kippelte mit dem Stuhl, während er überlegte, was er noch schreiben durfte und was nicht.

*»Eigentlich wollte ich in den Ferien den Bruder meiner Mutter besuchen, meinen Patenonkel Jeronimus in Wavre bei Brüssel. Aber Urs hat es verboten. Er meint, Onkel Jeronimus sei in der Klapsmühle. Mein Onkel weiß nämlich mehr über das Superkind als Urs lieb ist. Urs meint, wir sollten die Ermittlungen lieber der Polizei überlassen. Für Zivilisten sei das zu gefährlich.«*

Danni lauschte, ob Urs in der Nähe war, dann tippte er hastig.

*»Aber Onkel Jeronimus ist seit gestern wieder zuhause. Er rief mich zurück und meinte, ich soll so schnell wie möglich*

*kommen. Am Telefon könne er nichts sagen. Das Bahn-Ticket habe ich schon. Morgen früh, wenn Urs noch schläft, steige ich in den Zug. Onkel Jeronimus erreichst du unter 0032-10-......*
*Hoffentlich bis bald. Danni«*

Sofort nach dem Versenden löschte er die E-Mail im Computer.

**Frau** Ammert **als Krankenschwester**

# 5. Belgische Bahnfahrt

Danni setzte seinen Rucksack ab und atmete auf. Niemand war zu sehen. Urs schlief noch fest. Der Schneegipfel des St. Eckhard glühte rosa. Sein Handy klingelte, und Onkel Jeronimus fragte: »Danni? Wo bist du?«

»An der Bushaltestelle.«

»Gott sei Dank! Pass auf, es ändert sich was: Ich liege mit Fieber im Bett und kann nicht aufstehen. Mein Nachbar Thomas holt dich vom Bahnhof ab. Du erkennst ihn an seiner linken Gesichtshälfte: Sie ist blaurot gescheckt wie mit Stempelfarbe übergossen. Woran erkennt er dich? Was hast du an?«

»Roten Anorak, braune Kordhose, braun kariertes Hemd.«

»Und was für Gepäck?«

»Einen gelben Rucksack und eine Plastiktüte mit Proviant.«

»Hm! Hast du ein auffälliges Taschentuch?«

»Nee. Nur beim Proviant zwei rote Servietten.«

»Gut! Pass auf: Sobald du in Belgien bist, steck dir eine rote Serviette in die Brusttasche, so dass sie oben herausschaut. Warte nicht bis Wavre!«

»Warum?«

»Darüber kann ich am Telefon nicht reden. Steck die Serviette gleich nach der Grenze in die Brusttasche, dass man sie deutlich sieht! Spätestens ab Lüttich. Hörst du: spätestens ab Lüttich.«

»Aber er holt mich doch erst in Wavre ab, oder?«

»Frag nicht! Ich weiß, was ich sage. Und pass höllisch auf, sobald du in Belgien bist. Hier gibt es zwei Landessprachen: Französisch und Flämisch. Keine Sprachgruppe versteht die andere. Vor kurzem sind zwei Züge zusammengekracht, weil der wallonische Lockführer die Warnung des flämischen Gleiswarts nicht verstand.«

Danni sah den weiß-rot-gelben Postbus um die Ecke tuckern. »Da kommt mein Bus.«

»Noch was, wenn du in Köln umsteigst: Wann geht dein Zug nach Brüssel weiter?«

»Augenblick.« Danni zog sein Ticket aus dem Rucksack: »Ab Köln 11 Uhr 43, Ankunft Löwen ...«

»Verflixt! Weißt du was? Lass den Zug sausen und nimm den nächsten: 12 Uhr 43.«

»Wieso?«

»Frag nicht, mach einfach. Ich hatte heute Nacht ein Wahnsinns-Wetterleuchten. Alle Himmelshäute rissen auf. Es krachte im Gebälk. Die Kugelblitze schlugen Purzelbäume. Ich hoffe, wir sehen uns noch. Ich warte auf dich. Uns kriegen sie nicht klein. Kapiert?«

»Was? Wohin ...«

»Gute Fahrt!«

Die Leitung war tot. Vor Danni sprang die Bustür auf. Er stieg ein und stellte sein Handy ab. Urs würde sicher bald wie wild versuchen, ihn zu erreichen.

Im Bus rätselte er, warum er in Köln eine Stunde vertrödeln sollte, um rechtzeitig in Wavre zu sein. Und warum die rote Serviette ab Lüttich? Das gab doch alles keinen Sinn! Die rätselhafte Antwort war typisch für Onkel Jeronimus. Wie die Geheimschriften, die er ihm zum Entziffern schickte. Oder hatte er tatsächlich wieder einen Schub? Eine seiner berüchtigten manischen Phasen?

Während Danni im Zug den Rhein entlang fuhr – vorbei am Rheinfall von Schaffhausen, am Mäuseturm von Bingen, an der Loreley, an Weinbergen und Burgruinen, malte er sich die verrücktesten Gründe aus, warum er die rote Serviette ab Lüttich ins Hemd stecken sollte. In Köln ließ er den Zug um 11 Uhr 43 sausen und stieg nach einer Stunde Kopfzerbrechen in den Schnellzug, der 12 Uhr 43 Richtung Brüssel fuhr. Gerade als er kurz hinter Aachen-Süd die rote Serviette aus der Provianttüte holen wollte, kam der belgische Schaffner, stempelte Dannis Fahrkarte und erklärte ihm, er müsse in Lüttich umsteigen, da dieser Zug nicht in Löwen halte.

»Aber hier steht doch«, meinte Danni, »der Zug fährt über Löwen.«

»Das gilt für den Zug, den du verpasst hast. Nur jeder zweite hält in Löwen.« Der Schaffner sah Danni vorwurfsvoll an. »Du hattest doch genug Zeit zum Umsteigen. Zu lange rumgetrödelt, was?«

Danni bekam einen Schreck. Wusste das der Onkel? Oder durchkreuzte das seine Pläne?

Mit mulmigem Gefühl im Magen stieg Danni in Lüttich aus. Auf dem Bahnsteig sah er keinerlei Schilder – weder am Zug noch am Gleis. Der erste Reisende, den er fragte, wie er nach Löwen käme, deutete auf den Zug, aus dem Danni ausgestiegen war, und meinte: »Steig wieder ein.« Aber der Zug fuhr bereits. Der zweite Reisende deutete auf den Zug gegenüber. Als er einstieg und die Fahrgäste fragte, meinten zwei französisch sprechende, der Zug führe nicht nach Louvain, sondern nach Namur. »Nein, nicht nach Namen«, mischte sich eine resolute Dame auf deutsch ein, »sondern nach Leuven.« Langsam dämmerte Danni, was Onkel Jeronimus mit belgischer Sprachverwirrung gemeint hatte.

Kurz hinter Lüttich kam ein Stehgeiger mit grauem Bart und schwarzer Augenklappe ins Abteil, spielte eine russische Volksweise, lief mit dem Hut durch die Sitzreihen, musterte Danni misstrauisch und verschwand im nächsten Waggon. Nach drei Stationen saß im Waggon hinter der Führerkabine niemand mehr außer Danni. Plötzlich fiel ihm die rote Serviette ein. Die hatte er durch den Schaffner völlig vergessen. Er holte sie aus der Tüte und steckte sie in die Brusttasche, so dass ein großes rotes Dreieck herausragte.

Zwei Stationen später kam der Stehgeiger wieder. Er starrte auf die Serviette und fragte schroff: »Aus der Schweiz?«

Danni erschrak. »Wieso?«

»Du Neffe von Onkel Jeronimus?«

»Wie kommen Sie darauf?«

»Rotes Tuch! Warum nicht getragen ab Lüttich?«

Danni stockte der Atem. Was wusste der Mann über ihn? Freund oder Feind?

»Ich ... Ich musste umsteigen. Auf dem Fahrplan stand aber ...«

»Du heißen Daniel?«

»Wieso?«

»Nachname?«

»Doeblin.«

»Nu da! Schnell lesen, bevor Zug in Landen!«

Der Geiger gab ihm eine kleine weiße Plastiktüte und stieg beim nächsten Halt aus. Danni schaute ihm durchs Fenster nach. Er verschwand vom Bahnsteig, ohne sich umzuschauen.

Die Tüte enthielt einen Umschlag, auf dem stand: »*Danni, bitte lesen! Eilt!!!*« Dazu ein blaues Fläschchen mit der handgeschriebenen Aufschrift »*Tâm-Meht*«. Danni riss den Umschlag auf und las.

*»Mein liebes Patenkind,*

*es ist kurz nach Mitternacht, und ich weiß nicht, ob ich den heutigen Tag überleben werde. Ich hoffe, wir sehen uns noch, bevor ich das Zeitliche segne. Seit Wochen versuche ich vergebens, den zuständigen Behörden etwas klarzumachen. Du bist der Einzige, dem ich das anvertrauen kann. Alle anderen glauben, meine Sicherungen seien durchgeknallt.*

*Die Firma SUPERKIDS hat ihren Hauptsitz in einem Geheimring, der die mathemagische Genstruktur des Universums erforscht. Das ist die Ringformel aus meinem Manuskript. In diesem ›Ring des Wissens‹ liegen zwei Lager miteinander im Wettstreit. Die Bewohner des Südsektors wollen dem Menschen helfen, seine angeborenen Erbanlagen zu entfalten, die im Südwesten wollen ihn ›naturverbessern‹, damit sie ihn im Sinne einer neuen Weltordnung beherrschen können.*

*Als ich anfing, darüber zu reden, hat man mich zunächst nur als Verschwörungstheoretiker verspottet. Sobald ich aber Beweise auftischen wollte, verlor ich sofort meinen Lehrstuhl an der Europäischen Universität und wurde in die Klapsmühle gesteckt. Vorwand: Verfolgungswahn.*

*Dort haben sie nachts das Kopfende meines Bettes mit Röntgenstrahlen beschossen. Die Strahlenkanone entdeckte ich unter dem Bett – leider zu spät. Gleichzeitig gaben sie mir Spritzen – angeblich zur Beruhigung –, um den radioaktiven Zerfall meiner Gehirnzellen zu beschleunigen. Diese Meuchelmörder!*

*Dann haben sie mich entlassen, um ihre Hände in Unschuld zu waschen. Jetzt kann es mit mir stündlich vorbei sein. Du siehst: Unsere Gegner gehen über Leichen. Aber ich bin selber schuld!«*

Danni schluckte: *stündlich vorbei sein?* Warum hatte er dann in Köln eine Stunde vertrödelt? War das ein makabrer Witz des Onkels? Oder lag es am Zerfall seiner Gehirnzellen?

Besorgt las Danni weiter.

»Was in dem Forschungsring läuft, hatte ich haarklein im Manuskript beschrieben, das dein werter Klassenkamerad leider versenkt hat. Steckt er etwa mit der Bande unter einer Decke? Während ich in der Klapsmühle war, wurden auch alle meine Unterlagen über den Ring des Wissens gelöscht.
Jetzt pass gut auf: Noch bevor du in Wavre ankommst, schmuggeln wir dich in das Sperrgebiet dieses Geheimrings ein. Denn dorthin wurde Kit vermutlich entführt. Er darf auf keinen Fall in den Klauen dieser Bande bleiben. Am Telefon konnte ich darüber nichts sagen, ich weiß nicht, wer alles mithört.«

Wie!? – dachte Danni. Er sollte die Fahrt nach Wavre unterbrechen? Wenn Onkel Jeronimus sterbenskrank war, musste er doch so schnell wie möglich zu ihm. Hatte Urs doch Recht? War sein Onkel durchgeknallt? Allein der Gedanke, sein Banknachbar Otto könne mit der Bande unter einer Decke stecken, war absurd. Wurde das Telefon tatsächlich abgehört? Oder gehörte das zu seinem Verfolgungswahn?

»Um 14 Uhr 39 stößt im Bahnhof Landen ein Triebwagen aus dem Ring des Wissens ans Ende dieses Zuges. Darin sitzt Monsieur Mart, eines der großen Tiere im Ring, auf dessen Grundstück die Mutterzentrale von SUPERKIDS steht. Mart will in Brüssel ein Gesetz durchboxen, das beim Menschen wie in der Viehzucht nur noch künstliche Befruchtung zulässt, damit man lauter Superkinder züchten kann. Wahrscheinlich wird das also bald für alle Europäer zwingend. Der Triebwagen, in dem er kommt, fährt ohne ihn zurück – wenn alles klappt, mit dir als blindem Passagier.
Da uns bis Landen nur wenig Zeit bleibt, hier das Wichtigste: Nimm das blaue Fläschchen mit der Aufschrift ›Tâm-Meht‹ aus der Tüte und trinke es aus. Dieser Met schmiert die Synapsen deiner Nervenbahnen und beschleunigt deine Reaktionszeit, damit dich Mart in Landen nicht erwischt. Also: Stöpsel raus und runter mit dem Saft! Er schmeckt wie Honigwein, eben wie Met. Es dauert ein paar Minuten, bis die Wirkung eintritt.«

Mit mulmigem Gefühl nahm Danni das Fläschchen aus der Tüte, zog den Korken raus und roch daran. Hoffentlich war sein Onkel noch klar im Kopf. Der Met roch allerdings so verlockend nach Honig und Wein, dass er alle Zweifel beiseite schob. Er nahm einen Schluck, kaute den süßen Met mit der Zunge wie Urs bei der Weinprobe und kippte ihn dann in einem Zug hinunter. Während er das leere Fläschchen wieder in die Tüte steckte, spürte er, wie sich ein buttriges Gefühl in ihm breitmachte, zuerst in Kopf und Kehle, Brust und Bauch und schließlich im ganzen Körper.

Jetzt fiel ihm auf, dass der Zug schon eine ganze Weile stand. Hinter dem Bahnhof entdeckte er einen achteckigen Wasserturm, weiß mit blauen Ornamenten, der ihm wie ein Märchenturm aus dem Morgenland erschien. Er stellte sich vor, wie in dem großen Wasserkopf des Turms das Wasser gurgelte und strömte, immer im Kreis wie in der Drehtür des Spitals ... Bevor er ins Träumen verfiel, entsann er sich wieder des Briefes und las weiter.

>*Der Tâm-Meht, den du jetzt hoffentlich intus hast, wirkt wie ein Elektronenmikroskop der Zeit und öffnet dir ein Fenster in der Raumzeit. Normalerweise dauert ja ein Augenblick von einem Lidschlag bis zum nächsten, also etwa drei bis sechs Sekunden. Durch den Tâm-Meht fächert er sich in Milliarden kurzer Augenblitze auf, die du schneller als ein Prozessor registrierst. Monsieur Mart bewegt sich dann für dich in Zeitlupe, so dass du ihm leicht aus den Augen gehen kannst.*<

Danni hörte eine Tür aufgehen und sah auf. Zwei Bahnbeamte in blauer Uniform verließen die Führerkabine, stiegen aus und schlenderten mit ihren schwarzen, eckigen Ledertaschen den Bahnsteig entlang. Von Zeitlupe keine Spur.

>*In Landen hat der Zug etwa zehn Minuten Aufenthalt, denn es liegt an der Sprachgrenze zwischen Wallonen und Flamen. Dort wechselt das Zugpersonal, und der Zug ist meistens gähnend leer. Die Wallonen sind vorher ausgestiegen, die Flamen steigen erst später zu. Darum benutzen die Mitglieder des Rings den Bahnhof Landen als geheime Schnittstelle zur Außenwelt. Die Wallonen glauben, der Triebwagen gehöre den Flamen, die Flamen glauben, hier rangierten Wallonen.*<

Danni sah aus dem Fenster und suchte nach dem Namensschild des Bahnhofs, konnte aber nichts entdecken. Erst als er sich aus der Tür lehnte, sah er das Schild: LANDEN.

Der Zug hielt also schon die ganze Zeit in Landen! Danni spürte ein Flattern in den Oberarmen, als er sich hinsetzte und weiterlas.

*»Sobald der Zug in Landen ankommt, begibst du dich sofort in den vorletzten Waggon ...«*

In Windeseile überflog er die Zeilen. Er sah auf die Uhr: 14 Uhr 37. Da sollte er längst im vorletzten Waggon sein. Warum hatte er in Lüttich bloß vergessen, die Serviette in die Brusttasche zu stecken?

Er warf sich den Rucksack um und lief durch den Zug. Tür auf, Tür zu, Tür auf, Tür zu, Tür auf, Tür zu ... Sein Onkel hatte recht: Der Zug war gähnend leer. Gleich musste der Triebwagen mit einem Ruck ans Ende des Zuges stoßen.

Im vorletzten Waggon saß ein Mann im grauen Anzug mit Schnapsflasche auf einer Bank. Als er Danni sah, hob er ihm die Flasche entgegen und nuschelte: »Bonjour Monsieur. À la vôtre!«

Danni beachtete ihn nicht, zog das Fenster herunter und lehnte sich hinaus: Ja, der nächste Waggon war der letzte. Er ließ den Bahnsteig nicht aus den Augen. Jeden Moment musste der Triebwagen kommen, aus dem Monsieur Mart ausstieg.

Ein Rippenknuff lenkte ihn ab. Wankend stand der Betrunkene neben ihm und bot ihm die Schnapsflasche an. Danni winkte ab. Ein Ruckeln ging durch den Zug. Der Säufer drängte Danni die Flasche auf.

»Merci beaucoup, Monsieur«, rief Danni. »Nicht jetzt!« Nuschelnd verzog sich der Zechbruder auf seine Bank.

Danni hatte das Ruckeln gespürt. Das musste der Triebwagen sein. Er suchte den Bahnsteig ab. War Monsieur Mart inzwischen ausgestiegen? Hatte er ihn verpasst? Er lehnte sich aus dem Fenster. Ja, an den letzten Waggon hatte sich jetzt ein Triebwagen angehängt. Diese Schnapsnase mit seiner Flasche! Wenn der Triebwagen ohne ihn abfuhr, war alles verpatzt. Danni schob das Fenster hoch, riss die Tür zum letzten Waggon auf und rannte ans andere Ende.

Die Tür zum Triebwagen war verschlossen. Laut Brief musste hier ein Tastenschloss sein, das nach einem Passwort fragte. Er sah keins, entdeckte nur eine Klappe, die sich öffnen ließ. Eine Art Handy-Tastatur kam zum Vorschein. Auf der Bildschirmanzeige erschien die Frage:

*1, 2, 3, 4* ?

Was bedeutete das? Danni hatte keine Ahnung, welche Ziffer er eingeben sollte. Der Bildschirmtext änderte sich, und Danni las:

1 *English*

2 *Français*

3 *Vlaams*

4 *Deutsch*

Ach so, eine Sprache wählen. Er drückte Taste vier, und es erschien der Satz: »*Wiederhole dreimal den mathemagischen Trommelklang.*«

Da hatte er den Salat! »*Als Passwort*«, hatte sein Onkel geschrieben, »*wird nach einer mathemagischen Lautformel gefragt. Nach welcher weiß ich leider nicht, denn die Frage ändert sich ständig. Denk einfach an das, was im Manuskript vom Ring des Wissens stand.*«

Das war leichter gesagt als getan. Wenn er nicht bald antwortete, fuhr der Triebwagen ohne ihn ab. Schon leuchtete ein neuer Text auf:

1 *tam tam mathématique*

2 *wiskundige tamtam*

3 *mathematîci tàmehtam*

4 *mathemagical drumming hum*

Ah! Eine Auswahl wie beim Fernsehquiz. Welches war der mathemagische Trommelklang? Das erste klang französisch. »Wiskundig« musste flämisch sein, »drumming hum« war englisch. Was konnte das dritte sein?

Plötzlich hörte er im Kopf wieder das Trommeln des Schädelrings, die Formel der Liegenden Acht, den Ohrwurm der Drehtür: ê*htamathê matìckitàm* ê*htamathê matìckitàm* ê*htamathê matìckitàm* ...

Die Zauberformel! Die selben acht Silben, nur leicht versetzt, ergaben: *mathematìci tàmehtam mathematìci tàmehtam mathematìci* ...

Als er das Passwort gerade wiederholen wollte, gewahrte er unter dem Tastenschloss eine Bewegung. Die senkrechte Klinke der Schiebetür wanderte ruckartig wie ein Sekundenzeiger auf dem Ziffernblatt von Position 12 nach 2 und rastete dort ein. Millimeter für Millimeter schob sich die Tür auf. Der Schlitz zwischen Rahmen und Tür wurde in ruckelnder Zeitlupe zu einem immer breiteren Band. Dahinter stand auf dem Boden eine schwarz glänzende, auf rundem Sockel stehende Lederkuppe, die sich bei näherer Betrachtung als die genoppte Spitze eines Herrenschuhs entpuppte.

Ein Schuh in der Tür! In Dannis Hirn ratterte es: Monsieur Mart! Er ist noch im Triebwagen. Blitzschnell eilte er zurück zum vorletzten Waggon. Noch bevor er die Zwischentür erreichen konnte, sah er im spiegelnden Glas einer Werbefläche die Tür zum Triebwagen, die inzwischen fast ganz offen stand. Jeden Augenblick konnte Mart in den Waggon treten. Blitzschnell verkroch sich Danni hinter die Lehne der letzten Bank.

In der Spiegelung sah er, wie im Türrahmen ein kahler Kopf mit Geiernase auf langem Hals erschien, der sich nach links und rechts umsah. Dann trat die ganze Gestalt in den Türrahmen. Ein älterer Herr im schwarzen Nadelstreifenanzug mit silbernem Aktenkoffer setzte seinen Fuß in Zeitlupe in den Waggon und bewegte sich Richtung Ausgang. Er rauchte eine Zigarre und kam Danni bekannt vor. Wo hatte er diesen Geierkopf schon mal gesehen?

Er wartete, bis Mart die Stufen zum Bahnsteig hinuntergestiegen war, schlich sich ans Fenster und spähte vorsichtig hinaus. Ihm stockte der Atem: Mart stand auf dem Bahnsteig und schaute durch seine randlose Brille genau in Dannis Richtung. Ein fadendünnes Lächeln spielte um seinen Mund.

Danni prallte zurück. Hatte ihn Mart erkannt? Er fischte seine Thermosflasche aus dem Rucksack und hielt sie so über den Fensterrand, dass er im spiegelnden Silberblech den Bahnsteig beobachten konnte. In federnden Zeitlupeschritten strebte Mart inzwischen dem Ausgang zu.

Was jetzt? Sollte er trotzdem in den Triebwagen steigen? Oder war das jetzt zu gefährlich? Aber zum Überlegen war keine Zeit.

Danni eilte zum Tastenschloss zurück und klappte es auf. Die vier Antworten leuchteten noch. Er drückte auf 3 und wiederholte dreimal den mathemagischen Trommelklang:

*mathematìci tàmehtam*
*mathematìci tàmehtam*
*mathematìci tàmehtam*

Wieder begann das Trommeln in seinem Kopf. Die Silben wurden zum Ohrwurm, der sich endlos wiederholte, lauter und leiser wurde, ihn wie in einem Strudel zur Tür zog, die lautlos aufglitt. Wie von unsichtbarer Hand geschoben trat er in den Triebwagen. Lautlos schloss sich die Tür hinter ihm.

Er schnupperte Zigarrendunst, der ihn an frisch gedüngte Felder erinnerte. Wo hatte er das schon gerochen? Plötzlich fiel es ihm ein: In der Drehtür des Spitals in Hügliswil. Als die Rabennase ihn gestoppt und mit Zigarrendunst benebelt hatte. Und zwei Tage später wieder. Jetzt wusste er auch, wo er Monsieur Mart schon mal gesehen hatte: In der Drehtür hatte er gestanden und ihm den Weg versperrt. An dem Tag, als seine Mutter gestorben war.

Er sah auf die Uhr: 14 Uhr 40. Ein Klicken, ein leises Ruckeln. Mit der Fahrgeschwindigkeit stimmte etwas nicht. Erst kroch der Wagen i Schneckentempo, dann schoss er wie im Zeitraffer voran, als würde ein Film vorgespult. Brummen, Sirren, dann ein hoher Fiepton. Endlich hörte das Fiepen auf, alles schien wieder normal. War das die Wirkung des Zeit-Mets? Ebbte sie wieder ab?

Platzregen prasselte aufs Dach. Dicke Wasserschlieren liefen die Fenster hinab und ließen die Außenwelt verschwimmen. Danni setzte sich und zog den Brief des Onkels wieder hervor.

>*Sobald du im Triebwagen sitzt, muss ich dir das Geheimnis verraten, wie sich der Ring vor unbefugten Eindringlingen schützt. Das Sperrgebiet zur Erforschung der mathemagischen Genstruktur des Universums wurde – ähnlich einem riesigen Teilchenbeschleuniger – rund um die Stadt Namen errichtet und wird daher auch Namensring genannt. Trotz der Größe dieses Gebiets hat noch kein Außenstehender je davon gehört. Denn der Ring wurde nicht physisch, sondern mathemagisch konstruiert – aus Êhta-Mathê, dem Ätherstoff.*
*Diesen Stoff erfährst du als inneren Klang, wie beim Denken oder beim Lesen dieser Zeilen. Darum kannst du in den Ring nur mit deinem Ätherleib einreisen, demselben Körper, den du im Traum erlebst und mit dem du einmal durchs All schwirren wirst, sobald deine sterbliche Hülle wieder zu Staub wird.*<

Dannis Magengrube drehte sich um. Lag der Onkel schon im Todeskampf und wollte seinen Lieblingsneffen mit ins Jenseits ziehen?

>*Aber keine Angst. Das Passwort schaltet deine Sinne automatisch auf Ätherstoff um. Genauso wie die Formel der Liegenden Acht, durch die du Kits Ätherleib am Tag seiner Geburt gesehen hast. Sicher fühlst du dich inzwischen wie beim Lesen meines Manuskripts. Deine sterbliche Hülle fällt solange in Schlafstarre, genau wie im Traum. Das Passwort treibt sogar den Wagen an, in dem du sitzt.*<

Wie konnte ein Wort ein Fahrzeug antreiben? Danni stand auf und trat an die Führerkabine. Wer oder was lenkte den Triebwagen? Ein Mensch im Ätherleib? Er hatte nicht das Gefühl zu träumen und spürte auch keine Schlafstarre. Im Gegenteil. Er fühlte sich leichter und beweglicher denn je. Neugierig drückte er die Klinke und spähte durch den Türspalt: Unglaublich! Die Führerkabine war leer! Der Wagen rollte ohne Führer über die Schienen.

Danni trat in die Kabine. Das Armaturenbrett war voller leuchtender Fenster mit Ziffern und Zeigern, aber außer dem Lenkrad gab es keinerlei Hebel oder Knöpfe. Welche Kraft trieb den Wagen an? Wurde er ferngesteuert? Danni setzte sich ans Lenkrad und suchte im Brief nach einer Antwort.

>*Der Triebwagen verbindet den Bahnhof Landen mit der Ringbahn, die am Seeufer entlang ständig den Ring des Wissens umrundet, und zwar immer nur gegen den Uhrzeigersinn. Die Ringbahn hält an acht Bahnhöfen, in den vier Himmelsrichtungen und den Zwischenrichtungen. Der von Landen kommende Triebwagen dagegen hält nur an zwei Stationen. Die zweite ist der Westbahnhof des Rings und heißt Êhta-Mathê. Dort erwartet dich mein Nachbar Thomas am Bahnhof.*

*Ich hätte dich gerne selber durch den Ring begleitet, aber mein Gehirn lässt mich im Stich. Immer häufiger habe ich Ausfälle, in denen ich alles vergesse. Doch ich will das Wissen vom Ring nicht mit ins Grab nehmen. Tom getraut sich nicht, den Mund aufzutun, weil er miterlebt, wie man mich bei lebendigem Leibe hinrichtet. Du bist meine einzige Hoffnung.*«

Danni schluckte und legte den Brief beiseite ... *Ausfälle, in denen ich alles vergesse* ... War sein Onkel noch bei klarem Verstand gewesen, als er diese Zeilen schrieb? Was tun, wenn an der nächsten Station jemand zustieg? War der Nachbar Thomas zuverlässig? Was tun, wenn niemand am Bahnhof stand? Worauf hatte er sich eingelassen?

Danni spielte Lokführer und bewegte das Lenkrad. Es ließ sich ohne Widerstand drehen, wie eine Spielzeugattrappe. Er sah aus dem Fenster. Der Regen hatte aufgehört, die Sicht war klar. Rechts lag ein See mit einer Insel in der Mitte, links eine sonnige Parklandschaft. Was würde Monsieur Mart sagen, wenn er Danni als Lokführer in diesem

Triebwagen sähe? Der Brief des Onkels war fast zu Ende: Danni über-flog die nächsten Zeilen.

*»Vorher hält der Wagen aber noch im Südwestsektor, in Tàm-mat-Hêmat, Marts Regierungsbezirk. Dort auf keinen Fall aussteigen, denn dort benebelt dich der Tamathemer Duft. Mach bloß nicht diesen Fehler, sonst geht es dir wie mir.*

*Ich hatte Urs die Firma Superkids empfohlen, weil ich dachte, sie würde die Erbanlagen voll entfalten. Erst als sich Lindas Haut grünlich färbte, kamen wir dahinter, dass Superkids die Erbstruktur nicht entfaltet, sondern verfremdet. Also das ge-naue Gegenteil von wahrer Gentechnik. Superkids züchtet in Wahrheit keine Superkinder, sondern Krüppel. Um ein echtes Superkind zu werden, musst du im Reich des Geistes deine angeborenen Erbanlagen selbst erforschen. Deswegen wollte Theo in den Osten.*

*In Tàmmat-Hêmat dagegen wird alles ›naturverbessert‹, auf deutsch: verhunzt. Duck dich also, solange der Wagen dort hält. Niemand darf dich im Triebwagen sehen. Die Bewoh-ner dort verehren den Dunkeldrachen Tammôtamma, der im Westgebirge haust und sich ein Land der Erde nach dem anderen einverleiben will. Wenn wir nicht aufpassen, ver-schwinden alle Länder bald im Maul des Drachen.*

*Den Rest erklärt dir Thomas, der am Westbahnhof auf dich wartet.«*

Tammathemer Duft? Der kam doch schon im Manuskript des On-kels vor. War das die Gegend, aus der Theo fliehen wollte? Wo die Luft naturverbessert war? Hatten sie Kit bei Superkids versteckt? Zumin-dest wäre das ein Ausgangspunkt der Suche. Dann müsste er doch ei-gentlich hier raus.

Danni bemerkte, dass die Fahrt langsamer wurde. Kam jetzt der Bahnhof, wo er sich ducken sollte? Er sah aus dem Fenster. Sie fuhren auf einen Berg mit Tunnel zu. Jenseits des Berges machte das Ufer eine Kurve. Dort brauste ein Gegenzug mit Dampflok und lautem Pfiff in den Tunnel. Danni suchte nach einem Gegengleis, aber es gab keins.

Nur ein Gleis! Was hatte sein Onkel heute morgen am Telefon ge-sagt? *»Pass höllisch auf, sobald du in Belgien bist. ... Erst vor kurzem sind zwei Züge zusammengekracht ...«*

Fieberhaft suchte Danni Armaturen und Wände ab. Irgendwo musste doch eine Notbremse sein, ein Funksignal, ein Hebel zum Steuern! Nichts! Der Triebwagen wurde vom Tunnel verschluckt. Starr vor Schreck starrte Danni in die gähnende Schwärze. Sein Wagen fuhr ohne Licht. In der Ferne tauchten drei Lichter auf und rasten auf ihn zu.

Aus purer Verzweiflung kurbelte er am Lenkrad, doch je mehr er drehte, desto schneller wurde die Fahrt.

Als er endlich begriff, dass das Rad die Geschwindigkeit lenkte, war es zu spät. Wie ein geblendeter Hase starrte er auf die entgegenkommenden Lichter und zählte: zehn, neun, acht, sieben, sechs, fünf … Der Triebwagen ruckelte über eine Schwelle und machte einen Schlenker. Eine Weiche! Haarscharf raste der Gegenzug an ihm vorbei.

Der Triebwagen verließ den Tunnel und fuhr jetzt auf dem Schienenstrang, auf dem Danni den Gegenzug gesehen hatte. Kurz darauf erreichte er einen unterirdischen Bahnhof. Danni drehte das Lenkrad in Gegenrichtung, der Wagen wurde langsamer und hielt.

An der Bahnhofswand standen weiß auf blauem Grund Schriftzeichen, die ihm vertraut vorkamen.

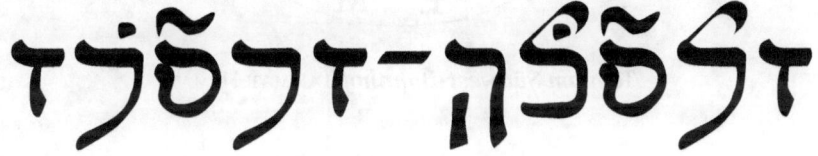

Die Mundschrift der Ringformel! Da war sie wieder. Danni blickte auf seine Uhr, sie stand noch immer auf 14.40. Genau beim Betreten des Triebwagens war sie stehengeblieben.

Auf dem menschenleeren Bahnsteig stand ein Mann in dunkelblauer Uniform und Schirmmütze: schmaler Kopf mit klobigem Unterkiefer, buschige, schwarze Mähne. Und seine rechte Gesichtshälfte war mit dunkelblauer Stempelfarbe übergossen.

Der Nachbar des Onkels! Den hatte der Himmel geschickt. Danni winkte durchs Fenster, der Mann hob die Brauen, sprang zum Wagen, riss die Tür auf und rief: »Schnell raus! Um Haaresbreite hätte der Zug dich zermalmt.«

*Halt, nicht aussteigen, Danni! Kannst du mich hören?*

Im Hinterkopf hörte Danni eine Stimme, die ihm bekannt vorkam. Aber wie konnte das sein? Im nächsten Augenblick hatte er sie vergessen.

Mit zitternden Knien nahm er seinen Rucksack und stieg aus dem Wagen, heilfroh, ihn lebend verlassen zu können.

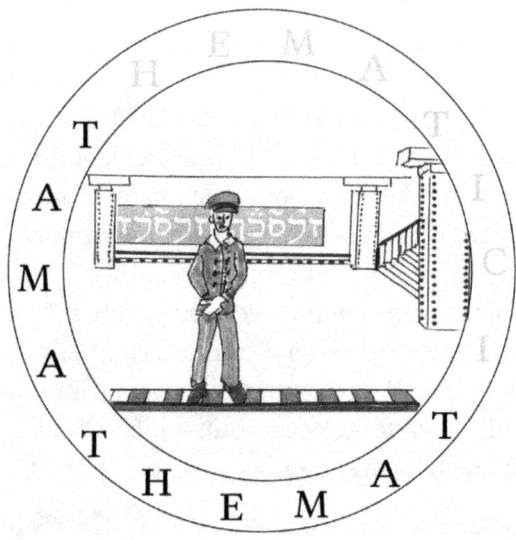

*Tom am Südwest-Bahnhof* TAMMAT-HEMAT

# 6. Der Duft von Tàmmat-Hêmat

»Wonach stinkt'sn so?« Der seltsame Geruch von Marts Zigarre schlug Danni auf dem Bahnsteig entgegen, obwohl hier niemand mit Zigarre zu sehen war.

Sein Beschützer schnüffelte. »Ich rieche nichts. Vielleicht der *Tammathemer Duft*. Schnell ins Auto, ehe dich jemand sieht. Ich heiße Tom.« Er gab Danni die Hand. Sie war kühl und ohne Druck.

»Ich bin Danni. Sind Sie der Nachbar von Onkel Jeronimus?«

»Das rote Tuch! Schnell weg damit.« Tom nahm Danni den Rucksack ab und strebte mit Plattfußgang dem Ausgang zu. »Wo kam bloß der Gegenzug her? Hat Mart dich entdeckt?«

»Ich weiß nicht.« Danni stopfte den Serviettenzipfel tiefer in die Brusttasche. »Als ich durchs Zugfenster schaute, sah er in meine Richtung.«

»Mist! Wie konnte das passieren?«

»Ich hab den Met zu spät getrunken und ...«

»Welchen Met?«

»Der mein Zeitgefühl ändern sollte.«

»Ah: *Tâm-Meht*. Warum zu spät getrunken?«

»Ich bekam den Brief vom Onkel erst kurz vor Landen und ...«

»Hier entlang, zum Nebenausgang. Stand in dem Brief was über *Tàmmat-Hêmat*?«

»Ja. Dass es der Regierungsbezirk von Monsieur Mart ist.«

»Genau! Das ist sein Revier. Also Vorsicht! Hier wimmelt es von Spitzeln. So, nichts wie rin in die Kiste!« Sie standen vor einer schwarzen Limousine mit getönten Scheiben. Tom packte Dannis Rucksack in den Kofferraum und öffnete die Tür zum Fond. »Hier drin vermutet dich keiner. Der Schlitten gehört dem Chef.«

»Wem?« Danni setzte sich und Tom warf die Tür zu.

»Unserem feinen Monsieur, den ich damit vorhin höchstpersönlich zum Triebwagen brachte. Habe mich seinerzeit als Mitarbeiter bei ihm eingeschlichen. Bin jetzt sozusagen seine rechte Hand. Keiner ahnt, was ich wirklich von dem Geierschnabel halte. Ich hab einfach am Bahnhof gewartet, bis der Triebwagen zurückkam. In diesem Straßenschiff hält dich jeder für seinen Ehrengast. Ich hoffe, das Rätsel von Köln hast du inzwischen gelöst.«

»Welches Rätsel?«

»Hast du dich nicht gewundert, warum du in Köln einen Zug auslassen solltest? Dein Onkel wusste eben genau, an welchen Zug der Triebwagen stößt.«

Ein feiner, graugrüner Rauch hing in der Luft, der den seltsamen Zigarrenduft verströmte. Tom setzte sich in seiner Chauffeursuniform ans Lenkrad und fuhr Danni wie einen Staatsgast durch die Gegend. Sie fuhren über freie Landstraße. Zur Linken lagen bewaldete Hügel, rechts ragten die Umrisse einer Stadt mit Funkturm und Glasquadern neben alten Kirch- und Wehrtürmen in den Himmel. Tom schwieg und ließ Danni in Ruhe seine Eindrücke sammeln. Ein überdimensionales Schild am Straßenrand verkündete:

*»Der süße Duft von Tàmmat-Hém*
*macht dir das Leben angenehm.«*

Tom wies auf das Schild. »Hier rechts liegt *Tammat-Hem*, die Hauptstadt des Rings. Ich wette, Mart hat den Gegenzug auf dich gehetzt, um dich zu Matsch zu machen. Wie bist du ihm entkommen?«

»Ich hab am Lenkrad gedreht, da wurde der Wagen schneller ...«

»Genial: die Fernlenkung ausgehebelt. Mehr Glück als Verstand! Mart hat dich unterschätzt. Jetzt zur Sache: Wie kann ich dir helfen?«

»Ich suche das Superkind. Mein Onkel meint, es müsste hier sein.«

»Wer?« Tom zuckte unmerklich zusammen.

»Mein Halbbruder Kit. Hat mein Onkel nichts davon gesagt?«

Tom hüstelte. »Du kennst ihn doch: Wetterleuchten über Nacht! Er hat mich aus dem Bett geklingelt und überrumpelt wie ein Kugelblitz. Wir haben kaum zwei Worte wechseln können.«

»Das Superkind meiner Mutter wurde nach der Geburt entführt.«

»Oho! Heiße Sache ...« Tom pfiff durch die Zähne und schwieg. »Mart kommt frühestens morgen Abend zurück«, meinte er schließlich. »Bis dahin schnüffeln wir ein bisschen rum. Vielleicht finden wir 'ne heiße Spur.«

»Solange kann ich nicht bleiben. Ich muss noch heute zum Onkel.«

Tom schüttelte den Kopf. »Schlag dir das aus dem Kopf. Eine Spurensuche geht nicht über Nacht. Dein Onkel wird schon wissen, warum er dich hier rein geschmuggelt hat. Ich glaube allerdings, dass nicht Mart, sondern ein anderer dahintersteckt. Ich habe da meinen Verdacht.«

»Und zwar?«

»Dr. Timmit. Der Chef vom Westsektor, unser nördlicher Nachbar. Ekelhafter Typ. Steckt seine Finger überall rein. Er weiht heute in *Tammat-Hem* den Tammathemer Ring ein. Da mischen wir uns unters Volk. Vielleicht entdecken wir was.«

Die Stadt zur Rechten ging in Wald und Wiesen über, dann kamen Autobahnschilder und eine Unterführung, über die starker Verkehr brauste. Tom wies nach oben: »Was über uns knattert, ist die Rennbahn, der Marsring. Hier wohnt Monsieur Mart. Gleich sind wir da.«

Sie fuhren eine mit schmiedeeisernen Speeren verzierte Mauer entlang, die einen Park mit hohen Zypressen umgrenzte. An einem breiten Eisentor bog Tom in den Park ein. Vor dem Pförtnerhäuschen kurbelte er die Scheibe herunter, wies mit dem Daumen in den Fond und sagte: »Martin, Gast von Mart.«

»Zu wem wollen Sie?« Der Pförtner schaute stirnrunzelnd ins Wagenheck. »Haben Sie einen Passierschein?«

»Zur Gästesuite«, sagte Tom, »und in meine Dienstwohnung.«

Der Pförtner blickte verdutzt, dann erhellten sich seine Züge: »Ach Sie sind's, Tom. Hab Sie gar nicht erkannt. Was haben Sie denn mit Ihrem Ge...«

»Pscht!« Tom legte den Zeigefinger an die Lippen. »Kleine Maskerade«, sagte er, »fürs Straßenfest.«

Der Pförtner schmunzelte und winkte ihn durch. Tom zwinkerte Danni im Rückspiegel zu. »Die Schweizer Chauffeursuniform hat ihn verwirrt. Er kennt mich nur im Laborkittel oder im Anzug.« Sie kamen zu einer Villa mit schwarzer Marmorverkleidung. »Hier wohnt der Geierschnabel. Wenn der wüsste ... Sobald er spitz kriegt, dass dich der Gegenzug nicht erwischt hat, lässt er dich suchen wie die Nadel im Heuhaufen.«

Tom fuhr die von Zedern umsäumte Auffahrt hoch und wies auf eine schwarze Marmorplatte mit dem gemeißelten und vergoldeten Schriftzug PALAIS MART. Wie ein Grabstein, dachte Danni. Langsam bekam er ein mulmiges Gefühl. Wohin brachte ihn Tom?

Der Wagen verließ die Auffahrt wieder und fuhr zum Seiteneingang eines zweistöckigen Gebäudes. »Hier unten links ist die Hausmeisterwohnung«, sagte Tom. »Da wohne ich. Im ersten Stock rechts sind Gästezimmer. Dort findet dich keiner. Und der Kasten dort hinten«, er deutete auf einen Flachbau am Ende des Parks, »ist die Mutterzentrale von SUPERKIDS. Nach Feierabend schauen wir uns dort mal um.«

Beim Aussteigen betrachtete Danni den Park. Neben dem Flachbau, auf den Tom gedeutet hatte, war ein großer Teich angelegt, der von Rhododendronbüschen umsäumt war. Direkt am Wasser stand ein Pavillon aus Holz. Neben dem schwarzen Marmorbau, den sie zuerst erreicht hatten, war eine große Tanzfläche mit Bühne für die Band.

»Werden hier Feste gefeiert?« fragte er Tom.

»Nur zu besonderen Anlässen. Lass uns verschwinden, ehe uns jemand sieht.« Tom nahm Dannis Rucksack aus dem Kofferraum und half ihm, ungesehen ins Haus zu kommen. Eine Treppe führte zum ersten Stock in eine Suite. »Hier wohnen oft Gäste vom Chef. Ich sorge dafür, dass dir niemand begegnet. Geh ins Bad und mach dich frisch. Ich tische inzwischen was zu futtern auf. Nach der langen Reise hast du sicher Hunger, oder?«

»O ja, danke.«

Danni sah sich im Badezimmer um: goldene Armaturen, dunkelblaue Wanne in Nierenform. Auf der Wannenecke ein Zimmerfarn. Die Stirnwand ein einziger Spiegel. Danni kam sich vor wie der Kaiser von China. Das Badegel roch nach Tanne und Fichte. Als er aber in der Wanne lag, stieg ihm der seltsame Geruch entgegen, der ihm schon am Bahnhof aufgefallen war. Er las das Etikett des Badegels.

»*Drachenblut – das Bad, das Siegfried unbesiegbar machte.*« Darunter kleingedruckt: »*Naturverbesserte Essenzen von Rosmarin, Latschenkiefer-, Tannen- und Fichtennadeln mit Spuren echter Drachenessenz bürgen für die stärkende Wirkung dieses Schaumbads ...*«

Drachenessenz? Was konnte das sein?

Als er frisch gebadet ins Zimmer trat, war der Tisch mit Leckerbissen und exotischen Früchten überladen: Ananas, Avocado, Papaya, Kakao, Kaffee, Milch, Limonade, Käse, Schinken.

»Zur freien Auswahl. Ich hab auch ne dolle Verkleidung für dich.« Tom zeigte Danni einen Spitzhut samt Umhang mit roten Sternen auf schwarzem Grund, dazu eine struppige Perücke und eine Hornbrille.

»Eine Zauberkluft? Das ist doch viel zu auffällig!«

»Nicht in Tammat-Hem. Hier ist es der Hit der Saison. Vor allem heute: Um fünf weiht Timmit den Tammathemer Ring ein. Da läuft in Tammat-Hem ein Straßenfest mit Kostümen, Bands und Theater. Du schlüpfst in die Kluft und ich nenne dich Martin. Okay?«

»Das klingt nach Mart. Außerdem ist die Kluft schwarz.«

»Eben drum. Ist doch die beste Tarnung.«

Das Essen sah lecker aus und schmeckte herzhaft. Danni langte kräftig zu.

Eine rote Südfrucht erinerte ihn von der Form her an eine kleine Handgranate. »Was ist das denn?« fragte er.

Tom nahm ein scharfes Messer, schnitt die Frucht in zwei Hälften und reichte Danni eine Hälfte. »Pitahaya, auch Drachenfrucht genaannt und sehr gesund: viele Vitamine, Eisen, Kalzium, Phosphor. Greif zu. Einfach auslöffeln wie eine Kiwi.«

Das Fruchtfleisch war blutrot mit vielen schwarzen Punkten und schmeckte zart und süß wie eine gelben Kiwi.

Als er nach der Limonade rülpsen musste, stieß ihm allerdings ein Nachgeschmack auf, der ihn an den Geruch vom Bahnhof und vom Badegel erinnerte. Aber er sagte nichts. Auch nichts über das Schaumbad mit »Drachenessenz«. Nach dem Essen legte er sich die Zauberkluft mit der Hornbrille an. Irgendwo in seinem Hinterkopf warnte ihn eine Stimme: »*Halt! Nicht anlegen, Danni. Sie ist schwarz.*« Einen Augenblick später hatte er es vergessen.

»Fein siehst du aus«, meinte Tom. »Ein richtiger Zauberlehrling. Und keiner erkennt dich. Jetzt beschnüffeln wir Dr. Timmit, und heute Abend schleichen wir uns ins Studio von SUPERKIDS. Du wirst staunen, was es da alles gibt. Dann begreifst du auch, wie Mart den Gegenzug herzaubern konnte, der dich zerquetschen sollte.«

»Wieso herzaubern?«

»Heb dir die Frage für später auf.«

An einer Straßenecke von *Tammat-Hem*, keine drei Meter entfernt, entdeckte Danni einen Uniformierten mit Helm, der über Nase und Mund eine Zellstoffmaske trug, wie sie Japaner gegen Smog verwenden. Er trug weiße Handschuhe, schwarze Stiefel und eine grüne Uniform mit Karabiner und Patronengurt. Der Helm mit breitem, eingeprägten T ging über in eine weiße Augenmaske mit roten Gläsern. Nur an den Wangen sah man die Haut. Danni erschrak: Sie war wächsern grün – wie seine Mutter an ihrem Todestag.

»Wer ist das?« fragte er.

»Ein Ordnungshüter. Warum?«

»Er hat grüne Haut!«

»Na und? Grünschädel werden dir hier noch öfter begegnen.«

Als der sogenannte Grünschädel den Kopf drehte, entfuhr es Danni: »Und Schuppen statt Haare! Wie ein Reptil!«

»Scharfe Augen hast du, Monsieur Martin. Deswegen tragen sie ja Helme.«

»Und wo kommen die Schuppen her?«

»Das zeig ich dir nachher im Studio. Hier im Ring gibt's viel Verrückteres. Komm! Wir mischen uns in die Menge und beschnüffeln Timmit.«

Ein Festplatz mit lauter Musik. An der Stirnseite eine Bühne mit Band. Rings um den Platz Würstchenbuden, Biertheken, Souvenirstände. Überall saßen Menschen auf würfelförmigen Strohballen und schauten zur anderen Stirnseite. Dort erhob sich eine Straßenbrücke, die sich in elegantem Bogen in Höhe des zweiten oder dritten Stockwerks zwischen den Häusern entlangzog. Am Brückengeländer waren Strohwürfel zum Sitzen ausgelegt. Über dem ersten Brückenpfeiler glitzerte im Sonnenlicht ein goldenes Band, das von Geländer zu Geländer gespannt war. Dahinter ein Heer Uniformierter mit weißen Helmen, davor Fotografen und Kamerateams.

Tom strebte mit seinem Plattfußgang den Ständen in der Nähe der Bühne zu. Die Band begann zu spielen. Ein fetziger Sound aus E-Gitarre und Schlagzeug dröhnte ihnen entgegen. Danni schnippte unwillkürlich mit den Fingern. Die Musik wurde langsamer, eine Sängerin in schwarzem Lederkostüm tanzte am Mikrofon, raue Männerstimmen sangen den Refrain.

»Wunderschön, angenehm
weht ein Duft durch *Tammat-Hem.*
*Tàmmat-Hêmat* ist der Ort,
mit dem Anfangswort:
*Tàmat-Hêmát – ta Mêhtamát.*

Tàmmat-Hêmat ist der Kreis,
der die Zauberformel weiß.
Tàmmat-Hêmat ist der Ort,
mit dem Anfangswort.«

»Der Sound ist cool«, meinte Danni, »der Text bescheuert. Was heißt Anfangswort?«

»Das erklär ich dir später. Was trinkst du? Limo, Bier?«

Danni dachte an den Nachgeschmack beim Rülpsen. »Danke. Im Augenblick nichts.«

Tom stellte sich an die Biertheke und bestellte: »Ein Dunkel, eine Dung.« Ein Schwarm junger Leute in schwarzer Zaubertracht mit roten Sternen kam auf sie zu. Toms Augen huschten über die Menge, dann raunte er Danni zu: »Schnell! Tauch mal kurz im Rudel unter. Da kommt einer, der dich auf keinen Fall sehen darf. Bleib in Sichtweite und verplappere dich nicht. Ich winke, wenn die Luft rein ist.«

Danni mischte sich unter das Rudel in Zaubertracht, das in einer Art Seemannsgang im Gleichschritt marschierte und mit den Fingern schnippte. Alle trugen Ohrhörer. Danni schaute zurück und sah, wie ein baumlanger Schlaks mit breiter Stirn und Spitzhut bei Tom stehenblieb und mit ihm sprach. Sie schienen sich zu kennen. Danni war froh, einmal ohne Aufpasser zu sein, und zupfte den langen Kerl, der neben ihm lief, am Ärmel. »He! Kannst du mir sagen, warum der Grünschädel dort Schuppen statt Haare hat?«

Der Lange stöpselte ein Ohr frei. »Hä?«

»Wieso hat der Grünschädel Schuppen statt Haare?«

»Schuppen? Hat sich Schuppenwasser auf'n Kopp geschmiert!«

»Nee, richtige Schuppen aus Horn wie'n Krokodil.«

»Hornschuppen? He, Leon, haste gehört?« Der Lange stieß dem Rudelführer den Ellbogen in die Rippen. Der blieb stehen und stöpselte ein Ohr frei. »Hä?«

Die Meute tat es ihm gleich. »Kinnings! Der Scherzkeks hier meint, Grünschädel haben Hornschuppen aufm Kopp.«

»Echt? Klasse Frisur! Auf zum Friseur: Einmal gehörnten Mittelscheitel bitte! Farbe Türkis!« Gewieher und Gebrüll. »Und einmal Zungenspalten mit Nachschärfen!« Leon stöpselte sein Ohr wieder zu, die anderen ebenfalls, und weiter ging es im Seemannsgang. Angewidert blieb Danni stehen.

Ein schlankes, etwa dreizehnjähriges Mädchen mit langem, kastanienbraunem Haar blieb hinter dem Rudel zurück und stolperte. Unter ihrem schwarzen Umhang blitzte es weiß. Ein großer, dünner Ohrring fiel zu Boden. Sie trug die gleiche Hornbrille wie Danni, humpelte zu einem Strohballen und rieb sich den Knöchel. Danni hob den Ohrring auf und reichte ihn ihr. »Hier, dein Ring. Lag auf dem Boden.«

Sie stöpselte ein Ohr frei. »Oh, danke! Lieb von dir.« Sie nahm den Ring, steckte ihn wieder ans Ohr und raunte ihm zu: »Du meinst, der Grünschädel hat Schuppen statt Haare?«

»Ich hab's genau gesehen. Unter dem Helm müssten doch Haare wachsen.« Danni setzte sich auf den Ballen neben sie.

Sie beugte sich näher heran. »Du bist wohl nicht von hier?«

»Ähm ... Ich bin zu Besuch.«

»Bei wem?«

»Monsieur Mart.«

»Donnerwetter! Wie heißt du?«

»Wieso?« Danni zögerte. »Soll das ein Verhör sein oder was? Wie heißt denn *du*?«

Sie sah sich um und flüsterte: »Ich bin *Emma Tiek*. Und damit du mich nicht falsch verstehst: Ich bin auch nicht von hier.« Ihre Luchsaugen huschten wachsam hin und her, dann setzte sie den verknacksten Fuß wieder ab und sah Danni mit ihren braunen Augen voll ins Gesicht. »Erzähl mir doch mal, was daran komisch ist, dass die Grünschädel Schuppen statt Haare haben.«

»Na hör mal! Findest du das normal?«

»Ich? Im Gegenteil. Ich nehme sogar an, sie haben unterm Helm nicht mal eine Stirn wie andere Menschen. Vorsicht, da kommt einer. Hier!« Sie hielt Danni Ohrhörer hin.

»Was soll ich damit?«

»Einstöpseln! Schnell!«

Danni steckte sich die Stöpsel in die Ohren. Ein peppiger Sound dröhnte ihm entgegen, zu dem Emma schnipste und mitschwang. Diesmal reimte sich »Luft« auf »Duft« (anstatt auf »mufft«, was Danni passender gefunden hätte). Der Grünschädel prüfte mit skeptischem Blick, ob sie beide Ohrhörer trugen.

»Was soll das?« fragte Danni, als der Grünschädel weg war.

»Jugendliche ohne Begleitung Erwachsener müssen in *Tammat-*

*Hem* Ohrhörer tragen, bei denen sich der Ton nicht abstellen lässt. Jeder zwischen Sechs und Achtzehn lässt sich hier volldröhnen. Wer hier wohnt, kennt es nicht anders und findet das supercool.« Sie schnüffelte und rümpfte die Nase. »Der Tammathemer Dunst beduselt dich und macht deinen Geschmack immer makabrer, bis du alles Schräge toll findest. Grüne Haut und Schuppen! Du darfst keine 24 Stunden hier bleiben, sonst ist es zu spät.« Sie beugte sich dicht zu Danni und raunte: »Verschwinde aus *Tammat-Hemat*, so lange du noch kannst. Riechst du denn nichts? Hier stinkt's doch wie die Pest.«

»Sag ich ja. Aber Tom behauptet, er riecht nichts.«

»Wer ist Tom?«

»Der Nachbar meines Onkels, der mich vom Bahnhof abgeholt hat.«

Emmas Brauen zuckten. »Und er riecht nichts? Dann stimmt was nicht mit ihm. Dein Onkel ist doch ...«

»Schluss jetzt! Ich muss jetzt ...«

»... Mathematikprofessor in ...«

»... Brüssel? Wie kommst du darauf?«

Emma strahlte übers ganze Gesicht. »Und jetzt liegt er sterbenskrank in Wavre und wartet auf dich.«

Danni riss die Augen auf. »Ich muss ...«

»Scht! Ich bin hier aus demselben Grund wie du.« Sie beugte sich an sein Ohr: »Um ein bisschen rumzuspionieren.«

Danni schreckte zurück. »Das ist doch viel zu gefährlich.«

»Sag ich doch!«

»Ich meine, es zuzugeben.«

»Ich kenne jemanden«, raunte sie, »der dir helfen will, das Superkind zu finden.«

»Wieso? Ich ...«

»Immer mit der Ruhe.« Ein spöttisches Lächeln huschte um ihren Mund. »Jeronimus war so besorgt um dich, dass er nicht nur seinen Nachbarn um Hilfe bat.«

»Wen denn noch?«

»Beobachtet uns dieser Tom?«

Danni sah zum Bierstand, wo sich Tom noch immer mit dem baumlangen Kerl unterhielt. Ein Dicker mit Elefantenhintern versperrte die Sicht. »Im Augenblick steht dieser Hefekloß davor.«

»Ist Tom der Typ hinter dem Dickhäuter? Der gerade mit Adi spricht?«

»Mit wem?«

»Mit dem Schlaks, mit dem ich gekommen bin.«

»Den kennst du?«

»Klar. Wir sind zu viert ausgeschwärmt, um die Gegend nach einem jungen Rotschopf mit Sommersprossen zu durchkämmen. Er soll einen roten Anorak und ein braun kariertes Hemd tragen. Gott sei Dank habe ich dich trotz deiner plumpen Verkleidung entdeckt.«

Danni fiel das Herz in die Hose. Wer hatte heute morgen sein Gespräch mit Onkel Jeronimus abgehört? Tom oder Emma? Oder beide? Er zeigte entsetzt hinter Emma. »Vorsicht!« rief er. »Hinter dir!«

Emma drehte sich um.

Bevor sie die Finte bemerkte, war Danni hinter der nächsten Bude verschwunden. Wenn Emma den Typen kannte, der ihn auf keinen Fall sehen durfte, war sie die Falsche. So logisch alles klang, was sie sagte, Tom klang genauso logisch.

Der Raum hinter den Buden war menschenleer. Von dort aus konnte er Tom im Auge behalten. Zwischen den Zeltbahnen der Bude fand er einen Spalt, durch den er auch Emma beobachten konnte. Er lehnte sich an die Wand und fühlte sich plötzlich mutterseelenallein.

Von Urs war er abgehauen, seine Mutter war tot, sein Onkel lag im Sterben. Und hier in diesem Hexenkessel konnte er keinem trauen. Ohne Fahrkarte, ohne Gepäck, ohne zu wissen, an wen er sich wenden sollte, drückte er sich an die kalte, dreckbespritzte Rückwand der Bude, durch deren Ritzen ihn der Tammathemer Dunst benebelte.

Adi, der lange Kerl, stand noch immer am Bierstand und sprach mit Tom. Danni schielte zum Strohballen. Emma war weg!

»Geh deinem Tom ruhig auf den Leim«, erklang ihre Stimme dicht neben ihm. »Wenn er nichts riecht, ist er vom falschen Lager. Du musst so schnell wie möglich von hier weg, bevor der Dunst deinen Verstand betäubt. Wo wohnst du?«

Danni starrte sie düster an. »Hör auf, mich zu verhören!«

Emma wurde kreidebleich und blickte auf eine Stelle über Dannis Kopf. »Vorsicht!« rief sie. »Hinter dir!«

Danni lachte. »Hältst du mich für bekloppt? Der Trick ist doch von mir.«

Zwei Pranken in weißen Handschuhen legten sich schwer auf seine Schultern. Er drehte den Kopf und blickte in die roten Augengläser eines Grünschädels.

»Achtung!« rief Emma. »Hinter Ihnen!« Sie ließ den rechten Arm zum Gruß in die Höhe schnellen, wies mit zwei Fingern nach oben und starrte auf eine Stelle hinter dem Grünschädel. Dieser machte die gleiche Geste und drehte sich um. Blitzschnell zog Emma Danni zurück in die Menge. Ihr Hinken war vergessen. Sie führte ihn an eine Bushaltestelle, wo sie gleichzeitig die Bude und den Bierstand sehen konnten.

Bei der Bude erschien jetzt der Grünschädel, blickte sich um und lief zwei Kindern mit Spitzhut und Hornbrille nach. Als die Kinder merkten, dass sie verfolgt wurden, rannten sie weg, der Grünschädel hinterher. Sobald er außer Sicht war, lehnte sich Emma an eine Hauswand.

»Wieso hat er mich erkannt?« fragte Danni. »Trotz Verkleidung.«

»Wir standen hinter den Buden«, sagte sie. »Da darf keiner stehen. *Was hinter den Kulissen, braucht niemand zu wissen,* heißt es in *Tammat-Hem.* Der hätte dich glatt auf den Schauplatz geschleift.«

»Wohin?«

»Auf einen der Kriegsschauplätze. Dort landet hier jeder, der die Tammathemer Regeln bricht.«

»Kriegsschauplätze? Wieso?«

»Schau dir mal die Tammathemer Nachrichten an. *Tammat-Hem* bedeutet *Dunkelheim.* Das sagt doch alles.«

»Ich verstehe nur Bahnhof. Warum habt ihr vorhin den Arm gehoben und zwei Finger hochgestreckt?«

»So grüßt man hier Regenten wie Timmit und Mart. Zum Glück sind die Grünschädel nicht sehr helle. Ich hoffe, du merkst, dass ich es gut mit dir meine. Im Südsektor wartet dein Freund auf dich. Ich bring dich zu ihm.«

Danni senkte den Kopf. »Ich habe hier im Ring keine Freunde.«

»Doch!« Emma strich ihm über den Arm. »Und jetzt sogar zwei. Zur Zeit sucht er dich in *Êhta-Mathê*, wo du laut Jeronimus hättest aussteigen sollen. Wenn du willst, verschwinden wir gleich.«

»Geht nicht. Ich hab mein Gepäck bei Tom, mit Fahrkarte und allem. Und er behandelt mich gut.«

»Was hat er mit dir vor?«

»Er will mir heute Abend das Studio von SUPERKIDS zeigen.«

»Echt?« Emma strich sich eine kastanienbraune Strähne aus der Stirn und kaute auf ihrer Unterlippe. »Okay! Greif die Gelegenheit beim Schopfe. Achte auf jeden Hinweis, was sie mit dem Superkind gemacht haben. Wie verändern sie die Erbstruktur? Ich habe gehört, Superkids entfaltet nicht die Erbanlagen, sondern verstümmelt sie. Sie mischen einen Salat aus fremden Genen und spielen damit russisches Roulette. Aber spätestens heute Nacht musst du hier weg. Ich bringe dich zum Südsektor, aus dem ich stamme. Dort erfährst du, was mit echter Genforschung gemeint ist.«

»Wohin?«

»In den Südsektor nach *Màthema-Àttic,* wörtlich der *Speicher des Wissens.* Dort regiert der *Mahâthema.* Sein Name kommt aus dem Sanskrit: *maha âtmâ* – große Seele. Er zeigt dir, wie du deine große Seele findest. Bleibt ihr zum Straßenfest in der Stadt?«

»Dafür haben wir ja die Zauberkluft angelegt.«

Inzwischen hatte sich der Bürgersteig immer dichter mit Menschen gefüllt. Auch auf die Straßenbrücke kam Bewegung. Eine Reihe Grünschädel eskortierte eine Gruppe Zivilisten an die Stelle, an der das goldene Band gespannt war. Die Menge hob die Arme zum Gruß.

»Da kommt Timmit«, meinte Emma. »Gleich wirst du sehen, wozu die Tammathemer fähig sind. Sogar die Erbstruktur des Universums wollen sie ›naturverbessern‹.«

»Wie das?«

»Sie stellen das gesamte Weltbild auf den Kopf und eröffnen ihren eigenen Tammathemer Ring des Wissens. Achte auf Timmits Rede. – Wo wohnst du genau?«

Danni war hin und her gerissen. War das ein Hinterhalt? »Wie heißt der Freund, der angeblich auf mich wartet?«

»Wird nicht verraten. Zu gefährlich. Falls du dich verplapperst. Er kennt dich schon lange. Wenn du ihn treffen willst, muss ich wissen, wo du wohnst.«

Danni überlegte. Er hatte sich eh verplappert. Zumindest bei ihr. Hatte viel zu viel von Tom erzählt. Falls Tom der Richtige war, würde er ihn schon rausreißen. »In der Gästewohnung von Monsieur Mart.«

»Im Palais Mart? Mist! Wo liegt die Wohnung genau?«

»Neben dem Flachbau schräg über der Hausmeisterwohnung.«

»In welchem Stock?«

»Im ersten.«

»Gut. Der mit dem Brombeergesicht am Bierstand. Ist das Tom?«

»Genau. Er sucht nach mir.«

»Okay, Adi ist weg. Ich verdufte, bevor mich Tom sieht. Hör zu: Wenn du schlafen gehst, häng deine Zauberkluft ans Fensterkreuz. Dass man sie von außen sehen kann.«

»Was hast du vor?«

»Dein Wächter glotzt. Bis später, Danni.«

»Du kennst meinen Namen?«

Weg war sie.

Danni ging zu Tom, der ihm aufgebracht winkte. Mit der Rechten hielt er einen Zigarrenstumpen senkrecht nach oben, bei dem fast die Hälfte aus weißgrauer Asche bestand. Sie roch wie Marts Zigarre, nach Tammathemer Duft. Tom sah besorgt aus. »Wer war die Karline?«

Danni schluckte. Was wusste Tom über Emma? Was hatte ihm Adi erzählt? Er nahm sich vor, so wenig wie möglich zu sagen und doch nicht zu lügen: »Die war nicht von hier.«

»Was wollte sie?«

»Sie meinte, der Zigarrendunst benebelt.«

»Klar, für kleine Mädchen ist das nix.«

»Sie wollte mir die Gegend zeigen, aber ich hab gesagt, das machen Sie.«

»Du kannst mich duzen, Martin. Wir sind doch jetzt Kumpels, Komplizen sozusagen. Hat sie dich ausgequetscht? Das war mit Sicherheit ein Spitzel von Mart.«

»Auf den hat sie nur geschimpft.«

»Klar! Spione sind Chamäleons. Die wechseln ständig ihre Farbe. Gib's zu: Du hast dich verplappert.«

Danni schoss es heiß in den Kopf.

»Schwamm drüber! Jetzt heißt es doppelt vorsichtig sein. Da: Dr. Timmit. Es geht los.«

Die Musik verstummte. Tom sah zur Straßenbrücke. Am Mikrofon hinter dem goldenen Band erschien ein kleinwüchsiger Herr im dunklen Anzug. Totenstille trat ein. Alles stand stramm und hob den Arm mit zwei hochgestreckten Fingern. Aus den Lautsprechern kam eine Fistelstimme, die Danni schon einmal gehört hatte. Aber wo?

Tammat-Hem, *Hauptstadt des Südwest-Sektors* Tammat-Hemat

# 7. Der Streit um das Anfangswort

»Heureka!« begann Timmit. »Heute ist ein historischer Tag. Ein Tag, der den uralten Streit der Gelehrten um das Anfangswort unserer Welt ein für allemal beenden wird. Wir alle kennen den berühmten Anfang des Johannes-Evangeliums:

> *Im Anfang war das Wort, und das Wort war bei Gott, und Gott war das Wort. Dasselbe war im Anfang bei Gott. Alle Dinge sind durch dasselbe gemacht, und ohne dasselbe ist nichts gemacht, was gemacht ist. In ihm war das Leben, und das Leben war das Licht der Menschen. Und das Licht scheint in der Finsternis, und die Finsternis hat's nicht begriffen.*

Wie wir alle wissen, ist der Ring des Wissens aus der Spiegelung des Anfangsworts entstanden. Welches Wort das aber ist war bisher ein Geheimnis.«

Er hielt inne und sah ins Publikum, um die Spannung zu steigern. »Nicht zufällig ist dieses goldene Band genau über dem Brückenpfeiler gespannt, der wie ein T aus dem Boden ragt und den Neuen Ring über dem alten aufsteigen lässt. Denn das T teilt und trennt wie die Schneidezähne beim Beißen.«

Danni hatte sich auf die Zehenspitzen gestellt, um Timmit besser sehen zu können. Jetzt deutete Tom auf eine riesige Hauswand, die als Leinwand diente und Timmit in Großaufnahme zeigte: stechende Augen, Tränensäcke, gefurchte Stirn, die Augenbrauen fehlten völlig. Das schwarze Haar wirkte wie eine Perücke, und die Rabennase kam Danni bekannt vor. Er wusste aber nicht woher.

Timmit sprach weiter: »Für Jahrhunderte, nein Jahrtausende huldigte unsere Welt einem Irrglauben. Ab jetzt ist das vorbei. Endlich haben wir die Erbstruktur des Universums wieder entdeckt, die schon vor der Schöpfung bestand und am Ende, wenn sich die Welt wieder auflöst, weiter bestehen wird, um nach der Schöpfungsnacht die nächste Schöpfung hervorzubringen. Heureka!«

Starker Applaus setzte ein, den Timmit abwürgte, indem er fortfuhr: »Daher haben wir die Ringstraße dem neuesten Stand der Forschung angepasst. Bald ist der Ring des Wissens wieder für alle Tammathemer zugänglich. Auch der Osten. Alle Reisebeschränkungen werden aufgehoben.«

Unter Jubel und Applaus trat Timmit an das goldene Band, und seine Fistelstimme wurde feierlich. In Großaufnahme sah man, wie die offene Schere das Band in die Schneide nahm, während Timmit mit pathetischen Pausen sprach. »Hiermit durchschneide ich das Goldene Band des Tammathemer Rings, der ab jetzt der Einzige sein wird, den die Bürger von *Tammat-Hemat* mit gutem Gewissen als den echten Ring des Wissens befahren, durchwandern und erforschen werden. Halleluja!«

Die Schere schnappte, das Band zersprang, Kameras blitzten, Fanfaren erschollen. Die Menge drängte sich auf die geöffnete Straßenbrücke, die bald vor Menschen überquoll. Hinter der Brücke stieg eine Traube bunter Heißluftballons zum Himmel, von denen bald Bonbons, Konfetti und Luftschlangen über die Menge rieselten. Hoch oben schrieben Kunstflieger in graugrünen Kondensstreifen das Wort TAMAT-HEMAT an den Himmel. Bierdeckelgroße Scheiben in dunklem Türkis kreiselten durch die Luft und wurden jubelnd aufgefangen. Danni fing eine metallisch glitzernde Scheibe, in die ein Buchstabenkreis in Mundschrift eingeprägt war, ähnlich dem aus dem Manuskript seines Onkels.

»Heb dir die Scheibe gut auf«, sagte Tom. »Das ist die Ringformel, die dir als Landkarte für den Ring des Wissens dient.«

Wieder regnete es Scheiben, diesmal in Orange, ebenfalls mit einem Ring in Mundschrift. Danni fing eine, Tom betrachtete sie und schaute empört zum Himmel. Zwischen den Ballons kurvte in Schlaufen und Achterbahnen ein viereckiges Flugobjekt. Bei genauem Hinsehen erkannte Danni einen fliegenden Teppich, von dem die orangen Scheiben über die Menge regneten. Der Teppich senkte sich auf halbe Höhe, an seinem Rand erschien ein Turban, darunter ein Sprachrohr, und eine helle Jungenstimme rief: »Frevler! Euer Tammathemer Ring wird stürzen wie alles Schräge! Es gibt nur einen Ring des Wissens, dessen Anfangswort jeder kennt.«

Danni sah sich die orange Scheibe an. Der Buchstabenring strahlte bläulich und war ihm vertraut. Rings um die Zeichen blitzten ständig neue Flimmerpunkte auf wie bei dem Ring, den Theo in der Höhle des Lächelns mit seinen Fantas bezahlt hatte. Ein Leuchten umgab die Scheibe. Aus ihrer Mitte strahlte ein gelbes Licht mit weißem Kern.

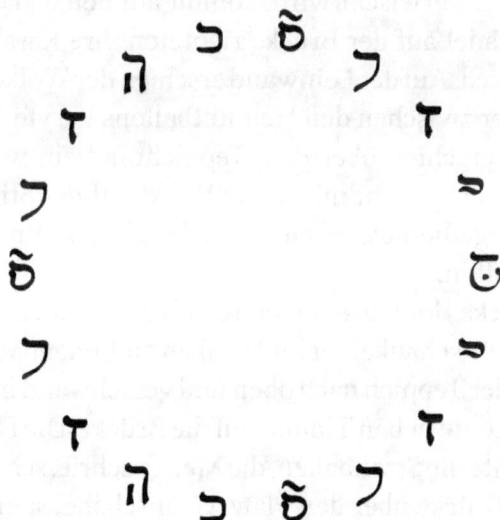

Danni bewegte den Mund, um die Mundstellung der Zeichen nachzuahmen. Da geschah es wieder.

*Wie ein Wirbel saugt ihn das Licht in die Mitte der Scheibe. Die Knie werden ihm weich. In seinen Ohren dröhnt das Trommeln des Schädelrings, der Ohrwurm der Drehtür, das Passwort zum Trieb-*

*wagen. In seinem Kopf ertönt ein Sprechgesang, der lauter und leiser wird: mathematìki tàmehtam mathematìki tàmehtam mathematìki tàmehtam ... Wie ein Glockenschwengel pendelt der Klang zwischen Stirn und Hinterkopf hin und her, hin und her, magnetisiert seine Gedanken, die sich anfühlen wie gebündelte Energie.*

*Der Platz, auf dem er steht, die Menschen, Buden, Häuser, alles wird kleiner. Sein Bewusstsein dehnt sich aus, sein Schädel wird zum Himmelszelt, im Hinterkopf erstrahlt die weiße Sonne. Er sieht die Welt von oben, seine Seele breitet ihre Schwingen aus wie der märchenhafte Vogel Roch, fliegt von der Erde zur Sonne, von der Sonne zum Polarstern ... und verliert sich im weißen Dunst der Milchstraße.*

»Verflixtes Teufelszeug!« ertönte Toms Stimme.

Danni wurde unter den Achseln gepackt und auf einen Strohballen gesetzt. Tom riss ihm die Scheibe aus der Hand. Überall tauchten Grünschädel auf und zogen die orangen Scheiben ein.

Timmits Fistelstimme plärrte durch den Lautsprecher: »Die orangen Scheiben sind unverzüglich den Ordnungshütern auszuhändigen. Wer mit der Hetzschrift erwischt wird, kommt auf den Schauplatz!«

Die Grünschädel auf der Brücke richteten ihre Karabiner auf den fliegenden Teppich. Auf der Leinwand erschien der Wolkenhimmel mit dem Teppich, der zwischen den Heißluftballons kurvte. In ruckelnder Großaufnahme erschien über dem Teppichrand ein weißer Turban, darunter ein Kindergesicht mit rotem Punkt auf der Stirn. Der Junge streckte die Zunge heraus, machte eine lange Nase und verschwand hinter einem Ballon.

Von der Brücke donnerte die erste Salve in den Himmel. Mehrere Heißluftballons schaukelten und sanken zu Boden. Mit Slalom und Loopings stieg der Teppich nach oben und verschwand in den Wolken.

Ein Ballon stürzte neben Timmit auf die Brücke. Die Flamme für die Heißluft entfachte die Strohballen, die Menge schrie, schob und drängte sich von der Brücke über den Platz. Grünschädel sperrten die Brücke ab. Mit »Tatütata« rollten Feuerwehrwagen heran. Wasserstrahler spritzten zischend in die Flammen. Die frisch eingeweihte Straßenbrücke flackerte, triefte, rußgeschwärzt und verkohlt.

»Lass uns verschwinden«, meinte Tom und strebte dem Parkplatz zu. »Das Studio von SUPERKIDS dürfte jetzt leer sein.«

Wegen des Brandes mussten sie Umwege gehen und kamen an einem grauen Gelände vorbei, das mit Stacheldraht eingezäunt war. Ein Grünschädel schleifte einen Pennbruder vor einen Waffenstand.

»Ich brauche keine Knarre!« heulte der Bettler. »Ich bin blank wie ne Kirchenmaus. Jeder Hund auf der Straße pinkelt mich an.«

»Wie willst du dich dann verteidigen?«

»Ich tu doch keiner Fliege was zuleide. Hatte noch nie ne Knarre in der Hand.«

»Dann zieh dein Los ohne Knarre!«

»Nix zieh ich! Ich kämpfe weder links noch rechts mit.«

»Das entscheidet der Regisseur.« Der Grünschädel führte den Mann zu einem Kleinbus, von dem dicke Kabel zu zwei verwahrlosten Fabrikhallen und einem Zirkuszelt führten, und klopfte an die Bustür.

Ein Mann mit Headset stieß sie von innen auf: »Was gibt's?«

»Der hier weigert sich zu kämpfen.«

»Wobei erwischt?«

»Hetzschrift.«

»Nix Hetzschrift«, protestierte der Penner. »Ich hab nur Zeitungen zum Zudecken gesammelt. Hatte doch keine Ahnung, dass da diese verdammten Scheiben drin stecken.«

»Ausrede.« Zum Grünschädel rief der Mann: »Zirkuszelt!«

»Eingang K oder T?«

»T!« Der Mann musterte den Penner und zog die Tür wieder zu.

»Um Gottes willen!« jammerte der Bettler. »Ich bin doch kein Terrorist. Was hab ich denn verbrochen?«

»Das weißt du selber am besten.« Der Grünschädel schob ihn ins Zirkuszelt. Vor dem Zelt stand ein Sendewagen mit Satellitenschüssel und einem Banner: »Täglich 20 Uhr: Krieg gegen Terror«.

»Was wird da gefilmt?« fragte Danni.

»Die Tammathemer Nachrichten«, sagte Tom.

Schweigend fuhren sie durch die Stadt, die jetzt von graugrünen Schleierwolken überzogen war und immer stärker den »süßen Duft von Tammat-Hem« verströmte, der Danni in die Nase stach. Sie überquerten einen schmalen Fluss und fuhren an einer Siedlung mit halbverfallenen Häusern vorbei. Danni hatte von *Tammat-Hem* die Nase voll. Nur eines wollte er wissen: »War Timmit schon mal in Hügliswil? Im Krankenhaus bei meiner Mutter?«

»Wie kommst du darauf?«

»Ich glaube, ich bin ihm dort mal am Eingang begegnet. Am Tag, als Kit auf die Welt kam.«

»Siehst du! Das erhärtet meinen Verdacht. Er verlässt den Ring nämlich nur, wenn's unbedingt sein muss. Ringbewohner zeigen sich selten in der Außenwelt, weil sie eigentlich in der Ätherwelt zu Hause sind.«

»Und warum ließ er Kit entführen?«

»Das wüsste ich selber gern.«

»Und was hat er vorhin von Irrglaube gefaselt und vom T? Ich habe nur Bahnhof verstanden.«

»Das T ist das Wahrzeichen von *Tammat-Hem*.« Tom malte mit dem Finger ein großes T in Mundschrift an die Windschutzscheibe. »Und laut Timmit der wichtigste Laut im Ring des Wissens.«

»Aber warum? Nur weil *Tammat-Hem* damit beginnt?«

»Der Stamm des T ist wie eine Straße, die auf eine Querstraße stößt. An der Mündung scheiden sich die Wege. Du musst dich zwischen rechts und links entscheiden. Darum betrachtet er das T als den wichtigsten Laut in der Erbstruktur des Universums.«

»Aber wieso?«

»Weil die gesamte Schöpfung durch Teilung entsteht. Du kennst doch den berühmten Satz des Johannes-Evangeliums: *Am Anfang war das Wort.* Dieses Wort hatte nichts als sich selber. Woraus sollte es die Schöpfung machen? Es blieb ihm nichts anderes übrig, als sich selbst zu teilen und jedem Teil eine andere Rolle zuzuteilen ...«

»Timmit sprach von einem Streit um das Anfangswort. Wieso?«

»Das Anfangswort war für die Gelehrten lange Zeit das große Rätsel«, fuhr Tom fort. »Bis Tammathemer Archäologen vor kurzem Schriften aus dem Vermächtnis des Ewigen entdeckten:

> *Das Anfangswort ist jener Ort,*
> *aus dem sich Wissen fort und fort*
> *entfaltet und aus eigner Kraft*
> *in sich den Ring des Wissens schafft.*«

Tom sah Danni an, als hätte er ihm gerade verraten, wo der Schatz der Nibelungen versteckt sei. »Verstehst du? ... *jener Ort* ... Welcher Ort ist die Heimat des Rings, wo er zu *Tammat* wurde, dem Festen, Greifbaren, Dichten?« Er senkte die Stimme. »Was ich dir jetzt sage darfst du keinem verraten: Das streng geheime Anfangswort heißt schlicht und einfach *Tamat-Hemat.*«

»So einfach soll das sein?«

»Klar! Das ist ja das Verrückte. Ein anderer Vers sagt:
*Das Anfangswort ist jedem Land*
*als Quell des Wissens wohlbekannt.*
Jeder weiß doch, dass in *Tammat-Hemat* die Gentechnik erfunden wurde. Das tiefste Wissen über das Leben, das die Menschheit je entdeckt hat.«

»Was hat denn das Anfangswort mit Gentechnik zu tun?« Danni erinnerte sich an den seltsamen Refrain beim Straßenfest. Wie hing das mit dem Superkind zusammen? »Emma sagt, *Tammat-Hem* heißt Dunkelheim«, entfuhr es ihm. Kaum war ihm das rausgerutscht, bis er sich auf die Zunge.

»Klar. Rein oberflächlich kann man das natürlich sagen. Aber › *Tammat* ‹ ist ein Palindrom, eine spiegelsymmetrische Zauberformel in sich selbst. Wie du damit zaubern kannst, zeige ich dir gleich im Studio.«

Danni horchte auf. Erfuhr er dort, was sie mit Kit gemacht hatten?

Sie fuhren wieder an der langen Mauer entlang, in deren großen Girlanden aus Naturstein mannshohe Eisenspeere mit ihren Spitzen zum Himmel ragten. Am Haupttor des Parks von Palais Mart winkte der Pförtner sie diesmal freundlich durch. Tom parkte vor seiner Dienstwohnung, aber er führte Danni nicht ins Haus, sondern zu dem Flachbau weiter hinten. Er öffnete eine Stahltür und führte ihn über Hintertreppen und Gänge in einen Computerraum im ersten Stock.

Tom vergewisserte sich, dass niemand im Studio war, stapelte die Spitzhüte ihrer Zaubertracht übereinander und hängte sie an den Haken neben der Tür. Dann beugte er sich über den Tisch und schaltete einen Computer an. »Jetzt erfährst du ein Geheimnis, über das sich die Gelehrten seit Jahrtausenden den Kopf zerbrochen haben. Wie erklärst du dir den Bibelspruch: *Alles ist durch das Wort geworden und ohne das Wort wurde nichts, was geworden ist?* Wie kann aus einem Wort die Welt entstehen?«

»Keine Ahnung.«

»Siehst du. Das ist das große Rätsel. Wie wurde aus dem Anfangswort die Welt?«

Tom deutete auf das Foto eines schreienden Babys an der Wand. »Überleg mal: Was ist der erste Laut, den ein Neugeborenes von sich gibt?«

Danni spürte einen Stich im Herzen. Der Schrei aus dem Albtraum ... Schon wieder verfolgte er ihn. Aber vor Tom wollte er sich keine Blöße geben. So gleichgültig wie möglich sagte er: »Das ist doch von Mensch zu Mensch verschieden.«

»Quatsch! Schau dir das Foto mal genau an! Was siehst du?«

»Ein schreiendes Baby.«

»Woher weißt du, dass es schreit?«

»Das sieht man doch: Es sperrt den Mund auf.«

»Und welcher Laut entsteht, wenn du den Mund aufsperrst?«

Ja, diesen Laut kannte er nur zu gut. Der Schrei hatte ihn gejagt, vertrieben, derselbe Laut, den der Schädel mit der aufgesperrten Kinnlade zu schreien schien. Aber er wollte ihn jetzt nicht aussprechen.

»Na los,« drängte Tom. »Reiß den Schnabel auf und gib einen Laut von dir.«

Widerwillig öffnete Danni den Mund und machte: »Aaaaa!«

»Siehst du? Da ist er schon: der Anfangslaut. Jeder Mensch, ob Chinese oder Eskimo, Mongole oder Indianer, Hottentotte oder Zulu-Neger brüllt am Anfang immer dieses ‚Aaaaa‘. Darum ist ›A‹ der ›Anfangslaut‹. Und weil wir dabei den Schnabel voll aufreißen, steht ›A‹ auch für ›Alles‹, das ›All‹, das ›Absolute‹. Deswegen formt ›A‹ in der Mundschrift den voll aufgesperrten Mund.« Er zeigte auf das Zeichen unter dem Babybild, das wie ein offener Mund im Profil aussah.

ר

»Und was ist das genaue Gegenteil vom ›A‹? Welchen Laut sprechen wir mit geschlossenem Mund?«

»Gar keinen, oder?«

»Quatsch. Mach mal den Mund zu und lass deine Stimmbänder schwingen. Was hörst du?«

Danni ließ die Stimmbänder schwingen und ein Summen ertönte: »Mmmmmm.«

»Siehst du? Bei geschlossenem Mund, wenn sich die beiden Lippen verbinden, ertönt das ›M‹. Deswegen zeigt das ›M‹ den geschlossenen Mund unter dem Nasenschlängel.«

Tom zeigte auf einen geschlossenen Kringel mit Wellenlinie.

Die Mundschrift war also gar keine Erfindung von Onkel Jeronimus, wie Otto behauptet hatte. Die Welt, die der Onkel im Manuskript beschrieben hatte, gab es wirklich. Und er selber war jetzt mittendrin und konnte alles bezeugen. Ob es auch Theo und die Höhle des Lächelns wirklich gab? Oder war Theo nur eine Romanfigur seines Onkels?

Die Stimme von Tom brachte Danni zurück ins Studio. Der trockene Tonfall erinnerte ihn jetzt an die Stimme seines Mathelehrers.

»Damit haben wir bereits die Grundbausteine, die eine Form entstehen lassen: Das ›T‹ teilt das ›A‹ in Teile, die sich im ›M‹ verbinden und zu MAT, zur Masse, werden. Aus TAM wird MAT: TAMMAT«

Tom setzte sich und legte ein türkises, metallisch glänzendes Blatt auf den Tisch, das ein Wort in Mundschrift zeigte: TÀMAT.

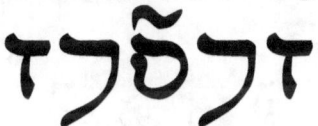

»Komm, setz dich«, sagte Tom. Er rollte den schwarzen Bürostuhl vom Nachbartisch heran, öffnete eine Schublade, holte Aschenbecher, Streichhölzer und eine Zigarrenschachtel hervor und lehnte sich zurück. »Willst du auch eine?«

»Nee, nee, um Gottes Willen!« Danni setzte sich, stützte die Ellbogen auf die Tischplatte und stierte auf das Wort auf dem türkisen Blatt. Plötzlich fühlte er, dass er heute schon in aller Frühe aufgestanden und aus dem Haus geschlichen war. Von Hügliswil war er bis *Tammat-Hem* gereist, hatte einen Stehgeiger und einen Betrunkenen getroffen, Monsieur Mart, Tom und Emma, Adi, Timmit … Alles schwirrte ihm durch den Kopf. Er fühlte sich dumpf und matt.

Aus weiter Ferne erklang Toms Stimme: »Dieses Wort *TÀMAT* ist die Zauberformel, die das Feste, Dunkle, Undurchsichtige bewirkt. Durch Lautwandel entstehen daraus auch die Namen Tom und Mart. Und jetzt kommt das Schönste vom Ganzen.«

Danni schreckte auf. Beinahe wäre er mit dem Kopf auf die Tischplatte gekippt. Er war weggetreten wie im Matheunterricht. Verwirrt sah er sich um. Erst als er Tom erblickte, fiel ihm wieder ein, dass er im Ring des Wissens auf Marts Grundstück im Studio von SUPERKIDS saß. Tom zog bedächtig an seiner Zigarre und blies Danni den Rauch ins Gesicht. Danni rollte mit dem Bürostuhl weiter von ihm ab.

Tom nahm eine türkis glitzernde Scheibe und bewegte sie wie ein Hypnotiseur in langsamen Kreisen vor Dannis Augen. Es war die Scheibe, die beim Straßenfest über die Menge ausgeschüttet worden war. Die flimmernen Punkte und Zeichen machten ihn schläfrig.

In Dannis Kopf begannen Silben zu trommeln. Seine Gedanken wurden zäh und träge. Die Silben hämmerten wie in einem Schildkrötenpanzer durch seinen Schädel. Die Augen fielen ihm zu, schwer wie Blei sanken seine Arme auf die Lehnen, wurden steif, verschmolzen mit dem Stuhl. Sein Körper fühlte sich an wie Granit, wie schwerer, harter Stein. Zigarrendunst umnebelte ihn, doch er hatte nur einen Wunsch: auf ewig hier sitzenbleiben.

Aus weiter Ferne – oder war es aus nächster Nähe? – hörte er Tom flüstern: »Der Tammathemer Ring enthält sogar den Namen des mächtigsten Wesens im Ring: *Tammôtamma!*«

Beim Klang dieses Namens lief Danni ein Schauer über den Rücken. Mit aller Willenskraft hob er die schweren Lider und sah Tom neben sich sitzen, die Augen wie in Trance halb geschlossen, nur das Weiße der Augäpfel glänzte unter den zuckenden Lidern. Tom ließ die Zigarre unter seiner Nase kreisen und sog schnuppernd den Rauch ein. Während er immer flacher atmete, drang ein Raunen aus seinem Mund.

>*Du hörst von ihm munkeln,*
*im Kreise des Dunkeln,*
*im Kreise des Königs*
*schaust du ihn nicht.*«

Die Mitte der Scheibe vor Dannis Augen verdunkelte sich. Danni kniff die Augen zusammen, um schärfer zu sehen. Tom sprach weiter.

>*Kein Wind kann ihn fühlen,*
*kein Wasser umspülen,*
*kein Feuer ihn kühlen,*
*ihn findet kein Licht.*«

In der Mitte der Scheibe schillerte es wie Schlangenhaut. Danni schaute schärfer hin, da war die Scheibe wieder glatt und leer bis auf den Ring in Mundschrift.

>*Kein Pfeil kann ihn treffen,*
*es sei denn, so heißt es,*
*die Feder des Phönix,*
*gehalten vom Neffen*
*des sterbenden Geistes*
*in innerer Sicht.*«

Der Zigarrenrauch brannte Danni in den Augen. Er kniff die Lider wieder zusammen. Da erschien in der Mitte des Buchstabenrings ein zusammengerollter Drache. Durchsichtig, wie aus Luft oder Glas. Als er die Augen weiter aufriss, war der Drache verschwunden. Beim Betrachten der Buchstaben hämmerten seltsame Worte durch seinen Kopf: »*Tammôtamma thèmmat a mêh.*«

Tom verstummte. Immer langsamer kreiste die brennende Zigarre unter seiner Nase. Schließlich fiel sein Kopf nach vorne und die Nase stupfte in die Glut. Tom schreckte hoch, sah Danni neben sich und lächelte benommen. »Wo waren wir stehengeblieben?«

Danni fühlte sich noch immer schwer wie Blei, spürte weder Mund noch Zunge. Mit aller Willenskraft versuchte er, Lippen und Zunge zu bewegen, bis es ihm endlich gelang. »Ich glaube, wir waren bei dem Wort *Tammat.*«

In diesem Augenblick fiel eine Tür ins Schloss.

»Nanu?« Tom horchte auf. »Um diese Zeit hat hier doch niemand was zu suchen. Höchstens die Putzfrau.«

Er ging zu den Türen an beiden Enden des Raums, verschloss sie und ließ die Schlüssel innen stecken. Dann setzte er sich wieder ans Pult und drückte ein paar Tasten. »Du hast vorhin nach der Gentechnik von SUPERKIDS gefragt.«

Dannis Herz klopfte schneller. Er nickte.

»Schau mal so auf den Bildschirm, dass wir dich knipsen können.« Tom bewegte und klickte die Maus, und Danni sah sich auf dem Bildschirm, wie er im Sessel saß. Es piepste dreimal, blitzte, und sein Bild erstarrte. Tom schob Dannis Foto auf dem Bildschirm nach links. »Dieses Bild nennen wir DA-NI-EL. Und daneben schieben wir dieses niedliche Bildchen und nennen es SAU-RI-ER.« Tom tippte die Namen unter beide Bilder. »Und jetzt kommt der Clou.«

Während Tom in der Rechten die Zigarre hielt, bewegte er mit der Linken die Maus. »Beide Namen haben je drei Silben. Und jeder Name bezeichnet eine Form aus Kopf, Rumpf und Beinen. In der Gentechnik wird die Erbstruktur nun einfach neu zusammengesetzt und schlägt damit der unendlich langsamen Evolution der Natur ein Schnippchen. Wofür die Natur Jahrmillionen braucht, nämlich das Erschaffen neuer Arten, das machen wir heute im Handumdrehen mit Links.«

»Und was kommt dabei heraus?«

»Das siehst du gleich. Schau her, wie schnell wir aus zwei natürlich gewachsenen Arten sechs neue basteln: DA-NI-ER, DA-RI-EL, DA-RI-ER, SAU-NI-EL, SAU-NI-ER, SAU-RI-EL. Na? Da staunst du, was? So einfach ist das Ganze! In zehn Sekunden sechs verschiedene Wesen! Und das alles mit Links!«

Danni starrte auf den Bildschirm, und sein Magen krampfte sich zusammen. Über jedem Wort sah er ein anderes Bild. Bei dem Bild DA-NI-ER spürte er ein Kribbeln am Steiß, als wachse ihm ein Krokodilschwanz. Seine Füße fühlten sich wie krallige Pfoten an. Satzfetzen aus dem »Boten« schwirrten ihm durch den Kopf: ... *verschiedene Anomalien ..., Schwanzfortsatz am Ende der Wirbelsäule ...*

Bei jedem neuen Wortbild, das er las, schien sich der Teil, der aus dem Wort SAU-RI-ER stammte, nicht nur auf dem Bildschirm, sondern an seinem eigenen Körper zu verändern. Am schlimmsten fühlte er sich bei dem Wort SAU-RI-EL. Sein Kopf, sein Rücken, seine Arme fühlten sich an wie mit Schuppen überzogen. Danni hatte das Gefühl, sich übergeben zu müssen.

Plötzlich musste er an Kit denken. Hatten sie ihn auf ähnliche Art manipuliert? Er musste ihn unbedingt finden und vor diesem Unheil retten. Aber wie konnte man das wieder rückgängig machen? Danni spürte eine Wut im Bauch, die ihn alle Vorsicht vergessen ließ. »Mach das sofort wieder rückgängig!«, schrie es aus ihm heraus.

»Wieso? Die Welt der Dinos ist doch heute in! Die meisten Kids finden das supercool!«

»ICH ABER NICHT!« Seine Stimme überschlug sich, klang wie ein Hilfeschrei. Er sah vor sich wieder das Baby im Krankenhaus, diesen Mischling aus Mensch und Reptil, und war heilfroh, nicht ›naturverbessert‹ zur Welt gekommen zu sein. »An meinem Namen wird nicht rumgeschnippelt! Genau wegen so was ist meine Mutter nach der Geburt von Kit ...«

»Verdammt ... Entschuldigung.« Toms Rechte zitterte, das sorgsam gehütete Aschehäubchen seiner Zigarre fiel zu Boden. »Du siehst, wie stümperhaft SUPERKIDS heute mit Gentechnik umgeht. Das fällt sogar dir als Laien auf. Verstehst du jetzt, warum ich auf Mart so sauer bin?« Tom löschte alle Bilder bis auf Dannis Foto. »Wenn du willst, zeige ich dir jetzt, was wahre Genforschung bedeutet.«

»Aber nicht mehr heute. Ich bin zum Umfallen müde.«

Danni fielen fast die Augen zu. »Seit heute früh halb fünf bin ich auf den Beinen.«

»Okay. Wir machen morgen weiter, wenn du ausgeschlafen bist.« Tom fuhr den Computer herunter.

Jemand rüttelte an der Klinke und klopfte. Eine Frauenstimme rief: »Ist da wer?«

Danni schreckte zusammen. Die Stimme hatte er schon mal gehört.

*Der Tammathemer Ring* Tamathemat ta Mehtamat *bildet den Satz:*
Tammåtamma thèmmat a mêh – *Tammôtamma dämmert mir.*

# 8. Der Blitz im Löwenmaul

Tom lief zum Kleiderspind an der Wand, winkte Danni hinein und rief:»Moment, Frau Ammer! Ich komme.« Danni stieg durch die Spindtür, die Tom hinter ihm schloss. Schwärze umgab ihn. Nur das Schlüsselloch leuchtete. Genau wie bei Theo im Kleiderschrank in der Höhle des Lächelns dachte Danni. Jetzt wurde auch er im Schrank versteckt. Reiner Zufall? Oder seltsame Verknüpfung?

Und die Stimme der Frau! Plötzlich kam ihm der Satz in den Sinn: *Ja, dein Brüderchen ist ein Prachtkerl, nicht wahr?* Dieselbe Stimme! Die Stimme der Krankenschwester, die Kit entführt hatte. Betreute sie jetzt das Superkind? Wurde es hier versteckt?

Danni hörte, wie Tom zur Tür ging und aufschloss. »Lassen Sie's heute mal gut sein, Frau Ammer. Ich hab noch zu tun.« Die Tür fiel ins Schloss, es wurde still. War Tom im Zimmer oder auf dem Flur?

Danni tastete den Spind ab. Neben ihm hing ein Kittel, in dessen Tasche etwas Hartes war. Er griff in die Tasche und fühlte ein Schlüsseletui. Toms Schritte kamen näher. Jetzt oder nie! Dannis Herz pochte wild, als er den Schlüsselbund griff und in seiner hinteren Hosentasche verschwinden ließ. Die Schranktür ging auf. Tom lächelte ihn an. »Du zitterst ja am ganzen Leib. Keine Sorge. War nur die Putzfrau. Sie dachte, du schreist um Hilfe.«

»Dann weiß sie jetzt, dass ich hier bin?« Immer noch zitternd stieg Danni aus dem Spind. Ob Tom Verdacht schöpfte und nach dem Schlüsselbund suchte?

»Keine Bange. Ich hab ihr erzählt, ich hätte den Fernsehkrimi zu laut aufgedreht. Trotzdem sollten wir schnellstens verduften. Du siehst müde aus. Ab in die Falle.«

Tom nahm die Spitzhüte vom Haken und führte Danni auf Schleichwegen zur Gästewohnung zurück. In Dannis Zimmer schenkte er zwei Gläser Mineralwasser ein, griff in die Tasche und öffnete ein Döschen mit graugrünen Pillen. »Hier, deine Schlafpille. Die nimmt hier jeder.«

»Wozu? Ich bin so schon todmüde.«

»Für naturverbesserten Schlaf und süße Träume. Ich liebe sie.« Tom nahm eine Pille in den Mund und spülte mit Wasser nach.

Danni nahm die Pille entgegen und hielt sie unschlüssig in der Hand. Als Tom ihm das Wasser reichte, steckte er sie in den Mund und trank einen Schluck. »Ich schlaf gleich im Stehen ein.«

»Brav so«, sagte Tom. »Morgen früh sehen wir weiter. Wann soll ich dich wecken?«

»Am liebsten erst gegen Mittag. Und danke für alles. Gute Nacht.«

Danni fiel angezogen aufs Bett. Tom deckte ihn zu, löschte das Licht und verschwand.

Sobald Tom aus dem Zimmer war, stand Danni im Dunkeln auf, ging zum Spülstein im Bad und spuckte die Pille aus, die er in der Backentasche versteckt hatte. Ob Tom sie wirklich geschluckt oder ebenfalls nur so getan hatte, wusste er nicht. Wozu eine Schlaftablette nehmen, wenn ihm so schon die Augen zufielen? Er brauchte keinen »naturverbessserten« Schlaf. Er streifte die Zaubertracht ab, hängte sie über den Stuhl, legte sich ins Bett und schlief sofort ein.

*Unvermittelt poltert es an der Tür. Die Zimmertür wird aufgerissen. Grüne Kerle in Ritterrüstung dringen ein und umzingeln sein Bett. Danni springt aus den Federn. Sein Zimmer ist voller Grünschädel. Schuppige Helme, Krokodilsgesichter, rote Augengläser. Ein Grünschädel stürzt sich auf ihn. Danni tritt ihm in den Bauch. Die Rüstung zerspringt in alle Richtungen: Sie ist hohl. Niemand steckt darin. Dem zweiten Grünschädel schlägt er die Faust auf die Brust, bis die Rüstung zerspringt, sie ist ebenfalls hohl. Jetzt fegt er mit einer einzigen Handbewegung alle Grünschädel zu Boden: nichts als hohle Hüllen. Was sie bewegte, war seine eigene Angst ...*

Heftig atmend wachte Danni auf. Er lag im Bett und hielt das Kopfkissen umklammert. Das Zimmer war leer und dunkel. Alles war still. Vor dem Fenster flackerte Licht.

Benommen trat er ans Fenster, öffnete es vorsichtig einen Spalt und sah hinaus. Von rechts kamen Stiefelschritte und der Lichtkegel einer Lampe. »Schweinerei«, murrte jemand. »Die ganze Nacht um die Ohren schlagen wegen diesem Knülch.«

»Ich hoffe, der bleibt nicht lange«, meinte ein Zweiter. »Hast du das Foto gesehen? Zwölf oder dreizehn, der Knabe. Rotes Kräuselhaar, blass mit Sommersprossen, spitze Nase, schmale Wangen. Ein Milchgesicht, das kein Wässerchen trüben kann. Dabei hat er's faustdick hinter den Ohren. Soll mit dem Maulwurf verwandt sein, diesem Mathe-Professor.«

Jetzt waren die Stimmen genau unter Dannis Fenster. Er hörte ein Hecheln. »Wenn ich was zu sagen hätte«, meinte der Erste, »Schauplatz und Rübe ab! ... Boss, bei Fuß!«

Die Schritte und das Hundehecheln entfernten sich. Er wurde also bewacht! Im Dunkeln schlich er zur Tür und drückte die Klinke. Abgesperrt! Hätte er bloß auf Emma gehört! Und er hatte ihr nicht glauben wollen. Hätte ihr fast nicht verraten, wo er wohnte. Wäre er nur auf ihr Angebot eingegangen. Wie sollte er jetzt von hier wegkommen? Und wohin? Er kannte sich ja nicht aus. Und das Denken fiel ihm immer schwerer. Emma hatte Recht. Immer deutlicher machte sich die Wirkung des Tammathemer Dufts bemerkbar.

*Häng deine Zauberkluft ans Fensterkreuz*, hatte sie gesagt. Himmel! Das hatte er völlig verschwitzt. Er nahm den Spitzhut mit Umhang, hängte beides ans Fensterkreuz, warf sich aufs Bett und sank erneut in Schlaf ...

*Hoch in den Felsen, weit überm grauen Dunst. Eine goldene Kuppel, ein Tempel, in Felsen gebaut. Ein Schatten mit riesigen Flughäuten kreist um die Kuppel, stürzt sich hinab, verschwindet hinter dem Fels.*

*Der Tempel von innen, eine in Felsen gehauene Halle, der Eingang aus grob geschichteten Steinen. Aus der Tiefe ein Scharren. Krallen schlurfen über glatte Fliesen. Ein schwarzgrüner Drache mit gelbroten Augen kriecht hinter der Felswand hervor, nähert sich drei goldenen Opferschalen. Er setzt sich auf eine Schale nach der anderen, füllt sie mit scharf riechendem Dung und verschwindet in der Felsentiefe.*

*Stille. Der ätzende Gestank des Dungs erfüllt den Tempel. Ein Schlüssel klappert im Eichenportal. In schwarzem Umhang mit Kapuze treten drei Herren ein, jeder mit einem großen Silberkelch, den er feierlich wie einen Pokal vor sich her trägt. Einer mit Geiernase tritt an die linke Schale und zieht etwas aus der Tasche. Unter dem schwarzen Umhang trägt er einen Nadelstreifenanzug. Jetzt beginnt er, mit einem Spatel den Drachendung in den silbernen Kelch zu füllen. Der Herr mit Rabenschnabel und bleckendem Fernsehgebiss tut dasselbe an der mittleren Schale.*

*Die rechte Schale liegt im Dunkeln. Man sieht nur die knöchernen Hände, die den Dung in den Silberkelch füllen. Nachdem die Opferschalen säuberlich ausgeschabt sind, werfen sich die Herren auf den Boden, murmeln Sprüche in fremder Sprache und schreiten im Rückwärtsgang zurück zum Portal. Am Ausgang drehen sie sich um, und Danni hat das Gefühl, dass der Dritte, der im Dunkeln stand, ihn aus rot umränderten Augen anblitzt. Dann verschwinden alle drei. Krachend fällt die schwere Eichentür ins Schloss.*

Als Danni erwachte, fand er sich halb angezogen im Bett liegen. Benommen tastete er zur Nachttischlampe, dann erst dämmerte ihm, dass er nicht in Hügliswil, sondern irgendwo in Belgien war. Kieselsteine knallten an sein Fenster. Er tapste zum Fenster und öffnete einen Flügel. Ein in Papier gewickelter Stein flog ihm an die Brust. Er wickelte den Zettel auf, zog ihn glatt und knipste die Lampe an.

»*Licht aus!*«, las er als erstes. »*Unter der Bettdecke lesen!*«

Er löschte die Nachtischlampe, kroch damit unter die Bettdecke und knipste sie wieder an.

> *»Danni, mit Tom stimmt was nicht. Der Pförtner meint, sein Brombeergesicht sei nur Maskerade fürs Straßenfest gewesen. Pack im Dunkeln deine Sachen und stell dich ans Fenster. Alle zwanzig Minuten machen zwei Grünschädel die Runde. Wenn ich dreimal mit der Taschenlampe blinke, schiebst du dein Gepäck aus dem Fenster und lässt es fallen. Ich stehe unten und fange es auf. Dann springst du. Beeil dich!*
> *Emma*
> *PS: Zieh zur Tarnung die schwarze Kluft über. Aber ohne Hut.*«

Emma war gekommen! Gott sei Dank! Sie ließ ihn nicht im Stich. Sie war der echte Freund, und Tom der falsche.

Das Packen ging ruckzuck. Er brauchte nur seinen Waschbeutel aus dem Bad zu holen. Den Rucksack in der Hand, stellte er sich ans Fenster. Von unten blinkte es dreimal kurz. Leise öffnete er beide Fensterflügel, stellte den Rucksack aufs Fensterbrett und wartete. Von unten kam ein Flüstern: »Jetzt!«

Er schob den Rucksack nach vorn, flüsterte »Achtung!« und ließ ihn fallen. Mit leisem »Autsch!« wurde er aufgefangen und auf den Boden gestellt.

Wieder Flüstern: »Vor deinem Fenster ist ein Sims. Von dort kannst du springen. Hier unten ist weiche Wiese.«

Danni schwang sich in der schwarzen Zauberkluft übers Fensterbrett und ertastete mit den Füßen den Sims, auf dem er stehen konnte. Es war stockfinster. Er sah nicht, ob unter ihm Büsche, Steine oder Mauern waren. Er konnte sich beim Aufprall alle Knochen brechen.

»Mach schon, sie kommen gleich!«

»Ich sehe nicht, wie tief es ist. Wenn ich mir die Knöchel breche, kann ich nicht laufen.«

»Ach so!« Emma ließ kurz die Lampe aufblitzen und beleuchtete die Wiese unterm Fenster. Jetzt hatte er ein sicheres Gefühl. Er sprang, ging beim Aufprall in die Knie und stützte sich auf die Hände.

»Gut! Nimm einen Riemen.« Emma reichte ihm einen Riemen des Rucksacks und führte ihn im Dunkeln zwischen Büschen und Bäumen Richtung Mauer. Sie trug ebenfalls ihren schwarzen Umhang. Langsam gewöhnten sich Dannis Augen an die Dunkelheit. Als er sich umschaute, sah er ein rotes Glühen, das ihnen folgte. Als schwebten zwei glühende, von grünem Schein umgebene Kohlen in der Luft. Danni erschauerte: Etwa ein Totenschädel aus der Höhle des Lächelns? Danni trat auf einen Ast, knickte mit dem Fuß um und verknackste sich den Knöchel. »Autsch!«

»Komm doch! Was ist los?« drängte Emma.

»Fuß verknackst!« Unbeholfen humpelte er weiter. »Irgendwie bin ich ganz schön benebelt.«

»Shit! Das hat uns grade noch gefehlt. Höchste Zeit, aus dem Tammathemer Dunst herauszukommen.«

Als sie die Girlandenmauer mit den schmiedeeisernen Speeren erreichten, sahen sie hinter sich an Dannis Fenster Licht aufleuchten.

»Oje!« Emma stellte den Rucksack ab und stieg an der Mauereinfassung bis zu den Speerspitzen hoch. »Reich mir den Rucksack, schnell!«

Sie hievten gerade den Rucksack über den Zaun, da kam der Lichtkegel näher. Davor der Schatten des Hundes.

»Schnell«, zischte Emma. »Steig hoch!«

Aber Dannis verknackster Fuß war nicht belastbar. Er war erst auf halber Höhe, da fauchte Emma: »Achtung! Der Hund ist los!«

Schon hörte Danni das Hecheln. Im Nu war er über den Zaun. Er konnte aber mit dem Knöchel nicht zu Boden springen. Während er nach unten kletterte, sprang der Kampfhund knurrend an die Eisenstäbe und schnappte nach seinen Händen. Danni ließ sich fallen. Emma half ihm auf die Füße und verschwand mit ihm jenseits der Straße im Wald. Hinter einem Busch standen zwei Mountainbikes.

»Der Rucksack ist zu hell«, sagte Emma. »Trag ihn unter dem Umhang.« Sie half ihm, den Rucksack zu schultern und den schwarzen Umhang darüber zu ziehen. Dann schob sie ihr Rad auf den Waldweg. »Immer mir nach! Kannst du mit dem Fuß in die Pedale treten?«

»Muss ja wohl. Ich belaste einfach nur den anderen Fuß.«

»Wir müssen uns eilen. Wenn ich zu schnell werde, klingele kurz.«

Emma trat kräftig in die Pedale. Danni folgte mit dem schweren Rucksack. Langsam stieg seine Achtung vor diesem Mädchen. Sie verlor nicht viele Worte und schien alles im Griff zu haben.

Etwa eine Stunde fuhren sie schweigend durch den Wald, über breite und schmale Wege, dann stießen sie auf einen mannshohen Heckenzaun. Während sie die Hecke entlang fuhren, musste Danni an Theo denken. Genau so hatte der Weg ausgesehen, auf dem Theo durch den Wald geflohen war. Emma hielt unter einer Eiche, die ihm ebenfalls bekannt vorkam. »Zieh die schwarze Kluft aus«, sagte sie. »Die lassen wir hier. Hinter der Hecke liegt *Màthema-Attic*. Dort haben Tom und Mart nichts mehr zu melden. *Mart* heißt übrigens *Tod*.«

»I! Warum nennt er sich dann nicht um?«

»Geht nicht. Mart ist ein Unsterblicher. Der Name ist seine Funktion. So, jetzt schau mal kurz weg.« Sie verschwand mit den Umhängen hinter der Eiche, kam ohne sie zurück und stieg wieder auf. »Gleich sind wir in Sicherheit.«

Ein Stück weiter unterbrach ein riesiger Felsbrocken die Hecke.

»Da wären wir, am *Lheumaul*.« Emma richtete die Taschenlampe auf den von Dornengestrüpp umwucherten Fels: ein riesiger Löwenkopf mit aufgerissenem Maul führte als Tor durch die Hecke. »Das *Lheumaul* ist ein *Hemma*.«

»Ein was?«

»Eine Hemmschwelle mit Tastenschloss. Ich hoffe, du findest schnell die Antworten und drückst die richtigen Tasten.«

»Das Tor ist doch offen. Warum fahren wir nicht einfach durch?«

»Wenn jeder hier durch könnte, wären wir drüben vor Marts Schergen nicht sicher. Ein *Hemma* ist eine Grenzkontrolle. Wer passieren will, muss Fragen beantworten. Nach dir bitte. Ich warte, bis du drüben bist. Falls was schief geht.«

Danni schob sein Rad ins steinerne Löwenmaul.

Als er etwa in der Mitte war, leuchtete ein grünes Licht auf, und er sah, dass dichtes Dorngestrüpp den Durchgang versperrte. An der Felswand hing ein ähnliches Tastenschloss wie an der Tür zum Triebwagen: über den Tasten ein Display, auf dem in grüner Schrift zu lesen war:

*Tammat-Hemat ist*
*1 der Südwestbahnhof der Ringbahn*
*2 die Heimat der Ringformel*
*3 der Sektor mit der besten Luft*
*4 das Anfangswort*

Aus der Ferne erklang Hufschlag. Emma wurde nervös. »Bitte Beeilung! Drück die richtige Taste.«

»Hilf mir doch!«

»Wenn das ginge, wären wir längst drüben.«

»Wieso? Merkt doch keiner.«

»Von wegen! *Hemmas* sind nicht zu täuschen. Wer mogelt, dem gnade Gott.«

»Wenn es nach Tom ginge, wären alle vier Antworten richtig.«

»Es geht aber nicht nach Tom. Nur eine stimmt. Beeil dich bitte!«

Danni überlegte. Antwort 3 war der reine Hohn. Inzwischen hatte er sich zwar an den Tammathemer Duft gewöhnt und roch ihn kaum noch, aber er erinnerte sich noch gut an den Augenblick, als er am Bahnhof angekommen war. Wenn es nicht nach Tom ging, was blieb dann noch? Das einzig Sichere war, dass er am Bahnhof *Tammat-Hemat* ausgestiegen war und inzwischen vom Duft eine Mattscheibe hatte. Und im Brief des Onkels stand was vom Südwesten. Er drückte auf 1. Sofort leuchtete die nächste Frage auf.

*»Erkenne dein Selbst«* *heißt im Ring*
*1 Mâ thèmmat Îk.*
*2 Màthema at Îk.*
*3 Mathemà tí Îk!*
*4 Ma thé hêm ad Îk!*

»Wie soll ich dieses Kauderwelsch verstehen? Das hatten wir in Mathe noch nicht.«

»Neffe von Jeronimus! Gehe eine Antwort nach der anderen durch und überlege, ob sie stimmen kann. – Mist! Mein Ohrring ist weg! Wo hab ich den bloß verloren?«

Emma zupfte sich am linken Ohr. Danni musste an den Lichtkegel von vorhin denken. »Vielleicht unter meinem Fenster. Beim Auffangen des Rucksacks!«

»Ach du Schreck! Bitte, mach schnell!«

Ganz in der Nähe erklang gedämpfter Hufschlag. Die drohende Gefahr versetzte Danni in Alarmbereitschaft, sein Herz klopfte schneller, das Blut schoss ihm durch die Arme, sein Magen fühlte sich hohl und flau an. Gleichzeitig wurde er hellwach, als hätte er *Tâm-Meht* getrunken.

Er überflog die Antworten: Alle vier endeten auf »*Îk*«, das hieß offensichtlich »Selbst«. Was hieß dann »dein Selbst«? »*thèmmat Îk*«? Sicher nicht. »*at* oder *ad Îk*? Auch nicht. Blieb nur »*tí Îk*«. Dann hieße »*Mathemà*« »erkenne« Warum nicht? Er sagte »*Mathemà tí Îk!*« und drückte die »3«. Sofort teilte sich die Heckenwand, ließ ihn durch und schloss sich hinter ihm. »Halt!« rief er. »Emma muss auch noch durch.«

Dichtes Dornengestrüpp versperrte Emma den Durchgang.

Danni hörte ein »Fass!«, ein dumpfes Fallen, ein unterdrücktes »Autsch!«, Hufschlag, Stiefelschritte und eine Männerstimme: »Gut gemacht, Boss! – Zeig mal dein Ohrläppchen, Mädchen! Siehste! Verbrecher machen immer einen Fehler. Wo ist denn unser Bübchen? Na? Mach den Mund auf, Puppe!«

Danni schlug sich an die Stirn. Er hatte zu lange überlegt! Wenn er bloß nicht diese Tammathemer Mattscheibe hätte! Er stellte sein Fahrrad ab und spähte durchs Gestrüpp. Im Lichtkegel einer Stablampe sah er Emma auf dem Rücken liegen, ein Kampfhund hielt ihr knurrend die Zähne an die Gurgel. Vor Emmas Nase fuchtelte ein Grünschädel mit dem Revolver. »Los, Puppe, mach die Zunge locker!«

»Da durch«, zte Emma. »Wenn Sie schnell sind, kriegen Sie ihn noch.«

»Hm! Leichter gesagt als getan. Ein *Hemma* lässt nicht mit sich spaßen.«

»Wollen Sie ihn etwa laufen lassen? Wenn dieser Trottel es geschafft hat, ist das für Sie doch'n Klacks!«

»Hm! Aber *Hemmas* sind Teufelsfallen.«

»Dieser Feigling hat sich auch getraut ... Bringt mich in Teufels Küche! ... Aber Rache ist süß ... Wenn Sie wollen, helfe ich Ihnen.«

»Schlaumeierin! Komm mir ja nicht mit faulen Tricks! Wir haben auch Köpfchen.« Der Wächter schritt tiefer ins Tor. »Ohrring am Boden, Fenster offen, Kieselstein im Zimmer, Lampe und ein zerknitterter Zettel unter der Bettdecke. Verstehst du, Puppe: Du bist durchschaut! Wenn du mich reinlegen willst, machen wir Hundefutter aus dir.«

»Und ich treudoofe Nudel hab diesem Drückeberger geholfen! Machen Sie schnell!«

Eine Weile herrschte Stille. Nur der Hund knurrte drohend. Danni sah das grüne Licht am Tastenschloss aufleuchten, davor den Schatten des Grünschädels. Dann Emmas Stimme: »Vergessen Sie Ihren Hund nicht. Den brauchen Sie für die Fährte. Und meinen Ohrring lassen Sie besser hier.«

»Das könnte dir so passen!«

»Besser ohne fremdes Eigentum durchs *Lheumaul*!«

»Ohne fremdes Eigentum? Das ist mir neu. Na gut. Aber dafür sagst du mir die Antwort.« Er warf ihr den Ohrring hin. Als Emma die Hand danach ausstrecken wollte, wurde das Knurren lauter.

»Die Antworten darf ich nicht sagen. Die müssen Sie selber finden.«

»Mach keine Faxen! Du kommst von drüben, du kennst die Antwort. Los jetzt, sonst knallt's!« Er drohte mit dem Revolver.

Danni hielt den Atem an. Welche Antwort würde sie geben? Falsch oder richtig?

»Antwort eins«, krächzte sie.

Danni drehte es das Herz im Leibe um. Dem Grünschädel half sie, ihm hatte sie nicht geholfen. Dabei konnte er doch nichts dafür! Er hatte doch nicht ahnen können, dass jeder nur einzeln durchkam!

»Bist du sicher? Ich hätte auf vier getippt?« Der Grünschädel zögerte. »Wehe, du lügst!«

»Meinen Sie, ich bin lebensmüde? Mit *Hemmas* ist nicht zu spaßen. Wer mogelt, dem gnade Gott!«

»Ich sehe, du wirst vernünftig. Und jetzt, Puppe«, er zielte mit dem Revolver auf Emmas Kopf, »stoß dein letztes Gebet aus! Du wirst nicht mehr gebraucht. Boss, bei Fuß!«

»HALT!«, schrie Danni. »Sie brauchen sie noch für die zweite Antwort!« Er erschrak selbst über sein Brüllen. Wenn der Hund mit dem Grünschädel durch kam, war er geliefert.

»Aha! Da isser ja. Na warte, Bürschchen, dich haben wir gleich.«

Danni schwang sich aufs Rad und fuhr die Hecke entlang. Auf einen Baum, dachte er. Er sah eine dicke Eiche, schob das Rad hinters Gebüsch und schwang sich samt Rucksack in ihr Geäst.

Plötzlich ein grüner Blitz, ein Knall, Jaulen, ein markerschütternder Schrei, Pferdewiehern, Hufschlag – dann Stille.

Nach einer Weile Emmas Stimme: »Mein Gott! Und ich hab ihn da rein gelotst.« Gleich darauf kam sie mit ihrem Rad durchs *Lheumaul* und rief: »Danni! Wo bist du?«

Er regte sich nicht. Sie leuchtete mit der Taschenlampe den Boden ab. »O je! An der Hecke entlang. Im Tammathemer Dunst.«

Sie folgte seiner Radspur ein paar Schritte zu Fuß, dann blieb sie stehen. »Danni! Die Luft ist rein. Wir müssen weiter.«

Er gab keinen Mucks von sich.

»DAAA-NIII!!!«

Sie lauschte in die Stille. »Dieser Blödmann! Spielt die beleidigte Leberwurst und verkriecht sich im Dunst. Und ich riskiere mein Leben für diesen Depp.«

Sie spielt Theater, dachte er. Sie tut, als sei es nur eine Finte gewesen. Aber er war gefeit. Nach der Erfahrung mit Tom traute er keinem mehr.

»Danni! Du bist in Gefahr! Die Tammathemer Dunstglocke endet erst hinter der Brücke.«

Von der Tammathemer Seite klang ferner Hufschlag. Emma huschte zum *Lheumaul* zurück, schob ihr Rad auf den Weg, der geradeaus in den Wald führte, und verschwand in der Dunkelheit. Danni hangelte sich vom Baum und stellte am Rad den Dynamo ab. Er wollte ihr unbemerkt folgen. Plötzlich blinkte ein Licht in weißem Nebel.

»Danni!«, hörte er Emma rufen. »Bist du gestürzt? Liegst du hier unten im Graben?«

Er rührte sich nicht. Endlich stieg sie aufs Rad, und das Schlusslicht entfernte sich.

Er wollte sich gerade in den Sattel schwingen, da sah er am Fuß der Eiche ein bläuliches Leuchten. Er beugte sich zu Boden. Zwischen

Gräsern und Wurzeln kreiste ein Armreif aus Perlmuttblättchen in der Luft, aus denen bläuliche Zeichen mit flimmernden Punkten leuchteten. Theos Ring! Der Armreif mit der Ringformel in Mundschrift!

Danni hob ihn auf und entdeckte im Stamm der Eiche einen breiten Spalt. Die hohle Eiche aus dem Manuskript des Onkels! Führte sie in die Höhle des Lächelns? Danni schauderte. Dem Lächeln wollte er jetzt nicht begegnen.

Er streifte sich den Ring übers Handgelenk, schwang sich aufs Rad und fuhr zum *Lheumaul* zurück. Aus dem Tor drang der Geruch von versengtem Hühnchen und Schmorbraten. Von jenseits des *Lheumauls* hörte er Hufschlag, Bellen, Befehle, sah blitzende Lichter. Diesseits leuchtete im Wald vor ihm ein schwacher roter Punkt. Emmas Schlusslicht! Danni fuhr ihr ohne Licht nach, landete aber sogleich auf der Nase. Er tastete um sich. Er lag samt Rad und Rucksack auf einer Holzbrücke aus runden Balken ohne Geländer. Seine rechte Schulter hing bereits über dem Rand. Aus der Tiefe drang frische, kühle Luft. Jetzt erst wurde ihm bewusst, dass er die ganze Zeit den Tammathemer Dunst geatmet hatte. Er stellte den Dynamo an und folgte Emma, bevor er ihr Schlusslicht aus den Augen verlor.

Sie legte ein rasches Tempo vor. Mit dem Rucksack auf dem Buckel strampelte er ihr nach. Von Zeit zu Zeit verschwand der rote Punkt, dann kam eine Wegbiegung oder Verzweigung und das Licht tauchte links oder rechts wieder auf. Nach einer guten halben Stunde verschwand das Schlusslicht und war nicht mehr zu sehen. Danni stieß auf einen Querweg mit Wegweiser. Als er anhielt, um die Schilder zu lesen, erlosch seine Lampe. Weder rechts noch links ein rotes Licht.

Um den Wegweiser lesen zu können, musste er die Fahrradlampe auf die Schilder richten und gleichzeitig das Rad drehen, das den Dynamo antrieb. Er stieg vom Rad, setzte den Rucksack ab, rieb sich die Schultern und begann mit dem Akrobatenstück der Beleuchtung. Im Schein der Lampe erkannte er Holzschilder in Form von Händen mit Zeigefinger, die in vier verschiedene Richtungen wiesen. »*Lheumaul*« wies in die Richtung, aus der er kam. Links ging es Richtung »*Hem*«, rechts Richtung »*Maul Tikîta*«.

Obwohl der Weg hier endete, zeigte auch ein Schild durch die Büsche geradeaus Richtung »*Home*«. Danni leuchtete den Boden ab und entdeckte einen Trampelpfad mit frischen Fußspuren. Am Wegrand fand er weitere Spuren von anderen Sohlen. Eine Radspur kurvte hin und her. War Emma hier abgestiegen und zu Fuß gegangen? War sie überfallen worden? Wo war ihr Rad?

Er schämte sich. Warum hatte er sich nur von Emma getrennt? Sie hatte ihn aus Toms Klauen befreit, über die Grenze gebracht, ihr Leben riskiert und einen schwerbewaffneten Grünschädel samt Kampfhund zur Strecke gebracht. Als Dank dafür ließ er sie allein in finsterer Nacht durch den Wald fahren. Lag sie jetzt geknebelt im Busch, und die Häscher lauerten ihm auf? Wenn er vorhin bloß nicht diese Mattscheibe gehabt hätte!

Er setzte sich auf den Felsbrocken neben dem Wegweiser und lauschte. Totenstille. Ob es hier Geister gab? Er sah wieder das kreisrunde Gesicht seiner Mutter mit der spitzen Nase vor Augen, das ihm auf der Waldstraße erschienen war.

Auf dem Weg zum *Lheumaul,* den er gekommen war, erschien in der Ferne ein rotes Licht. Fuhr Emma zurück, um ihn zu suchen? Nein, das Licht wurde nicht kleiner, sondern kam näher. Und es war auch kein Schlusslicht: Zwei rote Punkte, umgeben von einem grünlichen Schein, schwebten etwa in Augenhöhe auf ihn zu. Als sie in Wurfweite waren, hielt Danni den Atem an. Ein grünlich leuchtender Totenkopf mit glühenden Kohlenaugen wie aus der Höhle des Lächelns grinste ihn an. Ein Schnuppern und Hecheln erklang wie von einem Spurhund. Zähneklappernd tanzte der Totenkopf an ihm vorbei.

Ein Zweig knackte. Danni zuckte zusammen. Das war kein Geist! Gab es hier Räuber, Wildschweine, tollwütige Füchse? Jetzt raschelte es im Gebüsch und eine schneidende Stimme rief: »Hände hoch! Keine Bewegung!«

Danni hob zaghaft die Hände. Ein Lichtkegel blendete ihn. Unter der Lampe sah er einen dunklen Pistolenlauf auf ihn gerichtet. Mit festem Schritt kam jemand auf ihn zu. »Parole? Sprich oder stirb!«

Parole? Was konnte das sein? Jetzt bloß keinen Fehler machen! Aber Schweigen war zu verdächtig. Er dachte an das Passwort beim *Lheumaul* und rief aufs Geratewohl wie aus der Pistole geschossen: »*Mathemà tí Îk!*«

Ein Augenblick Totenstille. Hatte er falsch getippt? Doch die Person schien zufrieden. Zwei Schritte vor ihm blieb sie stehen und leuchtete ihm ins Gesicht: »Wohin? Rechts oder links?«

»Wenn ich das wüsste. Ich hab mich verirrt.«

Die Person beugte sich näher heran und flüsterte. »Du bist wohl nicht von hier?«

»Ähm ... Ich bin zu Besuch.«

»Bei wem?«

»Beim ... *Mahâtma*.«

»Donnerwetter! Wie heißt du?«

»Wieso? Soll das ein Verhör sein oder was? Wie heißen denn *Sie*?«

Die Person trat nahe heran, drückte ihm mit der Lampe die Nasenspitze hoch und flüsterte: »Ich bin Emma. Und damit du mich nicht falsch verstehst: Ich bin stinksauer! Wenn dieser morsche Ast hier eine Knarre wäre, könntest du jetzt die Engel singen hören.«

Erleichtert ließ Danni die Hände sinken.

Emma schleuderte den morschen Ast ins Gebüsch. »Erzähl mir mal, du Galgenvogel, was dieses Affentheater soll. Meinst du, ich hätte nichts Besseres zu tun, als mich bei jeder Wegkreuzung umzuschauen, ob die beleidigte Leberwurst noch mit kommt? Weißt du, wie leicht man sich hier verirrt? In diesem Wald spukt es gewaltig. Gerade heute ist der Teufel los.«

»Du hast dem Grünschädel am *Lheumaul* die Antwort verraten, mir aber nicht.«

»Was blieb mir anderes übrig? Das *Lheumaul* war meine einzige Rettung.«

»Du hast ihn auf mich gehetzt. Samt Spürhund!«

»Das traust du mir zu?« Emma klang traurig.

»Ich hab's doch gehört: *Antwort eins.* Wenn er durchgekommen wäre, hätte er mich geschnappt.«

»Mich hatte er schon geschnappt. Meine Antwort nutzte ihm überhaupt nichts. Weil sie nicht auf seinem Mist gewachsen war. Mit *Hemmas* ist nicht zu spaßen. Wer mogelt, dem gnade Gott. Ich brauchte ihn nur ins *Lheumaul* zu locken. Dass er nicht durchkam, war mir klar.«

»Und mich hast du einen Drückeberger und Feigling genannt!«

»Hätte er mir sonst geglaubt? Du siehst doch: Selbst du bist darauf rein gefallen.«

Danni schwieg betreten. »Und woher kam der Blitz?«

»Bitte, hör auf damit! Mich schüttelt's jetzt noch. Diese Bilder werde ich mein Lebtag nicht vergessen ... Zappelnde Hände, glühender Hund

.... Ich glaube, jetzt sind wir quitt. Und danke, dass du Halt gerufen hast, als er mich abknallen wollte.«

»Das war doch klar.«

Emma schwieg einen Augenblick und atmete tief. Sie ließ den Lichtkegel über die Büsche gleiten. »Hier gibt's Brombeeren«, sagte sie schließlich. »Hast du Hunger?«

»Wo?«

Emma leuchtete auf die Sträucher neben dem Wegweiser, die voll dicker Brombeeren hingen. Während sie pflückten und aßen, machte Emma plötzlich »Scht!« und lauschte ins Dunkle. Dann pflückte sie weiter und sprach leiser. »Du kannst von Glück reden, dass du im Tammathemer Dunst an der Hecke nicht eingepennt bist. Sonst wärst du morgen wie ein Mondkalb zu deinem lieben Tom zurück gepilgert.«

Danni sog die frische Waldluft ein. Sie duftete nach Erde, Laub und Pilzen. »Zum Tammathemer Dunst hab ich was Irres geträumt. Genauso stank der Drachendung.«

»Welcher Dung?«

Während er die saftigen Beeren mit der Zunge im Mund zerdrückte, erzählte er Emma seinen Traum vom Drachentempel.

»Und wie sah der Drache aus?« fragte Emma.

»Schwarzgrün schillernde Schuppen, gelbrote Katzenaugen, riesige Fledermausflügel. Und seine Fladen stanken wie Hühnergülle. Tammathemer Duft in Reinkultur.«

»Unglaublich!« staunte Emma. »Von *dem* hast du geträumt!«

»Von wem?«

»*Tammôtamma.* Zusammen mit seinem Zwilling eines der mächtigsten Wesen im Ring. Er lebt im Gebirge des Westsektors und hüllt sich immer in Nebel, damit ihn keiner sieht, nicht mal im Traum.«

»Nicht mal im Traum? Ich *hab* ihn aber gesehen!«

»Das ist ja das Verrückte! Das ist der Durchbruch!«

»Welcher Durchbruch?«

»Danni und *Tammôtamma*! Mein lieber Mann! Das bedeutet, du bist der Geweissagte. Das muss der *Mahâtma* erfahren. Im Vermächtnis des Ewigen steht: Und es wird einer kommen ...« Mitten im Satz brach sie ab und lauschte. »Ich glaube, wir werden beobachtet«, flüsterte sie.

Danni hörte ein Rieseln in den Bäumen. »Ach was, es fängt an zu regnen.«

»Stimmt. Aber im Busch ist auch was. Wir machen uns besser auf die Socken.«

Emma ging mit der Lampe hinter einen Baum und holte ihr Fahrrad. Danni war froh, von hier wegzukommen. »Hilfst du mir mal mit dem Rucksack?«

Als er seinen Arm durch den Gurt schob, entdeckte Emma den hellblau leuchteten Armreif an seinem Handgelenk. »Moment mal. Wo kommt *das* denn her?«

»Gefunden.«

»Wie, wann, wo?«

»Vorhin. Am Fuß einer hohlen Eiche.«

»Gib mal her.«

Widerwillig streifte Danni den Armreif ab. Emma drehte ihn in der Hand, musterte ihn von allen Seiten und flüsterte: »Der kommt wie gerufen. Fahr hinter mir her, als wollten wir hier verschwinden.«

Sie knipste die Lampe aus, legte den Armreif an den Fuß des Wegweisers, stieg aufs Rad und fuhr nach links. Danni blieb unschlüssig stehen. Sollte der kostbare Ring hier unbewacht liegen bleiben?

»Auf geht's!«, rief Emma, dass es laut durch den Wald hallte. »Beeilung bitte!«

Was hatte sie vor? Zögernd fuhr er ihr nach, nicht ohne sich nach dem Ring umzuschauen, der im Dunkeln hellblau schimmerte.

Hinter der nächsten Wegbiegung schob Emma ihr Rad in einen Seitenpfad und flüsterte. »Die Räder lassen wir hier. Wir schleichen uns zurück und sehen, wer anbeißt. Komm!«

Sie fasste ihn an der Hand und führte ihn ohne Licht über den Seitenpfad zurück auf den Weg, den sie vom *Lheumaul* gekommen waren. Danni schaute ängstlich ins Gebüsch. Hier hatte sich der Totenschädel in die Büsche geschlagen. Unter dem Wegweiser schimmerte das hellblaue Strahlen. Auf Zehenspitzen schlichen sie sich an.

Beim Wegweiser knackten Zweige. Der Ring wurde hochgehoben und verschwand.

»Hände hoch!« rief Emma. »Keine Bewegung!« Ihre Stablampe leuchtete auf.

Einsam stand der Wegweiser am Scheideweg. Der Dieb war spurlos verschwunden.

*Das Lheumaul, ein* Hemma *zwischen Südwest- und Südsektor des Rings*

## 9. Spuk im Nachtwald

Emma lief zum Wegweiser, leuchtete nach rechts und links, suchte den Boden nach Spuren ab und lief dann nach links Richtung *Hem*. Danni keuchte mit dem Rucksack hinterher. Als er am Wegweiser war, sah er Emmas Lichtschein etwa an der Stelle, wo die Fahrräder lagen. Er lief ihr nach, so schnell es im Dunkeln ging. An der nächsten Wegbiegung sah er zwei davonrasende Schlusslichter. Mist! Der Räuber hatte sein Rad geklaut! Das hatte ihm noch gefehlt! Schwer bepackt humpelte Danni den Rädern nach.

Es war stockdunkel auf dem Weg. Plötzlich stolperte er über die Fahrräder, die quer auf dem Weg lagen. Auf einer Lichtung in der Nähe blitzte es hellblau. Stimmen, Waffengeklirr. Danni lief durchs nasse Gras zum Rand der Lichtung und hörte Emmas Stimme: »Nennst du das Fechten, du Fliegengewicht? Du kannst ja nicht mal eins und eins zusammenzählen.«

»O doch«, rief eine Jungenstimme, die Danni bekannt vorkam. Zwei hellblau leuchtende Klingen, ein Krummsäbel und ein Degen, tanzten über die Lichtung. »Eins und eins«, sagte der Junge, und der Säbel klirrte gegen den Degen, »ist elf!«

»Nicht schlecht«, rief Emma, und ihr Degen fauchte im Wind. »Und wie viel ist drei mal drei?«

Wuchtig schlugen die Klingen gegeneinander, dann flog der Säbel in hohem Bogen durch die Luft. Er fiel aber nicht zu Boden, sondern stand kampfbereit in der Luft, wie von Menschenhand gehalten. »Drei mal drei«, rief der Junge, »ist Dreihundertdreiunddreißig.« Der Säbel kam wieder näher.

»Aha! Und Tausendundacht minus null?«

Danni fiel auf, dass Emma mit dem Degen fest auf der Erde stand, während der Säbel bei jedem Zusammenprall wie ein Blatt im Winde davonflog.

»Hundertundacht!« Schwach schlug Säbel gegen Degen.

»Windhund! Noch sind wir nicht fertig. Was ist zwölftausend dreihundert fünfundvierzig durch fünf?« Die Wucht ihres Hiebes schleuderte den Säbel quer übers Feld ins Geäst eines Baumes. Dort blieb es einen Augenblick still, dann hörte man helles Lachen. »Ha! Ganz einfach«, rief der Junge und schoss wie von einem Gummiband gezogen wieder herbei. »Die Lösung heißt drei!«

Emma stampfte mit dem Fuß auf. »Wie hast du das errechnet?«

»Die Ziffern 1-2-3-4-5 ergeben zusammen fünfzehn. Geteilt durch fünf gibt drei.«

»Alle Achtung. Wo hast du Fechten gelernt?«

»Beim großen, bösen, schwarzen Zauberer.«

Emmas Taschenlampe blitzte auf und beleuchtete den Fechter. Im Lichtkegel stand ein schmächtiger, ausgehungerter Zauberer mit eingefallenen Wangen, langem weißen Bart, weißer Mähne und schwarzem Umhang mit Spitzhut.

»Rechnen kannst du, Leichtfuß!« sagte Emma. »Aber im Fechten bist du eine Null-pe. Deinem Hieb fehlt jede Wucht. Du hast kein Gewicht. Gib den Ring her, oder dein Kopf rollt!«

»Er gehört mir!«

»Lüge! Er gehört Danni, meinem Freund.«

»Er gehört mir! Ich hab ihn teuer bezahlt!«

»Lüge! Du hast ihn gefunden. Am Wegweiser, wo ich ihn hingelegt habe, um dich zu ködern.«

»Ich hatte ihn verloren.«

»Wann und wo?«

»In der Höhle des Lächelns. Beim Rutsch durch die Liegende Acht.«

»Lüge! Was hat er gekostet?«

»Das kann ich dir genau sagen«, mischte sich Danni ein. Er trat auf die Lichtung. »Eine Milliarde Fantas weniger eins Komma zwei Prozent. Theo lügt nicht, ich kann es bezeugen.«

»Du?« Emma blendete ihm ins Gesicht. »Ich versteh überhaupt nix mehr.«

Danni lief auf den Zauberer zu. »Leg die schwarze Kluft ab, Theo, die brauchst du hier nicht!«

»Die Stimme im Hinterkopf!« rief Theo. Er zog den Hut mit Mähne und Bart vom Kopf, dass sein schwarzer Struwwelkopf und sein glattes

Kinn zum Vorschein kamen. »Und das Gesicht an der Wand! Dich gibt's also wirklich?«

»Emma wollte mir nicht sagen, wer der Freund ist, der auf mich wartet. Euer Fechten sah zum Fürchten aus. Ich dachte, ihr macht Ernst.«

»Jetzt mach mal halblang.« Emma schwenkte ihre Stablampe von einem zum anderen. »Du hältst diesen Strauchdieb, der Zauberringe und Fahrräder klaut, für deinen Freund? Ich denke, du hast im Ring keine Freunde.«

»Doch! Und jetzt sogar zwei.«

Danni grinste. Endlich ein Augenblick, in dem sogar die allwissende Emma ins Schleudern kam. Sie nahm ihren Ohrring ab und steckte ihren Degen in die Lücke des Rings, bis der Degen nahtlos mit dem Ring verschmolz. Genauso steckte Theo seinen Säbel in den Armreif.

Danni streckte Theo die Hand entgegen. »Ich bin Danni und hab durch meinen Onkel mitgekriegt, was in der Höhle des Lächelns ablief. Er hat es in dem Manuskript beschrieben, das ich las. Leider kam ich nur bis zum Rutsch durch die Liegende Acht, dann ging das Manuskript verloren. Aber ich wollte unbedingt wissen, wie es weitergeht.« Er nahm Theo den schwarzen Umhang ab und stopfte ihn in seinen Rucksack.

Ein Blitz erhellte den Himmel. Grollend rollte der Donner. Schlagartig öffneten sich die Himmelsschleusen. Es begann in Strömen zu schütten.

»Und jetzt geht es wirklich weiter«, rief Danni. »Als ich Theo zum ersten Mal sah, hat es auch gedonnert und geblitzt.« Alle drei flüchteten unter die Bäume. Noch bevor sie die Räder erreicht hatten, waren ihre Kleider völlig durchnässt.

»Kommt mit«, meinte Theo, »Ich kenne ein trockenes Plätzchen ganz in der Nähe. Die Räder müssen wir allerdings schieben.«

»Hoffentlich meinst du nicht die Höhle des Lächelns«, rief Danni.

»Um Gottes Willen!« rief Theo. »Dorthin setzte ich keinen Fuß mehr. Ich hab was viel Besseres.«

Er ließ sich Emmas Taschenlampe geben und führte sie einen Trampelpfad entlang quer durchs Gebüsch zu einer Felswand mit überhängendem Felsen, unter dem er verschwand. Er zwängte sich unter ein Flechtwerk aus Ästen und Zweigen und winkte sie in eine warme, wohnliche Höhle.

»Ach das ist das *Home*, auf das der vierte Wegweiser zeigt«, staunte Emma. »Die Höhle vom Räuber Leichtfuß! Ist ja eigentlich logisch: *Hâm-Heim-Hêm-Herm-Hôm-Heum*.«

Sie ließ sich die Stablampe geben und beleuchtete die Wände. Eine erhöhte Nische im Felsen war als Strohlager hergerichtet, Baumstümpfe standen als Sitzecke um eine Felsplatte, die als Tisch diente. Neben einem rußigen Schacht mit Feuerstelle lagen Äste, Reisig, Laub, zwei Feuersteine und Zunder.

»Was meinst du mit logisch?« fragte Danni, während er seinen Rucksack öffnete und die trocken gebliebenen Wäschestücke verteilte. Die durchnässten Kleider wrangen sie aus und hängten sie über Äste neben die Feuerstelle.

»Logisch«, meinte Emma, »weil *Home* im selben Sektor wie *Hem* liegt. Alle Namen im Ring entstehen ja aus der Ringformel.«

»Wie meinst du das?«

»Aus der Ringformel entsteht die Landschaft samt aller Werkzeuge und Ringbewohner. Schau nur Theo oder mich an. Genau wie bei Tom und Mart ist unser Ätherleib aus Klang. Menschliche Eltern haben wir leider nicht.«

»Aber wie bist du geboren? Wer hat dich großgezogen?«

»Wir wachsen nicht wie Erdenmenschen auf. Jemand bricht unseren Namen aus dem Ring und haucht uns dadurch Leben ein. Der große Atem, *mâha Âthem*, lässt uns leben. So entsteht alles hier im Ring.«

Danni sah Emma entgeistert an. Irgendwie unheimlich. Er musste an den Brief des Onkels denken. *Darum kannst du in den Ring nur mit deinem Ätherleib einreisen* ... »Aber dein Körper ...«

»... ist aus Ätherstoff, aus Klang. Genau wie deiner. Hier im Ring ist alles Teil der Formel.«

»Aber in der Formel kommt die Silbe ›Home‹ doch gar nicht vor.«

»Weil die Höhle im fünften Mundartgürtel liegt, wo ›E‹ zu ›O‹ wird. Auf der Sonneninsel in der Mitte des Sees sagt man *Hâm*, auf der Inselkette weiter außen *Heim* und im dritten Gürtel am Ufer, wo die Ringbahn die Ringformel abfährt, heißt es *Hêm*. Daraus wird am Marsring *Herm*, im fünften Gürtel *Home* und hoch oben in den Bergen des sechsten Gürtels *Heum* oder *Hoam*. Derselbe Lautwandel soll auch in deutschen Mundarten auftreten, habe ich gehört.«

Danni überlegte. »Stimmt. In den Alpen sagt man *gamma hoam*.«

»Hier ist ja sogar eine Feuerstelle für *Homa*.«

»Was ist *Homa*?« fragte Danni.

»Ein Zauberritual, bei dem man Butterfett ins Feuer gießt.«

»Mit Butterfett kann ich leider nicht dienen«, meinte Theo. Er schichtete Reisig auf, legte Zunder an und schlug die Feuersteine zusammen, dass die Funken sprühten.

Danni legte sich in die Nische, deckte sich mit Theos Umhang zu, der im Rucksack trocken geblieben war, und schaute beim Feuermachen zu. Innerlich musste er grinsen: Emmas Bewegungen waren zaghafter, weniger selbstsicher. Sie rätselte wohl immer noch, woher sich Danni und Theo kannten. »Du siehst abgemagert aus«, sagte sie zu Theo. »Wohnst du hier?«

»Ja. Vor zehn Tagen hab ich die Höhle entdeckt.« Der Zunder fing an zu glühen. Theo blies in die Glut und hielt einen Kienspan daran. »Seitdem lebe ich fast nur von Brombeeren. Auch Pilze hab ich gefunden, aber ich war mir nicht sicher, ob sie giftig oder essbar sind.«

»Und Feuerstein und Zunder?«

»... lagen am Kamin. Als ich merkte, dass keiner hier wohnt, bin ich geblieben.«

Das Reisig fing an zu brennen und Emma knipste die Stablampe aus. Gelbe Flammen tauchten die Höhle in flackerndes Licht.

»Im *Home*«, meinte Emma, »hauste früher der Räuber Leichtfuß, der am Scheideweg immer ‚Geld oder Fantas!‘ rief. Man nannte ihn Leichtfuß, weil er zum Fechten zu leicht war, genau wie du.«

»Dabei fühl ich mich gar nicht leicht. Meine Glieder sind schwer wie Blei.«

»Du hast zu wenig Vorstellungskraft. Deinen Gedanken fehlt der Schwung, der dich beflügelt. Woher kennt ihr euch eigentlich?«

Danni musste grinsen. Diese scheinbar beiläufig eingeworfene Frage hatte ihr sicher schon die ganze Zeit auf der Zunge gebrannt.

»Wir kennen uns gar nicht«, meinte Theo. »Jedenfalls nicht persönlich. Ich hab sein Gesicht nur an der Wand gesehen.«

»An welcher Wand?«

»In der Höhle des Lächelns. Als mir das Lächeln die letzten Fantas abknöpfen wollte, erschien Dannis Gesicht an der Wand und warnte mich. Es war seine Stimme. Ich habe meinen Ring geschnappt, bin durch die Liegende Acht gerutscht und lag plötzlich neben der hohlen

Eiche. Aber es war nicht dieselbe Eiche, durch die ich gekommen bin. Vorher war ich auf der Tammathemer Seite, danach hier drüben. Erst als ich den Graben mit dem Flussbett sah, merkte ich, dass ich im Ostsektor gelandet war.«

»Was heißt im Ostsektor. Wir sind hier im Südsektor, in *Màthema-Àttic*. Der Ostsektor beginnt erst bei der Höhlenbahn, am Inneren Gebirge.«

»Ach so! Und wie komme ich dort hin?«

»Ich bringe euch beide hin. Durchs Innere Gebirge müsst ihr sowieso. Was hast du nach dem Rutsch durch die Liegende Acht gemacht?«

»Als erstes hab ich meinen Ring gesucht, aber der war weg. Neben mir lag nur der Gänsekiel.«

»Welcher Gänsekiel?«

»Mit dem ich das Eichenblatt unterschrieben hatte.« Theo griff unter die Felsplatte, die als Tisch diente, und zog die Gänsefeder hervor. »Das Rostrot an der Spitze ist von meinem Blut.«

Emma riss Mund und Augen auf. »Du hast mit Blut unterschrieben? Jetzt wird mir alles klar. Deswegen Fliegengewicht. Diese Höhle hier scheint lauter Leichtfüße anzuziehen. Alle paar Wochen spukt hier einer rum, der versucht, ehrlichen Leuten ihre Fantas abzuknöpfen.«

»Vielleicht ging es denen genauso wie mir.«

Emma legte neue Äste ins Feuer. »Wieso hast du für den Ring so viel bezahlt?«

»Ich wollte unbedingt über die Grenze.«

»Und warum?«

»Ich hielt den Tammathemer Dunst nicht aus.«

»Das spricht für dich. Aber nur ein Doofkopp opfert dafür seine Fantas. Durchs *Lheumaul* wärst du umsonst über die Grenze gekommen.«

»Bist du verrückt? Das *Lheumaul* ist doch ein *Hemma!* Ich hab gehört, die knallen jeden ab, der ein falsches Passwort nennt.«

»Danni kam auch durch, obwohl er noch nie im Ring war. Und er hat keinen müden Fantas dafür hingeblättert.«

»Dafür hab ich jetzt den Ring.«

»Na und? Erstens hattest du ihn verloren, zweitens hättest du nur die Ringformel gebraucht. Ich zaubere mit meinem Ohrring, weil ich die Ringformel in- und auswendig kenne.«

Emma griff sich ans Ohr und vergewisserte sich, dass ihr Ohrring noch dran hing. »Du brauchst deine Fantas wieder. Wo ist das Eichenblatt jetzt?«

»In der Höhle des Lächelns, in der Schublade unter der Theke.«

»Und wie kommt man dort hin?«

»Am *Lheumaul* die Hecke entlang bis zur Hohlen Eiche.«

»Und wo ist der Eingang zur Höhle?«

»Durch den hohlen Stamm. Im Boden ist eine Falltür.«

Emma starrte schweigend ins Feuer, dann legte sie einen dicken Aststumpf nach. »Und du sagst, du bist auf der Tammathemer Seite rein und auf der anderen wieder raus. Steht auf beiden Seiten eine Eiche?«

»Genau. Am Wegrand neben der Hecke.«

Emma stieß den Ast so heftig ins Feuer, dass die Funken stoben. »Was? Mein Versteck! Der Eingang zur Höhle des Lächelns! Und wieso erschien Dannis Gesicht an der Wand?«

Danni richtete sich auf. »Weil ich mich als Leser eingemischt habe.« Er schilderte, wie er auf dem Weg zum Spital das Manuskript gelesen hatte. »Theo hat sich tapfer geschlagen. Er bot nur ein Milliardstel Fantas und hat den Preis auf ein Zehntel gedrückt. Aber das Lächeln hat ihn mit einem Ring verhext, durch den er in Kaufrausch geriet: *Arfu-A-Kau-Fràu-Schu*. Als ich Theo warnte, drehten sich alle zu mir um, sogar die Schrumpf- und Totenköpfe in der Höhle. Und die Knochenhand des Lächelns kam aus dem Buch und wollte nach mir greifen.«

»Also kennst du Theo nur vom Lesen?«

»Genau. Und die Höhle des Lächelns auch. Theo hat recht: Die hohle Eiche, in der du die Zauberkluft versteckt hast, ist der Eingang auf der Tammathemer Seite. Daher kam mir der Weg so bekannt vor.«

»Und warum Höhle des Lächelns?«

»Weil vom Verkäufer weder Gesicht noch Körper zu sehen waren, nur zwei lächelnde Augen mit Mund und zwei grünliche Knochenhände. Wie beim dritten Mann in meinem Traum.«

»Was? Das war derselbe? Und seine Höhle führt unter der Hecke durch?« Emma hielt die Hand vor den Mund, ihre Augen wurden immer größer. »Sagt mal: War die Höhle des Lächelns aus Lehm?«

»Genau. Ein brauner, lehmiger Schlauch.«

»Das darf doch nicht wahr sein! Das *Lhem-Maul!* Wir müssen schleunigst hier weg!«

»Wieso?«

»Bevor das *Lheu-Maul* errichtet wurde, gab es einen unterirdischen Übergang, der angeblich eingestürzt ist. Nach dem, was ihr sagt, ist das *Lhem-Maul* gar nicht eingestürzt. Dieser Tammathemer Zauberer kann uns heimlich tausend Grünschädel samt Spürhund über die Grenze schmuggeln. Hat er von deinem Traum was spitzgekriegt? Erschien dein Gesicht vielleicht an der Tempelwand wie in der Höhle bei Theo?«

»Das kann nicht sein. Ich hab mich ja nicht eingemischt. Außerdem hab ich nicht gelesen, sondern geträumt.«

»Das ändert nichts. Hat der Mann im Traum nach dir geschaut? Denk mal scharf nach!«

»Die waren doch mit Drachendung beschäftigt. Höchstens beim Rausgehen. Stimmt. Da haben seine Augen mich angeblitzt wie in der Höhle. Dieselben rot umränderten Augen.«

»Mist! Er hat dich erkannt! Und jetzt setzt er alle Hebel in Bewegung, um dich unschädlich zu machen. Deswegen ist der Wald wie verhext. Das *Lhem-Maul* ist in Betrieb! Wir müssen sofort hier weg!«

Emma sprang auf und sammelte die nassen Kleider ein. »Wahrscheinlich hält er auch das *Home* in Schuss, damit seine Opfer von hier aus die Gegend verunsichern. Wo kommt sonst der Zunder her, samt Feuersteinen und Brennholz! Darum lungern hier so viele Leichtfüße herum.«

Emma stopfte die nassen Sachen in den Rucksack. »Beeilt euch! Das Feuer lassen wir an, damit es aussieht, als wären wir noch hier. Und wir müssen raus kriegen, wie der Zauberer wirklich heißt. ‚Lächeln' ist doch kein Name.«

Sie legte dicke Äste nach und drängelte so, dass sie im Handumdrehen draußen bei den Rädern standen. Der Regenguss hatte aufgehört. »Was mach ich jetzt ohne Rad?« stöhnte Theo.

»Kein Problem. Sobald wir auf dem Fahrweg sind, setzt du dich bei mir auf den Gepäckträger. Du hast ja nur Fliegengewicht. Und am Marsring, bei der Renn- und Schnellbahn, bekommst du dein eigenes Rad. Wenn alles gut geht, sind wir bei Sonnenaufgang in Sicherheit.«

Sie sah sich vorsichtig nach allen Seiten um. »Und sagt Bescheid, sobald euch irgendwas auffällt: Geräusche, Gerüche, Geistererscheinungen. Der kleinste Fehler kann uns das Leben kosten.«

Als sie die Räder über den Trampelpfad schoben, war es Danni, als glühten zwei rote Punkte im Gebüsch und er hörte ein hechelndes Schnuppern. Aber er sagte nichts. Nur weg aus diesem Geisterwald, so schnell wie möglich!

Auf dem Waldweg angekommen schwang sich Theo auf Emmas Gepäckträger. Emma trat so kräftig in die Pedale, dass Danni kaum nach kam. Dabei wurde er das Gefühl nicht los, verfolgt zu werden. Er blickte sich öfters um, bemerkte aber nichts.

Nach einer Ewigkeit hörten sie ein fernes Rauschen, das Danni an Meeresbrandung erinnerte. Er war verwirrt. Waren sie in Ufernähe? Gab es hier eine Brandung? Der Ring lag doch nicht am Meer, sondern an einem Binnensee. Plötzlich durchbrach lautes Motorradgeknatter die nächtliche Stille, und die vermeintliche Brandung verwandelte sich in Dannis Kopf in eine stark befahrene Autobahn. Sie stießen auf eine Unterführung, in der Emma anhielt und Theo absteigen ließ.

»Hier müsste es klappen«, sagte sie. »Wir sind unterm Vierten Ring, dem Marsring. Über uns braust die Renn- und Schnellbahn vorbei.«

»Was müsste klappen?« fragte Theo.

»Aus deinem Ring ein Rad zu zaubern. Weißt du, wie das geht?«

»Ich kann nur den Säbel zaubern. Ich breche die Silben MÀTI aus dem Ring.«

»Genau. Aus MÀTI wird die schärfste Klinge der Welt. Und aus der Silbe RAD ein Fahrrad.«

»Die Silbe Rad? Die kommt doch in der Formel gar nicht vor.«

»Deswegen sage ich ja: Hier müsste es klappen. Das R ist ein Lückenlaut, der vor allem beim Marsring aufblitzt. Nimm deinen Ring in die Hand.«

Während Theo den Armreif vom Handgelenk streifte, schaute Danni zurück. Aus dem Dunkel des Waldes kam ein roter Lichtpunkt auf ihn zu. Jetzt konnte er zwei Lichter unterscheiden, etwa in Augenhöhe, umgeben von grünlichem Schein. Er hörte Schnuppern und Hecheln. Noch bevor er Emma anstoßen konnte, war die Erscheinung wieder verschwunden. Danni rückte näher zu den beiden. Aus dem Ring in Theos Hand strahlten die hellblauen Zeichen.

»Schau auf die Silbe AT«, sagte Emma. »Sobald du in der Lücke ein R siehst und das T zu D wird, hältst du die Silbe fest, rufst ›Rad‹ und brichst die Silbe aus dem Ring.«

»Wie denn festhalten? Die Zeichen ändern sich doch laufend.«

»Mit deiner Aufmerksamkeit. Du lässt das Wort nicht aus den Augen. Ich sehe schon: Setz dich lieber wieder auf den Gepäckträger. Mit den paar Fantas, die dir geblieben sind, klappt es sowieso nicht.«

»Warte! Lass mich wenigstens probieren. Wenn's beim dritten Mal nicht klappt, spiele ich wieder Gepäck.« Theos Hand zitterte, als er mit dem Daumen die Silbe ›AT‹ abklemmte und wartete, bis das ›R‹ in der Lücke aufblitzte. Dann rief er »RRRRRRRRAT«. Drei Zeichen blitzten im Ring und sprangen heraus.

Theo stieß einen Schrei aus und schüttelte seine Hand. Eine hellblau leuchtende Ratte sprang auf die Erde und lief durch die Unterführung davon.

»Schnell«, rief Emma, »gib her!« Sie riss Theo den Ring aus der Hand, hielt ihn wie ein Stück Käse Richtung Ratte und rief: »Komm! AT, AT, AT … Zurück zum Ring! AT, AT, AT … Leckeres Fresschen.«

Die Ratte drehte sich um und kam tippelnd zurück. Als sie an der Lücke schnupperte, als wäre es Käse, stülpte ihr Emma den Ring über, und die Ratte verschwand in der Lücke. Der Ring war wieder ganz und sah aus wie vor dem Lückenzauber.

»Glück gehabt. Die Lücke ist wieder dicht. Immerhin hat das Verrollen zum R geklappt. Du musst gleichzeitig warten, bis das T zum D erweicht. Stell dich ans Ende der Unterführung, dort hörst du das Rauschen des Verkehrs. Dann brauchst du nur noch auf das D zu achten.«

Während sie die Räder ans Ende der Unterführung schoben, schaute sich Danni um: Da waren sie wieder, die glühenden Augen! Er stieß Emma mit dem Ellbogen an und flüsterte: »Dreh dich mal unauffällig um. Siehst du zwei rote Punkte?«

»Was? Wo?«

»Am Eingang der Unterführung. Etwa in Augenhöhe sind zwei glühenden Augen eines Totenschädels. Er verfolgt uns die ganze Zeit.«

»Seit wann haben Schädel glühende Augen?«

»Bei den Schädeln in der Höhle des Lächelns glühen sie.«

»Höhle des Lächelns?« Emma blieb stehen und flüsterte zu Theo: »Brich dir dein Rad aus dem Ring, und nix wie weg.«

Danni deutete zum Eingang, wurde aber durch ein helles Leuchten abgelenkt.

»RRRRRAD!« rief Theo, und drei Zeichen blitzten auf.

Theo brach sie ab, und seine Hand lag auf dem Lenker eines hellblauen Fahrrads.

»Super«, flüsterte Emma. »Steck den Ring ein und schwing dich aufs Rad, aber verlier ihn nicht wieder.« Dann rief sie laut. »Auf geht's! Wir müssen uns eilen, sonst kommen wir zu spät!«

Sie schwang sich aufs Rad und fuhr aus der Unterführung, bog aber sofort in einen Seitenweg und legte ihr Rad auf den Boden. »Holt mal den schwarzen Umhang aus dem Rucksack«, flüsterte sie. »Oder wartet, ich hol ihn selbst. Beobachtet inzwischen die Unterführung und sagt Bescheid, wenn der Schädel auftaucht.«

Sie stellte sich hinter Danni, öffnete seinen Rucksack und kramte darin herum. »Mist, wo ist bloß der Umhang?«

Sie zerrte ein Kleidungsstück nach dem anderen heraus und reichte es Danni zum Halten. Endlich hatte sie den Umhang in der Hand.

»Da«, flüsterte Danni, »die glühenden Augen.«

Theo fing an zu zittern. »Ein Schädel vom Ladentisch! Aus der Höhle des Lächelns!«

»Tatsächlich«, hauchte Emma. »Ein *Marthopp*. Ich hab noch nie einen gesehen, immer nur davon gehört.« Sie stopfte die Kleider in den Rucksack zurück und reichte Danni und Theo je eine Ecke des Umhangs. »Wir lassen ihn bis auf Reichweite heran. Sobald ich am Tuch zupfe, stülpen wir ihm den Umhang über und wickeln ihn ein.«

Sie zogen das Tuch im Dunkeln stramm, damit man ihr Zupfen spüren konnte. Aber Theos Ende zitterte so, dass sie auch seine Ecke Danni gab. »Ich glaube, zu zweit geht's besser. Still. Er kommt.«

Der grünlich schimmernde Schädel hatte den Ausgang der Unterführung erreicht. Dort verharrte er und schaute nach links und rechts.

Danni hörte leises Schnuppern wie von einem Spürhund. Langsam schwebte der Schädel auf sie zu. An der Mündung zum Seitenweg, in dem sie standen, hielt er an. Das Schnuppern drang vom Boden herauf. Dort musste noch etwas sein. Jetzt war der Schädel fast in Armlänge vor ihren Köpfen. Danni spürte das Zupfen am Tuch. Emma sprang vor und stülpte ihr Ende über den Schädel.

»Auf den Boden drücken!« rief sie.

Danni drückte sein Tuchende auf den Boden, spürte aber gleichzeitig etwas zwischen den Füßen. »Hier ist noch was.«

»Schieb's unters Tuch!«

Er fuhr mit einer Hand zwischen die Füße und schob das Etwas unter das Tuch. Es fühlte sich ekelhaft an. Dabei lockerte sich das Tuch, und der grünlich schimmernde Schädel kam zähneklappernd hervor und biss Danni ins Bein. Der Biss war kraftlos wie der eines jungen Kätzchens. Das andere Etwas sprang unterm Tuch hin und her. Emma zog am Tuch, um das Etwas einzuwickeln, Danni zog in die andere Richtung, aber der Schädel schwebte bereits auf und davon.

»Ihm nach!« rief Emma. »Den kriegen wir.«

Sie riss Danni den Umhang aus der Hand und rannte dem Schädel nach. Danni schwang sich aufs Rad und radelte ihr nach. Seine Lampe erhellte den Weg. Der Schädel schlug sich ins Dickicht, Danni sprang vom Rad, ließ es liegen und blieb Emma dicht auf den Fersen. Plötzlich war das grüne Leuchten verschwunden. Emma blieb stehen und kämpfte mit dem Tuch. Dann wurde es still.

»Er ist uns entwischt,« rief Danni. »Was hast du im Tuch?«

»Das schauen wir uns an, sobald wir im *Hem* sind.«

Theo hatte die beiden Räder bis zu Dannis Rad geschoben. Emma schnürte den Umhang fest um die zappelnde Beute, bis sie sich kaum noch bewegte.

»Was machen wir jetzt damit? So kann ich nicht fahren.« Sie schaute auf Dannis Rucksack. »Das ist die Lösung: der Rucksack.«

Danni wurde es mulmig zumute. »Der ist doch voller Klamotten.«

»Die nehmen wir eben raus. Der Rucksack ist das einzig Sichere. Der lässt sich zuschnüren.«

»Und wer nimmt ihn auf den Rücken?«

»Immer wer fragt.«

»Und wenn der sich weigert?«

»Memme! Und so einer hat vom Drachen geträumt. Nicht zu fassen!« Emma hielt den Umhang fest. »Na los! Bin ich unter euch Waschlappen etwa der einzige Mann?«

Danni bekam einen heißen Kopf. Er war froh, dass es im Dunkeln keiner sehen konnte. Er nahm den Rucksack ab und machte ihn auf. Die Kleider waren von seinem Rücken gewärmt, aber noch feucht. »Wie viel Platz brauchen wir denn?«

»Mach ihn halb leer. Wenn noch Platz ist, stopfen wir oben was drauf. Jetzt bewegt es sich kaum noch.« Emma stopfte den Umhang mit der Beute in den Rucksack und schnürte ihn zu.

»Fühlt sich an wie zwei eingewickelte Kohlköpfe. Wenn ihr Schiss habt, trag ich ihn selber.«

»Nee, nee, schon gut«, sagte Danni. »War nicht so gemeint.«

Die feuchten Kleider schnallten sie auf die Gepäckträger. Und den Rucksack nahm Danni auf den Rücken. Nichts regte sich darin. So fuhren sie weiter, Emma voran, Danni in der Mitte und Theo hinter ihm, um den Rucksack im Auge zu behalten. Durch den spukenden Nachtwald immer weiter nach Osten, dem Sonnenaufgang entgegen.

Unmerklich hellte sich der Himmelstreifen über dem Waldweg auf. Das Schwarz der Nacht, in dem nur die Lampen und Schlusslichter geleuchtet hatten, wich einem sanften Indigo. Sie fuhren durch einen Mischwald mit mächtigen Stämmen, vorbei an Kiefern, Eichen, Ahorn, Silbertannen. Der Weg wurde so breit, dass sie zu dritt nebeneinander fahren konnten. Danni sog die frische Waldluft ein, die nach Pilzen, Regen und Moos, nach Laub und Farn roch. »Endlich wieder frische Luft. Nach diesem Tammathemer Gestank.«

»Sag mal«, fragte Emma, »du hast da vorhin was vom Drachendung in deinem Traum erzählt. Roch der nach Tammathemer Zigarren?«

»Genau, nur ätzender. Die Zigarren riechen wie der Dung, vermischt mit Tabak.«

»Verstehe! Deswegen Dungzigarre! Sie mischen ihn in den Tabak.«

»Ach so!« Danni ging ein Licht auf. »Auf der Packung vom Badegel stand: ›Mit echter Drachenessenz‹. Auch die Drachenfrucht und die Limo hatten diesen Nachgeschmack. Ich glaube, sie mischen das Zeug überall rein.«

»Und das nennen sie naturverbessert. Wie sarkastisch.« Emma schüttelte den Kopf. »Dass du von *Tammôtamma* geträumt hast, will mir immer noch nicht in den Kopf. Das heißt, du bist der Geweissagte, der ihn besiegt. Im Vermächtnis des Ewigen steht: *Und es wird einer kommen ...*«

»Hör mir bloß mit diesem Vermächtnis auf.« Danni verdrehte die Augen. »Auf das hat sich Tom auch bezogen. Er sagte, durch einen Vers aus dem Vermächtnis hätten sie erkannt, dass *Tamathemat* das Anfangswort ist.«

»Ein Vers aus dem Vermächtnis? Und wie ging der?«

Danni überlegte. Er sah wieder das Bild vor Augen, wie Tom im Auto neben ihm saß und ihm alles erklärte.

»*Das Anfangswort ist jener Ort ...*«

»Ach so. Der Anfang vom Vermächtnis. Tja, Halbwissen ist gefährlich. Schon die folgenden Zeilen zeigen, dass ihr Anfangswort nicht stimmen kann. Hör zu:

*Aus dem Ring kamen*
*alle Namen*
*der acht Regionen*
*samt ihrer Orte*
*und der Personen,*
*die darin wohnen,*
*denn alle Worte,*
*die du dir brichst*
*aus diesem Ring*
*geben Leben,*
*wenn du sie sprichst,*
*jedwedem Ding.*«

»Warum zeigt das, dass ihr Anfangswort nicht stimmen kann?«

»Weil in ›*Tamathemat*‹ die wichtigste Silbe fehlt.«

»Welche Silbe denn?«

»Die Endsilbe von *Mathema-Attic*. Das ist doch eine der acht Regionen.«

»Tom sagt, das Anfangswort sei ein Geheimnis, das er nur mir verraten würde.«

»Aha, verraten und verkauft. Sei froh, dass du jetzt hier bist. Hier gibt es keine Verräter.«

»Gut, ich nehme dich beim Wort: Mein Traum wird nicht verraten.«

»Das ist was anderes. Ein Traum ist doch kein Staatsgeheimnis.«

»Aber Privatsache. Persönliche Angaben, heißt es im Internet, unterliegen dem Datenschutz. Mein Traum geht keinen was an. Wenn ich gewusst hätte, was für eine Quasseltante du bist ...«

»Ach, stell dich nicht so an. Du wirst schon sehen, was du davon hast.«

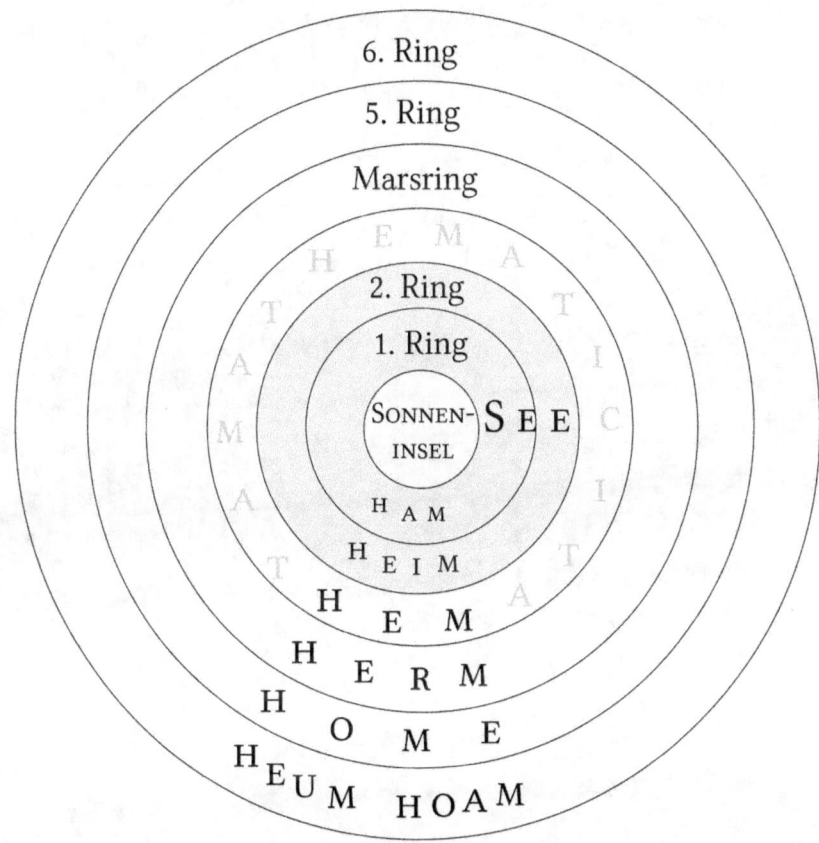

*Die 6 Mundartgürtel des Rings:* HAM-HEIM-HEM-HERM-HOME-HEUM

# Teil 2

>>Ehtà Mathê, Matìk idàm.
Mathê émât ê Matikît.
Mathèm, Matìkit Ámehtàm,
Matìk îkí tamêht.
Âm, mâha mâha Màthema.

*Das ist Materie, Geist ist dies.*
*Materie entsteht aus Geist.*
*Materie, des Geistes Ahmung,*
*versteift der Geist in sich.*
*Om, groß, groß ist Mathema.*<<
*– Sam Mehta*

## 10. Ankunft in Màthema-Àttic

Der östliche Horizont erstrahlte türkis. Morgennebel hüllte die Bäume in verträumtes Grau. Aus der Ferne drangen Kinderstimmen. Emma bog in einen verwitterten Waldweg ein, der durch umgestürzte Bäume versperrt war. Sie stieg vom Rad, hob es über die Stämme und blieb in der Nähe einer sonnigen, hellgrünen Lichtung stehen. »Da vorne ist Muma mit den Frühaufstehern. Sie spüren das Erwachen des Waldes.«

Halb vom Nebel verdeckt stand auf der Lichtung eine bildhübsche junge Frau mit schwarzem Lockenkopf im langen hellblauen Kleid, umringt von Kindern im Schul- und Vorschulalter, die immer denselben Vierzeiler sangen. Die ständige Wiederholung erinnerte Danni an Techno-Rhythmen.

>Màthe – ma Tick.
Ma Thêma – Tick.
Ma Themâtik –
Màthema-Tick.

 õֹزֹכ – כהזֹֹõ ־ õֹ זֹ ֹר ־ ֹֹ |

õֹ זהֹכֹֹ – ֹ זֹ ֹר ־ ֹֹ |

õֹ זהֹכֹֹֹֹ־זֹֹ ־

õֹזֹהֹכֹ־ֹֹרֹ ־ ֹֹ ||«

»Komisch«, meinte Danni, »ich habe das Gefühl, als hätte ich diesen Augenblick schon mal erlebt.«

»Wahrscheinlich als Kind«, meinte Emma. »Das Lied vom Tick ist ein beliebtes Kinderlied. Es erklärt, dass die ganze Welt auf Vorstellung beruht. Alles Wissen ist nur Einbildung.«

»Aha! Du meinst, wir bilden uns nur ein, im Wald zu stehen?«

»So ist es. Genauso wie wir uns einbilden, aus dem Anfangswort entstünden verschiedene Sätze.«

»Sätze? Sie singen doch immer dasselbe Wort, nur anders betont.«

Im Geist hörte Danni Ottos Stimme: *Wortspalter!* Otto hatte Onkel Jeronimus als Wortspalter verspottet. Hatte er etwa recht?

»Du sagst es: immer dasselbe Wort«, meine Emma, »*nur anders betont.* Dadurch entstehen immer neue Sätze.«

Die Kinder stellten sich im Kreis um die junge Frau herum. »Und jetzt«, rief sie, »ich sehe was, was ihr nicht seht.«

»Ich sehe was, was ihr nicht seht«, rief ein bohnenstangen-dürrer Junge und musterte Muma aufmerksam, »und das ist Mumas Westen mit dem Armband.«

»Und wie heißt der Westen?«

»*Êhtamathê!*« riefen alle im Chor. »*Êhtamathê!*«

»Moment mal«, murmelte Theo, »das ist doch ...«

»Pscht!« Emma hielt den Finger an die Lippen.

»Und ich,« rief ein Mädchen, »sehe ihren Ohrring im Osten.«

»Und wie heißt der Osten?«

»*Matickitam!*« riefen alle im Chor. »*Matickitam! Matickitam!*«

In diesem Augenblick rastete Theo aus. »Das ist doch die Formel der Liegenden Acht.«

»Natürlich.« Emma wandte sich Theo zu. Der war kreidebleich geworden und starrte wie versteinert auf Dannis Rucksack.

»Neben dem Totenkopf«, flüsterte er, »ist ein Schrumpfkopf aus der Höhle des Lächelns.«

»Wo?«, fragte Emma.

»Im Rucksack. Der ist auf einmal durchsichtig geworden.«

»Durchsichtig?« Emma runzelte die Stirn. »Hast du gerade die Formel gedacht, mit der man Verborgenes sieht?«

»Die kenne ich nicht. Ich kenne nur die Liegende Acht.«

»Die meine ich doch.«

»Und was seht ihr alle gleichzeitig?« hörten sie Muma rufen.

»Die Muse Ma!« riefen die Kinder und liefen im Kreis um Muma. »Die Muse Ma!«

»Muse?« fragte Danni. »Ist das die Lehrerin?«

»Genau, Muma, Muse Ma, ist die Abkürzung für Muse Màthema. Sie unterrichtet Mathe.«

»Ha!« Danni brach in schallendes Gelächter aus. »Ich stelle mir gerade das Gesicht unseres Mathelehrer vor, wenn ich ihn mit Muse Bürgi ansprechen würde.«

Muma hörte das Lachen, sah in Dannis Richtung und kam mit den Kindern an den Rand der Lichtung. »Hallo Emma! Schon zurück? Hast du das zweite Rad gefunden?«

»Ja, danke für deine Hilfe. Das ist Danni.«

»Der Neffe von Jeronimus?« Muma reichte Danni die Hand. »Schön dich zu sehen. Und wer ist das?«

»Dannis Freund Theo. Er hat im *Lhem-Maul* fast seine gesamten Fantas verloren.«

»Im *Lhem-Maul*? Das ist doch verschüttet.«

»Irrtum. Dort treibt ein schwarzer Zauberer sein Unwesen, der Kundschafter in unseren Wald schickt. Zwei haben wir eingefangen: einen *Marthopp* und einen Schrumpfkopf.«

»Kundschafter? Wo?«

»In Dannis Rucksack.«

Muma schaute Danni an. »In diesem Rucksack?«

»Aber wir wissen nicht«, sagte Emma, »wohin damit.«

»Zeig mal her!« Muma stellte sich hinter Danni, legte ihre Handflächen auf den Rucksack und schloss die Augen. Eine Weile stand sie reglos da. »Tatsächlich. Ein echter *Marthopp* und ein echter Schrumpfkopf. Ich wusste gar nicht, dass es die heute noch gibt. Es geht aber keine Gefahr von ihnen aus. Wir sollten in ihrer Gegenwart nur nicht reden. Sie übertragen alles an ihren Herrn. Und sie dürfen uns nicht entwischen.« Sie ließ den Rucksack los und fragte: »Ihr seid sicher müde nach der langen Nacht. Wollt ihr baden, frühstücken oder erst mal in Ruhe ausschlafen?«

»Ich weiß nicht«, meinte Danni. »In *Tammat-Hem* war ich todmüde. Hier bin ich wieder putzmunter.«

»Dann gehen wir erst mal in den Speisesaal.« Muma ging mit den Kindern voran, bis hinter den Bäumen ein großes Gebäude mit Ecktürmen auftauchte. Am Horizont erstrahlte das erste Orange der Sonne.

Sie stellten die Räder in einem Fahrradschuppen am Waldrand ab. Emma half Danni, den Rucksack vom Rücken zu heben. Theo wollte sein Rad ebenfalls abstellen, aber Emma riet ihm, es in die Lücke seines Rings zurückzudrücken, damit sein Ring wieder ganz war. »Sicher ist sicher«, meinte sie. »Du übst ja noch.«

»Wem gehört eigentlich das Rad, auf dem ich gefahren bin?« fragte Danni.

»Siddharta«, sagte Emma. »Er hat es der Gruppe geschenkt, weil er es nicht mehr braucht. Jeder kann es benutzen.«

»Ein Mountainbike mit einundzwanzig Gängen? Das braucht er nicht mehr?«

»Das verstehst du, wenn du ihn siehst. Nimm einen Henkel vom Rucksack und komm.«

Hinter Rhododendronbüschen glitzerte es. Sie kamen an einem Seerosenteich mit Schwänen vorbei. In der Mitte stand eine überlebensgroße Statue aus weißem Marmor, die Muma täuschend ähnlich sah. Im rechten Arm hielt sie eine Schale, aus der Wasser floss, im linken ein Seiteninstrument. »Die sieht der Lehrerin ähnlich«, meinte Danni. »Was für ein Instrument ist das?«

»Eine Lyra.«

»Und wen stellt sie dar?«

»*Màthema Thêvati*, die Göttin der Weisheit. Muma hat dafür Modell gestanden.«

»Aha! Daher die Ähnlichkeit.«

Sie erreichten ein ausgedehntes Gebäude mit Ecktürmen. Über dem Eingang stand »MATHEMÀ TÍ ÎK!« Aha, dachte Danni, das Passwort vom Löwenmaul. Hier konnte es jeder lesen.

Vor der Treppe zum Eingang blieb Emma stehen. »Bevor ich's vergesse. Gleich kommt wieder so ein Rätsel, bei dem ich euch nicht helfen darf. Schaut mal kurz zum Horizont. Wie nennt man diese Tageszeit?«

»Morgengrauen«, meinte Theo. »Morgendämmerung?«

»Gut. Ich hoffe, euch dämmert die Antwort.« Zwinkernd schritt sie die sieben Stufen hoch und öffnete die schwere Eichentür.

Sie kamen in eine Säulenhalle mit Türen zu beiden Seiten. Emma schritt auf die linke Tür zu und setzte den Rucksack ab. »Den bringt Muma besser durch die Kontrolle, wegen der lebenden Beute. Nach euch bitte. Wer fängt an?«

»Danni«, sagte Theo mit trockenem Mund. »Ich musste noch nie durch einen *Hemma*. Ich will erst mal sehen, wie das läuft.«

Theos Worte gaben Danni das Gefühl, bereits ein alter Hase zu sein. Er sah den grünen Blitz im Löwenmaul vor Augen und erinnerte sich, was mit dem Grünschädel geschehen war. Aber vor Theo wollte er auf keinen Fall seine Angst zeigen. Mutig trat er an die Tür. Am Tastenschloss flackerte grüne Schrift auf:

*Wie viele Wörter hat der Anfangssatz?*

*1*

*2*

*3*

*4*

Oje! Erst Anfangswort, jetzt Anfangssatz. Welcher Satz konnte das sein? Etwa der Bibelsatz? Und Gott sprach: »Es werde Licht!« War das der Anfangssatz? Oder hing er mit dem Anfangswort zusammen?

Danni musste an das Lied denken, das die Kinder gesungen hatten. *Mathe – ma Tick. Ma Thema – Tick. Ma Thematik – Mathema-Tick.* War einer dieser Sätze gemeint? Wie viele Wörter hatten sie? Alle hatten drei. Das erleichterte die Sache.

Entschlossen wollte er auf Drei drücken, da kamen ihm Zweifel. Galt das Wort *Mathema-Tick* als ein Wort oder zwei? Aber sein Finger hatte die Drei schon gedrückt.

Die Antwort musste richtig sein, denn sofort erschien die nächste Frage:

*Am Anfang zerfällt das Anfangswort in den Satz:*

*1 Màthema at Îk.*

*2 Mâ thèmmat Îk.*

*3 Ma Âthem at Îk.*

*4 Mâ thèmmat Tìckit.*

Oje! Keinen dieser Sätze hatten die Kinder gesungen. Er hatte also rein zufällig die richtige Antwort erwischt. Immerhin musste der Anfangssatz drei Wörter haben. Der mit vier Wörtern fiel schon mal aus, der mit *Tickit* ebenfalls, denn die letzte Silbe gehörte nicht zum Anfangswort. Blieb nur Antwort 1 und 2. Warum durfte ihm Emma bloß nicht helfen? Moment mal! Vor der Treppe hatte sie zwinkernd gesagt: Ich hoffe, euch dämmert die Antwort.«

Hieß *thèmmat* vielleicht dämmert? Begann die Schöpfung mit der Morgendämmerung? War »*Mâ thèmmat Îk*« der Anfangssatz? Das hieß wahrscheinlich »*Mir dämmert Ich.*« Ja, das passte. Wenn man morgens aufwacht, erinnert man sich wieder, wer man ist. Danni drückte die 2. Die Tür sprang auf.

*Danke, Danni, dass du mir aufgemacht hast. Mir dämmert's auch.* Wieder diese Stimme im Kopf. Wer war das? Wem hatte er aufgemacht? Freund oder Feind?

Er stand in einem langen Flur mit Marmorfliesen und sah auf einen weiträumigen Innenhof. Während er auf Theo und Emma wartete, stellte er sich ans Fenster und sah in den Hof: Tannen, Rhododendronbüsche, ein Springbrunnen, Rasen, Blumen, Liegestühle. In der Mitte ein rundes Gebäude mit goldener Kuppel, das aussah wie ein riesiges UFO.

Endlich klackte die Eingangstür erneut, und mit Schweißperlen auf der Stirn erschien ein bleicher Theo, gefolgt von einer gut gelaunten Emma, die mit Zeige- und Mittelfinger das Siegeszeichen machte. Emma führte sie den Gang entlang um eine Ecke bis zu einer Glastür, an der ein handgeschriebener Zettel hing.

»Der Speisesaal«, sagte Emma. »Kommt rein. Ich decke schon mal den Tisch. Setzt euch zu Muma.«

Danni schaute auf den Zettel, die Schrift kam ihm bekannt vor. »Gleich«, sagte er und blieb vor dem Zettel stehen. Neugierig las er:

> *Es wäre nett, wenn derjenige, der während meiner Abwesenheit meine Taucherkugel benutzt, alle Kissen und Decken in der Kugel lassen könnte. Danke für die freundliche Aufmerksamkeit. – Franz Naseweis*«

Danni musste an Christian denken, der als Kind Naseweis gerufen wurde. »Im Mittelhochdeutschen«, hatte er ihm erklärt, »nannte man das Wittern eines Spürhundes *nasewise*. Das gehört ja heute zu meinem Beruf.«

Hatte Christian Onkel Jeronimus kontaktiert? Wie gerne würde er ihm berichten, was er bisher im Ring erlebt hatte. Beim Schreiben der E-Mail hatte er ja noch gar nicht gewusst, dass er in diesem Ring landen würde. Und wie ging es Onkel Jeronimus? Wann würde er ihn wiedersehen? Hoffentlich lebte der Onkel noch, wenn er in Wavre ankam. Er wartete ja auf ihn. Aber wer konnte wissen, dass sich die Suche nach Kit so verzögern würde? Und was war mit der echten Genforschung? Wie sollte er seine Erbanlagen entfalten, wenn er von Genen keine Ahnung hatte? Sein Onkel gab ihm nichts als Rätsel auf.

Danni sah auf seine Uhr. Sie stand immer noch auf 14.40. War die Batterie leer, oder hatte der Ring die Uhr zum Stehen gebracht?

Im Speisesaal saß Muma mit Theo an einem gedeckten Tisch beim Fenster. Emma war nirgends zu sehen. Muma winkte Danni. »Komm, setz dich zu uns. Wir müssen was besprechen.«

Jetzt endlich konnte sich Danni die Muse Ma in Ruhe betrachten. Ihre schwarzen Locken, dazu ihr langes hellblaues Kleid und ihr freundliches Gesicht gaben ihr etwas Bestimmtes, Klares, Selbstbewusstes. Danni schätzte sie auf 25 oder 30. Ein bisschen erinnerte sie ihn an seine Klassenlehrerin Frau Gschwend. Und im Licht des Speisesaals sah er jetzt auch, dass sie auf der linken Wange in der Nähe des Nasenflügels einen kleinen schwarzen Fleck hatte. Ob das ein echter Leberfleck oder ein aufgemalter Schönheitsfleck war, konnte er nicht erkennen. es stand ihr jedenfalls gut.

Emma kam mit dem Frühstückstablett, stellte es auf den Tisch und setzte sich neben Danni.

»Was haltet ihr davon«, meinte Muma, »wenn ihr euch nach dem Essen erst einmal ausruht? Heute Nachmittag treffen wir dann den Mahâtma und beratschlagen, wie wir das Superkind finden und befreien können. Und jetzt guten Appetit.«

»Das Superkind«, warf Emma ein, »ist bloß der Anlass für Dannis Besuch im Ring. Der wahre Grund ist viel verrückter. Wenn du hörst, Muma, wer vor dir sitzt, schlackern dir die Ohren. Danni hat nämlich letzte Nacht was Tolles getr...«

»He, was soll das?« Dannis Ellbogen stieß Emma hart in die Rippen. »Du hast versprochen, hier gibt es keine Verräter.«

Muma hob eine Braue. »Na, jetzt bin ich aber gespannt. Erzählt mal?«

Ehe Emma weiterreden konnte, wechselte Danni das Thema. »Im Studio von Superkids hat mir Tom vorgeführt, wie man in Tammat-Hem die Erbstruktur verändert.«

Sofort ging Muma darauf ein: »Und? Wie gefällt dir die Tammathemer Gentechnik? Bist du jetzt stolz, ein Superkind als Brüderchen zu haben?«

»Stolz?« Danni riss entsetzt die Augen auf.

»Oh! Verstehe ...« Muma strich Danni über den Arm. »Und was ist daran schlimm?«

»Ich weiß zwar nicht genau, was sie mit ihm gemacht haben, aber was Tom mit mir am Bildschirm machte ...«

»Was hat er denn gemacht?«

»Er hat die Silben meines Namens mit den Silben von Sau-ri-er vermischt. Immer eine Silbe durch eine aus dem anderen Wort ersetzt.«

»Und? Wie fühlte sich das an?«

»Ekelhaft. Mir war kotzübel. Ich war heilfroh, dass meine Gene nicht von SUPERKIDS naturverbessert worden sind.«

»Das spricht für dich. Wenn du länger als ein, zwei Tage in *Tammat-Hem* geblieben wärst, wärst du darüber wahrscheinlich total entzückt gewesen. Hast du herausgefunden, wie Superkids die Erbstruktur verändert und warum?«

»Angeblich wurde Kit mit den Erbanlagen eines Genies naturverbessert. Aber am Tag der Geburt sah ich ihn wie ein Reptil.«

»Reptil? Hattest du was eingenommen oder geschluckt?«

»Nee. Den *Tâm-Meht* kannte ich noch nicht. Mir ist nur der Ohrwurm der Liegenden Acht durch den Kopf geschwirrt.«

»Verstehe. Du hast die Ätherwelt gesehen. Und es war ein Reptil?«

»Genau. Sah aus wie ein Drache. Wie ein Junges vom dunkelgrünen ...« Danni biss sich auf die Zunge. Fast hätte er selber seinen Traum verraten.

»Vom Dunkelgrünen? Soso ... Und was sagte deine Mutter dazu?«

»Die hat nichts mitgekriegt. Aber die Krankenschwester glotzte mich an, als hätte ich sie ertappt.« Danni sah vor sich wieder seine Mutter, wie sie geschwächt mit grünlicher Haut im Bett lag. Und das Krankenzimmer hatte ausgesehen wie eine Höhle voller Moos und Efeu. Und er hatte sich heimlich gewünscht, seine Mutter hätte dieses Baby nie bekommen. Am liebsten sollte alles wieder so wie früher sein, als es das Wort Superkind noch nicht gegeben hatte. Er wollte seine Mutter wieder für sich haben. »Vielleicht ist die Schwester deswegen am nächsten Tag mit Kit verschwunden. Alles meine Schuld. Hätte ich mich nicht verplappert ...«

»Unsinn. Keine Selbstvorwürfe, Danni.« Muma legte ihm die Hand auf den Arm. »Wenn wir Kit finden, machen wir die Tammathemer Gentechnik rückgängig und ihn zu einem echten Superkind, wie es ursprünglich geplant war.«

»Oh nein, bitte nicht!«

»Wieso nicht?« Muma runzelte die Stirn. »Möchtest du nicht, dass dein Brüderchen seine Erbanlagen voll entfaltet?«

»Ach so? Doch doch, natürlich. Es ist nur ... Ich hatte wegen dem Superkind wochenlang Albträume.«

»Erzähl.«

»Ein Babyschrei hat mich verfolgt und aus dem Haus gejagt ...« Danni spürte wieder die Ohnmacht, das Gefühl, nichts tun zu können als sich in seine Höhle zu verkriechen.

»Lass gut sein.« Muma wiegte den Kopf hin und her. »Noch etwas Kakao? Und nach dem Frühstück schauen wir mal in den Rucksack.«

Theo hatte sich heißhungrig aufs Frühstück gestürzt, ohne etwas zu sagen. Jetzt lehnte er sich zurück und hielt sich den Bauch.

Nach dem Frühstück ging Muma mit dem Rucksack in eine Kammer neben dem Eingang, stellte ihn auf den Tisch, schloss Tür und Fenster, zog die Vorhänge zu und öffnete den Rucksack.

Als sie den schwarzen Umhang auseinanderfaltete, kam als erstes nicht der Totenkopf, sondern ein rosinenäugiger Schrumpfkopf zum Vorschein.

»Dachte ich mir's doch«, meinte Emma. »Der zweite Kopf war viel kleiner. *Marthopp* und Schrumpfkopf bilden anscheinend ein Gespann.«

Muma legte den Schrumpfkopf auf den Tisch, wo er wie leblos liegenblieb, und rollte das Tuch auf, bis der *Marthopp* ausgepackt war und sofort über dem Tisch schwebte. Muma ergriff ihn am Hinterkopf. »Wo habt ihr diese Köpfe gefunden?«

»Hinter der Unterführung vom Marsring«, sagte Emma. »Sie verfolgten uns die ganze Zeit.«

»Schon am Wegweiser bei den Brombeerbüschen kam mir der *Marthopp* entgegen«, sagte Danni. »Später, als wir aus der Felsenhöhle kamen, hat er uns verfolgt. Den Schrumpfkopf habe ich nie gesehen, man hörte nur sein Schnuppern wie einen Spürhund.«

Muma musterte die beiden Köpfe. Die Augen des *Marthopps* glühten im Halbdunkel wie brennende Kohlen. Muma schaute ihm schweigend in die Augen, dann sah sie den Schrumpfkopf an. Schließlich schlug sie das schwarze Tuch über beide Köpfe, faltete es zusammen, ging zur Tür und winkte alle in den Flur. Dort fragte sie flüsternd. »Habt ihr euch während der Fahrt unterhalten, als die beiden im Rucksack waren?«

»Natürlich.«

»Worüber?«

»Über den Tammathemer Dunst«, meinte Emma. »Und über Dannis Traum.«

»Den Albtraum mit dem Babyschrei?«

»Genau«, sagte Danni und gab Emma erneut einen Rippenstoß.

»Habt ihr was besprochen, was nicht für andere Ohren bestimmt war?«

»Wieso?«

»Der Marthopp hat euch wahrscheinlich belauscht und alles weitergeleitet.«

»Weitergeleitet? Aber er war doch im Rucksack!«

»Er hat keinen freien Willen mehr. Habt ihr ihm mal in die Augen geschaut?«

»Die glühen wie Kohlen,« meinte Danni.

»Nicht nur das. Wenn ihr genau hinschaut, seht ihr darin eine Höhle und ein Gesicht, von dem nur Augen und Mund zu sehen sind.«

»Das Lächeln!« riefen Theo und Danni wie aus einem Munde.

»Aha! Sah so der Zauberer aus, der Theo die Fantas abgeluchst hat?«

»Genau.«

»Und in der Höhle gab es Schrumpf- und Totenköpfe?«

»Genau«, nickte Theo.

»Dann weiß das Lächeln jetzt alles, was ihr besprochen habt. Der *Marthopp* ist sein Spion mit Funkübertragung.«

»O Gott, der Tempeltraum!« entfuhr es Danni, und schon bereute er es. »Und der Schrumpfkopf? Was macht der?«

»Habt ihr gesehen, wie seine Nasenflügel beben?« meinte Muma.

»Ach so!« Danni schlug sich an die Stirn. »Jäger und Spürhund: Der *Marthopp* ist der Spion, der Schrumpfkopf der Fährtensucher.«

»Weiß jemand, wo das Lächeln die Köpfe her hat?«

»O Gott!« meinte Theo. »Beim Feilschen um die Fantas hat das Lächeln gesagt: *Sieh dir die Schrumpfköpfe an, das sind wirklich arme Teufel. Die haben keinen roten Fantas mehr.* Wenn Danni mich nicht gewarnt hätte, wäre ich jetzt wahrscheinlich auch so einer.«

Danni pflichtete ihm bei. »Als Theo sein Eichenblatt unterschrieb, zogen die Schrumpfköpfe in der Höhle lange Gesichter.«

»Wenn wir sie also wieder mit Fantasie auftanken könnten«, meinte Muma, »müssten sie wieder zu normalen Menschen werden.«

»Köpfe zu Menschen?« Danni lief eine Gänsehaut über den Rücken. »Wie das? Und wie tankt man sie mit Fantasie auf?«

»Das werden wir gleich sehen«, meinte Muma. »Kommt!«

Sie kehrten in die Kammer zurück. Als Theo die Tür schließen wollte, stieß etwas Weiches gegen die Tür. Muma wollte das schwarze Tuch aufschlagen, aber es lag lose über der Tischplatte: die Köpfe waren verschwunden. »Wo sind sie?« rief sie.

»Gerade stieß was Weiches gegen die Tür«, rief Theo.

»Schnell, schaut im Flur nach!«

Theo riss die Tür auf, die anderen hinter ihm her, nur Muma blieb zurück. Danni sah am Flurende etwas Dunkles um die Ecke biegen. »Da hinten!« rief er und lief ihm nach.

»Ich laufe in Gegenrichtung«, rief Emma. »und fange ihn ab. Und sucht nach dem Marthopp.«

Danni bog um die Ecke, aber weit und breit kein Schrumpfkopf. Nur Emma kam ihm auf dem Gang entgegen. »Hast du ihn?« fragte sie.

»Nee, aber wo kommst du her? Du bist doch in Gegenrichtung gelaufen.«

»Einmal um den Innenhof. Mist. Sie sind uns entwischt.«

»Sie können sich doch nicht in Luft auflösen.« Danni sah sich nach einem Schlupfwinkel um, wo sich die Köpfe versteckt haben könnten. Da bemerkte er, dass ein Fenster zum Innenhof gekippt war. »Hier! Das Oberfenster ist offen.«

»So weit oben? Der Schrumpfkopf schnüffelte am Boden wie ein Spürhund.«

»Und der Totenschädel schwebte in Augenhöhe durch die Luft. Wir suchen weiter.«

Emma riss die Tür zum Innenhof auf und beide stürmten hinaus. Im Hof trafen sie Theo. »Ein Fenster zum Hof war gekippt«, rief er. »Hier im Freien gibt es tausend Verstecke.«

Sie suchten in den Tannen, in den Rhododendronbüschen, im Springbrunnen, unter den Liegestühle. Nirgends eine Spur der Köpfe. Sie gingen einmal rings um den Rundbau mit der goldenen Kuppel und suchten nach offenen Fenstern, aber alle waren geschlossen. Schließlich ließ sich Emma in einen Liegestuhl fallen. »Mist!« war das einzige, was sie sagte. Danni und Theo ließen sich in die Nachbarstühle fallen. Jetzt spürte Danni die Erschöpfung. Seit seiner Abreise aus Hügliswil hatte er nur wenige Stunden geschlafen, und sein Schlaf war unruhig und voller Träume gewesen. Er machte die Augen zu und spürte, wie sein Atem langsam ruhiger wurde.

Irgendwann spürte er ein Kitzeln auf dem Handrücken, und Emma flüsterte: »Danni, ich gehe zu Muma. Bleib hier und ruh dich aus. «

Er schlug die Augen auf. Das Kitzeln kam von Emmas Fingernägeln. »Wie fühlst du dich?« fragte sie.

Er räkelte sich. Das kurze Nickerchen hatte ihm gut getan. »Prima!«, sagte er. »Warte, ich komme mit.«

Auch Theo stand auf und kam mit. Sie klopften an die Tür der Kammer, und Muma rief: »Herein!«

Mit strahlenden Augen hielt sie den *Marthopp* in der Hand. »Schrumpfkopf entwischt? Macht nichts«, meinte sie. »Wenigstens den *Marthopp* haben wir. Er steckte hinter der Tür und wollte euch nach. Schade, dass er seine Fantasie verschachert hat. Vielleicht können wir ihn im Tauchraum wieder auftanken.«

»Tauchraum?« fragte Danni. »Was ist das denn?«

»Ach so«, meinte Emma. »Vom *Attic* habe ich euch noch gar nichts gesagt. Er dient der Er-Innerung. Wer seine Erbanlagen entfalten will, muss sie schließlich erforschen.«

»Und wie soll das gehen?« fragte Danni.

»Die Erbanlagen liegen in der Tiefe unseres Bewusstseins«, sagte Muma. »Im Tauchraum können wir in tiefere Bereiche eintauchen. Kleiner Vorgeschmack für die Reise durch das Reich des Geistes«

»Auf!« sagte Emma. »In den *Attic*.«

*Die Göttin der Weisheit in* MATHEMA-ATTIC, *dem Speicher des Wissens*

# 11. Im Attic

Sie gingen den Flur entlang bis zu einer Tür mit dem Schild »ATTIC – Raum der Stille«. Als Emma die Tür öffnete, schlug ihnen dichter Dampf entgegen wie in einem Dampfbad. Der Raum war mit warmem Licht erfüllt und schien keine Fenster zu haben, jedenfalls kam kein Tageslicht herein. Sie standen am Rand eines großen, dunstverhangenen Beckens.

Im Dunst glänzten große gläserne Kugeln, die langsam sanken oder höher stiegen. Und in jeder Kugel saß ein Mensch.

Muma hielt den *Marthopp* in den Dunst über dem Beckenrand und ließ ihn los. Er fiel nicht, sondern schwebte bis auf Dannis Augenhöhe und schaute sich um, als wollte er den Raum erkunden.

»Er nimmt alles auf wie eine Webcam«, sagte Muma, »und sendet es an seinen Herrn.«

»Wieso sinkt er nicht zu Boden?« fragte Danni.

»Minusgewicht«, sagte Muma. »Fantaskonto unter Null. Kein Boden unter den Füßen. Sein Gläubiger hält ihn als Zombie.«

»Mein Gott!« Theos Augen weiteten sich. »Ich war drauf und dran, auf Kredit einzukaufen, als mich dieser Ring verhext hatte. Wenn Danni mich nicht gewarnt hätte, wäre ich jetzt ein *Marthopp*.«

»Welcher Ring?« fragte Muma.

»Àrfu-A-Kau-Fràu-Schu«, mischte sich Danni ein. »Der erzeugt Kaufrausch.«

Muma sah ihn erstaunt an. »Du hast ihn gewarnt? Ich denke, du bist erst seit gestern im Ring.«

»Ich hab die Szene nur als Leser miterlebt.«

»Und Theo hat dich gehört? Du konntest dich als Leser einmischen?«

»Ja. Ich weiß auch nicht wieso. Auch das Lächeln und der schwarze Reiter haben mich gehört. Sogar die Schrumpfköpfe und Totenschädel stierten mich an.«

»Sie waren also lebendig. Das gibt Hoffnung. Sie brauchen nur ihre Fantas zurück.«

»Das Lächeln«, meinte Theo, »hat mein Eichenblatt in eine Schublade gesperrt und den Schlüssel eingesteckt. Wenn wir den Schlüssel hätten, könnten wir einbrechen und …«

»… den Schuldschein klauen? Ob das helfen würde?« Muma wiegte den Kopf. »Vielleicht könnt ihr hier im *Attic* neue Fantas tanken. «

»Neue Fantas, für mich?« fragte Theo aufgeregt. »Wie geht das?«

»Das wirst du gleich sehen.« Muma schritt den Beckenrand entlang bis zu einer leeren Taucherkugel, die mit Rollen auf Steinfliesen stand. Sie klappte den Vorderteil der Glaskugel hoch und lud Theo ein, sich in die Kugel zu setzen. »Weißt du noch die Formel, mit der du von Tammat-Hem hier rüber gekommen bist?« fragte sie Theo.

»Die Liegende Acht?«

»Genau. Mach es dir bequem, schließ die Augen und denke die Formel. Dann sehen wir weiter.«

Theo setzte sich in die Kugel, Muma schloss die Klappe und schob die Kugel zum Beckenrand. Als sie über die Kante rollte, bekam Danni einen Schreck. Jetzt musste sie in die Tiefe stürzen. Aber nichts dergleichen geschah. Sie blieb auf gleicher Höhe, als ginge der Boden unsichtbar weiter. Sie schwankte nur leicht und sank dann unmerklich tiefer.

»Siehst du, er sinkt«, flüsterte Muma. »Er ist zwar ein Fliegengewicht, aber schwerer als der *Marthopp*. Sobald er fest auf dem Boden steht, kann er seinen Schuldschein zurückfordern und den Schrumpf- und Totenköpfen helfen.«

Danni sah Muma plötzlich mit anderen Augen. Im Frühstücksraum hatte sie ihn an seine Klassenlehrerin Frau Gschwend erinnert, weil sie in Kleidung und Frisur etwas Strenges, Klares und Bestimmtes ausstrahlte. Hier im Tauchraum hatte sie Theos Kugel so behutsam geschlossen, dass sie ihn an seine Volksschullehrerin Frau Odermatt erinnerte, die er sehr geliebt hatte. Sie war es gewesen, die bei ihm die Freude am Malen und Geschichtenerfinden geweckt hatte. Sogar seine Vorliebe für Geheimschriften und Zaubertricks hatte sie nie verlacht, sondern immer als etwas Natürliches betrachtet. »Du hast eine blühende Fantasie«, hatte sie oft gesagt, »aus dir wird noch was.«

Jetzt tauchte aus dem Dunst vor Muma der schwebende *Marthopp* wieder auf. Muma ergriff ihn und wog ihn prüfend in der Hand.

»Auch er hat Gewicht bekommen«, sagte sie. »Er schwebt tiefer als vorhin.« Sie betrachtete den *Marthopp* aufmerksam. Dann zeigte sie ihn Danni und Emma. »Schaut mal!«

Eine zarte Pergamenthaut hatte sich über dem Schädel gespannt. Auch die Augen hatten sich verändert. Sie glühten nicht mehr wie Kohlen, sondern waren von Lidern bedeckt.

»Er hat die Augen geschlossen«, flüsterte Muma, »er will keine Bilder mehr senden. Seine Hörigkeit nimmt ab. Ich wette, den kriegen wir wieder hin. Nur schade, dass uns der Schrumpfkopf entwischt ist.«

»Er muss noch im Hof sein«, meinte Emma. »Ein Flurfenster zum Hof war angekippt.«

»Wenn wir ihn finden, bringen wir ihn hier rein.«

»Eines versteh ich nicht«, meinte Danni. »Wieso stürzen die Kugeln nicht in die Tiefe?«

»Der Geist folgt anderen Gesetzen als der Körper«, meinte Muma. »Komm mit! Da hinten wird eine Kugel frei.«

»Was muss ich tun?« fragte Danni, während sie zur leeren Taucherkugel gingen.

»Dasselbe wie Theo. Weißt du noch dein Passwort zum Ring? Wo musstest du zum ersten Mal eine Frage beantworten, damit sich die Tür zum Ring für dich öffnete?«

Danni überlegte. »Am Bahnhof Landen, an der Tür zum Triebwagen. Ich musste dreimal den mathemagischen Trommelklang sprechen.«

»Gut. Setz dich in die Kugel, mach die Augen zu und wiederhole im Geist dein Passwort. Der Rest geschieht von selbst.«

Muma klappte die Vorderseite der Taucherkugel hoch, aber Danni zögerte. »Und die Kugel kann wirklich nicht fallen und zerschellen?«

»Du siehst doch, dass keine fällt. Wer weiß, ob sie überhaupt sinkt. Der Dampf trägt sie. Das Eintauchen belebt deine Erinnerung an die Erbstruktur des Universums. Vielleicht fällt dir auch eine Lösung für dein Problem ein.«

»Welches Problem?«

»Das weißt du besser als ich. Lehn dich einfach zurück und nimm es, wie es kommt.«

Dannis Neugier war geweckt. Welches Problem meinte Muma? Inzwischen hatte er eine ganze Reihe offener Fragen. Das Hauptproblem war, Kit zu finden. Außerdem wollte er wissen, ob er am Kidnapping schuld war. Und dann die Frage, ob es irgendeine Möglichkeit gab, die seltsamen Veränderungen rückgängig zu machen. Was konnte er dafür tun? Wer konnte ihm helfen?

Mit diesen Gedanken stieg Danni in die Kugel und fühlte sofort zweierlei. Erstens eine angenehme Müdigkeit. Zweitens Geborgenheit. In dieser warmen, weichen Hülle war die Welt in Ordnung. Hier wollte er am liebsten ewig sitzenbleiben.

Selbst die Trauer um seine Mutter war kein Schmerz mehr, sondern eher ein Gefühl der Nähe, des Verschmelzens. Seltsamerweise hatte er nach ihrem Tod nicht mehr Trauer gespürt als vorher. Das hatte ihn selber verwirrt. Was gab es Schlimmeres als die Mutter zu verlieren? Er hatte eher Schuldgefühle gespürt. Die Trauer war er ja bereits gewohnt. Seine Mutter hatte er bereits verloren, als sie wegen der Komplikationen mit dem Superkind ins Krankenhaus gekommen war. Seither war zuhause keine Mutter mehr. Das Gefühl »Mutter ist daheim« war weg. Es gab für ihn kein wirkliches Zuhause mehr. Er sah wieder seine Mutter, wie sie im Krankenhaus mit schwacher Hand über seinen Arm gestrichen hatte und in der anderen Hand die Mohnblumen hielt.

Tief in Gedanken versunken hörte Danni plötzlich ein leises Plätschern. Er blinzelte mit einem Auge. Sein Ohr hatte ihn nicht getäuscht. Die Kugel war auf einer Wasserfläche aufgesetzt. Langsam stieg der Wasserspiegel höher, bis die ganze Kugel unter Wasser war. Hatte er bisher das Gefühl gehabt, in einem Dampfbad zu schweben, so fühlte er sich jetzt als Tiefseetaucher. Durch das grünliche Wasser sah er raue Felswand, teils mit dunkelgrünen Algen überwuchert. War das Becken mit dem See verbunden?

Wie Luftblasen im Wasser stiegen Gedanken in ihm auf. Wo war jetzt sein Stiefvater Urs? Was tat er? Suchte er nach Danni oder kreuzte er mit seinem Freund durchs Mittelmeer? Und wo war Kit? Lebte er noch? Würden sie ihn finden und befreien können?

Warum galten hier im Ring so seltsame Gesetze? Wieso hatten Menschen ohne Fantasie weniger Gewicht als andere? Er fühlte sich durch Fantasie immer leicht und beflügelt. Wenn ihm dagegen nichts einfiel, fühlten sich die Glieder schwer wie Blei an. Wieso war hier alles umgekehrt? Und wie ging es Onkel Jeronimus? Wieso hatte er ihn in den Ring geschickt, wenn er glaubte, bald sterben zu müssen? Wann und wie konnte Danni den Ring wieder verlassen?

Ach, alles war verzwickt, vertrackt, verfahren. Emma hielt ihn für eine Memme, einen Waschlappen. Sie hatte gut reden. Der Ring war ihr Zuhause. In Hügliswil wäre es umgekehrt. Dort kannte er jeden Winkel, die Sitten und Gebräuche. Hier musste er sich Schritt für Schritt vortasten, Neues kennenlernen und begreifen, Scheu überwinden. Nein, er war kein Feigling. Sobald ihm der Ring vertraut war, würde ihn Emma schon noch kennenlernen. Wenn es darauf ankam, konnte er sich durchsetzen. Als Kind war er immer stur geblieben, wenn ihm was nicht schmeckte, bis er seine Extrawurst bekommen hatte. Er galt als Dickschädel, sogar als jähzornig.

Aber gegen einen Drachen kämpfen? In diesem Ring, wo jedes falsche Passwort einen Grünschädel samt Hund in Asche legte? Wer sich hier als Grünschnabel sicher wähnte, war ein waghalsiger Leichtfuß.

Die Kugel sank und sank, schwankte für Augenblicke, wurde angehoben, sank in immer dunklere und kühlere Bereiche. Die Temperatur nahm merklich ab. Danni schlug sich die Wolldecke, die seinen Sitz bedeckte, über die Beine. War das noch normal? So groß war das Becken doch gar nicht gewesen. Wurde er von einer unterirdischen Strömung abgetrieben? Würde er, wenn überhaupt, an einer anderen Stelle wieder auftauchen? Im Tauchraum war es warm gewesen wie in einem Dampfbad. Wieso wurde es hier so kalt?

Je tiefer die Kugel sank, desto dunkler wurde es. Fische schwammen vorbei und schauten durchs Glas. Ein riesiger Krake kam heran und drückte die Saugnäpfe seiner Fangarme an die Kugel. Wie bleiche Kinderlippen pressten sie sich ans Glas. Danni verschlug es den Atem. Hielt die Kugel dem Druck stand? Wie konnte er sich schützen?

Ein Schwertfisch tauchte auf und griff den Kraken an. Schwarzbraune Wolken verhüllten die Sicht, die Kugel erschütterte, schaukelte, die Krakenarme verschwanden. Danni saß im Dunkeln. Sein Herz klopfte laut, doch die Gefahr schien gebannt. Erschöpft lehnte er sich zurück.

Alles war schwarz. Da sah er vor sich an der Glaskugel zwei rote Punkte leuchten. Und etwas Helles, Grünliches umgab sie. Er lehnte sich vor. War das möglich? Ein Marthopp mit glühenden Kohlenaugen und klapperndem Gebiss grinste ihn an. Wie kam der ins tiefe Wasser? Wieso glühten seine Kohlenaugen? Litt er jetzt selber unter Hirngespinsten? Waren es solche Erscheinungen, die seinem Onkel den Verstand geraubt hatten?

Langsam war sich Danni nicht mehr sicher, ob alles noch mit rechten Dingen zuging. Konnte er seinen Sinnen noch trauen? Oder waren das Symptome von Verfolgungswahn? Jetzt war der Totenschädel wieder weg.

Es wurde kälter in der Kugel. Danni tastete fröstelnd nach den Wolldecken und hüllte sich ein. Da er nichts sehen konnte, schloss er die Augen. Sein Herzschlag wurde ruhiger, er spürte kaum seinen Atem. Es kam ihm vor, als sei die Kugel leer, als sitze niemand darin, auch nicht er selber. Er fühlte weder seine Arme noch seine Beine, wusste nicht, wo er war, wie er hieß, wie alt, wie schwer, wie groß, was er wollte, was er sollte ... Alles weg ...

Ein sanfter Ruck, als stieße die Kugel auf Grund, holte ihn ins Hier und Jetzt zurück. War er wieder auf dem Fliesenboden? Er blinzelte. Nein, es war noch immer bitterkalt und dunkel. Er hatte keine Ahnung, wo er war. Als sich seine Augen an die Dunkelheit gewöhnt hatten, erkannte er, dass die Kugel auf einer spiegelglatten Fläche stand. Er zitterte vor Kälte, zog sich die Wolldecken über den Kopf und vermummte sich, bis nur noch Augen und Nase herausragten.

Das Glas der Kugel beschlug, wurde milchig, bildete Eisblumen, die zusehends wuchsen. Was war, wenn seine Kugel auf dem Grund festfror? Wenn die letzte Wärme aus der Kugel schwand? Wenn er nie mehr an die Oberfläche tauchen könnte? Nie sein Ziel erreichte, Kit nicht fand? Und wie sollte er ihn heilen? Plötzlich hörte er im Geiste Mumas Stimme: *Vielleicht fällt dir eine Lösung für dein Problem ein.* Ja, die Frage war: Wie konnte er Kit helfen?

Vor seinen Augen formten sich Eisblumen in Mundschrift:

Er betrachtete die Buchstaben genauer: Am Ende war ein T, am Anfang ein I, das sich mehrmals wiederholte. Und dazwischen ein unbekanntes Zeichen. Er prägte sich das Schriftbild ein, so gut er konnte:

$$\text{ЅꟼЅ} - \text{Ѕꟼ⊣ꟼЅ} \text{ ꟼ⫯т}$$

Was bedeutete die Schrift? Wieso kristallisierten sich Buchstaben am Glas? War das eine Antwort auf seine Frage? Wenn ja, dann war die Antwort völlig rätselhaft.

Ein Zittern erschütterte die Kugel, ein Schaukeln, langsam wurde es wärmer. Die Eisblumen schmolzen dahin. Die Kugel stieg auf, erreichte den Wasserspiegel, schwebte durch den Dampf. Es wurde so warm, dass sich Danni aus den Decken schälte und trotzdem schwitze.

Endlich setzte die Kugel am Beckenrand auf. Im weißen Dampf tauchte Emma auf, zog die Kugel an Land und öffnete die Einstiegsklappe.

»Na, wie war's?« flüsterte sie.

Danni rieb sich die Augen, als erwache er aus einem Traum. Er konnte sich kaum bewegen und streckte sich. »Das gibt's doch gar nicht.«

»Was?«

»Ein Tintenfisch hat sich am Glas festsaugt. Ich dachte, er zerdrückt es. Dann kam ein Schwertfisch und das Wasser wurde schwarz.«

»Tintenfisch? Schwertfisch? Wo kamen die denn her?«

»Das frage ich dich.«

»Keine Ahnung.« Emma zuckte die Axeln. »Ich bin hier noch nie auf einen Fisch gestoßen. Und was noch?«

»Als alles schwarz war, schaute ein *Marthopp* mit klapperndem Gebiss in meine Kugel.«

»Uh! Wie gruselig! War er in der Kugel oder draußen?«

»Zum Glück draußen. Und als die Kugel auf Grund stieß, wurde es eiskalt und spiegelglatt.«

»Ui! Du bist auf Grund gestoßen?«

Emma sah Danni an, als wäre er ein Außerirdischer. »Erst träumst du von *Tammôtamma*, dann landest du im *Attic* auf Grund. Wie hat sich das angefühlt?«

»Die Kugel beschlug, und Eisblumen formten Zeichen in Mundschrift.«

»Konntest du sie lesen?«

»Nicht ganz. Aber ich habe mir die Zeichen eingeprägt.«

»Gut, schreib sie gleich auf, bevor du sie vergisst. Komm mit!«

Emma führte Danni in die Kammer, wo Muma den Rucksack geöffnet hatte, und klopfte.

»Herein«, rief Muma.

Emma öffnete die Tür und stieß fast mit Theo zusammen. Sein Gesicht strahlte. Er bewegte sich selbstbewusster und gewandter, sein Blick war wacher, aufmerksamer.

Muma wickelte gerade den *Marthopp* in den schwarzen Umhang und verstaute ihn in einem Wandschrank.

»Du wirst es nicht glauben, Muma«, sprudelte Emma heraus. »Dieser Grünschnabel stößt schon beim allerersten Eintauchen auf Grund und sieht Eisblumen, die Buchstaben in Mundschrift formen.«

»Grünschnabel?« Muma sah Emma tadelnd an und zwinkerte Danni zu. »Vielleicht hat er hellblaues Blut in den Adern. Welche Buchstaben denn?«

Danni kam nicht zum Antworten, denn in diesem Augenblick erklang eine Glocke, überall sprangen Türen auf und Menschen huschten heraus. Jemand klopfte an die Tür und rief: »Alle in die Halle. Treffen mit dem *Mahâtma*.«

»Okay, wir reden später«, meinte Muma. »Setzt euch vorne in die Gästereihe.«

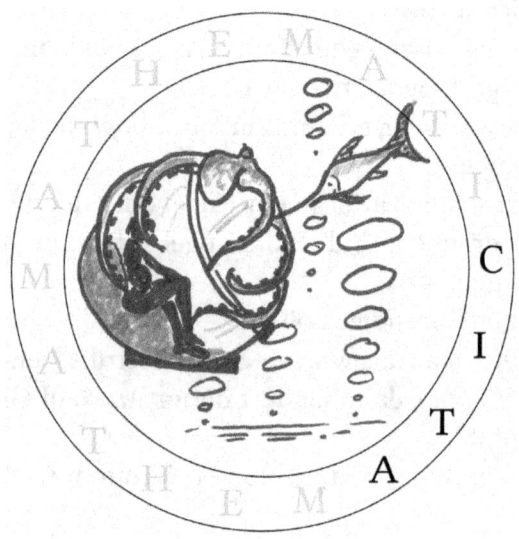

*Tauchen im* ATTIC, *dem Gedächtnisspeicher*

## 12. Gedankenfilm

Emma führte Danni und Theo zu einer großen Tür, an der stand »MATHEMA – Saal des Wissens«. Sie schaute durch den Türspalt und hielt den Finger vor den Mund. »Alles dunkel. Hat schon angefangen.«

Danni wollte sich gleich neben der Tür in die letzte Stuhlreihe drücken, aber Emma schob ihn und Theo zwischen vollbesetzten Stuhlreihen den Mittelgang entlang und lotste sie zu reservierten Polsterstühlen in der Gästereihe. Im Saal herrschte Totenstille. Alle saßen mit geschlossenen Augen im Dunkeln.

»Der *Mahâtma* zeigt gerade einen Gedankenfilm«, flüsterte Emma. »Macht die Augen zu und denkt die Formel für das Reich des Geistes.«

»Welche Formel?« wisperte Danni.

»Die zweite Schlaufe der Liegenden Acht, die nach innen führt.«

Aha! Danni schloss die Augen und überlegte. Die Liegende Acht? Das war doch dieser Ohrwurm *êhtamathê – matìckitam*. Der zweite Teil stand also für das Reich des Geistes. Kaum dachte er das Wort *matìckitam*, begannen die Leute um ihn herum zu lachen. »Wieso lachen alle?« fragte er Emma flüsternd. »Mach ich was falsch?«

»Quatsch. Sie lachen über den Film.«

Sehr witzig, dachte Danni. Keine Leinwand, kein Projektor. Welcher Film? Sollte er mitlachen und so tun, als sähe er einen Film? Er wiederholte den Ohrwurm, bis er sich von selber in seinem Kopf drehte. Da wurde es hell in seinem Hinterkopf, und vor seinem inneren Auge erschien ein mittelalterliches Kellergewölbe aus grob gehauenem Fels. Aha! Der Gedankenfilm!

*Fledermäuse hängen an der Decke, huschen lautlos davon. Verstaubte Spinnweben im blassen Licht. Eine Eichentür öffnet sich knarrend in ein Gewölbevoller Reagenzgläser in verschiedenen Größen und Formen. Ein großer silberner Globus. Regale voller dicker Folianten.*

*Hinter einer riesigen Aquariumwand schwimmen Lachse. Ein blasser Junge in schwarzer Zauberkluft brütet über dem Traktat »DER RIESENLACHS«. Er schaut auf, kräuselt die Stirn, beugt sich über ein Mikroskop. Stark vergrößert eine Doppelhelix, die aussieht wie eine doppelte Wendeltreppe aus Glas.*

*Der Zauberlehrling schaut sich um und stochert mit zitternder Nadelspitze an der gläsernen Treppe herum. Jetzt erklingen Verse.*

> *»Hat der alte Hexenmeister*
> *Sich doch einmal weggebegeben!*
> *Und nun sollen seine Geister*
> *Auch nach meinem Willen leben.*
> *Seine Wort' und Werke*
> *Merkt' ich, und den Brauch,*
> *Und mit Geistesstärke*
> *Tu' ich Wunder auch ...«*

Der Gedankenfilm verblasste. Aus dem Lautsprecher erklang eine Stimme:»Wie wir sehen, ist Goethes Gedicht vom Zauberlehrling hoch aktuell. Wir machen jetzt einen Schnitt zur nächsten Szene.« Wieder erschien in Dannis Kopf der Kellerraum.

*Hinter der Aquariumwand schwimmen zwei Lachse in Menschengröße und stoßen mit Wucht gegen das Glas.*

> *»Stehe, stehe!*
> *Denn wir haben*
> *Deiner Gaben*
> *Vollgemessen! –*
> *Ach, ich merk' es! Wehe! wehe!*
> *Hab' ich doch das Wort vergessen!«*

*Mit ungeheurer Geschwindigkeit wachsen die Lachse, bis sie die gesamte Länge des Aquariums ausfüllen. Der Größere sprengt mit kräftigem Schwanzschlag die Glaswand, sie splittert ins Labor. Bücher, Mikroskop und Globus versinken in der Flut. Die Eichentür springt auf, Wasser überschwemmt den Gang, der Wasserspiegel steigt die Treppe hoch. Der Zauberlehrling läuft zur Treppe, schaut mit aufgerissenen Augen auf die steigende Flut.*

> *»Und sie laufen! Nass und nässer*
> *Wird's im Saal und auf den Stufen.*
> *Welch' entsetzliches Gewässer!*

*Herr und Meister, hör' mich rufen! –*
*Ach, da kommt der Meister!*
*Herr, die Not ist groß!*
*Die ich rief, die Geister,*
*Werd' ich nun nicht los.«*

Bild und Ton blendeten aus. Die Saalbeleuchtung ging an. Auf einem Sofa in der Mitte der Bühne saß ein Mann in orangem Gewand mit weißblonder Löwenmähne und Bart; offensichtlich der Mahâtma.

»Wir sehen«, sprach er ins Mikrofon, »der Wettlauf der falschen und wahren Gentechnik ist in vollem Gange. Albert Einstein definierte einmal zwei Unendlichkeiten. Wer erinnert sich, welche das sind?«

Der Mahâtma blickte in die Runde. Von links rief eine Stimme aus dem Publikum: »Das Absolute und das Relative.«

Eine andere Stimme rief: »Das Manifeste und das Unmanifeste.«

Der Mahâtma war noch nicht zufrieden. Er nickte jemandem in den hinteren Reihen zu. Von dort ertönte eine Kinderstimme, die Danni bekannt vorkam: »Zwei Dinge sind unendlich, sagte Einstein. Das Universum und die menschliche Dummheit.«

Danni wandte den Kopf. In der hintersten Reihe stand ein Junge mit Turban, den Danni sofort erkannte. Es war der Junge vom fliegenden Teppich, der beim *Tammathemer* Straßenfest die orangen Scheiben über die Menge geworfen hatte.

»Sehr gut«, nickte der Mahâtma. »Und was sagte Einstein über die beiden Unendlichkeiten?«

»Er sagte: Aber beim Universum bin ich mir nicht ganz sicher.«

Gelächter und schmunzelnde Gesichter.

Der Mahâtma nickte. »Diese beiden Unendlichkeiten stehen zur Zeit im Wettstreit. Wer gewinnt? Das Universum oder die menschliche Dummheit?« Er sah fragend in die Menge und fuhr fort. »Die Tammathemer Gentechnik stützt sich auf den Faktor, dessen sich Einstein völlig sicher war, und verstümmelt bereits das menschliche Erbgut. Wir dagegen bieten dem Menschen an, seine angeborenen Erbanlagen zu entfalten, damit er im Einklang mit dem Universum lebt.«

Lange Pause. Dann fuhr er in ernstem Tonfall fort. »Uns bleibt nicht viel Zeit. Die Tammathemer stellen sogar das Anfangswort in Frage und behaupten, der Tammathemer Ring sei die Erbstruktur des Universums. Und die Brüsseler EU ist ihr williges Sprachrohr. Wir müssen schleunigst die wahre Genforschung verbreiten, bevor die Menschheit sich zu Grunde richtet.«

Jetzt, da der Saal beleuchtet war, konnte Danni die Umgebung näher betrachten. Der Saal voller Menschen war etwa so groß wie die Aula im Hügliswiler Gymnasium. Die Kinder, die mit Muma im Wald gespielt hatten, saßen in weißer Zaubertracht vorne am Rand der Bühne, ruckelten auf ihren Stühlen, standen auf, setzten sich auf den Boden oder liefen zum Ausgang und wieder zurück. Der Mahâtma ließ sich davon nicht stören.

Auf einem Sessel neben dem Mahâtma saß ein junger Mann mit breiter Stirn und ausgeprägtem Hinterkopf. Er beugte sich zum Sofa und zeigte dem Mahâtma eine Haube mit Antenne. Dieser nickte und sprach ins Mikrofon. »Gute Nachricht. Adis Projektionshaube ist fertig: das *Matìckitam*, mit dem jeder seinen Gedankenfilm zeigen kann. Adi erklärt uns kurz das Prinzip.«

Adi setzte die Haube auf. Die Saalbeleuchtung blendete aus, alle schlossen die Augen. »Denkt die Formel des Geistes!« flüsterte Emma.

Danni schloss die Augen und dachte die Formel. Vor seinem inneren Auge erschien in weißer Schrift auf blauem Grund ein Buchstabenkaro:

$$
\begin{array}{ccc}
 & \mathrm{T} & \\
\mathrm{A} & & \mathrm{I} \\
\mathrm{M} & & \mathrm{C} \\
\mathrm{A} & & \mathrm{I} \\
 & \mathrm{T} & \\
\end{array}
$$

»Jeder kennt den Aufbau eines Filmprojektors«, schnarrte Adis Stimme durch Dannis Kopf. »Aber nur wenige wissen, wie wir Gedanken projizieren. Wir kennen alle die Formel der Liegenden Acht, in der ÊHTAMATHÊ die Außenwelt und MATÌCKITAM die Innenwelt repräsentieren, Für den Gedankenprojektor betrachten wir lediglich die rechte Schlaufe, diesmal dargestellt als Dunkelkammer aus vier Wänden: MAT, TIC, CIT und TAM. Waagrecht geteilt erhalten wir MATÌC – *Geist*, und KITÀM – *Kraft*, also MATÌCKITAM – *Geisteskraft*. Senkrecht sehen wir links TAMAT und rechts TICIT, *Dunkel* und *Licht*. *Tammat* dient uns als Leinwand, *Tickit* als Licht-Projektor. Sie sehen, dass TA-

MAT nicht nur in der Außenwelt, sondern auch im Reich des Geistes vorhanden ist. Und das brauchen wir auch, denn ohne Verdunkelung sehen wir auf der Leinwand keinen Film. In diesem Fall dienen uns unsere geschlossenen Augenlider als Leiwand.«

Vor Dannis innerem Auge erschien ein Filmprojektor mit tickender Spule.

»Hören Sie das Ticken der Spule? Warum tickt sie? Weil uns als Filmspule TICK dient, unsere *Vorstellung*.«

Leises Gelächter im Saal.

»Und als Lichtquelle dient uns CIT, unser *Bewusstsein*. Sie sehen: Gedankenfilme sind nichts Neues. Jeder hat sie, seit er denken kann. Jetzt bräuchten wir nur einen Freiwilligen mit genügend Licht im Kopf, der die Haube aufsetzt und uns seinen Film zeigt. Wer getraut sich?«

Der Gedankenfilm blendete aus, die Saalbeleuchtung ging an. Emma stieß Danni in die Seite. »Na? Wie wär's? Gehst du nach vorn?«

»Ich? Bist du verrückt?«

»Du bist der Einzige, der weiß, wie *Tammôtamma* aussieht und ihn uns zeigen kann.«

»Hör bloß auf. Privatsachen gehen niemanden was an.«

»Privatsache! Hast du nicht gehört: Wir müssen die Tamathemer Gentechnik aufhalten, bevor sich die Menschheit selbst vernichtet.«

»Was hat das mit meinem Traum zu tun?« Danni kam ins Schwitzen. Warum hatte er Emma nur beim Brombeeressen im Wald seinen Traum erzählt? Hätte er bloß den Mund gehalten.

»Dein Traum erfüllt die Prophezeiung«, fauchte Emma. »Die Tammathemer sind *Tammôtammas* Schergen. Besiegen wir *Tammôtamma*, ist der Wettlauf gewonnen.«

»Du spinnst. Hör auf mit dem Blödsinn.«

»Sei kein Drückeberger, Danni! Dein Traum ist *der* Durchbruch. Wer das geträumt hat, hat eine Aufgabe, die seinem Leben Sinn gibt. Wer das seltene Glück hat, seine Berufung zu erkennen ...«

»Jetzt halt endlich die Klappe! Alle gaffen uns an!«

Im Eifer des Gefechts waren sie lauter geworden. Nicht nur ihre Nachbarn, auch die Menschen auf der Bühne schauten in ihre Richtung. Danni schoss das Blut in den Kopf. Seine Birne fing an zu glühen. Adi kam in seine Richtung und nickte ihm aufmunternd zu. »Wie wär's, junger Mann?« Er trat mit der Haube zum Bühnenrand und winkte

Danni hoch. »Applaus für den mutigen jungen Mann, der uns Einblick in seinen Gedankenfilm gewähren will.«

Jetzt, da Adi am Bühnenrand stand, erkannte ihn Danni wieder. Es war der lange Kerl, der sich in *Tammat-Hem* am Bierstand in schwarzer Zaubertracht mit Tom unterhalten hatte. Dem wollte er seine Gedanken auf keinen Fall zeigen.

Danni klammerte sich in den Polsterstuhl und wedelte die Hand wie einen Scheibenwischer hin und her. »Sag ihm«, fauchte er Emma an, »ich hab nicht genug Licht im Hinterkopf.«

Emma blitzte ihn an, stand auf und stellte sich im Mittelgang ans Mikrofon. »Der mutige junge Mann, mit dem ich heute Nacht vom Palais Mart hier her geflohen bin, ist der Neffe des Mathematikprofessors Jeronimus Knoop, den viele von uns kennen. Leider kann der Professor heute nicht hier sein. Darum hat er seinen Neffen geschickt, dessen Mutter vor kurzem der *Tammathemer* Gentechnik zum Opfer fiel und ein ›naturverbessertes‹ Superkind zur Welt brachte.«

Gemurmel im Saal.

»Ich bin sicher, der Gedankenfilm, den er uns zeigen könnte, würde uns alle umwerfen. Aber er meint, er hätte nicht genügend Licht im Hinterkopf. Ich bin da ganz anderer Ansicht, nachdem er im *Attic* schon bis zum Grunde tauchte und Erstaunliches erlebte. Bitte heißen Sie unseren Gast Daniel Doeblin aus der Schweiz herzlich willkommen.«

Brausender Applaus. Emma gab Danni ein Zeichen, aufzustehen. Widerwillig stand er auf, verbeugte sich linkisch nach allen Seiten und verkroch sich wieder in sein Polster.

Als der Applaus verebbte, sagte Emma: »Also wenn sich keiner meldet, setze ich mich eben unter die Haube.« Sie stieg auf die Bühne und setzte sich in den Sessel, in dem Adi gesessen hatte. Sobald er ihr die Haube aufgesetzt hatte, wurde es still im Saal.

Emma lehnte sich zurück und schloss die Augen. Die Saalbeleuchtung erlosch. Das Publikum schloss ebenfalls die Augen. Auch Danni machte die Augen zu und dachte die Formel des Geistes.

Plötzlich roch er Tammathemer Duft. Nicht so stark wie in *Tammat-Hem*, aber unverkennbar. Graubraune Dunstwolken erschienen in seinem Kopf. Eine dicke Wolkenmasse erschwerte das Atmen.

*Eine kantige Felswand, umschleiert von Nebel. Im rußschwarzen Fels ein tiefer, schattiger Spalt. Schwefelgestank. Aus dem Nebel ragt eine goldene Kuppel. Darunter eine Mauer aus grob gehauenem Stein. Ein schweres Portal mit rostigem Riegel und Vorhängeschloss.*

*Eine Gestalt in schwarzem Nadelstreifenanzug klettert über die Felsen. Kahler Kugelkopf, Geiernase, hüpfender Adamsapfel. In der Hand einen Silberkelch. Knirschend dreht sich der Schlüssel im Schloss.*

*Der Riegel wird weggeschoben. Das Portal knarrt in den Angeln. Die Geiernase schlüpft ins Dunkel. Hinter ihm ein mageres Männchen mit Rabennase, ebenfalls mit Silberkelch. Dahinter Toms Gesicht, die Hälfte mit Brombeersaft überschüttet.*

*Die drei Herren füllen stinkenden Dung aus goldenen Opferschalen in ihre Silberkelche. Weißgrauer Nebel, nach Salzsäure riechend, zieht in Schlieren vorbei. Flügelschlag mächtiger Schwingen. Ein Schatten verdunkelt den Himmel. Schwarz.*

*Das gefletschte Gebiss eines Pitbulls. Ein grüner Blitz, dann Rauch. Es riecht nach verschmortem Fleisch, versengtem Haar. Wieder Schwarz.*

*Zwei Radfahrersilhouetten im Nachtwald. Die eine hält an:* »Im Ernst? Das hast du geträumt? Und wie sah der Drache aus?«

»Schwarzgrün schillernde Schuppen, gelbrote Katzenaugen, riesige Fledermausflügel. Und seine Fladen stanken wie Hühnergülle. Tammathemer Duft in Reinkultur.«

»Unglaublich! Von dem hast du geträumt.«

»Von wem?«

»Tammôtamma. Zusammen mit seinem Zwilling eines der mächtigsten Wesen im Ring. Hüllt sich ständig in Nebel, damit ihn keiner sieht, nicht mal im Traum.«

»Nicht mal im Traum? Ich hab ihn aber gesehen!«

»Das ist ja das Verrückte. Das ist der Durchbruch.«

»Wieso?«

»Danni und Tammôtamma! Mein lieber Mann! Das bedeutet, du bist der Geweissagte. Im Vermächtnis des Ewigen steht:

> *Und es wird einer kommen ...*«

Bild und Ton blendeten aus. Die Saalbeleuchtung ging an. Und der ganze Saal murmelte im Chor:

> *»... der den Beherrscher des Dunkels*
> *im Traum durch den Nebel erkennt,*
> *und er wird ihn schlagen mit einer Waffe,*

*die weder Dolch ist noch Degen,*
*weder Kugel noch Blitz,*
*weder Gift noch Gold,*
*sondern ein Fechtzeug,*
*das schwerer zu führen ist*
*als das Schwert.«*

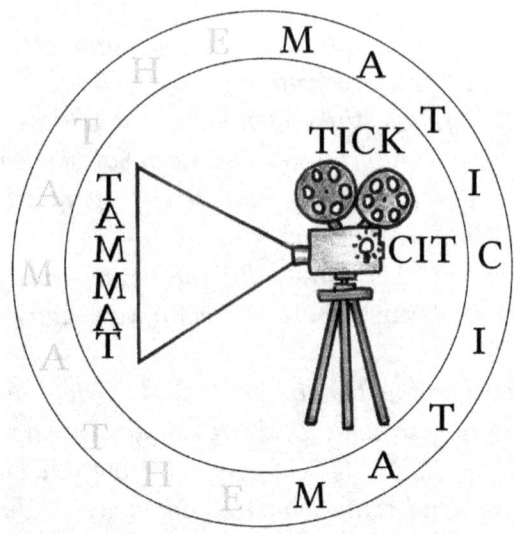

**Der Gedankenprojektor** MATICKITAM *aus* TAMMAT, TICK *und* CIT.

# 13. Er-Innerung

Danni war sprachlos, aufgewühlt, voller widerstreitender Gefühle. Er war wütend auf Emma, die ihn heimtückisch verraten hatte. Gleichzeitig schämte er sich vor versammelter Mannschaft: Durch irgendein vertracktes Missverständnis hielten ihn alle plötzlich für einen heldenhaften Drachenkämpfer.

Aber da war auch noch etwas anderes, das ihn selber in Erstaunen setzte. Als alle im Chor den Spruch der Weissagung murmelten, hatte er im Raum eine bisher nie geahnte Kraft verspürt. In der Schule war er zwar gut in Kunst und Deutsch, aber die meisten hielten ihn für einen Träumer, bestenfalls für einen mittelmäßigen Schüler. Hier dagegen galt er mit einem Schlag als der lang ersehnte Hoffnungsträger, von dem man wie selbstverständlich eine Heldentat erwartete. Und das machte ihn, obwohl es ihn peinlich berührte, gleichzeitig stolz.

Es erfüllte ihn mit einem Selbstwertgefühl, als wäre er ein echtes Superkind. Nicht durch Manipulation der Erbanlagen, sondern von Geburt aus, nur dass er es bisher vergessen hatte. Er fühlte sich wie der verzauberte Prinz im Märchen, der die Froschhaut endlich abstreift.

Mit diesen widerstreitenden Gefühlen rang er noch, als er mit Emma und Theo gedankenverloren Richtung Ausgang schlurfte. Emma sah ihn nicht an, vielleicht hatte sie ein schlechtes Gewissen. Als sie den Saal verlassen hatten, blieb sie vor der Flurtür zum Innenhof stehen. Durch die Flurfenster sah Danni im Hof den flachen Kuppelbau, den er schon bei der Jagd nach dem Schrumpfkopf gesehen hatte.

Emma deutete auf den Kuppelbau. »Was haltet ihr von einer Abwechslung?« fragte sie. »Ich zeige euch den Kuppelbau von innen.«

»Was gibt's denn da?« fragte Danni.

»Unseren Flugraum«, sagte Emma. »Dort üben wir das Fliegen.«

»Haha! Fliegen auf Hexenbesen?«

»Was gibt es da zu lachen? Es gibt verschiedene Techniken, je nachdem, ob du Fliegen als Sport, zur Fortbewegung, als Gehirntraining übst oder um die Kruste des Universums zu durchbrechen.« Emma öffnete die Tür zum Hof und führte sie Richtung Kuppelbau. »Hexenbesen sind in *Tammat-Hem* beliebt. Sie hatten ihre Blütezeit im Mittelalter. Wir bevorzugen den Dreizack. Die Zacken erzeugen weniger Luftwirbel und wirken in scharfen Kurven als Kiel. Kinder und Nostalgiker lieben auch das Steckenpferd. Und aus dem Orient stammt der fliegende Teppich für Reisende mit Gepäck. Mit dem Orient-Express kommst du nonstop vom Fudschijama via Mont Blanc bis zu den Smoky Mountains.«

Sie stieg die drei Stufen zum Kuppelbau hoch und öffnete die Tür. Kreuz und quer saßen Leute in Sportkleidung auf weißen Matten, manche in Karateanzügen, manche im Trainingsanzug, andere in Wolldecken vergraben. Einige trugen Turban. Mehrere Nischen unterbrachen die Außenwand. In einer Nische übten zwei Jungen auf einem Surfbrett akrobatische Kunstflüge.

In elegantem Schwung kam ein Hirtenteppich geflogen und legte sich vor Danni auf den Boden. »Siddharta«, flüsterte Emma, »lädt dich zu einem Rundflug ein. Setz dich und halt dich am Seil fest.« Sie deutete auf ein quer über den Teppich gespanntes Halteseil.

Danni zögerte.

»Keine Angst. Siddharta ist Jugendweltmeister im Teppichflug.«

Zögernd stellte Danni einen Fuß auf den Teppich.

»Setz dich«, flüsterte sie, »und halt dich fest.«

Kaum hatte er Platz genommen, hob der Teppich sanft vom Boden ab. Ein herrliches Gefühl. Plötzlich fühlte sich Danni wie in einer echten Zauberschule. Durch das Halteseil konnte er nicht abrutschen, selbst wenn ihm schwindlig würde. Ab einer gewissen Höhe hatte er Höhenangst. Zuhause getraute er sich nicht einmal in die oberen Zweige des Kirschbaums. Auf diesem Teppich mit Halteseil dagegen saß er weich und sicher.

Der Teppich schwebte behutsam bis unter die Decke. Emma und Theo winkten ihm zu. Er winkte zurück und ließ das Seil dabei los. In diesem Augenblick sackte der Teppich durch ein Luftloch. Danni konnte sich gerade noch am Seil festhalten. Sein Herz pochte wie wild.

Der Teppich sank tiefer und landete sanft in einer Nische mit offenem Fenster, durch das ein schlanker feuerroter Läufer huschte. Darauf saß der Junge mit dem Turban. Wie ein Rennfahrer bremste er in der Luft und zwinkerte Danni zu.

»Hallo, Drachenkämpfer! Ich bin Siddharta. Auf gute Zusammenarbeit!« Er hielt ihm die Handfläche senkrecht zum Abklatschen hin. Danni schlug ein. Der rote Läufer mit Siddharta kratzte eine Kurve und verschwand aus dem Fenster. Dannis Teppich folgte ihm ins Freie, wo sie nebeneinander auf dem Rasen landeten.

»Immer noch Angst vorm Fliegen?« fragte Siddharta.

»Ich? Wieso?« Danni war es peinlich, dass ihn Siddharta zwar als Drachenkämpfer begrüßte, aber gleichzeitig seine Angst bemerkte.

»Ist doch normal. Ging mir genauso. Anfangs klammert man sich krampfhaft ans Seil, bis man sich dran gewöhnt hat. Ist das Gefühl nicht herrlich?«

»Allerdings. Danke für den Rundflug.«

Siddharta winkte ab. »Du hast *Tammôtamma* im Traum gesehen. Auf diesen Augenblick warte ich schon lange. Endlich geht's rund. Jetzt kriegt der Wurm sein Fett ab!«

»Wurm? Das war ein Riesenvieh mit glühendgelben Augen. Aber eigentlich wollte ich meinen Traum nicht jedem auf die Nase binden.«

»He! Ich bin nicht jeder. Ich hab den Klangteppich gewebt, der dich durch den Äther trägt.«

»Klangteppich? Ist das kein echter Teppich?«

»Klar ist der echt. Aus echtem Ätherklang. Hast du schon mal überlegt, warum normale Teppiche nicht fliegen?«

»Weil sie schwerer sind als Luft.«

»Quatsch! Auch Vögel und Flugzeuge sind schwerer als Luft. Sie haben aber eines gemeinsam: ihre Spiegelsymmetrie.«

»Teppiche sind doch auch symmetrisch. Ein Rechteck kannst du sogar um zwei Mittelachsen klappen.«

»Bei einem Klangteppich ist nicht die Form wichtig, sondern der Klang. Im Ring des Wissens besteht alles aus Ätherstoff. Also brauchst du ein Palindrom, das du um die Spiegelachse klappen kannst.«

»Palindrom? Davon sprach Tom auch. Was ist damit?«

»Der Klang, den du sprichst, kehrt zum Anfang zurück. Rate mal, woraus meine Teppiche gewebt sind. Du brauchst Längs- und Querfäden: Kette und Schuss. Meine Klangteppiche bestehen aus deutscher Kette und englischem Schuss. Je eine Silbe aus dem Wort für Teppich.«

»Teppich ist doch das deutsche Wort.«

»Kluger Vogel. Und das englische?«

»Die sagen *carpet*.«

»Genau. Fällt dir nichts auf? Sprich die Wörter mal Silbe für Silbe.«

»Was soll mir da auffallen? *Tep-pich car-pet, Tep-pich car-pet*.« Danni wiederholte mehrmals Silbe für Silbe. »Ach so: Der Anfang von Tep-pich und das Ende von car-pet sind spiegelsymmetrisch.«

»Klapp!« rief Siddharta und hielt Danni die Hand zum Klatschen hin. »Wie heißt also ein Teppich aus deutscher Kette und englischem Schuss?«

Danni setzte die Spiegelhälften zusammen: »*Tep-pet*?«

»Ich sehe, der Traum vom Drachen hat den Richtigen erwischt.« Siddharta strahlte übers ganze Gesicht. »Hiermit schenke ich dir den *Teppet*, auf dem du sitzt, gewebt aus deutscher Kette und englischem Schuss. Ich schlage vor, wir weben einen riesigen Klangteppich und umzingeln den Wurm in seinem Felsenloch mit einer Armada. Mit Dolch und Dreizack, Armbrust und Muschelhorn, Molotow-Cocktails und Schweißbrenner. Das ist mein Angebot an den Seher des Traums.«

»Seher des Traums? Wie das klingt. Schlag dir das aus dem Kopf. Aber das Fliegen war super. Und vielen Dank für den *Teppet*.«

»Schon gut. Du bist noch frisch im Ring. Lass dir mein Angebot durch den Kopf gehen. Und merk dir: *Wenn du es leicht nimmst, ist es meist nicht so schwer!* Das bezieht sich auf Teppiche genauso wie auf den Kampf mit dem Drachen.«

Siddharta zog seinen Ohrring ab, klemmte ihn sich als Ring in die Nase, prustete ein feuchtfröhliches Motorradbrummen und brauste auf seinem feuerroten *Teppet* durchs offene Fenster in den Kuppelbau.

Danni sah ihm nach. Verrückter Typ! Nicht im Traum hätte er sich vorgestellt, was er auf der Suche nach Kit alles erleben würde. Was würde seine Mutter dazu sagen? Eigentlich wollte er nur seinen Onkel in Wavre besuchen. Wie ging es ihm jetzt? Wartete er noch auf ihn?

In diesem Augenblick kam Emma die Stufen zum Hof herunter. »Hab ich dich endlich gefunden. Auf geht's, zum *Mahâtma*! Privataudienz für den Seher des Traums.«

Emma führte Danni in einen kleinen Versammlungsraum im ersten Stock über dem *Attic*. Der Raum war in hellen Blautönen gehalten. Dicker, weißer Teppichboden schluckte die Geräusche. Tiefblaue Vorhänge umrahmten Fenster mit Blick auf den Teich. Auf einer blauen Samtcouch, zwischen duftenden Blumenbestecken voller Lilien, Rosen, Nelken und Grünpflanzen, saß der Mahâtma vor einem Bild der Sonne mit ihren Planeten. Ein leuchtender Globus stand neben ihm. Rechts vom Sofa saß Muma auf einem Sessel, links vom Sofa Adi. Als Emma mit Danni eintrat, nickte ihnen der Mahâtma zu und wies auf die Polsterstühle in der ersten Reihe. Dann schloss er die Augen, saß völlig still und begann nach einer Weile einen Vers zu rezitieren:

>>Ehtà Mathê, Matìk idàm.
Mathê émât é Matikît.
Mathèm, Matìkit Ámehtàm,
Matìk îkí tamêht.
Âm, mâha mâha Màthema.

ᔎᦢᣠᦡᣠ ᦧᦢᣠᦡᦢᦥ ᔿᦢᣠᦡᦥ ᔿᣠᦡᣠᦡᣠ ᦧᣠᦡᦥ ᦧᣠᦡᦥ │
ᦧᣠᦡᦥ ᦢᦥ ᔎᦧᦥᣠ ᔎ ᦧᣠᦡᦥᣠᦡᣠ ║
ᦧᣠᦡᦥᦢᣠᦥ ᦧᣠᦡᦥᣠᣠ ᔎᦧᦥ ᦧᦢᦡᦥᣠᦥ
ᦧᣠᦡᦥᣠᣠ ᔿᣠ ᦢᦧᦥᔎᣠᦡ ║
ᔎᦧ ᦧᦥ ᣠ ᦧᦥ ᣠ ᦧᣠᦡᦥ ᦢᦧ ║

Das ist Materie, Geist ist dies.
Materie entsteht aus Geist.
Materie, des Geistes Ahmung,
verdichtet der Geist in sich.
Om, groß, groß ist Mathema.<<

Er verweilte einen Augenblick in innerer Sammlung, dann öffnete er die Augen und wandte sich an Adi. >>Wir sollten unseren Ehrengast in den Schlachtplan einweihen.<< Er nickte Adi zu. >>Erkläre uns kurz Plan A und die Schritte, die bereits durchgeführt wurden.<<

Adi richtete sich stolz in seinem Sessel auf. In diesem Plan sollte Danni wohl eine wichtige Rolle spielen. >>Es fing damit an<<, begann Adi, >>dass sich Erta-Mâ bei Schammat über Schädlingsbefall beschwerte. Die als Hüter der Erde eingesetzte Art war zum Schädling mutiert. Daraufhin wurde auf der Sonnenkonferenz der Hüter des Planeten Mars beauftragt, Erta-Mâ von ihrem Schädling zu befreien.<<

Adi sah Danni mit einem schadenfrohen Blick an, als wäre Danni für den Schädlingsbefall verantwortlich und müsste die Suppe auslöffeln.

»Aber wie macht man das?« fuhr Adi fort. »Wie rottet man eine Spezies aus, ohne dass sie sich wehrt? *Homo sapiens* gilt ja, wie der Name sagt, als eine Spezies mit hoher Intelligenz. Erst nach seinem Abstieg zum *homo demens* wurde er zum Schädling.«

*Homo sapiens – homo demens*? Jetzt begriff Danni Adis schadenfrohen Blick. *Erta-Mâ* war wohl die Mutter Erde. Anscheinend war *homo sapiens*, der weise Mensch, ursprünglich als Hüter der Erde eingesetzt. Aber wer war *Schammať*? Bei wem hatte sich die Erde beschwert? Und jetzt galt der Mensch als Schädling. Auch das war nachvollziehbar. Laut Adi war es also für das Leben auf der Erde unerlässlich, die Menschheit auszurotten. Hieß das, dass sie alle sterben sollten? Seine Schulfreunde in Hügliswil, sein Freund Christian im Odenwald, seine Großeltern und Urs? Eine Erde ohne Menschheit! Unvorstellbar!

Sollte er etwa an der Ausrottung der Menschheit mitwirken? Seine eigene Spezies verraten? Wie konnte man so etwas von ihm verlangen? Wie war er nur in diese Sache reingerutscht? Und wie kam er heil wieder heraus? Was hatte sich Onkel Jeronimus nur dabei gedacht, ihn in solche Machenschaften zu verwickeln?

»Also wurde ein genialer Plan entworfen«, fuhr Adi fort, »wie sich die Menschheit unwissentlich in kleinen Schritten selbst ausrottet. Und zwar aufgrund der Hab- und Machtgier dieses Schädlings: Der Einzelne verliert das Wohl des Ganzen aus den Augen. Ist die Logik soweit klar? Gibt es dazu irgendwelche Fragen?«

Adi schenkte Danni ein mit feinem Spott unterlegtes Lächeln und machte eine Kunstpause, als wollte er Danni Gelegenheit geben, alles in Ruhe zu überdenken.

»Nun die Schritte für Plan A im Einzelnen: Im 19. Jahrhundert wurde die Farm A gegründet, in der die altbewährten Heilpflanzen ›naturverbessert‹ wurden: Der Wirkstoff wurde chemisch aus dem Rest der Pflanze losgelöst, sodass er gleichzeitig schädliche Nebenwirkungen erzielte, die in der Heilpflanze als Ganzes nicht aufgetreten waren. Dadurch wurde beim Heilen einer Krankheit gleich die Saat für neue Krankheiten gelegt, so dass Kranke immer kränker wurden und weitere Farm-A-Produkte brauchten. Ist das soweit klar? Gibt es dazu irgendwelche Fragen?«

Wieder streifte Adi Danni mit einem siegesgewissen Lächeln. »Wie schwächt man aber Menschen, die keine Farm-A-Produkte brauchen?

Nun: Auch gesunde Menschen müssen essen, trinken, atmen. Also wurde Nahrung und Trinkwasser ›naturverbessert‹ und schließlich auch die Luft. Denn ohne Atmen überlebt kein Mensch. Ist soweit alles klar? Gibt es dazu irgendwelche Fragen?«

Adi sah Danni jetzt direkt in die Augen. Aber Danni war zu verdutzt und brachte kein Wort heraus.

»Eine Ergänzung sei mir noch gestattet«, sagte Adi. »Die Strategie für Naturvölker, die sich nicht naturverbessern lassen. Ihnen spendet man Impfstoffe aus der Farm-A-Produktion.«

Danni wurde immer aufgeregter. Genau das waren die Machenschaften, die sein Freund Christian seit Jahren für die Agentur Background aufdeckte. Beim Baden am Erlensee hatte er oft darüber gesprochen.

»Nur der letzte Schlag«, erklärte Adi, »wird nicht vom Menschen durchgeführt. Die Elite, die aus Selbstsucht die Bevölkerung dezimiert, will sich natürlich nicht selbst vernichten. Ihr schwebt vielmehr eine Neue Weltordnung vor, in der sie von Arbeitstieren und Sklaven bedient wird. Sie vergisst dabei allerdings die Kraft, die das Leben auf Erden erst ermöglicht: *Schammat*, bei dem sich *Erta-Mâ* beschwert hat.«

Schon wieder *Schammat*. Das musste ein mächtiges Wesen sein.

»Was ist denn mit dem letzten Schlag gemeint?« platzte es aus Danni heraus.

Dies waren seine ersten Worte, und er bereute sie sofort, denn sowohl Muma als auch der Mahâtma sahen ihn an. Allerdings mit einem anderen Blick als Adi. Sie schienen sich zu freuen, dass er einhakte und den letzten Schlag erfahren wollte.

Aber eine Antwort bekam er nicht. Stattdessen sagte Muma: »Siddharta hat angeboten, beim Kampf gegen *Tammôtamma* zu helfen und einen Luftangriff auf die Drachenhöhle zu starten.«

Der Mahâtma lachte hell auf und wandte sich an Adi. »Wo ist Siddharta? Er sollte da sein, wenn wir Dannis Rolle im Schlachtplan besprechen.«

Adi schloss für einen Moment die Augen und saß still. Dann verzog er den Mund, runzelte die Stirn und verließ mürrisch den Raum.

»So. Das war Adis Lieblingsthema: Plan A zur Ausrottung der Menschheit. Niemand kann das besser erklären als er.« Der Mahâtma wandte sich Danni zu und sah ihm direkt in die Augen. »Wie gefällt dir dieser Plan A?«

Danni schoss das Blut in den Kopf. Schweiß trat ihm auf die Stirn. »Ich ... ähm ... kann nicht verstehen, warum ausgerechnet ich mithelfen soll, die Menschheit auszurotten. Das ist doch Wahnsinn.«

Der Mahâtma nickte: »Ganz genau.« Damit hatte Danni nicht gerechnet. »Ist dir an Adis Vortrag etwas aufgefallen?«

»Ja natürlich. Alle diese Schritte laufen längst. Aber keiner ahnt etwas vom Endziel. Jeder sieht nur seinen eigenen Vorteil.«

»Ganz genau. Und welchen Schritt hat Adi vollkommen verschwiegen? Plan A wird doch von *Tammat-Hem* vorangetrieben.«

»Dort hat *Timmit* doch den Tammathemer Ring eröffnet.«

»Genau. Und was fällt dir noch zu *Tammat-Hem* ein? Warum bist du im Ring?«

»Ach so! Die naturverbesserten Superkids.«

»Genau. Hat Adi das auch nur mit einem Wort erwähnt?«

»Nicht dass ich wüsste.«

»Warum wohl hat er das verschwiegen?«

»Keine Ahnung.«

»Adi ist unser Verbindungsmann für *Tammat-Hem*. Er weiß mit Sicherheit, wie Superkids die Erbstruktur verfremdet. Aber er verlor darüber kein Wort. Solange wir nicht wissen, wie sie Kit verändert haben, können wir ihn auch nicht heilen. Fest steht nur: Die Tammathemer sind glühende Verehrer von *Tammôtamma*.«

Der Mahâtma richtete sich auf. Seine Stimme wurde schneidend und bedrohlich. »Die *Tammathemer* wollen, dass *Tammôtamma* die Welt beherrscht. Das darf auf keinen Fall geschehen. Deswegen treiben wir Plan B voran: die Bewusstwerdung der Menschheit. Wer seine Erbanlagen voll entfaltet und wieder im Einklang mit der Natur lebt, der braucht nicht als Schädling bekämpft zu werden.«

Danni atmete auf. Es gab also doch eine bessere Lösung. Das beklemmende Gefühl in seiner Brust löste sich auf. Eine ungewohnte Ruhe und Erleichterung durchströmte ihn. In der Nähe des Mahâtma war die Zeit vergessen. Der Raum war voller goldener Glitzer. Er fühlte sich, als säße er in einer Butterglocke.

Dannis Anblick schien den Mahâtma an etwas zu erinnern. Er sah Muma an und fragte: »Wo ist Franz?«

»Auf Erkundungsfahrt«, erklärte Muma. »Er geht der Frage nach, warum in *Tammat-Hem* die Grünschädel gezüchtet werden.«

»Was hat er herausgefunden?«

»Anscheinend wurden die ersten Grünschädel bereits in Deutschland gesehen. Auf einer Computermesse in Hannover zeigte sich der deutsche Kanzler öffentlich mit einem Grünschädel. Das Bild ging durch die ganze deutsche Presse.«

»Wie reagierte die Bevölkerung?«

»Man hielt den Grünschädel für einen Werbegag.«

Der Mahâtma schüttelte den Kopf.»Das kann kein echter Grünschädel gewesen sein. Nie hätte sich der Kanzler öffentlich mit ihm gezeigt. Was sonst?«

»In Amerika blättern kinderlose Eltern horrende Summen für sogenannte *Superkinder* auf den Tisch. Superkids behauptet, der natürlich gezeugte Mensch sei unterentwickelt, und sie würden den Übermenschen züchten. Wie solche Designerbabys allerdings nach zwanzig Jahren aussehen, kann keiner voraussehen.«

Der Mahâtma wiegte den Kopf.»Bis sie merken, was sie sich da eingebrockt haben, ist es zu spät. Das ist *Tammôtammas* Werk. Wie können wir ihn stoppen?«

»*... und er wird ihn schlagen*«, zitierte Ma, »*mit einem Fechtzeug, das schwerer zu führen ist als das Schwert.*«

Der Mahâtma nickte.»Ja, das Schwert ist leicht zu führen: Ein paar Rebellen anheuern, Rassenhass und soziale Unruhe schüren, Menschen aus der Heimat als Flüchtling in die Fremde treiben, und dann als angeblicher Retter mit Bomben und Friedenstruppen ein Land nach dem anderen besetzen. Doch früher oder später werden die Schergen *Tammôtammas* ihren Lohn empfangen. Gottes Mühlen mahlen langsam, aber sicher: *Wer anderen schadet, schadet sich selbst.*«

Wild funkelten seine Augen, dass Danni ihm nicht im Dunkeln hätte begegnen wollen.»Immer mehr Menschen durchschauen *Tammôtammas* Spiel. Er nährt sich von Angst und Schrecken, von Schmerz und Hass. Während sein Zwilling dahinschmachtet, wird er fett und rund.« Er wandte sich an Danni:»Du warst mit Tom im Studio von Superkids. Was hast du dort erlebt?«

Danni schilderte Toms mathemagische Spielchen mit den Silben Sau-ri-er und Da-ni-el. Der *Mahâtma* lauschte aufmerksam. Schließlich meinte er:»Du bist Kits einziger Verwandter im Ring und hast somit das Sorgerecht. Du kannst ihn vom Tammathemer Bann befreien.«

»Aber wie?«

»Die Antwort darauf musst du selber finden. Bist du heute schon im *Attic* eingetaucht?«

»Ja eben«, entfuhr es Emma, »Er stieß sogar auf Grundeis und hat eine Botschaft aus Eisblumen gesehen.«

»Welche Botschaft?« fragte der Mahâtma.

Danni beschrieb die Zeichen der Mundschrift, die er gesehen hatte.

$$\mathcal{S}\daleth\mathcal{S} - \mathcal{S}\daleth-\daleth\mathcal{S}\ \daleth\dot{\daleth}\daleth$$

Schnell war klar, dass das letzte Wort »Kit« hieß.

»Ausgezeichnet«, meinte der Mahâtma. »Du hast die Antwort schon gefunden. Und die Wörter davor? Waren die mit kurzem oder langem I?«

Danni zuckte die Achseln. »Ich habe nur das I erkannt: ìki – ìk-ki oder îkí – îk-kí.«

Der Mahâtma nickte. »Mit langem Î ergibt die Botschaft Sinn: Im Selbst ist der *Îk-Key*, der Schlüssel zum Selbst. Auf deiner Reise durch das Reich des Geistes werden dir Schwellhüter begegnen, die dir den Weg versperren wollen. Falls du den Schlüsselbewahrer triffst, bitte ihn um den *Îk-Key*, den Schlüssel zum Selbst. Damit kannst du Kit aus dem Tammathemer Bann erlösen.«

Die Tür zum Flur ging auf, und Adi trat mit Siddharta ein.

»Juhu!« platzte Siddharta mitten ins Gespräch, »Wir brauchen ein *Flechtzeug*, das schwerer zu führen ist als das Schwert. Ich webe einen Klangteppich, mit dem wir ganze Heerscharen befördern können. In Null-Komma-Nichts haben wir das Schlitzohr in der Mangel.«

Der Mahâtma strahlte ihn an. »Wie wär's mit einen Klangteppich für sechs Milliarden?«

Siddharta erstarrte. »So viele passen doch gar nicht in die Höhle?«

»Nicht in die *Duma*. Aber *Tammôtamma* hat sich in viele Höhlen eingenistet: in die Köpfe der Menschen. Dort müssen wir ihn bekämpfen.«

Siddhartas Miene hellte sich auf. »Das heißt, wir schießen mit der Schrotflinte in alle Richtungen? Wie viele sollen auf einen Teppich?«

»Alle. Aber nicht gleichzeitig, sondern in Schüben.«

»Und wie viele pro Schub?«

»Sagen wir: hunderttausend.«

»Ein Klangteppich für hunderttausend? Wie viel Tragfläche bräuchten wir da? Wenn ich mir überlege, wie viele Passagiere in eine Boeing passen. Ist jemand gut im Rechnen?«

»Rechnen?« Adi, der auf dem Sessel Platz genommen hatte, hob den Kopf. Er hatte mit herabgezogenen Mundwinkeln dagesessen, als unterhalte sich der Mahâtma mit einem Kind. »Worum geht's?«

»Wir überlegen gerade«, erklärte der Mahâtma, »wie groß ein Klangteppich für hunderttausend Menschen sein müsste.«

»Ach so!« Adi winkte lässig ab. »Etwas größer als das Olympiastadion in München. Beim Stones-Konzert waren dort 80 000.«

»Das krieg ich hin.« Siddharta setzte sich auf den Teppich neben Danni und verschränkte seine Beine zum Lotussitz. »Wann brauchen wir das Ding?«

»Sobald Danni seine Aufgabe im Reich des Geistes erfüllt hat.«

»Wann wird das sein?«

»Was meinst du, Danni?« Der Mahâtma blickte Danni in die Augen. Er saß nur eine Armlänge entfernt. Danni sah in diese dunklen, braunen Augen. Keine Gardinen hingen vor diesem Blick, kein Gerümpel stand dahinter. Er fiel in eine Schlucht, auf deren Grund ein stiller, dunkelblauer See lag. Er wusste nicht, wie lange er in diesem See versank.

»Was meinst du, Danni?« wiederholte der Mahâtma. »Bist du gerüstet für die Fahrt nach innen?«

»Ich glaube, ja.«

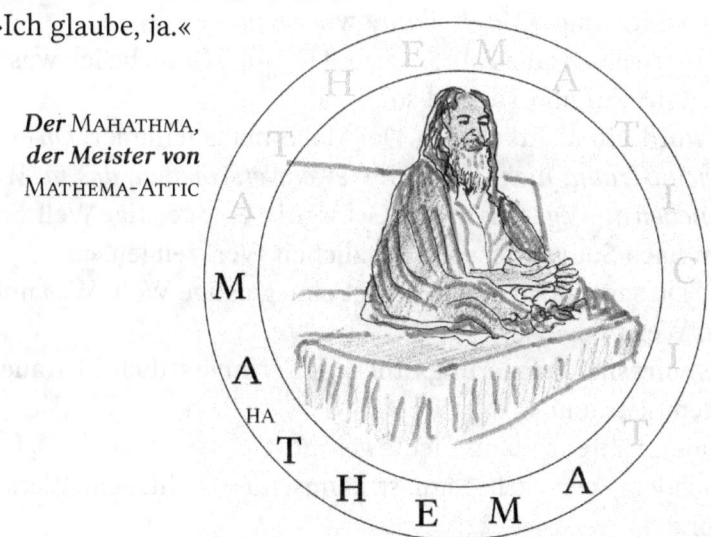

*Der* MAHATHMA,
*der Meister von*
MATHEMA-ATTIC

## 14. Das Souvenir des Haarspalters

Emma und Danni gingen am Seerosenteich mit der wassergießenden Marmormuse vorbei und steuerten auf den Waldrand zu. Emma trug ein buntes Sommerkleid und einen breitkrempigen hellblauen Strohhut.

»Dieser Franz, von dem vorhin geredet wurde«, meinte Danni, »seit wann ist der bei euch?«

»Seit kurzem. Er kennt deinen Onkel und forscht nach den Hintergründen, warum ...«

»Hintergründe? Hm – wie sieht er aus?«

»Ziemlich lange Nase, runde Nickelbrille, Schiebermütze, und immer mit einer kalten Tabakspfeife im Mund.«

»Kalte Pfeife? Oje. Spielt er gerne Schach?«

»Mit Siddharta hat er öfter gespielt. Wir treffen ihn sicher bei *Mehta* im Norden. Er kreuzt überall auf. – Hier lang! Zum Drachenmaul, dort beginnt die Höhlenbahn.«

Sie passierten einen geschnitzten Wegweiser, der mit ausgestrecktem Finger Richtung »*Maul Tikîta*« wies.

»Wie lange dauert die Fahrt?« fragte Danni. »Brauche ich was zum Übernachten? Zahnbürste und so?«

»Das würde dir nichts nützen. Der Mahâtma sagt immer: *Du kannst den Tiger im Traum nicht mit dem Gewehr erschießen, das im Wachzustand neben dir liegt.* Das Innere Gebirge ist eine geistige Welt. Schau vor allem nach Souvenirs, nach nützlichen Werkzeugen.«

»Wie? Du sagst doch gerade, es ist eine geistige Welt. Was nutzen mir dann Werkzeuge?«

»Souvenirs sind Erinnerungsstücke. Du erinnerst dich doch auch an deinen Tempeltraum.«

»Ja leider. Hätte ich bloß nichts gesagt.«

»Je nachdem, wem du begegnest, kannst du verschiedene Werkzeuge gewinnen.«

»Wem soll ich denn begegnen?«

»Den Schwellhütern. Hier ist das Drachenmaul, der Eingang.«

Sie standen am Fuß eines wuchtigen Berges. In Stein gehauene Stufen führten abwärts in eine Höhle, vor der eine lärmende Traube Touristen stand. Auf den Stufen plusterten sich weiße Pfauen und schrien beim Blitzen der Kameras. Ein fahrender Kiosk bot Ansichtskarten vom »MaulTikîta«, Eiscreme, Getränke, Zigarren. Danni zuckte zusammen: Vor dem Kiosk standen zwei Grünschädel in voller Montur.

Emma wurde blass. »Irgendwas stimmt hier nicht.« Sie zog Danni außer Sichtweite des Kiosk. »Das letzte Mal war alles still und einsam. Was machen wir jetzt?« Sie strich sich eine Haarsträne aus der Stirn. »Ich schleiche mal nach vorne und schaue, was da los ist. Warte hier.« Sie schlängelte sich an der Wartetraube vorbei und verschwand im Höhleneingang. Nach einer Weile kam sie kreidebleich zurück.

»Ist dir nicht gut?« fragte Danni. Emma sah ihn abwesend an. Danni ergriff ihre Hand. »Was hast du?«

»Lass uns verschwinden!« Sie zog Danni unter die Bäume am Waldrand, wo keine Touristen mehr in Sicht waren. Dort blieb sie stehen und holte tief Luft. »Im Eingang steht dein heißgeliebtes Brombeergesicht als Fremdenführer. Er hat gerade erklärt, zur Gruppenfahrt durch das Innere Gebirge werde noch ein Nachzügler erwartet. Unser Ehrengast, meinte er, muss jeden Augenblick eintreffen.«

»Ehrengast? Der meint doch hoffentlich nicht mich?«

Emma blies ihre Wangen auf wie Kaugummibläschen und ließ sie mit leisem »B« platzen. »Er muss erfahren haben, dass du zur Höhlenbahn willst. Ich wette, er kennt sogar deine Aufgabe.«

»Die kennt doch nur, wer vorhin bei der Besprechung dabei war.«

»Eben! Wer hat uns bespitzelt? Siddharta quasselt wie ein Wasserfall. Der ist leicht auszuquetschen.«

»Du meinst, er hält noch weniger dicht als diese Quasseltante …«

»Das ist was anderes. Hier geht's um Vertrauliches.«

»Am Kiosk stehen zwei Grünschädel. Wie kommen die über die Grenze?«

»Durchs Lehmmaul natürlich. Dein Tom muss mit dem Lächeln unter einer Decke stecken. Die Frage ist nur: Wie kommst du jetzt unbemerkt in die Höhlenbahn?«

»Wenn es zu schwierig wird, lassen wir's eben.«

Diese Fahrt schien unter keinem guten Stern zu stehen. Schwierigkeiten gleich zu Anfang. Und auf Schwellhüter sollte er treffen. Waren das nicht *Hemmas*, bei denen jedes falsche Wort den Tod bedeuten konnte? Eigentlich war er noch nicht lebensmüde. Er wollte noch ein paar Jahrzehnte leben.

»Kommt nicht in Frage.« Emma kaute auf der Unterlippe und dachte nach. Dann zog sie Danni hinter die Büsche in unwirtliches Gelände. »Komm! Ich hab ne Idee.«

Sie sprangen über bemooste Steine, stolperten über Wurzeln, kletterten über umgefallene Baumstämme und standen schließlich vor einer Felsspalte, breit genug, dass sich eine schlanke Person seitlich hindurchzwängen konnte.

»Hier war ich mal drin«, sagte Emma. »Am Ende der vorderen Höhle geht es bergab und wird immer steiler. Vielleicht geht es bis zur Höhlenbahn durch.«

»Und wenn nicht?«

»Dann kommst du zurück, kletterst den Hügel runter und folgst den Pfauenschreien. Ich gehe ins Drachenmaul und sehe, was das Brombeergesicht macht, wenn du nicht kommst. Sie können ja nicht ewig dort rumstehen und auf dich warten. Gute Fahrt! Wir sehen uns im Norden.«

»Können wir nicht zusammen fahren?« Obwohl ihn Emmas altkluge Art ziemlich nervte, wollte er sich gerade jetzt ungern von ihr trennen.

»Geht leider nicht. Wie im Tauchraum sitzt jeder in seinem eigenen Fahrzeug . Wir würden uns nur verlieren.«

»Verlieren? Hat die Bahn verschiedene Gleise?«

»O ja! Ein reich verzweigtes Schienennetz mit vielen Stationen.«

»Und woher weiß ich, wo's lang geht?«

»Stell deinen Wagen einfach auf *Automatik*.« Emma zog ihren Ohrring ab und zeigte auf die Lücke zum Anstecken: »Diese Lücke hier entspricht der Schlucht im Osten. Sie ist das Wichtigste im ganzen Ring. Ohne Lücke hält kein Ring am Ohr.«

»Klar! Deswegen hat er ja bei dir so gut gehalten.« Beide mussten lachen.

»Gib mal dein Ohr her!« Danni spürte ein Zwicken und fühlte, wie der große, dünne Ring an seinem Ohr hing.

»Damit kannst du mich anfunken«, sagte Emma, »sobald du über die Lücke kommst, bist du online. Denke an die Lücke und denke meinen Namen. Wenn du im Kopf meine Stimme hörst, können wir reden. Moment, was raschelt denn da?«

Emma sah sich um und lauschte. Aber alles blieb still. »War wohl nur eine Feldmaus. Also tschüss. Wir treffen uns bei *Mehta* im Norden. Lass dich von den *Hemmas* nicht ins Boxhorn jagen! Falls du auf eine leere Lore stößt, einfach einsteigen, Passwort denken und los geht's. Du weißt ja jetzt, wie's geht. Tschüss!«

Ihre Schritte raschelten durchs Laub, dann war nur noch sanftes Waldesrauschen zu hören.

Ein Laubblatt fiel. Danni setzte sich auf einen Stein und sah sich noch einmal um, bevor ihn das Dunkel verschlingen würde. Warum war alles so widersprüchlich? Seine Zahnbürste nutzte ihm nichts im Reich des Geistes, aber den Ohrring hatte ihm Emma angesteckt. Nicht einmal eine Taschenlampe hatte er mit.

Als er aufstand, raschelte es in den Büschen. Schnell verschwand er hinter einem Baumstamm und lugte in Richtung Gebüsch. Im Gegenlicht stand die Silhouette einer baumlangen Figur, die jetzt mit gestelztem Gang auf die Felsspalte zuging. Weißer Samtmantel mit hohem Stehkragen, darüber ein tief in die Stirn gezogener Spitzhut. Am Eingang der Felsspalte blieb die Gestalt stehen, schaute hinein und hauchte heiser: »Danni!«

Danni hielt den Atem an. Wer war das? Was wollte er von ihm? Woher wusste er, wo er war? Unschlüssig sah sich der Verfolger um, nahm schließlich den Hut vom Kopf und wischte sich über die breite Stirn. Jetzt erkannte ihn Danni: Adi, der das *Matickitam* vorgeführt und später Plan-A erklärt hatte. Danni trat hinter dem Baumstamm hervor. »Adi! Wo kommst du denn her?«

»Emma sagte mir, wo ich dich finden kann«, schnarrte er. »Gut, dass ich dich noch erwische. Der Mahâtma meint, du sollst versuchen, den *Key-Ring* zu ergattern. Er wird für den Schlachtplan gebraucht.«

»Was ist denn der *Key-Ring*? Und wo finde ich ihn?«

»Der Ring mit den acht Schlüsseln. Falls du den nicht bekommst, lass dir wenigsten den *Ick-Key* geben. Vom Schlüsselbewahrer am *Ick-Eck*. Mindestens den *Ick-Key*. Verstanden?« Adi lächelte breit, drehte sich um und verschwand im Gebüsch.

Danni überlegte, an wen ihn Adis Plattfußgang erinnerte. Bei irgendjemandem hatte er diesen Gang schon mal gesehen.

Er trat an die Felsspalte, atmete tief aus und zwängte sich durch den Spalt ins schummrige Halbdunkel. In der Höhle roch es kühl und modrig. Er knöpfte sich die Jacke zu und wartete, bis sich seine Augen an die Dunkelheit gewöhnt hatten. Er stand in einer abschüssigen Höhle, deren Ende im Dunkel verschwand. Seine Füße tasteten über Erde, Felsen, Geröll, stießen eine leere Dose an, die scheppernd abwärts rollte und dann liegenblieb. Dort ging es also bergab. Leere Bierflaschen lagen neben Kippen, zerknüllten Zigarettenschachteln und Bonbonpapier.

Am Ende der Höhle ein dunkler Spalt, gerade groß genug, um sich hindurchzuzwängen. Er sah zurück zum Höhleneingang. Dort war nur noch ein fahler heller Schein.

Wieder blieb er stehen, bis seine Augen besser sehen konnten. Hier lagen keine Dosen mehr, keine Kippen, keine Abfälle. Kein Touristenfuß hatte diese Stille je entweiht. Seine Hände glitten über glatt gespülten Fels. Weiter unten eine neue Öffnung, durch die er nur auf allen Vieren kriechen konnte. Wieder sah er zurück. Der fahle Schein des Höhleneingangs war verschwunden, nur ein matter Schimmer ließ den Ausgang ahnen.

Danni setzte sich. Im Dunkel ragten Säulen aus dem Boden und hingen von der Decke, Säulen, die in der Mitte verschmolzen und ein Kuppelgewölbe stützten, eine natürlich gewachsene Kathedrale. Die uralte Steinsäulen erschienen ihm lebendig wie ein versteinerter Männerchor, der ihn mit leisem Summen begrüßte. Die dicken Stümpfe in dumpfen Bässen, die dünnen Dochte in Tenor und Alt.

Danni schloss die Augen. Niemand hörte, niemand störte ihn. Niemand drohte, niemand gab ihm Trost. Nur die Steinsäulen schienen mit tönernen Stimmen zu fragen: Was tust du hier? Woher kommst du? Sei still und lausche unserem Choral.

Es war warm im Bauch der Erde. Kein Luftzug von außen. Bilder traten ihm vor Augen. Die gefalteten Hände seiner Mutter. Ihr Gesicht mit spitzer Nase hinterm Waldrand ... Nein! Weg, ihr grässlichen Schatten! Weg! Die Gedanken sprudelten weiter und schwirrten wie Mücken durch seinen Kopf. Und unaufhaltsam rannen die Sekunden seines Lebens durch die Sanduhr. Für immer verloren im Strudel der Zeit ...

Alles um ihn her war starr und unbewegt. Und doch fühlte er sich wie im Maul des Berges. Ein versteinertes Drachenmaul, das für einen einzigen Biss Jahrmillionen brauchte. Die Ehrfurcht vor dem Ewigen ergriff ihn. Er versank in Stille ... und vergaß alles um sich herum.

Der Chorgesang der Steine weckte ihn. Ein leises, angenehmes Summen schien in der Luft zu liegen, das ihn einhüllte in zeitlose Stille, aufnahm in den Kreis der Ewigen. Gegen diese uralten Gesellen, die hier seit vielen Jahrtausenden in völliger Stille und Ungestörtheit beisammenstanden, war er eine unbedeutende Eintagsfliege, die höchstens 100 Jahre auf der Erde lebte und in dieser Zeit die dunkle Macht entlarven sollte, *Tammôtamma*, den Dunkeldrachen, der vom Nebel getarnt an den Fäden zog. Ja, er war zwar nur ein winzigkleines Zahnrad im großen Uhrwerk der Zeit, aber er wollte seine Aufgabe erfüllen, bevor das Leben dieser Eintagsfliege erlosch.

Langsam fand er ins Dunkel der Höhle zurück, mit dem fahlen Schimmer fernen Tageslichts. Er stand auf und tastete sich weiter vor. Das Gewölbe wurde niedriger, senkte sich zu einem Schlauch, der abwärts führte und auf dessen Boden Stufen eingehauen waren.

Stufen! Von Menschenhand geschlagene Stufen! Eine Steintreppe wand sich steil nach unten, vorbei an einer Sandsteinwand, die durch irgendeinen Spalt beleuchtet wurde. Von hinter der Wand erklang eine Stimme. Dort musste das Drachenmaul sein, der Eingang zur Höhlenbahn, in dem Tom mit den Touristen auf ihn wartete. Nach einer Windung stand Danni auf einem Treppenabsatz, der ein ausgetrocknetes Bachbett mit Geröll überbrückte. Am Ende der Treppe sah er Schienen liegen.

Jetzt erkannte er auch Toms schnarrende Stimme: »In tausend Jahren wachsen diese Säulen um jeweils einen Millimeter. Das Wasser tropft durch das poröse Gestein und lässt Säulen von der Decke nach unten und vom Boden nach oben wachsen. Irgendwann treffen die Stalaktiten auf die Stalagmiten und verschmelzen zu einer Säule. Diese Säule hier hat ihre jetzige Form in rund drei Millionen Jahren erreicht. Gibt es dazu irgendwelche Fragen?«

Diesen Satz hatte Danni doch erst kürzlich von Adi gehört. Aber es war eindeutig Toms Stimme. Jetzt fiel ihm auch auf, an wen ihn Adis Plattfußgang erinnerte: an Tom. Konnte es ein, dass die beiden verwandt waren? Vielleicht Vater und Sohn?

An einer hellen Stelle blitzte ein Spalt in der Wand. Danni lugte hindurch und erblickte eine farbig beleuchtete Höhle mit Brücke, Geländer und einem wassergefüllten Krater. Am Rand der Touristentraube entdeckte er Emma mit tief in die Stirn gezogenem Strohhut. Am entfernten Ende der Höhle stand Tom im grünen Scheinwerferlicht, das mit Stempelfarbe gescheckte Gesicht ihm zugewandt.

»Und damit kommen wir zur Krönung unserer Besichtigung des Drachenmauls: zur Tunnelfahrt durch den Ostsektor. Ich werde mich gleich an die Schienen stellen, jeder gibt mir sein *Tickit* und bekommt das Passwort für seinen Wagen. Damit sich keiner in diesem verzweigten Tunnelsystem verirrt, spielen wir Omnibus ...«

Danni hatte genug gehört. Er wollte auf jeden Fall vor den anderen seine Fahrt beginnen. Auf leisen Turnschuhen eilte er die letzten Stufen hinab und folgte dem Schienenstrang bis zum Eingang des Tunnels, der von bunten Lichtern eingerahmt war. Gleich würde Tom mit den Touristen hier erscheinen. Im Schein der Lichterkette las er den in Fels gemeißelten Schriftzug MATICITAM.

Auf den Schienen standen Rennwagen. Danni ließ sich ins Lederpolster des ersten Wagens sinken und drehte am Lenkrad. Am Armaturenbrett blinkte eine Tastatur auf. Im Fenster darüber erschien in grüner Leuchtschrift: » *Vat ti Key?*« Und darunter:

1 *Ma Athemâtik*

2 *Màti*

3 *Ickikki*

4 *Tikîta*

Danni erinnerte sich an Emmas Rat, die Fahrt auf Automatik zu stellen. Das konnte nur die erste Taste sein. Er drückte Taste 1 und sagte: »*Ma Athemâtik*«. Das Tunnelloch wurde beleuchtet, und Danni erkannte eine dunkelrote, senkrecht aus dem Boden ragende Drachenzunge aus Metall, die jetzt nach vorne kippte und den Weg freigab. Der Wagen begann zu rollen und verschwand im Drachenschlund.

Absolute Schwärze. Ein Lufthauch, dann kam der Wagen in Fahrt. Danni riss die Augen auf, konnte aber nichts sehen. Der Fahrtwind und das Ruckeln wurden stärker. Der Wagen legte sich in Kurven, rechts herum, links herum. Jetzt ein lautes, hohles Grollen. Ging es über einen Tunnel, eine Höhle? Plötzlich kalte Luft, das Schienenrollen hörte auf, im Magen ein Fahrstuhlgefühl: Er hatte keine Schienen unter sich ...

Was geschah hier? Fiel er ins Schwarze? War das Gleis durch ein Erdbeben zerstört? Hatte sich ein Spalt im Berg gebildet? Prallte sein Wagen gegen eine Wand?

Mit leisem Ruck setzte das Schienenrollen wieder ein, wurde voller, bekam Echohall. Hatte sich der Stollen erweitert? Plötzlich roch es nach Metall. In der Ferne erschien ein Lichtpunkt. War das der Ausgang? Als das Licht näher kam, konnte er zwei Lichter unterscheiden: Wegleuchten, bläulichweiße Laternen, die den Schienenstrang zu beiden Seiten säumten. Kaum war er hindurchgerollt, erschien in der Ferne ein neues Licht. Wieder teilte es sich, Lampen huschten links und rechts vorbei, und ein neues Licht erschien in der Ferne. So ging es eine ganze Weile.

Eigentlich hatte er sich die Höhlenfahrt aufregender vorgestellt. Er sah weder Fels noch Erz, weder Goldadern noch giftige Dämpfe, nichts als bläulichweiße Lampen links und rechts. Jede Fahrt durch eine Geisterbahn war spannender.

Sein Wagen wurde schneller, donnerte abwärts wie auf einer Achterbahn, stieg wieder auf und wurde langsamer. Plötzlich ein schrilles Kratzen, ruckartiges Bremsen, bis der Wagen zum Stillstand kam. Eine blauweiße Laterne schwenkte auf ihn zu, und eine kratzige Fistelstimme rief: »Hoch die Hände!«

Danni hob die Hände. Die Laterne schwenkte auf Dannis Augenhöhe, darunter blitzte eine Messerklinge, neben der ein Quadratschädel mit randloser Brille erschien. Zwei Nagezähne mit breiter Zahnlücke ragten aus dem Mund. Zusammengekniffene Augen stierten ihn an. »Ha! Ein Neuling!«

Der Wächter, der fast nur aus Kopf bestand, hielt den Quadratschädel schief und murmelte. »Was ist der Unterschied zwischen einem Licht?«

Danni wusste nicht, ob die Frage an ihn gerichtet war und tat das Klügste, was ihm einfiel: nichts.

Der Wächter stampfte auf: »Der Unterschied zwischen einem Licht!« Seine Stimme wurde fordernder, das Messer blitzte, stechende Augen durchbohrten Danni.

»Ähm ... Ich verstehe die Frage nicht«, stotterte Danni mit dünner Stimme und ließ seine Arme langsam sinken.

»Was versteht er an der Frage nicht?«

»Den Sinn.«

»Was hätte die Frage für einen Sinn, wenn der Sinn schon in der Frage läge? Wofür wäre dann die Antwort gut?«

»Aber eine Frage ohne Sinn ... Was soll ich darauf antworten?«

»Fragen stellen wir. Drei hat er frei, das war die erste. Die bleibt ohne Antwort, weil absurd. Was ist der Unterschied zwischen einem Licht?«

Drei Fragen, und die erste schon verschenkt? ... Danni überlegte: Welche Antwort gab es auf die Frage nach dem Unterschied ... zwischen ein und demselben Ding?

»Katastrophal!« zischte es durch die Zahnlücke. »Was für Schwammköpfe heutzutage zu mir finden!« Stirnrunzelnd musterte ihn der Quadratschädel, dann schwenkte er die Klinge wie einen Zeigefinger. »Wer hat ihm das Fechten beigebracht?«

»Das Fechten ...?« Danni hatte die Stimme schon zur Frage erhoben, führte den Satz aber schnell als Aussage weiter, ».... hat mir niemand beigebracht.«

»Und das Spalten, Schneiden, Messen, Teilen, Trennen?«

»Niemand.«

»Katastrophal!« Der Quadratschädel verzog den Mund, als hätte man ihm Erdbeereis versalzen. Er steckte das Messer, das so groß wie sein Körper war, in den Gürtel und hob die Hand. »Zurück! Ohne Antwort auf die Frage nach dem Unterschied ...«

»... zwischen einem Licht in der Ferne und einem in der Nähe zum Beispiel«, sprudelte es aus Danni hervor, aus Angst, zurückgeschickt zu werden. »Eine solche Frage gäbe Sinn.«

»Aha? Und? Der Unterschied?« Die Augen des Schwellhüters leuchteten.

»Ein Licht in der Ferne ist kleiner und undeutlicher als ein Licht in der Nähe.«

Die Miene des Quadratschädels entspannte sich. Er griff in die Tasche, steckte sich etwas in den Mund und lutschte es. »Und was ist der Unterschied zwischen einem Licht ...«

»... das in der Ferne bleibt, und einem, das näher kommt.«

»Ja-ha! Der Unterschied?«

»Das Licht, das fern bleibt, ist ganz weit weg, zum Beispiel ein Stern am Himmel. Aber das Licht, das näher kommt, liegt auf der Wegstrecke. Und wenn wir mittendurch fahren, teilt es sich in zwei.«

»So? Hat er die Streckenbeleuchtung durchschaut?« Der Quadratschädel fing an zu kauen, sein Unterkiefer malte knirschend, als zerbeiße er Steine. »Und was ist der Unterschied zwischen einem Licht ...?«

»... das sich beim Näherkommen teilt, und einem, das sich nicht teilt. Das gibt es nämlich auch.«

»Was er nicht sagt.« Die Backenzähne malten wie Mühlensteine. »Und-und? Der Unterschied?«

»Das Licht, das sich teilt, ist die Wegbeleuchtung links und rechts der Strecke. Und das Licht, das ganz bleibt, ist der Tunnelausgang. Der muss doch irgendwann kommen.«

Der Quadratschädel zog die Mundwinkel schief. »Hat er je von einem Bergwerk gehört, dessen Stollen ins Freie führen? Ist die Erde etwa hohl in der Mitte?«

»Ach so!« Danni hatte das Gefühl, der Boden würde ihm unter den Füßen weggezogen. Alles drehte sich um ihn her. Er war doch mit Emma im Norden verabredet. Würde er sie nie wiedersehen? Im Geist hörte er die Warnung des Lächelns an Theo: *Im Inneren Gebirge gibt es tausend Stollen, Schluchten, Abgründe. Die meisten verirren sich darin und finden nie wieder raus.* »Ich dachte, die Bahn fährt durch bis zum Norden. Wo soll der Stollen denn enden?«

»Frage Nummero Zwo. Noch eine, dann rollt sein Karren zurück ... Wenn überhaupt.« Der Wächter stampfte mit dem Fuß auf, seine breite Hand schob den Wagen vor und zurück. Danni war klar: Er hatte die Bremsvorrichtung gelöst. Wenn er den Wagen zurückstieß, rollte er in die Talmulde, und Tom würde womöglich mit der ganzen Tammathemer Reisetruppe auf ihn prallen. Und zu Fuß zurück durch den Stollen? Über den Spalt ohne Schienen? Danni sah schwarz.

Der Quadratschädel ließ nicht locker: »Was ist der Unterschied zwischen einem Licht ...«

Puh, wie zäh, dachte Danni. Nur keine Frage mehr stellen! »Zwischen einem Licht, das von den Schienen geteilt wird, und einem, das nicht geteilt wird, liegt der Unterschied darin, dass das erste von weitem nur so aussieht, als wäre es eins. In Wirklichkeit waren es immer schon zwei.«

»Hach-ach!« Der Quadratschädel schloss die Augen und warf hechelnd den Kopf hin und her. Nach einer Weile beruhigte er sich und hauchte: »Dankeschön!«

Sein Mundspalt öffnete sich, mit grauem Gries vermischter Speichel lief sein Kinn herunter. Er öffnete die Augen, nassglänzend vor Glück. »Was ist der Unterschied zwischen *Matickitam?*«

Oje, dachte Danni. Wann ließ ihn der Wächter endlich durch? Ein Rätsel reicht! Aber er hatte keine Wahl. Also Zähne zusammenbeißen, Augen zu und durch! Plötzlich sah er das magische Quadrat vor Augen, das Adi als Bauplan des Gedankenprojektors gezeigt hatte, und die Antwort sprudelte von selbst aus ihm heraus. »Zwischen *Matickitam*«, sagte er, »besteht der Unterschied darin, dass *Matic* Geist bedeutet und *Kitam* Kraft. Zusammen also Geisteskraft.«

»Ma«, rief der Wächter, »*Tickitam.* Was ist der Unterschied?«

»Ma«, sagte Danni, »kam schon mal vor, das heißt *mein*, aber *Tickitam* ist mir neu.«

»*Tick*«, rief der Wächter, »*Kitam.*«

»Ach so!« rief Danni. »*Tick* ist die Vorstellung und *Kitam* die Kraft. *Ma Tickitam* ist also meine Vorstellungskraft.«

»*Mati*«, rief der Wächter, »*Kitam.* Was ist der Unterschied?«

»*Kitam* ist Kraft«, meinte Danni, »und *Mati* ... Tja, was soll das sein, äh ... Ich meine, das ist natürlich auch was, ist doch klar, das weiß doch jedes Kind ...« Er hatte das Wort schon mal gehört, war aber zu aufgeregt, um sich zu erinnern, wo und wann.

Die Zähne des Quadratschädels hackten aufeinander. Ein Blitz entfuhr seinem Mundschlitz. Ein Knall und Schießpulverrauch. Breitbeinig stand er vor Danni, die Augen zu Schlitzen verengt, und drückte ihm die Messerspitze unters Kinn. »Er denkt, wir merken nicht, wenn er fragt: *Was soll das sein?* War das etwa keine Frage?«

»Nnn...neinnein...«

»Wenn das keine Frage war, was dann? Eine Frechheit! Eine Unverschämtheit! ... Eine Respektlosigkeit! ... Gleich machen wir aus ihm zwei Hälften, ... die zur Rechten wie zur Linken ... dieser Klinge niedersinken ... Dann erkennt er *Matis* Kraft.« Der Quadratschädel färbte sich blaugrün. »Reiße er sich ein Haar aus!«

»Ein Haar? Wieso denn das?«

»Frage Drei und Vier. Das ist die Höhe! Aus den Augen mit ihm!« Der Quadratschädel gab dem Wagen einen kräftigen Schub, und Danni rollte über den Kamm des Schienenstrangs ins Tal zurück.

»Halt!« schrie er. »Hier! Mein Haar. Wenn's weiter nichts ist.«

»Harr-harr!« Der Wächter stampfte mit dem Fuß auf, die Schienen quietschten, knarrten, und der Wagen hielt. Schweißnass im Gesicht riss sich Danni ein Haar aus und hielt es dem Wächter hin. Der kam mit der Lampe herangehoppelt, wetzte sein Messer am Gürtel, hielt die Lampe gegen das Haar und befahl: »Puste er es in die Luft!«

Danni blies das Haar in die Luft. Die Klinge blitzte und fauchte.

Der Quadratschädel rief »*ma*« und »*ti*«, und zwei feine Haarfäden schwebten im Lichtschein der Lampe. »Harr-harr! Im Flug der Länge nach gespalten!« knirschte er. »Fange er seine Hälfte!«

Während Danni eine Hälfte des Haars auffing, bevor sie zu Boden sank, hatte der Wächter die andere Hälfte bereits mit Daumen und Zeigefinger geschnappt. »*Ma*«, sagte er, »*ti*. Was ist der Unterschied?«

Danni schlug sich an den Kopf: »Dass ich darauf nicht gekommen bin! Ist doch klar: mein und dein! Das kann doch jeder unterscheiden.« Jetzt erinnerte er sich auch, woher er das Wort *Mati* kannte: So hatte die schärfste Klinge der Welt geheißen, die das Lächeln in der Höhle aus Theos Zauberring gebrochen hatte.

Eine seltsame Veränderung erfasste den Quadratschädel. Er legte das Messer vor Danni auf die Bahnsteigkante, schritt ins Dunkel und kehrte mit einem schweren Lederbeutel zurück. Er stellte die blauweiße Lampe hinter das Messer, holte kieselsteingroße Klümpchen aus dem Beutel und zählte sie im bläulichen Licht mit »*ma*« und »*ti*« rechts und links neben das Messer, bis der Beutel leer war. »Greife er sich seinen Teil«, sagte er. »Aber vergreife er sich nicht an meinem. Zu Diensten, *Mati*.«

Der Schwellhüter verbeugte sich, drehte sich auf dem Absatz um und war verschwunden.

Danni war allein. Zu beiden Seiten des Messers lagen zwei gleichgroße Haufen. Er drehte die blauweiße Lampe, um seinen Teil zu betrachten, und sperrte Mund und Augen auf: Was im bläulichen Licht wie Kieselsteine ausgesehen hatte, entpuppte sich im weißen Licht als pures Gold. Er wog ein Nugget in der Hand: Schwer und gediegen fühlte es sich an. Danni rieb mit dem Daumen darüber. Ein Haufen Gold. Wo war der Beutel? *Mati* hatte ihn mitgenommen. Und welcher Haufen gehörte ihm? Der rechte oder der linke?

Den linken hatte *Mati* »*ma*« getauft, den rechten »*ti*«. Also betrachtete er den linken als seinen eigenen und den rechten als Dannis. Danni steckte die ersten Klumpen vom Haufen »ti« in seine Hosentasche, da kamen ihm Zweifel. Durfte er den Haufen »ti« einpacken? »Ti« hieß doch »dein«, nicht »mein«. Ihm stand doch »*mein*« zu. Eine vertrackte Sache. Alles hing vom Blickpunkt ab. Was »mein« und »dein« hieß, war für jeden anders.

Warum hatte *Mati* seinen eigenen Teil nicht mitgenommen? War das eine Falle, eine List? Genau betrachtet gehörte der Haufen »ma« jedem und der Haufen »ti« keinem. »*Ti*« war Freiwild, herrenloses Gut. Niemand durfte sich an »Dein« vergreifen.

Danni stützte die Ellbogen auf die Wagenkante und legte die Stirn in die Hände. Er mochte es drehen und wenden, wie er wollte, jeder Haufen konnte der falsche sein. War *Mati* vielleicht ein Geizhals und wollte ihn versuchen?

Wozu brauchte er die schweren Nuggets überhaupt? Nutzten ihm die Klumpen auf der Reise durch das Reich des Geistes, oder waren sie nur Ballast, ein Hindernis? Wo sollte er sie unterbringen? Emmas Ratschlag kam ihm in den Sinn: *Schau vor allem nach Souvenirs, nach nützlichen Werkzeugen.*«

Was hatte sie gesagt: *Du kannst den Tiger im Traum nicht mit dem Gewehr erschießen, das im Wachzustand neben dir liegt.* Wahrscheinlich blieb ihm von dem Gold sowieso nur die Erinnerung. Wie im Traum gefundene Münzen, die beim Aufwachen in Nichts zerrannen. Sollte er nicht lieber etwas greifen, was ihm auch im Traume nutzen konnte? *Mati* war weg. Die Laterne war das einzig Tröstliche. Aber sie leuchtete nicht weit.

Danni sah sich um. An seinem Wagen war er einen Haken, ideal zum Aufhängen der Lampe. Kurz entschlossen legte er die eingepackten Nuggets wieder zurück, hängte die Laterne an den Haken und setzte sich in den Wagen. Noch einmal sah er auf die Goldklumpen am Boden. Sollte er sie wirklich zurücklassen? Keinen einzigen mitnehmen? Vielleicht lösten sie sich doch nicht in Nichts auf. Dann wäre schon ein einziger mehr wert als sein ganzes Taschengeld.

Wie er so die Nuggethäufchen ansah, war ihm, als bewegte sich das Messer. Es glitzerte und schillerte im Licht der Lampe. Die Klinge drehte und wand sich, bis sie den Strahl der Lampe voll zurückwarf und ihn blendete. Wollte die Klinge auf sich aufmerksam machen? Das war keine gewöhnliche Klinge. Wollte sie, dass er sie mitnahm?

Kurz entschlossen stieg er wieder aus, nahm das Messer und steckte es sich in den Gürtel. Ja, das fühlte sich gut an. Wenn ihm sein Schweizer Taschenmesser im Reich des Geistes nichts nutzte, dann hatte er jetzt als Waffe wenigstens *Mati*, die schärfste Klinge der Welt, die ein Haar der Länge nach im Fluge spalten konnte. Wer weiß, wozu er sie noch brauchen würde.

Er setzte sich in den Wagen, lehnte sich zurück und sagte: »*Ma Athemâtik.*« Sofort begann der Wagen zu rollen. Bald sah Danni in der Ferne vor sich ein Licht. Hoffentlich das Tunnelende, dachte er.

Er fuhr dem Licht entgegen, da tauchten weitere Lichtpunkte auf, als sei über ihm der Sternenhimmel. Er war verwirrt. Gab es hier verschiedene Ausgänge? Gabelte sich der Schienenstrang in mehrere Gleise? Er betrachtete die vielen Lichter und merkte, dass sein Wagen immer zu dem Licht fuhr, zu dem er hinsah. Er machte die Probe und sah nach rechts. Tatsächlich: Der Wagen bog nach rechts. Lenkte sein Blick den Wagen? Er sah nach links. Tatsächlich!

Ein neues Gefühl der Freiheit ergriff ihn. Er konnte sein Fahrzeug führen. Es fuhr nicht völlig automatisch, sondern immer auf das Ziel zu, das er ins Auge fasste. Er suchte nach dem größten Lichtpunkt, und der Wagen fuhr darauf zu. Je näher er kam, desto deutlicher wurden die Umrisse eines Bogens und die Gewissheit: Das war der Tunnelausgang.

MATI, *der Haarspalter mit der schärsten Klinge der Welt*

# 15. Am Ick-Eck

Sonnenlicht blendete ihn. Danni hielt sich die Hand vors Gesicht, blinzelte und sah sich um. Langsam gewöhnten sich seine Augen ans Tageslicht. Er rollte durch ein zerklüftetes Gebirge. Felsen, Gräser, Wolkenfetzen, schneebedeckte Schattenbuchten huschten vorüber.

Der Schienenstrang wirkte seltsam handgemacht, mit unregelmäßigen Schwellen aus verschiedenfarbigem Holz, in unterschiedlicher Größe, manche schräg, manche quer. Es ging bergab. Vor ihm, kaum einen Steinwurf entfernt, endete der Schienenstrang an einem Prellbock. Und auf diesen Prellbock rollte er zu. Mit immer größerer Geschwindigkeit!

Wie konnte er bremsen? Beine strecken? Sich nach hinten lehnen? Zügel straffen wie beim Pferd? Brrrrrrrr!!! Es half tatsächlich. Aber nicht schnell genug. Danni hielt sich krampfhaft am Wagen fest, Krach! Beim Aufprall zerbarst der Wagen in tausend Splitter, und Danni wurde in weitem Bogen aus dem Sitz geschleudert.

Seltsam klar, wie in Zeitlupe, als hätte er *Tâm-Meht* getrunken, sah er sich von oben zu, wie er durch die Luft segelte: Er landete auf einer schrägen Felsplatte, rutschte darauf entlang, purzelte über eine Wurzel, griff nach einer zweiten Wurzel und klammerte sich daran fest. Sein Schwung riss die Wurzel aus der Erde. Er rutschte weiter, suchte mit der losen Wurzel in der Hand nach einem Halt und landete mit den Fersen zuerst auf einem schmalen Felsvorsprung.

Die Luft war kühl und roch nach Schnee. Dannis Blick kämmte die Umgebung ab: grauweiße Felswand, vereinzelte Grasbüschel, schneebedeckte Schattenmulden. Nebel lag über dem Steilhang, der vor ihm in die Tiefe stürzte.

Er drückte sich an die Wand und suchte nach etwas, woran er sich festhalten konnte. Weder Baum noch Busch noch Wurzel waren da. Der Felsvorsprung, auf dem er stand, war der einzige Halt an dieser Steilwand. Zitternd vor Höhenangst presste er sich an die Wand.

Plötzlich hörte er neben seinem Ohr eine quäkende Stimme:
»*Da steh ich nun, ich armer Wicht,*
*kann nicht zurück und vorwärts nicht.*«
Bedächtig, als wäre dieser Ort der gemütlichste und sicherste der Welt, deklamierte jemand diesen Vers.

»Hallo! Ist da wer?« Danni schaute vorsichtig nach beiden Seiten.

»Sicher«, quäkte es neben ihm.

»Ich sehe niemanden. Wo stecken Sie?«

»In meinem Reich.«

»Wo?«

»Hier.«

»Wo ist denn hier?«

»In meinem Reich. Am *Ick-Eck*.«

»Wer sind Sie denn?«

»*Ickikki*.«

»Wie bitte?«

»Na ick bin ick, der Kikki, wer sonst?«

»Was heißt hier ick? Ich kenne Sie ja nicht.«

Danni versuchte seinen Kopf zu drehen, getraute sich aber nicht, sich auf dem schmalen Felsvorsprung umzuwenden.

»*Ich kenne Sie ja nicht*«, äffte die Stimme ihn nach. »Alberner Fratz! Wer wärst du Schlotterknie, wenn ich genauso dächte?«

»Können Sie mir helfen, hier wegzukommen?«

»Warum sollte ich?«

»Sind Sie im Berg?«

»Dämliche Frage. Dreh dich um!«

Oje! Wie sollte er sich auf dieser schmalen Plattform umdrehen, ohne abzustürzen? Noch dazu, wo der glatte Fels nichts bot, woran er sich festhalten konnte. Eine falsche Bewegung, und er stürzte in die Tiefe. In winzigen Schritten bewegte Danni einen Fuß, einen Arm, eine Hand, bis er endlich mit dem Gesicht zur Wand schaute. Jetzt sah er, woher die Stimme kam.

In einer Felsnische in Schulterhöhe stand ein Gurkenglas, das mit Klarsichtfolie überspannt war. Über das Glas war eine Krone aus Goldpapier gestülpt und hielt die Folie fest. Im Glas saß neben einer Leiter aus dünnen Zweigen ein Frosch, der um den Hals einen rostigen Ring trug. Wo um alles in der Welt kam dieser Wetterfrosch im Glas her?

Der Frosch beäugte ihn herablassend. »Leicht zu übersehen bin ich, aber schwer zu übergehen. Verneige dich vor meiner Krone!«

»Deine Krone? Die ist dir aber ein paar Nummern zu groß.«

»Das scheint nur so. Du kennst mich noch nicht. Verbeuge dich vor deinem König, Untertan!«

So ein Großmaul, dachte Danni. Aber er verkniff sich die Bemerkung. Sicher konnte ihm der Frosch noch helfen. Er fragte nur: »Was trägst du da für einen Ring um den Hals?«

»Wer den Schlüsselring trägt, ist König. Verbeuge dich vor dem Schlüsselbewahrer, Untertan!«

»Ich sehe keine Schlüssel. Nur den rostigen Ring.«

»Natürlich siehst du sie nicht. Sie sind aus Ätherstoff. Sichtbar werden sie erst durch die Klangverdichtung im Norden.«

»Haha! Des Kaisers neue Schlüssel. Du kannst mir viel erzählen.«

»Soll ich dir einen schenken?«

»Würde er mir helfen, von hier wegzukommen?«

Der Frosch schloss die Augen und nickte.

»Und was muss ich dafür tun?«

»So gut wie nichts. Nur die lächerliche Folie vom Glas abziehen.«

Jetzt erkannte Danni die Notlage des Frosches. Trotzdem blieb die Frage offen, wo das Glas herkam und seit wann der Frosch darin gefangen war. Und wer fütterte ihn in dieser einsamen Gegend?

Das also war der Schlüsselbewahrer am *Ick-Eck*, von dem Adi und der Mahâtma gesprochen hatten. Dann musste der Ring um seinen Hals der *Key-Ring* sein. Hatte Adi den Frosch hier hingestellt? Aber wie war das möglich? Rätsel über Rätsel.

Auch der Mahâtma hatte von einem Schlüssel gesprochen. Woher wusste Adi überhaupt davon? Er war doch raus gegangen, nachdem er Plan A erklärt hatte, um Siddharta zu holen.

Auf jeden Fall musste Danni mehr über die Schlüssel erfahren und den Schlüsselring bekommen, bevor er den Frosch aus dem Glas ließ. Solange er im Glas gefangen war, hatte er ihn in der Hand. Wer weiß, ob er danach nicht einfach davonhüpfen würde.

»Dafür, dass du gefangen bist«, sagte Danni, »nimmst du dein Maul ganz schön voll.«

Der Frosch hob hochmütig den Kopf. »Das scheint nur so. Mit meinen Schlüsseln könnte ich alles öffnen, wenn ich wollte.«

»Und warum tust du's nicht?«

»Ich will dir helfen. Du willst doch ans Nordufer, oder?«

»Allerdings.«

»Dafür brauchst du einen Schlüssel, der dich in jedem Wettkampf Erster werden lässt.«

»Und wie bringt der mich rüber?«

»Ganz einfach: Du springst in die Schlucht.«

»Haha!« Danni lachte. »Meinst du, ich bin blöd? Erst befreie ich dich aus dem Glas und dann springe ich in den Tod. Das könnte dir so passen.«

»Mit dem Schlüssel gewinnst du selbst den Wettlauf mit dem Tod.«

»Vergiss es! Ich springe nicht. So schlau wie du bin ich auch.«

»Gut. Dann bleib, wo du bist! Ich hab's nicht eilig. Gute Nacht.«

Der Frosch drehte sich zur Wand, und Danni sah, wie der weißgelbe Froschhals beim Atmen bebte und schwoll.

Was geschah, wenn es Abend wurde und er immer noch hier festhing? Sollte er die ganze Nacht hier wachen? Schlafenlegen konnte er sich nicht. Sagte der Frosch womöglich die Wahrheit? Immerhin war er zur Zeit sein einziger Hoffnungsschimmer.

»Herr Froschkönig?«

Keine Reaktion.

»Ihro Majestät?«

Der Frosch öffnete ein halbes Auge und sah ihn von der Seite an.

»Gibt es irgendeinen Beweis für Ihre unsichtbaren Schlüssel?«

»Selbstverständlich.« Jetzt drehte sich der Frosch um und sah Danni voll ins Gesicht. »Jeder Schlüssel hat einen Namen. Im Norden lernst du, aus dem Klang die Form zu verdichten. Dann hältst du den Schlüssel in Händen.« Er nahm den Schlüsselring vom Hals, drehte ihn, als entferne er daraus einen Schlüssel, und legte sich den Ring wieder um. »Mit diesem Schlüssel kommst du sicher über die Kluft.«

»Und wie heißt er?«

»*Ick-Key.*«

»Und die anderen, wie heißen die?«

»Wozu willst du das wissen? Die bekommst du sowieso nicht.«

»Gut, Geheimniskrämer. Behalte die Namen für dich und verschmachte im Gurkenglas. Die Folie kommt erst weg, wenn du mir alle Schlüsselnamen sagst.«

»Sturkopf! Na gut, wenn's unbedingt sein muss.« Mit seinen grünen Flossenfingern griff der Frosch an den Ring um den Hals und zählte die Stellen, wo er unsichtbare Schlüssel fühlte. Die Flosse mit dem unsichtbaren *Ick-Key* schwenkte er dazu im Takt.

> *Ick-Key, Îk-Key;*
> *Tick-Key, Tîk-Key;*
> *Attic-Key y Ati-Key;*
> *Màti-Key, Matîk-Key.*

*(vier Zeilen in fiktiver Schrift)*

»Acht Namen?« Danni wiederholte den Vers im Geist, um ihn sich einzuprägen. »Und was schließen sie auf?«

»Tja, das wüsstest du wohl gerne? Aber das nutzt dir nichts. Du bekommst sowieso nur den ersten.«

Der Frosch war starrköpfiger, als Danni gedacht hatte. Wie konnte er ihn nur zum Reden bringen? »Ich sehe schon. Du weißt es selber nicht. Auswendig Gelerntes runterleiern kann doch jeder. Was kann man schon von einem Breitmaulfrosch erwarten?«

»Breitmaulfrosch? Ich werd dir zeigen, was du von einem Breitmaulfrosch erwarten kannst.« Der Frosch schob sich in Positur, schloss die Augen, hielt sein breites Maul nach oben und schwang, während er mit einer Flosse den Schlüsselring abtastete, die andere mit dem unsichtbaren *Ick-Key* als Taktstock.

> »Der *Ick-Key* sperrt das Ego auf,
> das Selbst erschließt der *Îk-Key*.
> Der *Tick-Key* führt zur Einbildung,
> zur Eingebung der *Tîk-Key*.«

Er öffnete die Augen und sah Danni respektheischend an. Danni hatte aufmerksam zugehört und wiederholte im Geist den Vierzeiler, bis er ihn auswendig konnte. »Das sind nur vier Schlüssel. Was ist mit den anderen?«

»Das sage ich dir, sobald du die Folie abgezogen hast.«

»Ja, ja. Leere Versprechungen.« *Der Key-Ring wird für den Schlachtplan gebraucht*, hatte Adi gesagt. Er musste unbedingt erfahren, was es mit den Schlüsseln auf sich hatte. »Sag mir, wozu die anderen Schlüssel gut sind, und ich ziehe die Folie ab.«

»Versprochen?«

»Versprochen!«

»Ehrenwort?«

»Ehrenwort!«

»Also gut.« Wieder griff der Frosch an den Ring und tastete die unsichtbaren Schlüssel ab:

»Zum Speicher führt der *Attic-Key*,
zur Transzendenz der *Ati-Key*.
Den Intellekt schärft *Màti-Key*,
den Geist erschließt *Matîk-Key*.«

Bei der vorletzten Zeile horchte Danni auf: *Màti*, das war doch das Messer, das er eingepackt hatte. Er fasste sich an den Gürtel. Da war es noch. »Kann ich mir auch was anderes wünschen als den ersten Schlüssel? Und zwar den ganzen Schlüsselring?«

Der Frosch blies seine Backen auf, seine Froschaugen quollen gefährlich hervor und seine Stimme kam gequetscht: »Halsabschneider! Ich hab dir gesagt, wofür die Schlüssel gut sind. Jetzt zieh die Folie ab! Oder zählt dein Ehrenwort nichts?«

»Okay. War nur ne Frage.« Danni hob die Papierkrone vom Glas und zog die Folie ab. Flugs kletterte der Frosch die Leiter hoch, sprang aus dem Glas und quakte: »Her mit der Krone! Dann helfe ich dir auf die Sprünge.«

Während Danni die Krone neben das Gurkenglas stellte, blähte der Frosch seine Backen auf und atmete tief ein. Mit jedem Atemzug wurde er dicker und größer. Der Schlüsselring, der anfangs lose um seinen Hals gehangen hatte, saß jetzt stramm und war nicht mehr von ihm zu lösen. Er schnürte ihm die Gurgel ab, aber das schien den Frosch nicht zu beirren.

Er hielt sich die Krone über den Kopf und blähte sich weiter auf, bis sie ihm passte. Sobald er das Gurkenglas an Größe überragte, stieß er das Glas in die Schlucht, wo es mit fernem Klirren an der Felswand zerschellte. Der Schlüsselring verengte seinen Hals bereits zur Wespentaille. »Du siehst, die Krone passt mir wie angegossen. Als Dank bekommst du jetzt deinen Schlüssel und mit ihm sein tiefstes Geheimnis. Hier: dein *Ick-Key*.«

Wie unter Zwang streckte Danni die Hand aus, um das Souvenir des Froschkönigs zu empfangen. Es war, als würde seine Hand magnetisch angezogen. Adi hatte ihm ja eingebläut: Wenn er den Ring nicht bekäme, sollte er wenigstens den *Ick-Key* ergattern. Als er sein Geschenk gerade ergreifen wollte, vibrierte in seinem Gürtel das Souvenir des Haarspalters.

Danni zögerte. »Was meinst du mit tiefstem Geheimnis?«

Der Frosch hielt ihm den *Ick-Key* unter die Nase und flüsterte verschwörerisch: »Diesen Schlüssel kannst du verschenken, so oft du willst, er bleibt dir immer erhalten. Und jeder, dem du ihn schenkst, wird dir gefügig und macht genau, was du willst.«

Mit diesen Worten drückte er Danni den unsichtbaren Schlüssel in die Hand. Aber Dannis Hand zuckte zurück, als hätte sie heißes Eisen berührt, und griff stattdessen an den Griff seines Messers. Als er den Griff in der Hand spürte, wurde ihm schlagartig klar, was der Frosch eben gesagt hatte. Er zog das Messer aus dem Gürtel und hielt es dem Frosch vor die Nase.

Dieser fuhr erschrocken zurück. »Was soll das? Hier: dein *Ick-Key*. Ich schenke ihn dir.«

»*Und jeder, dem du ihn schenkst, wird dir gefügig und macht genau, was du willst.* Das konnte dir so passen, Großmaulfrosch. Ich mache doch nicht, was du willst. Den *Ick-Key* kannst du behalten. Den Schlüsselring will ich! Her damit.«

»Weg mit der Klinge! Wenn ich platze, stürzen wir beide in die Schlucht. Nimm den *Ick-Key*, und du bist gerettet.«

»Den Schlüsselring will ich«, beharrte Danni.

Der Frosch wackelte mit dem Kopf, seine Stimme wurde mit einemmal leise und traurig: »Du besiegelst unser beider Ende. Steck die Klinge weg und setz dich her!« Er sprang auf die Felskante und bot Danni neben sich Platz.

Der Wechsel im Tonfall des Frosches stimmte Danni um. Er steckte die Klinge zurück in den Gürtel. Schließlich wollte er den Frosch nicht umbringen, er wollte nur den Schlüsselring. Aber der war dem Frosch stramm um den Hals geschnürt. Um an den Ring zu kommen, müsste er dem Frosch den Hals abschneiden. Er hätte ihn erst aus dem Glas lassen dürfen, nachdem er den Ring bekommen hatte. Wer konnte ahnen, dass sich der Frosch so aufblies?

Schwindelfrei bewegte sich der Frosch auf der schmalen Plattform und half Danni, sich neben ihn zu setzen. Dabei wuchs er mit jedem Atemzug weiter und drängte Danni immer mehr an den Rand.

»Hör auf!« rief Danni. »Du drückst mich in den Abgrund!«

»Kannst du aufhören zu atmen?« fragte der Frosch. »Ich nicht.«

»Aber ich blase mich dabei nicht auf.«

»Ich auch nicht. Ich wachse nur.« Der Frosch umfasste Dannis Schulter, um ihn vor dem Absturz zu bewahren. »Der weiße Nebel beatmet uns. Er ist lebendig. Hörst du ihn?«

Danni lauschte in die Stille. Aus der Tiefe hörte er ein Wispern: »*Ma Âthem ... Ma Âthem ... Ma Âthem âthemat.*«

»Verstehst du?« fragte der Frosch.

»Mein Atem«, sagte Danni. »Mein Atem atmet.«

Der Nebel stieg auf bis zur Plattform, auf der sie saßen.

»Horch!« sagte der Frosch.

»*Maha Âthema: Mahâthema âthemat.*«

»Verstehst du?« fragte der Frosch.

Danni erinnerte sich, was *Mahâtma* wörtlich hieß. »Die große Seele: *Mahâtma* atmet.«

»Was meinst du, wer dich beatmet?«

»Mich? Niemand. Ich atme selbst.«

»So? Dann versuch mal, fünf Minuten aufzuhören. Horch!«

Danni lauschte dem Wispern: »*Mahâthema âthemat ti.*«

»Verstehst du? *Mahâtma* beatmet dich. Wir sind machtlos. Gleich platze ich und alles ist vorbei. Nimm den *Ick-Key* und wir sind gerettet. Nimm ihn, bevor es zu spät ist! Sonst stürzen wir in die Schlucht.«

Mit flehender Geste hielt er Danni die rechte Flosse mit dem unsichtbaren *Ick-Key* hin. Dabei ging er in die Breite wie ein Hefekloß. Der enge Schlüsselring um seinen Hals schnürte ihm den Hals fast völlig zu. Sein Kopf schaukelte bedenklich hin und her und kippte schließlich nach vorn. Wie an einem Kleiderhaken hingen Kopf und Körper an dem Ring. »Nimm dir den verflixten Ring«, krächzte er. »Ich brauche ihn nicht mehr. Es ist ... vorbei.«

Als Danni nach dem Ring griff, platzte die Froschhaut mit dumpfem Knall, und beide stürzten in die Tiefe.

Das Letzte, was Danni hörte, war der Todesschrei des Froschs: »*Mahâthema at Îk!*«

Von der Felswand hallte es zurück: »Îkîkîkîkî...«

ICKIKKI, *der Egofrosch am Ick-Eck*

# 16. Im Bauch des Drachen

Ringsum weißer Nebel. Keine Felswand, kein Boden zu sehen. Danni wusste nicht, wie tief er fiel und wohin. Auf Fels, Wald oder Wasser? Kein Magengefühl sagte ihm, wie schnell er fiel. Sank er oder schwebte er? Im Tauchraum hatte der Nebel die Taucherkugel in der Luft gehalten. Das Untertauchen war schwieriger gewesen als das Obenbleiben. Trug ihn der Nebel wie im Tauchraum? War es eine Zauberschlucht, in die er fiel?

Eine starke Kraft von unten fing ihn auf und schleuderte ihn mit Schwung zurück nach oben. Noch einmal fiel er und wurde hoch geschleudert. Was fing ihn auf und schleuderte ihn hoch? Gab es hier ein ausgespanntes Netz wie im Zirkus?

Danni spürte dicke Seile. Hing er im Netz einer Riesenspinne? In diesem Geisterreich war alles möglich. Wenn die Spinnfäden schon so dick waren, wie groß musste dann erst die Spinne sein? Nein! Daran wollte er nicht denken! Schon der Gedanke ließ ihn erschaudern.

Der Nebel lichtete sich, und Danni sah, dass er in einer schwankenden, halbzerrissenen Seilbrücke hing, die sich in schwindelnder Höhe vom Süd- zum Nordufer über die Schlucht spannte. Tief unten schroffe Felswände, geteilt von einem schmalen Flussbett. Die Höhenangst machte ihn schwindelig. Er hing in den Seilen, die linke Hand an ein Tragseil geklammert, der rechte Arm hing nach unten.

Wenn er jetzt ohnmächtig wurde! Wenn die Seile rissen und er abstürzte!

An seinem Gürtel vibrierte *Mati*. Die Klinge schien sich zu lösen. Er durfte sie auf keinen Fall verlieren. Wie konnte er sie greifen, ohne das Seil loszulassen? Tatenlos sah er zu, wie sich die Klinge selbständig machte und aus dem Gürtel löste.

Aber sie fiel nicht. Sie schwebte zu den Halteseilen vor ihm und schabte wie ein Sägeblatt darüber. Danni erstarrte: Die Klinge säbelte die Seile durch! Sie wollte ihm den Weg zum Nordufer abschneiden!

Schon hingen beide Halteseile schlaff herunter, nur noch das Tragseil hielt ihn. Aber auch das schwankte beängstigend hin und her. Wie von unsichtbarer Hand gelenkt säbelte die Klinge jetzt das Tagseil durch. Danni streckte die Rechte aus, um die Klinge zu greifen, aber sie war außer Reichweite. Bedrohlich schwankte das Seil unter seinem Gewicht. Gleich würde der dünne Strang zerreißen.

Ein Gedanke blitzte in ihm auf. War *Mati* nicht eine Zauberklinge? Was geschah, wenn er sie beim Namen rief?

»*Mati*«, rief er, »komm zu mir! Leg dich in meine Hand!«

Er starrte auf die Klinge. Folgte sie seinem Ruf? Da hörte er im Kopf die Stimme des Quadratschädels: – *Über die Brücke will er? Khchch ... Was denkt er sich? Wir haben ihn gewarnt.*

– Aber ich muss hinüber, – dachte er. – Im Nordsektor erwartet mich Emma.

– *Unsinn! Matis Sektor endet an der Kluft. Er muss umkehren, sonst ist er verloren.*

– Ich bin doch fast drüben. Ich darf mich nicht aufhalten lassen.

– *Wie er will. Wir haben ihn gewarnt.*

Behutsam hangelte sich Danni an das Messer heran, das sich jetzt still verhielt. Als er nur noch eine Armlänge entfernt war, lehnte er sich vor, streckte den Arm aus und berührte mit den Fingerspitzen den Griff. Das Messer rührte sich nicht. Nun ergriff er das Ende des Haltestrangs, das zum Norduch führte, und klammerte sich mit ganzer Kraft daran. Mit der anderen Hand packte er das Messer, und der Griff schmiegte sich in seine Hand. Gerettet!

Als er das Messer vom Seil wegziehen wollte, widersetzte es sich und benutzte Dannis Hand, um mit festem Hieb auf das halb durchtrennte Seil zu schlagen, das wild auf und ab wippte. Bei jedem Schlag dröhnte es in seinem Kopf: »*Ati î! Îkí sta! – Ati î! Îkí sta! – Ati î! Îkí sta!*«

Das Seil riss, und das Ende, an dem Danni hing, schwenkte zum nördlichen Ufer. Gleich musste er gegen die Felswand schlagen, wenn nicht ein Wunder geschah. »*Mati*«, rief er verzweifelt, »hilf mir, rette mich!«

Wie einen Rettungsring umklammerte er das Messer. Die Klinge stellte sich senkrecht und durchschnitt den Fahrtwind wie ein Steuer. Vom See her wehte ein kräftiger Westwind durch die Schlucht und trieb ihn landeinwärts. Danni wollte das Seil loslassen, bevor es an den Felsen schlug, doch seine Hand krampfte sich fest. Erst kurz vor dem Aufprall entglitt ihm das Seil, und Danni wurde in ein großes Loch in der Felswand geschleudert.

Tiefschwarze Finsternis umgab ihn. Er landete auf etwas Weichem, das sich warm anfühlte. Die Luft war feuchtwarm und roch nach Stall, nach einem Tier mit starker Ausdünstung.

Einen Augenblick war alles still. Dann hörte er ein Zischen neben sich, und etwas Spitzes, Horniges streifte ihm über die Brust. Danni erstarrte. Waren das Krallen? Das Tier musste mindestens zehnmal so groß sein wie er selbst. Das Zischen kam näher, er spürte heißen Atem. Ein mattes, gelbliches Licht ließ ihn die Umrisse des Tieres ahnen: Er lag auf dem hornigen Bauch eines Reptils, das in tiefen Atemzügen bebte. Danni wagte kaum zu atmen. Vor ihm riesige Hinterläufe mit Krallen. Wie konnte er diesem Untier entkommen?

In seiner Hand blitzte *Mati* auf. Ein Glück! Die schärfste Klinge der Welt. Sie war ihm geblieben. Konnte er damit das Untier töten? Ihm den Bauch aufschlitzen, bevor es ihn zerfleischte? Oder würde es dann erst richtig wütend und ihn in tausend Stücke reißen?

Der tiefe, gleichmäßige Atem klang, als schliefe es. Anscheinend hatte es sich bei Dannis Aufprall nur leicht im Schlaf bewegt. Als sich Dannis Augen an die Dunkelheit gewöhnt hatten, sah er die Konturen deutlicher. Ein Drache! Aber *Tammôtamma* herrschte doch im Westen. Wie kam der in den Osten?

Wieder streiften ihn spitze Krallen, ohne ihn zu verletzen. Wie die Krallen eines jungen Kätzchens. Der Drache schien sich im Halbschlaf zu kratzen.

Der gelbliche Schein wurde heller. Danni sah auf und ihm stockte der Atem: Der Lichtschein kam aus einem halbgeöffneten Auge. Der Drache schaute ihm in die Augen!

Danni blieb das Herz stehen. Er schaute seinem Todfeind in die Augen! Sollte er sich tot stellen? Vielleicht würde ihn der Drache dann gar nicht beachten.

Tatsächlich schien sich das Untier nicht weiter um ihn zu kümmern. Es legte nur eine Pranke auf ihn, als drücke es ein Junges an die Brust. Danni rührte sich nicht. Das Untier durfte nicht merken, dass er lebte. Immer noch blickte es ihn an.

Etwas ging von diesem Drachenauge aus. Eine seltsam lähmende Kraft, die ihn bannte. Er konnte sich nicht rühren, selbst wenn er wollte. Seine Glieder gehorchten ihm nicht. Als hätte sich sein Geist aus dem Körper zurückgezogen. Wie in der Taucherkugel im *Attic*, als sein Atem immer flacher geworden war, bis er sich nicht mehr bewegen konnte. Selbst die Angst vor dem Monster löste sich auf.

Danni hielt noch immer das Messer in der Hand, aber er tat nichts damit. Eben noch hatte er nach dem Herzen des Untiers gesucht, um es zu töten. Jetzt sank die Hand mit dem Messer schlaff nach unten. Das Drachenauge blinzelte, schloss sich, und in der Höhle wurde es wieder dunkel. Jetzt erst fiel Danni auf dass die Beleuchtung der Höhle aus dem Drachenauge gekommen war. Nun öffneten der Drache beide Augen und sah Danni direkt ins Gesicht. Die Kraft, die der Blick ausströmte, ließ Danni alle Sinne schwinden. So etwas hatte er noch nie erlebt. Das Messer entglitt seiner Hand und fiel klirrend zu Boden. Jetzt war er diesem Zauberwesen, das ihn mit magischem Blick in Bann zog, vollkommen wehrlos ausgeliefert.

Der Kopf des Drachen wippte nach links und rechts und beäugte ihn von allen Seiten. Dannis Augenlider wurden schwer, fielen ihm zu, sein Atem wurde flach, er versank in eine Art Trance, als schliefe er und sei gleichzeitig wach. Mit geschlossenen Augen lauschte er, was um ihn herum geschah.

Er roch und spürte heißen, feuchten Atem. Etwas Raues, Feuchtes, das sich anfühlte wie Katzenzunge, strich ihm über die Haut. Zu benommen, um die Augen zu öffnen, spürte er, dass er auf den Rücken gedreht und von oben bis unten von einer rausen Zunge abgeleckt wurde. Dann schwanden ihm die Sinne.

Ein scharrendes Geräusch weckte ihn. Benommen schlug er die Augen auf. Ein Schatten über ihm. Der Drachen bäumte sich auf, bleckte mit gespaltener Zunge sein Raubtiergebiss, stülpte es über ihn, und mit schmatzendem Geräusch landete Danni im Maul des Drachen. Er war wie gelähmt, konnte sich nicht rühren. Und das Messer war weg. Mit eisernem Griff hielten ihn die Kiefernzangen wie ein Schraubstock.

Das Drachenmaul schloss sich und Danni hörte ein *Mmmmm* wie die Vorfreude auf eine leckere Mahlzeit. Dann öffnete sich das Maul weit, Licht strömte herein und Danni hörte: *Aaaaaa*. Jetzt bewegte sich die Zunge. Danni purzelte Richtung Schlund und hörte ein schmatzendes *T*. Dann ging alles sehr schnell: Aus der Kehle des Drachen drang gelbliches Licht, Danni hörte den Schlucklaut *Ik* und spürte, wie er in den Bauch des Drachen rutschte.

Der Name »*Maul Tikîta* – Drachenmaul« ergab auf einmal Sinn. Ja, er war im Drachenmaul gelandet – im wahrsten Sinne des Wortes. Aber er fühlte sich im Bauch des Drachen vollkommen behütet. Ein Gefühl, wie er es nur von seiner Mutter kannte. Ein warmer Butterklumpen schmolz in seiner Brust. Dieser Drache war kein Untier. Es war ein mütterliches, liebevolles Wesen.

Seltsam: Er war vom Drachen verschluckt und trotzdem lebendig. Sogar besonders lebendig. Sein Bewusstsein dehnte sich aus, wurde größer und größer, verschmolz mit dem Drachen. Warm umhüllt wie im Mutterschoß fühlte er, wie ihn inneres Licht durchströmte, und er fragte sich: Wer hat mich eigentlich verschluckt? Und plötzlich kehrte sich die Frage um: Wen habe ich verschluckt?

Danni kam durcheinander. Was geschah mit ihm? In wem war er gelandet? Oder sollte er fragen: Wer war in ihm gelandet? Auf einmal war er nicht mehr Danni, der Angst vor dem Drachen hatte, sondern der Drache, der Danni verschluckt hatte, ihn verdaute und mit ihm verschmolz. Dann war alles still. Die Welt. Der Weg. Das Ziel. Die Reise ... Alles war vergessen.

*Danni reitet auf einem Flügelpferd zum Nordpol der Sonne. Vor ihnen sitzt – aus hellgrauem Felsen geschlagen – ein bärtiger Mensch, der die rechte Faust wie ein Zügelhalter vorgestreckt hat. Aus den Zwischenräumen seiner Finger ziehen sich sechs feine Lichtzügel in die Ferne. Der Zügel zwischen Zeige- und Mittelfinger führt zur Stirn von Dannis Reittier. Je näher sie dem Zügelhalter kommen, desto dicker wird der Strang. Mit dem Lichtstrang auf der Stirn wirkt es wie ein Einhorn.*

*Ohne dass sich der Felsenmensch rührt, hört Danni seine Stimme:*
*– Könnt ihr euch da unten nicht benehmen?*
*– Ich schon –erwidert er, – Aber die anderen ...*
*– Ah! – Der Tonfall des Felsenmenschen ist mehr zu sich selbst gerichtet. – Immer die anderen. Keiner fühlt sich verantwortlich.*
*Er schweigt. Dann: Wenn es auf eurer Murmel nichts als Unschuldslämmer gibt, warum klagt Erta-Mâ dann über Schädlingsbefall?*

*Ein gedrungener Mustang mit wild flatternder Mähne prescht heran. Ein Reiter steigt ab, den Danni trotz seines roten Umhangs sofort erkennt: Langer Hals mit hüpfendem Adamsapfel, darüber ein Kugelkopf mit Geiernase.*

*– Ah, Monsieur Mart. Was macht unser Schädling? – fragt der Zügelhalter. – Lässt er sich nicht zum Nützling umfunktionieren?*

*Mart antwortet mit heller, knöcherner Stimme. – Die Erfahrung der letzten Jahrhunderte spricht dagegen. Jeder, dem unser Sonnensystem am Herzen liegt, rät zur sofortigen Tilgung.*

*– Was ist mit Mehtas Beschleuniger?*

*– Bis der seine Wirkung zeigt, ist das gesamte Sonnensystem verseucht. Wir müssen zuschlagen, bevor Homo sapiens mit seinen bemannten Raumschiffen andere Planeten befällt.*

*– Schade. Ich töte ungern. Gebt Homo sapiens noch eine Chance. Falls er die Warnungen in den Wind schlägt, schlagen wir zu. Kommt gut zurück.*

Ein kratzendes Geräusch weckte Danni. Er blinzelte und fand sich in der Drachenhöhle wieder. War das dieselbe Höhle, in der er gelandet war? Sie wirkte viel kleiner, gerade groß genug für ihn. Er kroch zum Ausgang, breitete seine Schwingen aus und hob sich in die Lüfte, höher und höher durch die Felsenschlucht, bis er auf einem schneebedeckten Gipfel landete. Dort würgte er und spie etwas aus: einen rothaarigen Jungen.

Jetzt sah Danni alles wieder aus der Sicht des Menschenkindes. Er fand sich auf dem hornigen Rücken des Drachen wieder. Im gleißenden Sonnenlicht hatte er goldene Schuppen. Und die Drachenaugen blickten ihn an. Voller Güte und Liebe. Der Drache spannte die Flughäute, zwischen denen Danni saß, ließ sich vom Felsen fallen und segelte über die Gipfel.

An Kopf und Nacken hatte der Drache einen Zackenkamm, an dem sich Danni festhielt. Er fühlte sich weich an wie ein Hahnenkamm. Die Größe des Drachen gab Danni das Gefühl von Sicherheit. Er fühlte weder Höhenangst noch Schwindel.

Tief unter ihnen lag der See. Eine Inselkette säumte das Ufer. In der Mitte des Sees eine größere Insel. Hinter ihnen mündete der Zufluss in den See, den er am Grund der Felsenschlucht gesehen hatte. Sie flogen über schneebedeckte Gipfel, bläulich weiß mit dunkelgrauen Schatten. Jenseits der Berge grüne Hügel, am Nordufer des Sees eine malerische Siedlung, eingebettet in Weinhänge. Auf diese Siedlung steuerte der Drache zu. Seine majestätische Ruhe und Sicherheit übertrug sich auf Danni. Ohne viel Flügelschlag näherten sie sich der Siedlung.

Über einem freien Feld am Rande der Siedlung sank sein Reittier tiefer, legte sich in die Kurve und setzte zur Landung an. Danni stieg vom Drachen und sah ihm in die Augen. Ein Schauer von Glück und Wärme durchströmte ihn. Diese Augen hatten im Dunkel der Drachenhöhle geleuchtet. Vor denen war er anfangs zu Tode erschrocken, so dass er den Drachen hatte erstechen wollen. Danni winkte dem Drachen mit der Hand und sagte: Danke!

Schon war der Drache verschwunden. Statt dessen stand Emma im bunten Sommerkleid auf der Wiese und kam auf ihn zu. Sie winkte mit ihrem hellblauen Strohhut. Bei ihr war ein weißer Zauberer mit langer weißer Mähne und Bart. Danni lief ihnen entgegen und erkannte Theo in seiner Zaubertracht.

»Und? Wie ist es gelaufen?« rief Emma. »Hast du ihn?«

»Wen?«

»Den *Îk-Key*, den Schlüssel zum Selbst.«

»Hab ich.« Danni nickte und griff sich an den Gürtel. »Und außerdem die schärfste Klinge der Welt. ... Mist! Das Messer ist weg.«

Sein Gürtel war leer. Nur die Erinnerung an *Màti* war ihm geblieben.

So fühlte es sich also an, wenn man im Reich des Geistes Souvenirs sammelt und anschließend erwacht. Anscheinend war er jetzt im Nordring gelandet, wo ihn Emma treffen wollte. Während sie an Obstwiesen vorbeikamen, berichtete Danni, wie er das Messer und den Schlüsselring gewonnen hatte. Emma war begeistert.

»Gut. Ich dachte schon, das Innere Gebirge sei zusammengestürzt.«

»Wieso denn das?«

»Ich war in Toms Reisegruppe«, sagte Emma. »Tom hängte Lampions in die Wagen und hielt Vorträge über Eisenerz, Silber- und Goldadern. Die Stollen litten unter Einsturzgefahr, erklärte er, und müssten darum abgestützt werden. Es ging durch einen langen Tunnel mit Neonröhren an der Decke, und dann waren wir auch schon im Norden.«

»Und wem seid ihr begegnet?«

»Niemandem. Kein Haarspalter, kein Frosch, keine Klippe, keine Schlucht. Alle Stationen des Inneren Gebirges waren zubetoniert.«

»Ist das vielleicht der Tammathemer Ring?« fragte Danni. »Timmit hat doch verkündet, der Neue Ring ginge bald auch durch den Osten.«

»Stimmt!« Emma schlug sich an den Kopf. »Sie haben alles zubetoniert, weil im *Tammathemer* Ring die Folge ICI fehlt. Man begegnet keinem Schwellhüter, kommt aber heil im Norden an und bekommt von Tom als Lohn den *Ick-Key.*«

»Ausgerechnet den?« rief Danni. »Den man auf keinen Fall annehmen darf. Ich hätte ihn fast genommen, weil *Adi* mir dazu riet.«

»Adi? Was hat der mit deiner Höhlenfahrt zu tun?«

»Als du weg warst, kam er an den Höhleneingang, um mir die letzte Nachricht des *Mahâtma* mitzuteilen.«

»Er war doch bei Plan B gar nicht dabei. Und woher wusste er, wo er dich findet?«

»Von dir.«

»Von mir? Ich bin ihm doch am Drachenmaul gar nicht begegnet.«

»Seltsam. Adi ist nicht zu trauen. Er erinnert mich immer an Tom.«

»Kein Wunder. Er ist schließlich sein Sohn.«

»Was? Warum lebt er dann beim *Mahâtma*?«

»Weil er im Osten auf die Welt gekommen ist. Trotzdem ist er vom Westen begeistert, weil man nur dort ›was Richtiges auf die Beine stellen‹ könne. Gut, dass du nicht auf ihn reingefallen bist. Am tollsten finde ich, dass du vom Lichtdrachen verschluckt und ausgespuckt wurdest. Das macht dich unbesiegbar im Kampf gegen *Tammôtamma*.«

»Und ich dachte, *Tammôtamma* wollte mich fressen. Aber im Drachenbauch war es gar nicht dunkel.«

»Klar. *Tikîta* heißt Leuchtkraft. Sein voller Name ist *Hêma Tikîta* – die Goldene Leuchtkraft.«

»*Tikîta*? Das könnte man auch als *Tick Eater* lesen. Als er mich nämlich verschlungen hatte, kam es mir vor, als wäre der kleine Danni nur eine Vorstellung, die der große Drache verschluckt hat.«

»*Tick-Eater!* Köstlich! Darauf kommt auch nur einer, der schon mal in seinem Bauch war. Wie kamst du überhaupt in die Drachenhöhle?«

»Durch den Sturz in die Schlucht, nachdem der Frosch geplatzt war.«

Während Danni sein Abenteuer erzählte, wurden Emmas Augen immer größer. »Mensch Danni. Dann ... bist du ja gar keine Memme.«

»Hab ich nie behauptet.« Danni hatte ein Gefühl, als wüchse er. Sein Körper richtete sich auf und wurde größer.

»Aber ... Dein Traum ... Warum hast du dich so gesträubt? ... Ich dachte, du bist ein Feigling.«

»Vielen Dank. Nenn mich ruhig Feigling. Mutige lässt das kalt.«

Theo und Emma schauten ihn mit einem Blick an, der ihm nicht entging. Er badete sich in der versteckten Achtung, die ihm auf einmal entgegen schwang. Ja, er fühlte sich wie eine gehäutete Schlange mit neuer, schillernder Haut, frisch und gefährlich. Seit der Fahrt durch den Ostsektor fühlte er sich erwachsener, ein ganzer Mann. War das seine Mutprobe gewesen? Dabei hatte er gar nicht mit *Tammôtamma* gekämpft. Er war vielmehr mit dessen Zwilling verschmolzen. Und das hatte ihm bewusst gemacht, welche Kraft tatsächlich in ihm steckte.

Hêma Tikîta, *der goldene Lichtdrache*

# 17. Die Stätte der Gestaltung

Während der Unterhaltung hatte Theo kein Wort gesagt. Schweigend war er den beiden hinterher getrottet. Jetzt sprach ihn Danni an: »Du siehst Klasse aus, Theo. Fast wie vor deiner Blut-Unterschrift. Wie hast du das geschafft?«

Theo lächelte, aber in seinem Lächeln schwang Trauer mit. »Wenn du wüsstest, wie ich mich fühle«, meinte er. »Nach dieser Höhlenfahrt merke ich erst, was ich verloren habe. Wenn ich höre, was du alles erlebt hast. Bei mir ist nichts gelaufen außer diese dämliche Sache mit …« Er stockte und sprach nicht weiter.

»Was ist gelaufen? Erzähl?«

»Das mit dem Riesenkraken unter Wasser.«

»Du bist einem Kraken begegnet?«

»Mir blieb fast das Herz stehen, als ich ins Wasser fiel, und dieses Ungeheuer von Loch Ness auf mich zu kam.«

»Loch Ness?«

»Irgend so was in der Art. Ich dachte, mich trifft der Schlag.«

»Und wie hast du dich gerettet?«

»Keine Ahnung. Der Tintenfisch verspritzte Tinte, bis alles schwarz war. Dann spürte ich eiskalte Arme, die mich umschlangen. Ich konnte mich nicht mehr rühren. Schließlich bin ich aufgewacht, und Emma beugte sich über mich und fragte: Geht's dir besser? Ich hatte keine Ahnung, wo ich war.«

»Immerhin, deine erste Höhlenfahrt«, meinte Emma. »Und du bist schwerer geworden. Bald stehst du wieder fest auf dem Boden.«

Sie hatten den Rand der Felder erreicht und blickten auf eine malerische Siedlung mit grünen, roten und türkisen Klinkerdächern, mit gedrechselten Kuppeln und Spiraltürmchen, wie eine Ministadt aus Muscheln und Schneckenhäusern. Danni kam sich vor wie in einem Märchendorf. Auf dem Ortsschild stand: »*Città-Amehtàm* – die Stadt der Gestaltung.«

»Das ist die Künstlerkolonie im Ring«, sagte Emma und deutete auf das Ortsschild. »Hier lernst du, deine Souvenirs zu dichten.«

»Dichten?« stutzte Danni. »Soll ich Verse daraus machen?«

»Dichten heißt, sie dichter zu machen. Zur Zeit sind sie nur Erinnerung in deinem Geist. Sobald du ihren Namen aussprichst, wird die Erinnerung zu Klang. Diese Klangschwingung verdichtest du zu *Meht* und den Met zu *Tammat*. So wird aus Geist Materie.«

»Leichter gesagt als getan. Ich kann das Wort *Màti* aussprechen, so viel wie ich will, und habe weder *Meht* noch Messer in der Hand.«

»Klar. Du musst natürlich immer wieder zum Selbst zurückkehren, das alles erschafft. Deswegen steht in den Hymnen der Mathematik:

*Mat-hêm ad Îk-Mathem mad Îk*
*krìtaméh tam itàm-éhtàm.*

õ┐ה─זך┐õ̃õ זך ᵇ┐õ̃זך┐õ̃ õכהõ õ┐ז ᵇ┐ ǀ

┐ᵇזך┐õ̃כ̃ה õ̃זᵈה─ᵓ õ סך┐ õ ᵓ┐õ̃õ̃─ᵓ ‖

*Heimwendend zur Selbstnatur mein Selbst*
*erschaffe ich das wieder und wieder.«*

»Und wie mache ich das? Dieses Heimwenden?«

»Alles zu seiner Zeit. Das lernst du bei *Mehta*.«

Während sie durch die Häuser liefen, hörten sie fernes Trommeln. »Ah, dort muss er sein«, sagte Emma.

Sie kamen an einen Park, auf dessen blumenübersäter Wiese ein bulliger Inder mit Tabla im Schneidersitz auf einem Teppich saß, umringt von mehreren Schülern, die zu dem Takt, den er angab, trommelten.

*»Ma-thè-ma-tì-ci-tàm-eh-tàm,*
*ma-thè-ma-tì-ci-tàm-eh-tàm ...«*

Er skandierte immer die gleichen acht Silben. Danni sah plötzlich die Szene vor sich, wie sich in der Belgischen Eisenbahn die Tür zum Triebwagen öffnete. Und dann wusste er auch warum: *Mehta* skandierte sein Passwort zum Triebwagen: den mathemagischen Trommelklang.

Als er mit Emma und Theo näher trat, unterbrach *Mehta* seinen Unterricht und winkte sie zwinkernd heran: »Da seid ihr ja. *Muma* hat mich schon vorgewarnt. Setzt euch. Wir sind mitten im Unterricht.«

Emma zog Danni und Theo neben sich ins Gras. Danni wollte sie etwas fragen, aber sie hielt den Zeigefinger vor den Mund. Mehta begann gerade mit sonorer Stimme zu singen.

»*Ta Mêht ta madhumàt îkí,*
*ta Mêht amadhumàt îkí.*
*Îk gî ta Méhtamâ madhù,*
*mad Îk gît tam Méhtàm a thê.*
*Ta Mêht amâth é Matikî tamêht.*
*Amâth em, Ati-Îk gît a mê.*

[sechs Zeilen in einer erfundenen Schrift]

Emma schien das Lied zu kennen, denn als *Mehta* sie fragte, ob sie es für die Gäste übersetzen könnte, nickte sie und sang:
»*Der honigsüße Met in mir,*
*der Met fließt honigsüß im Selbst.*
*Ich singe durch den Met so süß,*
*mein Selbst ergießt den Met zu dir.*
*Der Met erregt und dichtet sich im Geist.*
*Erregt bin ich, das Über-Ich singt zu mir.*«

Mehta nickte und fuhr mit dem Unterricht fort. Danni hörte nur mit halbem Ohr zu, denn ihm brannte eine Frage auf der Zunge: »Was ist der Beschleuniger?« platzte es aus ihm heraus.

*Mehta* hob eine Braue und sah ihn an: »Komm nachher in die Trommel.« Mit diesen Worten stand er auf und ging, gefolgt von seinen Schülern, durch Häuser mit verschnörkelten Klinkerdächern auf ein größeres Gebäude zu. »In zwanzig Minuten beginnt die nächste Runde für die Besucher. Bis dahin kann euch *Emma* das Ringmodell zeigen.«

Über dem Eingang des Gebäudes las Danni die eingemeißelte Inschrift: »*Kî it Àmehtam!*«

»Was bedeutet das?« fragte er Emma.

»*Schließe es in Gestaltung!*«

Kaum waren sie im Gebäude, wurde Theo, der in seiner weißen Zaubertracht aus der Gruppe herausstach, von den Schülern mit Fragen gelöchert. Emma nahm Danni beiseite und führte ihn in einen

Raum im Obergeschoss. Auf einem großen Podest, etwa eine Tischtennisplatte zum Quadrat, war ein Modell der Ringlandschaft aufgebaut, mit Ringbahn und Ortsschildern, Bergen und Tälern, Straßen, Brücken, Tunnel, Bussen, Seilbahn, Sessellift. Die ganze Ringlandschaft bildete einen Kessel um den See.

Der See war ein tiefgrünes Becken mit Wasser und echtem Sandstrand. Mitten im See eine Insel, nahe dem Ufer eine Inselkette. Um den See die Ringbahn mit dem Bahnhof *Tammat-Hemat*, wo Danni aus dem Triebwagen gestiegen war. Weiter außen eine Autobahn. Das musste der Marsring sein, wo Theo das Rad aus dem Ring gebrochen hatte. Und zum Rande hin Gebirge mit schneebedeckten Gipfeln. Nur der Tammathemer Dunst fehlte.

Endlich sah Danni den Westsektor einmal bei Licht: Eine bizarre Felslandschaft aus rotem Sandstein senkte sich wie beim Toten Meer tief unter den Wasserspiegel. Hinter einem breiten Sumpfgebiet ging es steil in die Höhe bis zu einer Burg am Felsenkliff. Und tief im Wald verbarg sich – wie in Dannis Traum – ein Tempel mit goldener Kuppel. Durch die winzigen Fenster sah Danni Opferschalen und Altäre. Anscheinend war der Tempel gar nicht so geheim.

Unweit vom Tempel war ein Felsenloch, und daraus ragte, getarnt in der Farbe des Felsens, der Schwanz eines Reptils. Danni hielt den Atem an. Er konnte die Augen nicht abwenden. Während er sich wie gebannt zur Drachenhöhle vorbeugte, verließ Emma leise das Zimmer und ließ Danni mit dem Reptil allein.

Wie hypnotisiert beobachtete er den Schwanz. Langsam schob er seinen Zeigefinger vor. War das Tier aus Plastik, Gummi oder echt? Dannis Fingerspitze berührte den Schwanz. Und der bewegte sich! »Gleich wird es sich umdrehen«, dachte er, »dann sehe ich sein Gesicht.«

Aber das Reptil drehte sich nicht um. Nur der Schwanz bewegte sich. Er bewegte sich auch noch, als Danni seine Hand längst zurückgezogen hatte. Wohnte hier ein echter Lurch? Ein Gecko, eine Eidechse, ein Salamander? Aber keinem dieser Tiere sah es ähnlich.

Die Landschaft wirkte echter als bei einer Modellbahn, eher wie ein Mini-Biotop. Es war warm und feucht wie in einem Palmengarten. Die Steine und Pflanzen waren genauso echt wie das Wasser. Bei den Inseln im See lugten zwei Froschaugen aus dem Wasser. Irgendwo zirpte ein Heimchen. Lebte hier etwa ein echter Minidrache?

Jetzt hörte er im Kopf eine Stimme: – *Was willst du?*

– Ich will wissen, ob du echt bist, – dachte er.

In Zeitlupe verschwand der Schwanz im Felsenloch, bis er in der Höhle verschwunden war. Danni starrte auf die schwanzlose Stelle. Jetzt erschien dort ganz langsam der Kopf des Reptils, genau wie im Traum. Es bewegte sich in Zeitlupe, lugte aus der Höhle, und sein Auge – Danni sah nur das linke – dieses uralte Reptilienauge, grau schimmernd, voller Lebenserfahrung aus Jahrtausenden, blickte ihn an.

– *Ach, ein Mensch. Warum störst du meine Siesta?*

– Verkörperst du *Tammôtamma?*

– *Wen sonst?*

– Ich habe so viel Schreckliches von dir gehört.

Das Auge schloss sich. Jetzt klang die Stimme leiser, wie zu sich selbst.

– *Wenn der Tag lang ist, wird viel geredet.*

– Ich hörte, du bist für die Dunkelheit verantwortlich, die alles träge macht. Sie kommt von deinem Dung.

– *Welchem Dung?*

– Den du in die Opferschalen legst. Und der so stinkt.

– *Das liegt am schlechten Futter. Früher hat er nie gestunken.*

Das Reptil schlug das Auge wieder auf, drehte langsam den Kopf und beäugte Danni erst mit dem linken, dann mit dem rechten Auge. Es wirkte absolut unschuldig und ungefährlich.

– Ich hab gesehen, wie du den Dung auf die goldenen Schalen ablässt. Und die feinen Herren haben …

– *Ach die! Die bringen mir Futter. Aber das bekommt mir nicht.*

– Soll das heißen, du würdest lieber von Liebe leben als von Angst?

Das graue Reptilauge sah ihn an. – *Nenne mir ein Wesen dieser Welt, das jemals ohne Liebe leben kann.*

In diesem grauen Auge fand Danni die Weisheit dieser Welt verborgen. Dieses Wesen traf keine Schuld! Es war die Güte in Person. Aus seinem Auge blickte stille Liebe.

Leise ging die Tür auf und Emma trat auf Zehenspitzen ein. »Entschuldige, dass ich störe. Gleich beginnt die Runde in der Trommel. Und?«

»Was heißt und?«

»Wie gefällt dir das Ringmodell?«

»Fantastisch. Die ganze Ringlandschaft auf einen Blick. So ähnlich sah es von oben aus, als *Tikîta* über dem See kreiste.«

Sie verließen den Raum und gingen über die Treppe ins Erdgeschoss.

»Übrigens«, sagte Danni, »ich habe eben mit *Tammôtamma* gesprochen ...«

»Wie bitte?«

»Ich meine mit seiner Miniausgabe.«

»Ach so, du meinst mit dem Chamäleon. Sehr zahm, nicht wahr? Mit etwas Fantasie sieht es fast aus wie ein Drache, findest du nicht?«

Ups ... Danni verstummte. Mit einem Chamäleon hatte er gesprochen. War der echte *Tammôtamma* doch ein machthungriger Dunkeldrache, der von Schmerz und Angst und Leiden lebte? Nun, darüber konnte er später nachdenken. Zuerst mussten sie Kit finden und retten. Aber wohin mit ihm, wenn er gefunden war? Zu seinem Onkel nach Wavre? Zu Urs nach Hügliswil?

Mit einem Rippenstoß riss ihn Emma aus seinen Gedanken. »Das ist übrigens Klasse!«

»Was ist Klasse?«

»Dass du mit dem Chamäleon sprechen konntest. Oder redest du immer mit Tieren?«

»Ach so! Ist mir gar nicht aufgefallen. Hab mich ja im Reich des Geistes laufend mit Fabelwesen unterhalten.«

»Aber nicht mit einem echten Tier. Das heißt, du bist jetzt online im *Ati-Cit*. Dein inneres Telefon ist aktiviert. Wenn du die Augen schließt und meinen Namen denkst, kannst du im Kopf meine Stimme hören.«

»Warum soll ich die Augen schließen? Ich kann doch so mit dir reden.«

»Blödmann. Falls du mal irgendwo feststeckst, meine ich, und Hilfe brauchst. Jetzt geht's erst mal in die Trommel. Dort kannst du für Kit das Amulett verdichten, das ihn vor Tammathemer Mathemagie schützt.«

Sie bogen um eine Ecke und kamen in einen Gang, in dem sich eine dicke Menschentraube staute. Jemand schloss die Tür auf, und die Besucher strömten in einen kreisrunden Raum mit schmalen Sitznischen in der Wand. Emma bot Danni und Theo die Nischen neben sich an und bat sie, bequem zu sitzen und die Augen zu schließen. In dem gepolsterten Sitz fühlte sich Danni wie in der Taucherkugel vom *Attic*. Als alle Nischen besetzt waren, ging das Licht aus, und der Raum begann sich langsam zu drehen wie ein Karussell. Eine Weile herrschte völlige Stille und Dunkelheit.

Dann erklang *Mehtas* Stimme: »Willkommen im Kreislauf der Schöpfung. Bitte öffnen Sie langsam die Augen.«

Als Danni die Augen öffnete, sah er über den Sitzen an der Wand große Buchstaben in Mundschrift leuchten, die sich nicht mit drehten.

# סלזהכהסֿסלֿזֿדֿיסֿ֫יֿזֿדֿלֿסֿֿזֿדֿלֿסֿ

Wieder erklang *Mehtas* Stimme: »Jetzt verbinden Sie bitte Ihren Atem mit dem Trommelklang, den Sie an der Wand lesen. Bei MATHEMATIC atmen Sie ein und bei CITAMEHTAM wieder aus.«

Wieder Stille. Nur das leise Rauschen des Karussells war zu hören. Langsam wurden die Buchstaben dunkler, bis sie nur noch schemenhaft zu sehen waren. Aber das Lesen war auch nicht mehr nötig. Dannis Atem hatte sich in den Ohrwurm eingeklinkt:

MATHEMATIC – ein, CITAMEHTAM – aus;

MATHEMATIC – ein, CITAMEHTAM – aus ...

Vor Danni innerem Auge liefen wie im Film die Stationen seiner Reise ab. Bei TAMAT roch er *Tammathemer* Dunst und Dungzigarren, alles war dunkel, zäh und träge. Bei *TICIT* blühte er auf, wurde hell, freundlich und heiter. Er spürte die Kraft von *Hêma Tikîta*, dem goldenen Drachen, das Licht und die Liebe aus dessen Augen. Hatte er jetzt die Kraft, *Tammôtamma* zu begegnen? Würde er den Drachenkampf bestehen?

Ihm stockte der Atem, wenn er nur daran dachte. Er konnte sich nicht vorstellen, jemals an der Drachenhöhle aufzukreuzen, hinter dem Felsentempel mit der goldenen Kuppel. Im gründunklen Dunst, gelähmt vom Gestank des Dung.

Wie sollte er es mit dem Herrscher der Finsternis aufnehmen, den die feinen Herren als Gottheit verehrten? Was konnte er als Einzelner dagegen tun, dass sich *Tammôtamma* in den Köpfen der Menschen eingenistet hatte? Zeitungen, Rundfunk, Fernsehen, fast alle Medien verbreiteten *Tammôtammas* Sicht der Welt.

Er war kein Held, konnte weder Schwert noch Degen führen, hatte nie Schießen gelernt. Er war nie bei den Pfadfindern gewesen, konnte sich nicht lautlos anschleichen wie ein Indianer. Das Einzige, was er konnte, war Zaubertricks vorführen und Geschichten erfinden. Aber damit ließ sich kein Drache besiegen. Wie konnte er den Ring jemals wieder verlassen, ohne seine Aufgabe erfüllt zu haben? Jetzt, wo ihn alle als den »geweissagten« Befreier feierten.

Danni verfluchte den Augenblick, in dem er vom Drachen geträumt hatte. Den Augenblick, in dem er Emma davon erzählt hatte. Den Augenblick, in dem Emmas Gedankenfilm ihn verraten hatte. Selbst der *Mahâtma* zweifelte nicht daran, dass Danni der »Geweissagte« sei. Könnte er in Dannis Seele blicken, seine Angst und Zweifel, hätte er sicher nicht so zuversichtlich von Dannis Rolle in Plan B gesprochen.

Was hatte ihm die Reise durch das Reich des Geistes gebracht? Der Osten war die Innenwelt, das wusste er inzwischen. Und der Süd- und Nordsektor waren der Übergang zur Außenwelt. Im Osten hatte er mit Fabelwesen gekämpft, war gefallen, gesunken, geflogen, aber was war daran wirklich? Was nutzten ihm all die bestandenen Abenteuer? Hatte die Traumwelt Gesetze? Folgten die Bilder einer inneren Ordnung?

Ja! Sie folgten der Ringformel. Aber was nutzte ihm das? Wenn es nur Traumbilder waren, was bedeutete dann der Goldene Drache? Warum hatte ihn der Drache verschluckt und wieder ausgespuckt? Wer war der Zügelhalter auf der Sonne, mit dem Mart gesprochen hatte?

*Mehtas* Stimme holte Danni zurück in die Trommel. »Haben Sie bemerkt«, fragte Mehta, »wie sich Ihr Atem mit dem Rhythmus der Trommel verbunden hat? Wie ganz von selbst Gedanken auftauchten? Sie brauchten nichts dafür zu tun. Genauso mühelos denken Sie jetzt beim Einatmen *Mâ thèmmat Îk* und beim Ausatmen *qui tamêht tam: Mir dämmert das Selbst, das dieses verdichtet.* So gewinnt Ihr Selbst die Kraft der Verdichtung.«

Wieder herrschte Stille. Nur das rhythmische Atmen war zu hören. Dann wieder *Mehtas* Stimme: »Kehren Sie beim Einatmen zurück zum Selbst, und stellen Sie sich beim Ausatmen den Gegenstand vor, den Sie verdichten wollen. Beobachten Sie, wie der Gegen-Stand, den Sie sich vor-stellen, sich bei jeder Umdrehung mehr verdichtet.«

Danni versuchte, seine Aufmerksamkeit im Wechsel nach innen und nach außen zu richten, kam aber völlig durcheinander. Es dauerte eine

Weile, bis es in seinem Kopf Klick machte, und plötzlich ging alles wie von selbst. Beim Einatmen zog es ihn nach innen, als verschlucke ihn *Tikîta*. Er hörte wieder das Echo in der Schlucht »*Îkîkîkîkî...* und erinnerte sich, dass er den *Îk-Key* verdichten wollte.

Aber wie? Er hatte ihn nie gesehen, kannte nur seinen Klang. Der Frosch hatte gesagt, erst durch die Klangverdichtung würde er sichtbar. Wie sollte er eine Form verdichten, die er nie gesehen hatte und an die er keine Erinnerung hatte? Wie könnte der Schlüssel aussehen, welchen Bart könnte er haben?

Viel lieber würde er *Màti* verdichten! Das Messer war das nützlichste Werkzeug gewesen. Jedes Mal, wenn er daran dachte, spürte er ein Kitzeln in der Stirn und merkte, wie er Dinge, von denen er nur eine verschwommene Vorstellung hatte, plötzlich klar vor Augen sah. Ob ihm das half, die Form des *Îk-Keys* klarer zu erkennen?

Hinter seiner Stirn fing es an zu kribbeln und er hatte das Gefühl, als würden seine Gedanken magnetisch. Der Klang *îkî* schwang durch seinen Kopf wie der Schwengel einer Glocke, von der Stirn zum Hinterkopf, vom Hinterkopf zur Stirn, *îkî, îkî, îkî*, immer hin und her. Und der Glockenschwengel wurde immer deutlicher und fester. Jetzt begann ein Uhrwerk zu ticken und zu rattern, Zahnräder drehten und justierten sich, errechneten eine Form: Der Klang *ÎKÎ* war symmetrisch, im K war die Spiegelachse. Langsam gewann eine Form in seinem Geist Gestalt: ein sich spiegelndes K um die Achse I, in der das I mit dem K verschmolz. Das Echo *Îkîkîkîkî...* hörte weder beim K noch beim I auf, setzte sich fort bis ins Unendliche.

Seltsam: Beim Einatmen verschwand die Vorstellung und beim Ausatmen erschien sie wieder. Aber von Atemzug zu Atemzug wurde sie deutlicher und fester. Als ihm die Form greifbar vor Augen stand, streckte er die Hand aus und – hielt den festen Îk-Key in der Hand. Seine Faust umschloss ihn, es machte Klick, und das Bild verschwand vor seinen Augen. Dafür hielt er in der Hand den Schlüssel aus Metall.

»ÎKÎ«, dachte er. »Das Î bin ich, das K die Kluft, in die ich fiel.«

Und in seinem Kopf hallte es: »*Îkîkîkîkî...*«

Eine seltsame Erleichterung ergriff ihn.

Zum ersten Mal in seinem Leben hatte er allein durch Denken etwas Greifbares erschaffen. Was er bisher nur als Zauberkunststück vorgeführt hatte, als Trick der Täuschungskunst, war ihm jetzt zum ersten Mal gelungen. Ein breites Lächeln zog sich über sein Gesicht.

Was würde Otto dazu sagen? Der skeptische Otto, der ihn als Zauberkünstler immer nur verspottet hatte. *Danielus Dubiosus, der größte Zauberer aller Zeiten.* Was würde er sagen, wenn er ihm erzählt, wie er mit Hilfe der Formel von Onkel Jeronimus, tatsächlich etwas herzaubern konnte? Mit der Formel, die Otto als größten Witz des Jahrtausends belächelt hatte! Er malte sich aus, wie er Otto beibrachte, etwas durch reine Geisteskraft aus dem Nichts zu erschaffen.

Aber dann stockte er: Er hatte nur hier, in dieser sich drehenden Trommel, etwas verdichten können. Würde das auch in Hügliswil klappen? Wie funktionierte die Formel wirklich? Wie bewirkte sie, dass aus dem Nichts die Form entstand? Emma hatte etwas von Met gesagt, aber davon hatte er nichts bemerkt. Die Form des *Îkî* hatte sich ganz von selbst verdichtet.

Danni wog den Schlüssel in der Hand und betrachtete ihn von allen Seiten. Er sah zwar nicht wie ein Schlüssel aus, hatte weder Stiel noch Griff, eignete sich aber bestens als Amulett. Jetzt mussten sie nur noch Kit finden und aus den Händen der Kidnapper befreien.

Er steckte den *Îkî* in das Münzfach seiner Hosentasche und fühlte sich plötzlich erschöpft. Das Verdichten hatte offenbar mehr Energie gekostet, als ihm aufgefallen war. Er schloss die Augen, und der Kopf fiel ihm auf die Brust.

Das Geräusch einer zuschlagenden Tür weckte ihn. Er rieb sich die Augen und blinzelte. Emma stand vor ihm.

»*Hier* bist du«, flüsterte sie. »Entschuldigung, die Tür fiel zu.«

Er blickte sich um: Alle Sitze waren leer. »Wo sind die anderen?«

»Wir haben dich beim Mittagessen vermisst. Keiner kam auf die Idee, dass du noch hier bist. Der Hausmeister hatte schon abgeschlossen.«

»Wie spät ist es denn?«

»Wir sind mit Essen fertig und wollen weiter. Ich habe dir was warmgestellt. Auch Nachtisch. Und? Hast du das Amulett verdichtet?«

Danni griff in die Tasche, hielt dann aber inne. Ihm kam ein Gedanke. Mit Unschuldsmine sagte er. »Tja, wie das Verdichten klappen soll, bleibt mir ein Rätsel.«

»Was? Du konntest nichts …?« Emma zog die Mundwinkel nach unten. »Das verstehe ich nicht. Du brauchst doch nur der Ringformel zu folgen.«

»Das habe ich ja versucht. Aber für mich sind Formeln immer noch Fachchinesisch. Ich bräuchte eine Schritt-für-Schritt-Anleitung, wie ich mit Hilfe der Formel aus Geist Materie verdichten kann.«

»Das ist doch ganz einfach. Du beginnst in der Ringformel bei *Matìk* und wanderst einmal im Kreis herum bis zu *Mathê*.«

»Leichter gesagt als getan. Ich bräuchte die einzelnen Schritte.«

»Also gut: In *Matìk*, dem Geist, verbirgt sich *Attic*, dein Gedächtnisspeicher. Den hast du ja schon kennengelernt, oder etwa nicht?«

»Okay, und weiter?«

»Am Grunde vom *Attic* landest du in *Ati*, der Transzendenz, und erfährt dort *Ati-Cit*, reines Bewusstsein. Kapiert?«

»Du meint den Augenblick, wo ich aufhöre zu denken und es hell im Kopf wird?«

»Genau. Mit *Ati-Cit* verdichtest du dein Souvenir zu *Cita-Meht*, dem Met des Bewusstseins, und erfährst es als greifbaren Gedanken.«

»Du meinst die Vorstellung, die vor dem inneren Auge erscheint?«

»Genau. Und diese Vorstellung verdichtest du zu *Meht-Tammat*, dem steifen Met. Und schon hast du …«

»Moment. Wie kann ich denn die Vorstellung verdichten?«

»Indem du immer wieder zum *Îk*, zum Selbst zurückkehrst wie in der Trommel. Die Ringformel ist der Quirl, der den Met versteift wie Schlagsahne beim Quirlen.«

»Ach so! Warum hat mir das keiner gesagt?«

»Sobald der Met versteift ist, hast du *Mathê*, Materie. Du wanderst einfach einmal von *Matìk* zu *Mathê* durch die Ringformel. Was ist daran so schwierig?«

»Okay, ich kann's ja noch mal versuchen.«

»Tja, jetzt ist es zu spät. In der Trommel wäre es besser gegangen.«

»Meinst du?« Mit breitem Grinsen griff Danni in die Hosentasche. »Danke, dass du mir die Schritte erklärt hast, wie Geist zu Materie wird. Langsam verstehe ich immer mehr den Wert des mathemagischen Trommelklangs. Otto dachte ja, mein Onkel macht nur einen Witz, als er die Formel in Geheimschrift sah. Aber inzwischen glaube ich fast, dass das Wort MATHEMATIK tatsächlich das Anfangswort der Schöpfung ist.« Damit hielt er Emma das Amulett unter die Nase. Sie ergriff es und betrachtete es eingehend.

»Super! Also doch! Warum hast du das nicht gleich gesagt?«

»Ich wollte genau verstehen, wie die Ringformel erklärt, wie aus dem Uni das Versum entsteht.«

»Und? Wie entsteht es?«

»Ganz einfach: Das Uni ist das *Îk* und das Versum der ganze Rest.«

»Klasse. Das bringt die Formel auf den Punkt. Hier, für das Amulett.« Emma zog eine feine Goldkette aus der Tasche, befestigte daran den *Îk-Key* und hängte ihn Danni um den Hals.

Danni war überrascht, wie schwer der kleine Schlüssel auf seiner Brust lag. »Danke! Wo hast du die Kette her?«

»Besorgt. Für das Amulett. Ich wusste doch, das du es schaffst.«

In diesem Augenblick hörten sie im Flur leise Schritte, die sich entfernten. Hatte sie jemand belauscht? Emma riss die Tür auf und sah den Flur entlang. Aber weit und breit war niemand zu sehen.

»Komisch«, sagte Danni. »Das Geräusch der Schritte kam mir irgendwie bekannt vor.«

»Echt? Dann bist du besser als ich. Überleg mal, an wen es dich erinnert.«

Danni überlegte, wann ihm in diesem Ring schon mal ein Gang aufgefallen war. Das waren eigentlich nur der Plattfußgang von Tom und der gestelzte Gang von Adi gewesen. »Ich glaube, an Tom oder Adi.«

»Oje! Ausgerechnet die. Wenn uns von denen einer belauscht hat, dann wissen sie jetzt von dem Amulett und werden alles tun, um zu verhindern, dass es bei Kit landet. Wir müssen doppelt vorsichtig sein. Und jetzt komm, das Essen wartet.«

Emma führte Danni in den leeren Speisesaal und setzte ihm das warmgestellte Essen vor. »Iss dich satt. Wer weiß, wann wir das nächste Mal was kriegen. Ich hab einen Tipp bekommen, wo das Superkind sein könnte. Bin gleich wieder da.«

»Wo willst du hin?«

Aber schon war sie weg. Einen Tipp bekommen? Von wem? Wer wusste, wo Kit steckte? Wie stark wurde Kit bewacht? Und wie konnten sie ihn befreien? Als Danni mit dem Nachtisch fertig war, kam Emma mit zwei Rucksäcken zurück.

»Proviant. Für unterwegs.«

»Von wem hast du den Tipp?«

»Von deinem Freund. Er hat im westlichen Sumpf etwas entdeckt, wo wir mehr über das Superkind erfahren könnten.«

»Dann nichts wie hin.«

»Jetzt müssen wir nur noch Theo auftreiben.«

»Wo finden wir den?«

»Wenn ich das wüsste.« Emma schritt durch eine Tür ins Freie und setzte sich am Wiesenrand auf eine Treppe. »Wo könnte er stecken?«

»Vielleicht besichtigt er was oder übt zaubern oder ...«

»Zaubern üben? Gute Idee. Komm mit.«

»Wohin?«

»Zum Modellierraum.«

Emma lief jetzt schneller, angespornt von ihrem Gedanken. Sie kamen an ein Haus mit verschnörkeltem Klinkerdach. Emma riss die Tür auf, und sie standen in einer Bildhauerwerkstatt voller Tonfiguren. Eine Gruppe Kinder scharte sich um einen schlaksigen Jungen mit weißem Spitzhut, weißblonder Mähne und Bart: Theo in Zaubertracht, dem die Kinder begeistert lauschten.

»Dann hab ich tatsächlich mit Blut unterschrieben«, erzählte Theo gerade. »Ich ahnte ja nichts von der Wirkung. Als ich die spürte, war es leider zu spät. Ich war völlig groggy und konnte kaum noch einen klaren Gedanken fassen. Aber dem Marthopp hier erging es noch schlechter. Er hatte mehr Fantas ausgegeben, als er hatte. Dadurch hatte er keinen freien Willen mehr und musste dem Zauberer als Zombie dienen. Jetzt geht es ihm wieder besser. Auch ich habe wieder Gewicht zugelegt und fühle mich wie neu geboren.«

Die Kinder beugten sich zu etwas vor, was Theo ihnen zeigte. Danni und Emma traten leise näher. Theo hielt in der Hand den Marthopp, unter dem jetzt Knochenhände schwebten, die sich bewegten. Als sich die pergamentenen Augenlider öffneten, schauten zwei große Kinderaugen staunend um sich. Der Unterkiefer klapperte, als wollte der Marthopp sprechen. Aber kein Ton kam heraus.

»Mensch!« flüsterte Danni. »Genau solche Knochenhände hatte das Lächeln. Vielleicht war es selber verschuldet und nur Handlanger einer stärkeren Macht. Wer könnte sein Gläubiger sein?«

Emma winkte Danni weg von Theo und den Kindern in eine Ecke, zog Papier und Stift aus der Tasche und notierte.

»Frage Nummero Zehn. Die Fragen werden immer mehr statt weniger.«

»Nummero Zehn? Was sind denn die anderen?«

Emma las vor:

»1. Wo ist Kit, das Superkind?

2. Warum wurde er entführt?

3. Wie wurde seine Erbstruktur verändert?

4. Wie lässt sich das wieder reparieren oder heilen?

5. Was hat man mit ihm vor?

6. Wie bekommen Theo und die anderen ihre Fantas zurück?

7. Wie lässt sich die Ausrottung der Menschheit verhindern?«

8. Wie weisen wir *Tammôtamma* in seine Schranken?

9. Wer ist das Lächeln und wie ist sein wahrer Name?

10. Wem dient das Lächeln? Wer ist die Dunkelgraue Eminenz?

»Halt, aufhören!« Danni griff sich an den Kopf. »Das macht mich noch wahnsinnig.«

»Eben. Sobald wir alles wissen, setzen wir uns und trinken Tee.«

»Was ist jetzt mit Theo? Kommt er mit?«

»Theo!«, rief Emma mitten durch den Saal. »Kommst du mit uns oder bleibst du hier?«

Theo blickte auf und wurde rot, als er Emma und Danni sah. »Oh, ich dachte ... Wieso seid ihr hier?«

»Wir wollen weiter.«

»Wohin?«

»Nach Westen in die Sümpfe.«

»Ui! Ob ich das schon verkrafte?«

Emma überlegte. »Wenn es dir hier gefällt, dann bleib doch hier.«

Die Kinder klatschen und jubelten. »Theo bleibt hier. Wir üben verdichten und machen aus dem Marthopp wieder einen Menschen!«

»Gut«, meinte Emma. »Theo geht bei *Mehta* in die Lehre und wir zischen los. Früher oder später sehen wir uns wieder.«

Theo bahnte sich einen Weg durch seine Zuhörer und umarmte Danni. »Danke, Danni. Du hast mir sehr geholfen. Aber für den Westen bin ich noch nicht reif. Ich brauche erst mehr Gewicht, sonst klappe ich zusammen.«

»Gebongt«, meinte Danni und klopfte Theo auf die Schulter.

»Schaut her«, sagte Theo, »Was ich gelernt habe.«

Er tauchte den Marthopp in ein Becken mit Flüssigkeit, hielt ihn vor den Mund und formte lautlos mehrere Silben, bis die heruntertropfende Flüssigkeit wie Wachs gerann und am Marthopp einen Ansatz von Hals bildete.

»Eintauchen, formen, flüssig und fest werden lassen«, sagte er. »Sobald der Marthopp einen Körper hat, knacken wir das Schubfach in der Höhle des Lächelns und holen unsere Schuldscheine zurück. Meinen Ring gebe ich wieder ab. Ich weiß ja jetzt, wie ich mir selber einen basteln kann. Aus der Ringformel und Fantasie.«

Emma fuhr Theo und dem Marthopp über die Wange. »Du schaffst es. Ich mache mich mit Danni auf die Socken. Wir haben noch tausend Rätsel zu knacken.«

Theo winkte ihnen zufrieden nach. Die Kinder waren alle jünger und schauten zu ihm auf. Er war der einzige mit Zaubertracht und Bart, ihr Lehrmeister für Zauberei. Auch wenn es nur ein Spiel war: Hier hatte er seine Rolle gefunden. Für Emma war er nur ein Fliegengewicht gewesen, im Kreis der Kinder dagegen stand er breitbeinig da wie ein Kerl, der tausend wilde Abenteuer zu erzählen wusste.

Danni war glücklich, wie sich alles ergeben hatte. Nur schade, dass ihnen der Schrumpfkopf entwischt war. Er hätte zu gerne gesehen, wie der sich durch die Höhlenfahrt verändert hätte. »Wie hat es Theo eigentlich geschafft, dass der Marthopp so lebendig wird? Gibt es dafür auch eine Formel?«

»Lebendiges zu manifestieren unterscheidet sich nur durch einen Schritt vom Manifestieren toter Gegenstände: *Cita-Meht* wird umgewandelt in *Meht-Âma*, den Met der Liebe, und erst dann in *Meht-Tammat*, die feste Form.«

»Met der Liebe? Wie soll das denn gehen?«

»Das verstehst du noch nicht.« Emma wurde plötzlich rot und sah zu Boden. »Jetzt liegen erst mal andere Dinge an. Wo finden wir Kit? Das ist die nächste Frage.«

Unvermittelt blieb sie stehen. »Am besten nehmen wir die Bergbahn auf Höhe des Marsrings und steigen im Nordwestsektor aus. Dort gibt es einen Flecken namens *Hṛt*. Irgendwo in der Nähe wohnt die *Meht-Amma*. Sie betreut angeblich eine streng geheime Züchtung. Von ihr bekommen wir sicher einen Hinweis.«

SAM MEHTA *in* CITTÀ AMEHTÀM, *der Stadt der Gestaltung*

## 18. Die Meht-Amma

Sie waren an der Bergbahn angelangt: ein kleines Bahnhofsgebäude, innen mit Bildern der Gegend, einer Karte mit Anbaugebieten für den Met des Nordens, mit großen Kornfeldern, Obstplantagen, Gemüsebeeten und Treibhäusern. Die Bahn bestand aus einem einzigen Wagen, der aussah wie der Triebwagen, in dem Danni von Landen in den Ring gekommen war. Danni zögerte einzusteigen. Er hatte plötzlich Angst.

»Was ist?« fragte Emma. »Steig ein.«

»Als ich in so einem Triebwagen saß, kam mir ein Gegenzug entgegen, mit dem ich um ein Haar zusammengeprallt wäre.«

»So was gibt's hier nicht. Der Norden steht unter *Mehtas* Schutz. Im Nordwesten müssen wir allerdings aufpassen. Dort ist das Reisen am gefährlichsten. Die Menschen lieben ihre Freiheit, aber du weißt nie, wem sie gewogen sind. Als Freund sind sie herzlich und treu, als Feind unerbittlich und streng. Ein falsches Wort, und sie sind dein Feind.«

»Bergvolk«, dachte Danni und stieg ein. »Wie die Schweizer, Bayern und Tiroler.«

Die Bahn fuhr durch karge Gebirgslandschaft, durch Tunnel und über Brücken. Bei freier Aussicht sahen sie links unter sich den See, an dessen Ufer die Ringbahn verlief. Eigentlich ein schöner Anblick. Trotzdem wurde Danni das Gefühl nicht los, das irgend etwas Bedrohliches auf sie zukam. Am liebsten wäre er ausgestiegen und zurückgelaufen.

Endlich hielt der Wagen auf einer Brücke, und sie stiegen aus. Ein windschiefes Dach, ähnlich einer Straßenbahnhaltestelle, beschirmte das Bahnhofsschild *Hṛt*. Weit und breit keine Häuser, kein Mensch.

»Sind wir hier richtig?« fragte Danni. »Bist du sicher?«

»Todsicher. Die *Meht-Amma* wohnt in der Nähe von *Hṛt*. Der Bahnhof ist einsam, aber das will nichts heißen.«

Emma lief ans Geländer der Eisenbahnbrücke und schaute in die Tiefe. »Erinnerst du dich an die Einweihung des Tammathemer Rings? Als Timmit über dem Brückenpfeiler über das T sprach?«

»Ja. Darüber habe ich mit Tom gesprochen.«

»Auf genau so einem T-Träger stehen wir hier auch. Die Brücke führt über die *Eht*. Hier muss laut Ringformel die *Meht-Amma* wohnen. Ich weiß nur nicht genau, wo.«

Danni hatte keine große Hoffnung. »Wie soll in dieser Einöde ein Säugling wohnen? Der braucht doch Milch.«

»Da bin ich mir nicht so sicher.«

Sie verließen die Brücke und liefen einen Trampelpfad entlang. Hinter einem Hügel erstreckte sich ein weites Tal. Am Weg nach unten stand eine einsame Hütte.

»Was sagen wir, wenn uns jemand fragt, was wir suchen?«

»Uns fällt schon was ein«, meinte Emma. »Nur das Wort Superkind oder der Name Kit darf nicht fallen.«

Bei der nächsten Wegbiegung sahen sie, dass aus der Hütte grünlicher Rauch Aufstieg. Danni schnupperte und rümpfte die Nase. »Der Geruch kommt mir bekannt vor.«

Emma rümpfte ebenfalls die Nase. »Seltsam. Wieso heizt hier jemand mit Drachendung? Das passt gar nicht zu der Gegend. Am besten schleichen wir uns heimlich an und schauen mal durchs Fenster.«

»Wie soll das gehen? Durchs Fenster sieht man uns von weitem.«

»Hm.« Emma strich sich eine Strähne aus der Stirn und kaute auf ihrem Mittelfinger, während sie überlegte. »Am besten, wir teilen uns. Einer kommt von vorne und lenkt die Bewohner ab, der andere schleicht sich hinten ans Fenster und erkundet, ob irgendwas auf einen Säugling deutet. Was ist dir lieber: Ablenken oder Anschleichen?«

»Ich schleiche mich lieber an.«

»Gut. Falls was schief läuft, treffen wir uns dort unten«. Emma sah sich um und deutete auf eine Baumgruppe. »Pscht!« Sie legte den Finger an den Mund. »Dort unten tut sich was. Aus dem Schornstein quillt dicker Rauch. Da muss jemand kochen. Ich laufe jetzt vors Haus und schlage Lärm. Du schleichst dich hintern an und schaust durchs Fenster. Wir treffen uns im Tannenwäldchen.«

»Okay.« Unter der spärlichen Deckung von Kiefern und Felsbrocken näherte sich Danni der Hütte, bis er von oben in das Fenster unterm Schornstein sehen konnte. Durch das Eisengitter sah er, wie zwei grünlich beschuppte Hände etwas in den Ofen schoben, und hörte eine kehlige Stimme. »Kchch, Schande! Pizza und Paella! Für einen Säugling.«

Danni horchte auf.

»*Tammôtammas* Liebling! Warum gibt man es nicht mir? Ich bin doch die Amme.«

Oho! Das Kind war gar nicht hier? Wo war es dann? Was wusste die Amme darüber?

»*Tumbmat!* Diese lahme Ente ... Na ja, ich halte mich raus ... Pizza und Paella! Und Papadams!« Die grünlichen Hände schoben einen dicken Stiel in den Kamin.

»Und Drachendung! In diesem Alter! Ich glaube, Menschen fressen sogar Krokodile.«

Was für ein Wesen war das, das so seltsam über Menschen dachte? Die beschuppten Arme verhießen nichts Gutes. Danni hätte gerne das Gesicht gesehen, wagte sich aber nicht von seinem Felsen herunter.

Da schrie jemand vor dem Haus. »Hilfe, Hilfe!« Das war Emma.

»Kchch ... Wer schreit denn da?« hörte er die Amme.

Eine Tür schlug zu, dann war es still. Flugs sprang Danni von seinem Felsen und schaute durchs Fenster. Unter dem offenen Kamin war ein Steinofen wie in einer Pizzeria. Daneben eine Fläche mit Teig, Gemüse und Garnelen. Wenn hier Pizza gebacken wurde, wurde sie sicher noch warm serviert. Also konnte der Säugling nicht weit sein. Danni sah, wie die Küchentür aufging, und duckte sich.

Jetzt erklang Emmas Stimme: »Hoffentlich kein Schlangenbiss oder Skorpion.«

»Zeig mal her, Kind. Ach woher! Ein Schiefer, völlig harmlos. Etwas Met und alles ist vergessen. Bis du heiratest ist alles wieder gut.«

»Da fällt mir ein Stein vom Herzen, liebe Amme. Wie kann ich Ihnen danken?«

»Nicht der Rede wert, Kind. Aber könntest du mir einen Gefallen tun?«

»Gerne.«

»Ich backe gerade Futter für einen Vielfraß.«

»Wie? Das ist alles für ein einziges Kind?«

»Ja. Es frisst wie der Teufel. Eigentlich sind es zwei. Aber das zweite frisst kaum. Das ist auch nicht gut. Eines alles und das andere nichts.«

»Sind es Geschwister?«

»Ach woher! Angeblich eine neue Züchtung mit *Tammôtammas* ... Gott, was rede ich. Vergiss es, Kind!«

»Und wie kann ich helfen?«

»Wolltest du nicht in den Westsektor? Könntest du was mitnehmen zum Sumpf?«

»Ja gerne.«

»Wohin willst du genau?«

»Das ist ja das Dumme: Ich weiß es noch nicht genau.«

»Du weißt nicht, wohin du willst?«

»Doch, eigentlich schon.« Emma schwieg eine Weile. »Ich will …«

»Na, sprich doch, Kind. Oder hast du was ausgefressen?«

»Ausgefressen ist nicht das richtige Wort, aber …«

»Kind. Ich war selber mal jung. Was hast du vor?«

»Ich … hab versprochen, es niemandem zu sagen.«

»Die *Meht-Amma* ist so gut wie niemand. Bei mir bleibt alles geheim. Ich bin nur dem Wesen verpflichtet, das ich aufziehe.«

»Das ist es ja. Die Eltern des Kindes …«

»Welches Kindes?«

»Das Sie großziehen sollen.«

»Des Mädchen oder des Jungen?«

Danni spitzte die Ohren. Er musste an den Zeitungsausschnitt im Hügliswiler Boten denken: »*Dies ist schon der zweite Fall einer Superkind-Entführung. Vor Monaten wurde das Superkind von St. Louis …*« Waren sie beiden Kindern auf der Spur?

»Die Eltern des entführten Kindes suchen nämlich …«

»Eltern? Es sind doch Waisenkinder. Die Eltern sind tot!«

Danni spürte einen Stich im Herzen. Hatte man die Meht-Amme belogen? Oder war es die Wahrheit? Seit er Hügliswil verlassen und sein Handy abgestellt hatte, hatte er keinen Gedanken an Urs verschwendet. Jetzt kam ihm zum ersten Mal der schreckliche Gedanke, Urs könnte etwas zugestoßen sein.

»Nein«, sagte Emma mit fester Stimme. »Das stimmt nicht. Die Eltern suchen verzweifelt ihre Kinder. Sie wurden ihnen geraubt.«

Danni hörte lautes Geschepper. War der Amme die Pfanne aus der Hand gerutscht? Vorsichtig schielte er durchs Fenster, sah aber nur die Zimmerdecke.

»Mädchen! Das hieße ja, ich unterstütze ein Verbrechen. Das kann nicht sein. Mein Auftrag kommt von ganz oben.«

»Von wem?«

»Kind, kannst du mir beweisen, was du sagst?«

»Ich weiß es. Ist das nicht Beweis genug?«

»Aber woher? Von wem? Aus welcher Quelle?«

Vorsicht, dachte Danni. Jetzt begann das umgekehrte Kreuzverhör. War der *Meht-Amma* zu trauen? Wie treu blieb sie ihrem Auftrag? Von wem kam er? Monsieur Mart? Dr. Timmit? Emma durfte sich auf keinen Fall verplappern.

»Sie wissen doch, *Meht-Amma*, das sind keine gewöhnlichen Ziehkinder, keine aus dem Ring, meine ich.«

»Deswegen brauchen sie ja Menschennahrung: Pizza, Paella, Papadams, lauter Zeugs aus einem Kochbuch für Menschen. Trotzdem rührt das eine kaum was an und wächst nicht.«

»Es sind eben Menschenkinder, gekreuzt von Superkids mit *Tammathemer* Erbanlagen. Deswegen sind gewisse Kreise so hinter ihnen her. Aber die *Meht-Amma* ist doch den Wesen verpflichtet, die sie groß zieht, oder?«

»Natürlich. Niemandem sonst.«

»Also tut sie alles, damit die Wesen sich entwickeln können.«

»Selbstverständlich.«

»Und wo sind sie jetzt? Wer behütet, wer beschützt sie? Wer kennt die Bedürfnisse menschlicher Frischlinge besser als ihre Eltern?«

»Schlag dir das aus dem Kopf, Mädchen. Sie sind doch jetzt bei …«

Mitten im Satz brach sie ab. Sie schaute durch das Eisengitter am Fenster direkt in Dannis Gesicht. Vor lauter Neugier hatte er sich zu weit hoch gewagt. Er blickte in ein grünliches Gesicht und dachte sofort an seine Mutter. Genau so grün war sie geworden, als die Komplikationen mit der Schwangerschaft begonnen hatten.

»Was ist das denn? Ein Komplize? Was führt ihr im Schilde, Kinder? Ich rufe sofort …«

Die Amme verschwand aus Dannis Blickfeld. Gleich darauf erschien Emma an der Hausecke und winkte. Er schlug sich mit ihr in die Büsche, und sie kletterten die Böschung abwärts, bis die Hütte außer Sicht war. Auf dem steinigen Boden hinterließen sie keine Spuren. Dennoch erschien der Kopf der Amme am oberen Rand der Böschung.

»Kommt zurück, Kinder!« rief sie. »Ich glaube euch jedes Wort.«

Emma blieb unschlüssig stehen. Sie hatten noch nicht erfahren, wo die Säuglinge waren. Wollte die Amme sie in eine Falle locken?

»Vielen Dank, aber wir müssen weiter«, rief sie. Und zu Danni flüsterte sie. »Sicher ist sicher. Ab ins Tal. Im Sumpf wohnt ein Saurier. Den suchen wir auf. Vielleicht erfahren wir dort mehr.«

»Saurier?« Danni wurde es flau in der Magengrube. »Das erinnert mich an Toms magische Spielchen. Bis wir unten sind, hat die Amme sicher längst Alarm geschlagen oder fängt uns selber unten ab.«

»Okay. Wir schauen uns mal am Ufer um. Auf der Brücke über diese Schlucht sind wir ausgestiegen.«

Ein etwa zwei Menschenlängen breiter Fluss stürzte sich hier ins Tal. Anscheinend führte der Fluss Hochwasser, denn das Ufer war bis zum Wasserspiegel grün bewachsen. Neben einem Gebüsch entdeckten sie ein roh gezimmertes Bretterdach, darunter ein Schlauchboot und aufgeblasene Autoreifen.

»Autoreifen!« rief Emma. »Die schickt uns der Himmel. Wenn wir ihr Schlauchboot nehmen, wird die Amme böse. Aber die Reifen wird sie uns verzeihen.«

»Was sollen wir denn damit?«

»Wildwasserfahrt: Wir setzen uns in die Reifen und fahren damit ins Tal.«

»Bei dieser starken Strömung gibt es sicher Stromschnellen und Wasserfälle.«

Emma überlegte. »Uns bleibt keine andere Wahl. Wenn ein Wasserfall kommt, gehen wir am Ufer lang, bis es weitergeht. Steig ein! Unsere Kleider werden nass, aber im heißfeuchten Sumpf hängen uns die Kleider sowieso wie nasse Lappen vom Leib. Bloß die Abzweigung dürfen wir nicht verpassen.« Sie rollte einen Reifen zu Danni hinüber. »Bleib dicht hinter mir, bis der Nebenarm kommt. Ich glaube, es ist der dritte oder vierte rechts. Und in Kurven immer im breiten Flussbett bleiben. Die engen Querrinnen haben reißende Strömung.«

Emma legte einen Reifen aufs Wasser und setzte sich hinein wie in einen Sessel, den Hintern im Reifenloch, Beine und Arme außen als Ruder. Danni machte es ihr nach. Als sein Reifen in der Mitte schwamm, trug ihn die Strömung sofort hinter Emma nach unten.

»Nicht am Gestrüpp festhalten!« rief Emma. »Sonst verlierst du den Reifen. Einfach mit der Strömung treiben lassen.«

Danni spürte die Geschwindigkeit und Kraft der Strömung. Gleich, nachdem er sich vom Ufer abgestoßen hatte, drehte sich sein Reifen, und er schaute mit dem Gesicht stromaufwärts. Aber zum Wenden war die Strömung zu stark. So nutzte er seine Füße als Steuer, um in der Mitte des Flussbetts zu bleiben.

Im Zickzack schlängelte sich der Fluss durch die Berglandschaft. Als Danni von der Strömung gegen ein Steinufer gedrückt wurde, stieß er sich mit den Händen ab, der Reifen drehte sich und er schaute wieder nach vorne. Von Emma war nichts mehr zu sehen. Wie weit war sie voraus? Es ging immer schneller. Keine Menschenseele weit und breit.

Danni schlug sich das Knie an einem Ast auf, aber er widerstand der Versuchung, sich im Geäst festzuklammern. Wenn er den Reifen verlor, müsste er zu Fuß durchs Ufergestrüpp. Ob er Emma dann wiederfinden würde?

Plötzlich machte der Fluss einen Knick, und die Strömung spülte Danni geradeaus in eine Querrinne. Halt, dachte er. vor Querrinnen hatte ihn Emma gewarnt. Wohin führte die Rinne? Wie steil schoss sie voran? Er hakte einen Arm unter den Reifen und klammerte sich mit der anderen Hand an einem Ast fest.

Der reißende Schwall drückte seinen Kopf unter Wasser. Er schnappte nach Luft, schluckte Wasser, musste husten, bekam keine Luft. Er wollte den Kopf heben, um Luft zu schöpfen, aber die Strömung war stärker. Endlich gelang es ihm, den Mund über Wasser zu halten. Er holte tief Luft und spuckte das Wasser aus, das ihm in die Luftröhre gelaufen war.

Mein Gott! Wildwasserfahrt. Es hatte so harmlos geklungen. Schnell und mühelos vorwärtskommen. Eine falsche Rinne und er wäre fast erstickt in der Wassermasse, die den Berg abwärts stürzte.

Er musste sich zurück ins Flussbett hangeln, musste sich mindestens vier, fünf Armlängen gegen die Strömung stemmen. Bis zum Hals stand er im Wasser und umklammerte mit dem Unterarm den Reifen. Er durfte den Ast nicht loslassen und den Reifen nicht verlieren. Er hakte ihn in die Ellenbeuge und zog sich mit aller Kraft von Ast zu Ast zurück zum Flussbett. Emma hatte den Engpass wahrscheinlich gar nicht bemerkt. Hoffentlich wartete sie, bevor die Abzweigung kam.

Erschöpft warf er sich in den Reifen, bevor ihn die Strömung im Flussbett wieder davontrug. Nach einer Mäanderschlaufe sah er den Strahl der Rinne als Wasserfall in den Fluss stürzen. Wäre er der Rinne gefolgt, wäre er im Wasserfall gelandet. Ob er das überlebt hätte?

Jetzt weitete sich das Flussbett und bildete ein großes Becken. Die Strömung wurde gemächlich und war kaum noch zu spüren. Neben einem überhängendem Ast stand Emma bis zur Brust im Wasser und hielt ihren Reifen unterm Arm.

»Was ist los?« rief sie. »Irgendwo hängen geblieben?«

»Ich wurde in einen Engpass gespült, der als Wasserfall endete. Ich wurde so stark unter Wasser gedrückt, dass ich fast ertrunken wäre.«

»Mein Gott! Und ich stehe hier tatenlos rum. Aber das Ufer ist voller Gestrüpp. Ich hätte nicht zurück gekonnt. Wir müssen unbedingt zusammenbleiben. Hast du vielleicht einen Strick dabei?«

»Klar. Jeder Junge hat Strick in der Tasche. Warum?«

»Wir binden die Reifen zusammen, damit wir uns nicht verlieren.«

»Und wenn der Strick sich verhakt? Dann fliegen wir aus den Reifen und sie schwimmen davon. Ich weiß was Besseres.«

»Und zwar?«

»Wir binden uns die Schnur mit Schlaufen ums Handgelenk. Dann können wir notfalls loslassen.«

»Okay. Wo ist die Schnur?«

Danni griff in die Hosentasche, die unter Wasser viel schwieriger zu durchsuchen war als im Trockenen. Erst durch Emmas Frage merkte er, dass Mädchen ganz andere Dinge mit sich trugen. Für ihn gehörte ein Strick genauso zur Grundausrüstung wie sein Schweizer Taschenmesser. Die Kordel, die er aus der Tasche pulte, war fast so lang wie das Flussbett breit, etwa zwei Körperlängen. Er knüpfte auf beiden Seiten eine Schlaufe und stülpte eine über Emmas Handgelenk, die andere über sein eigenes. Dann schwangen sie sich wieder in die Reifen, suchten das Ufer nach Verfolgern ab und paddelten in die Mitte. Nach dem Becken wurde das Flussbett enger und die Strömung wieder stärker.

Bisher hatte Danni nicht darüber nachgedacht, was die *Meht-Amma* wohl seit ihrer Flucht unternommen hatte. Sicher war sie nicht untätig geblieben. Wer weiß, wozu sie die Sorge um ihre Zöglinge oder die Angst vor ihren Auftraggebern alles trieb? Er dachte noch an die *Amma*, als Emma schrie: »Zum Ufer! Zum Ufer! Ruder was du kannst!«

Emma ruderte mit beiden Armen wie wild ans rechte Ufer, aber das Flussbett war hier flach und die Strömung sehr stark. Danni wurde an Emma vorbeigerissen und zog sie mit der Schnur an eine Kante, wo der Wasserspiegel schlagartig abknickte. Auch das Ufer knickte ab wie abgesägt. Von vorn erklang das kräftige Tosen stürzender Wassermassen.

»Wasserfall!« schrie Emma. »An Land!«

Dannis Reifen trieb unerbittlich auf die Wasserkante zu. In der Mitte ragte ein Felsen aus dem Wasser, um den sich eine knorrige Bachweide krallte. Danni steuerte den Felsen an und hielt sich am Ast der Weide fest. Sein Reifen kippte, Danni sank ins Wasser und fühlte festen Grund unter den Füßen, während der Reifen hinter der Wasserkante verschwand. Das Tosen des Wasserfalls war ohrenbetäubend.

Emma hatte sich ans Ufer gerettet und hielt sich an einem überhängenden Grasbüschel fest. Weder Äste noch Gestrüpp gab es am Ufer. Das Grasbüschel lockerte sich bereits, aber das Ufer war zum Rausklettern hoch. Emmas Reifen kam der Kante gefährlich nahe. Das Grasbüschel konnte sich jederzeit lösen.

»Runter vom Reifen!« schrie Danni. »Das Flussbett ist flach. Es geht nur bis zum Knöchel.«

Im nächsten Augenblick saß Emma im Flussbett, während ihr Reifen in die Tiefe stürzte. Sie stand auf. Die Strömung war stark, aber das Wasser ging ihr nur bis zur Wade. Als sie den Arm heben wollte, um sich hochzustemmen, wurde ihre Hand wie von einer unsichtbaren Kraft zurückgezogen. Danni wurde von dem Ruck am Strick vom Felsen gerissen und fiel der Länge nach ins Flussbett, gerade vor die Wasserkante, wo ihn die Strömung wie Treibholz mit dem Kopf voran nach vorne drückte. Er krümmte sich zu einem schweren Paket zusammen und suchte mit den Händen Halt an den moosüberwachsenen Felsbrocken im Flussbett. Seine Arme ragten bis zum Ellbogen ins Wasser. Auch seine Füße und Knie fanden Halt, aber die Steine waren glitschig vom Moos oder Tang. Er blickte über die Kante und erschauderte: Zwei Baumhöhen tiefer stürzte das Wasser schäumend in ein tiefblaues Becken. Die Strömung zerrte an ihm und wollte ihn mit Macht über die Kante spülen.

»Ich weiß was!« rief Emma. »Binde den Strick an eine Weidenrute. Dann ziehe ich den Ast herüber, und du hangelst dich ans Ufer.«

Der Gedanke gefiel ihm. Er zog die Linke aus dem Wasser und wollte die Weide erreichen, aber sie war zu weit. »Der Strick ist zu kurz!« rief er. »Kannst du noch Leine geben?«

»Geht nicht. Ich erreiche nur knapp das Ufer.« Emma schaute sich um und entdeckte Efeuranken, die über das Ufer hingen. Sie rupfte eine

Ranke aus der Erde, ließ das Ende im Boden verankert und knüpfte den Strick an die Ranke. »Jetzt müsste es lang genug sein.«

Danni spürte den Strick jetzt locker am Handgelenk, gab sich einen Ruck und erreichte mit der anderen Hand die Weide. Als er sich zur Insel ziehen wollte, rutschte er auf den glitschigen Steinen ab und seine Beine wurden von der Strömung über die Kante gespült. Unterm Bauch spürte er die moosbewachsenen Steine. Der Weidenast bog sich bedenklich über den Abhang.

Er schaute nicht nach unten. Wenn er schwindlig wurde, war er verloren. Er stemmte sich gegen die Strömung, um die Beine über die Kante zu schwingen, und zog den Oberkörper näher an die Weide. Aber um den Stamm zu ergreifen, musste er den Ast, an dem er hing, loslassen. Er schwang den Oberkörper vor und griff blitzschnell um. Fast wäre er abgerutscht und in die Tiefe gestürzt. Am Stamm zog er sich höher, bis er ein Knie über die Kante schwingen konnte und mit beiden Beinen auf der Felseninsel landete.

Er band die Schnur an eine überhängende Rute und rief: »Jetzt.«

Emma kletterte die Böschung hinauf und zog an der Schnur, bis sie den biegsamen Weidenast in Händen hielt.

»Jetzt«, rief sie. »Aber vorsichtig!«

Danni rüttelte an dem Ast, um seine Festigkeit zu prüfen, und hangelte sich Schritt für Schritt ans Ufer. Dort sank er erschöpft ins Gras. Das Tosen des Wasserfalls dröhnte wie ein Albtraum in seinen Ohren.

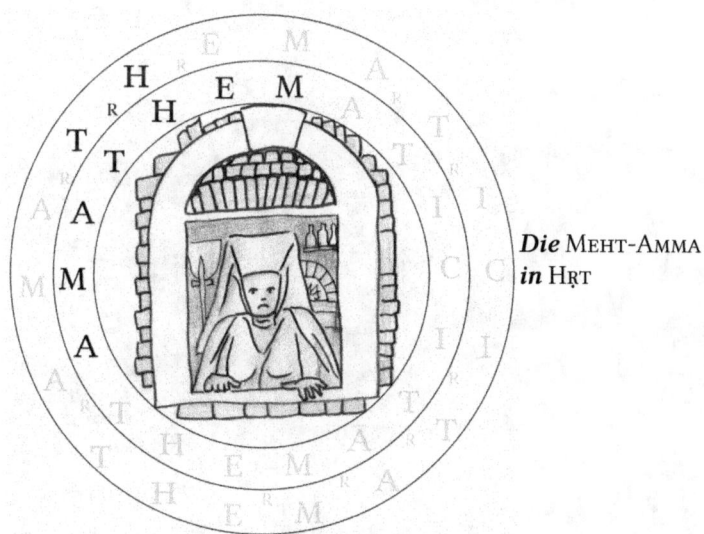

*Die* Meht-Amma
*in* Hṛt

# Teil 3

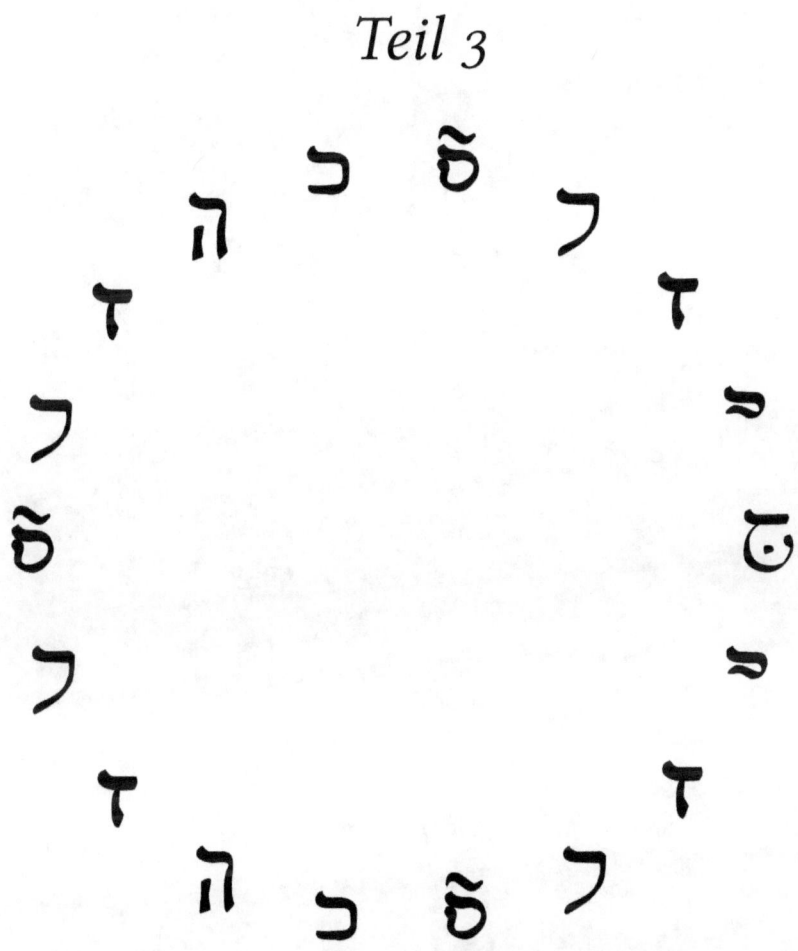

*Dass du nicht enden kannst, das macht dich groß,*
*Und dass du nie beginnst, das ist dein Los.*
*Dein Lied ist drehend wie das Sterngewölbe,*
*Anfang und Ende immerfort dasselbe,*
*Und was die Mitte bringt, ist offenbar*
*Das, was zu Ende bleibt und anfangs war.*
*– Johann Wolfgang von Goethe*

## 19. Im Sumpf belauscht

»Ich blöde Nudel«, sagte Emma plötzlich und blieb stehen. »Wir sind gar nicht die *Eht*, sondern die *Ta* entlang geschwommen. *Eht* heißt das Nebeltal, der Fluss heißt *Ta*. Schade, dass die Autoreifen weg sind. Ich hätte sie der *Meht-Amma* gerne ans Ufer gelegt. Aber vielleicht ist es besser so.« Sie hielt die Hand als Sonnenschirm vor die Stirn und suchte den Fluss ab. »Wenn sie die Reifen weiter unten finden, glauben sie, wir wären in den Wasserfall gestürzt. Das gibt uns Vorsprung. Vielleicht landen die Reifen sogar im See. Das verwischt unsere Spur. Zum Sumpf geht es jetzt nämlich rechts lang. Wo man dort Babys großziehen kann, ist mir allerdings ein Rätsel.«

»Hier rumstehen hilft auch nichts. Wir müssen den Saurier finden.«

»Eigentlich kenne ich den Ring wie meine Westentasche. Nur den Westsektor nicht. Hier gibt es giftige Dämpfe, die dich benebeln wie der *Tammathemer* Duft. Ich weiß nur, dass der Wald an den Sumpf stößt. Ein Abhang trennt die beiden. Wie wir dort runter kommen, weiß ich allerdings nicht.«

»Wir suchen einfach den Abhang ab, bis wir einen Weg finden.«

Sie durchquerten dichten Mischwald bis zu dem Abhang, wo der Wald abrupt abbrach. Da hörten sie Geräusche aus dem Tal.

Emma blieb stehen. »Scht! Da ist jemand. Kriech unter die Büsche und schau ins Tal!«

Vorsichtig krochen sie durchs Unterholz und vermieden jedes Knacken der Zweige. Schlammgrüner Dunst lag über der Gegend, brannte in den Augen, ätzte in der Nase. Dannis Lider wurden ihm schwer, Arme und Füße fühlten sich an wie Blei. Und das Amulett zog schwer an seinem Hals, als wollte ihn eine Hand in die Erde ziehen. Unbeholfen und schwer atmend kroch er bis zum Waldrand. Hinter den Büschen fiel die Felswand steil ab. Aus der Tiefe ragten vorsintflutliche Baumriesen mit Stämmen aus vielen Strängen, die ihre knorrigen Finger in den Himmel reckten.

Nicht weit vor ihnen ragte aus dem Sumpf ein braungrüner Buckel mit langem, kalkig grünem Giraffenhals, der in einem kleinen, flachen Kopf mündete. Danni erinnerte sich an Bilder von langhalsigen Sauropoden, die seit vielen Jahrmillionen als ausgestorben galten.

»Eines versteh ich nicht, *Sampat*«, sagte der Langhals mit schleppender Stimme, »dieses Theater zur Jahrtausendwende! Das haben wir doch früher nie gefeiert.«

Er knabberte an einem Blätterbüschel in der Krone eines Baumriesen.

»Wir hatten ja auch keinen Grund,« krächzte es hell zurück. Unter dem Blätterbüschel ragte ein kerzengerader, gelber Schwanz heraus. Dort musste der zweite Sprecher sitzen, vielleicht ein großer Vogel oder ein Flugsaurier.

»Tausend vor, Tausend nach. Warum feiern wir das überhaupt?«

»Erinnerst du dich noch ans Erste Reich?«

»Natürlich! Goldene Zeiten. Leider vorbei. Ich höre noch wie heute: *Ihr habt als Ordnungshüter verspielt. Die Erde kriegt einen neuen.*«

»Und wer hat das Rennen gemacht? Dieser Vollidiot auf zwei Hinterläufen. Aber wer zuletzt lacht, lacht am besten. Seine Tage sind gezählt.«

»Wieso?«

»Du kennst doch den Witz, wie sich die Erde bei der Venus beklagt, sie habe *Homo sapiens*. Das ist bald vorbei, tröstet die Venus, er zerstört schon seine Erbsubstanz.«

»Soll ich jetzt lachen?«

»Ja.«

»Warum?«

»Weil's witzig ist.«

»Und was ist daran witzig?«

»Für *Homo sapiens* natürlich nichts. Aber für uns: Unser Comeback naht: Die nächsten Jahrmilliönchen herrschen wir.«

»Das seh ich nicht.« Der Langhals schaukelte hin und her und knabberte weitere Blätterbüschel ab.

»*Tumbmat*, lebst du hinterm Orion? Hast du nicht mitgekriegt, woran *Tammôtamma* seit Anbeginn des Zweiten Reiches bastelt?«

»Woran denn?«

»Selig sind, die eine lange Speiseröhre haben.«

»Dass dein Hals kürzer ist als meiner, *Sampat*, ist noch lange kein Grund, schnippische Bemerkungen zu machen.«

Der lange, gelbe Schwanz, der unter dem Blätterbüschel hervorragte, schwang hin und her, und Danni konnte sehen, dass er schwarz gestreift war. »Also gut. Fangen wir bei *Mâ* und *Âma* an«, krächzte die helle Stimme. »Am Anfang war *Mâ*, die Urmutter. Und als sich *Mâ* im Spiegel sah, entdeckte sie in ihrem Herzen *Âma*. Und *Âma* durchbohrte ihr Herz mit Blumenpfeilen. So kamen Lust, Gefühl und Sumpf in diese Welt ...«

»... und dem Sumpf entstieg der Saurier.«

»Und als der Saurier versumpfte, kam der Mensch ...«

»... der ebenfalls versumpfte«

»Denn er hatte einen kurzen Hals. Was heißt das?«

»Kurzsichtiges Denken.«

»Genau ... Du findest weit und breit kein Wesen, dessen IQ nur annähernd so niedrig ist.«

»Dann müsste es doch leicht sein, unsre Herrschaft wieder ...«

»Endlich fällt der Groschen. Genau zu diesem Zweck schenkte *Tammôtamma* dem Menschen ein trojanisches Pferd: die *Tammathemer* Gentechnik.«

»Wie? Dann weiß der Mensch genauso viel wie wir?«

»Von wegen. Diese Technik entfaltet nicht die Gene, sondern verfremdet sie.«

»Aber die Gene sind doch der einzige Bezugspunkt zum Selbst.«

»Du sagst es. Und was geschieht, wenn sie verfremdet werden?«

»Genial! Dann liegt die Eintagsfliege bald mit gekrümmten Beinen auf dem Rücken, und wir feiern unser Comeback. Aber wie kommen wir aus der Ätherwelt wieder nach draußen?«

»Das ist *Tammôtammas* genialster Trick: eine Kreuzung zwischen Mensch und ihm. Die erste Züchtung ist bereits geglückt.«

Eine dunkle Wolke überzog den Himmel. Über der Wolke knisterte es wie tausend Wunderkerzen. Es roch nach Feuerwerk und sprühenden Eisenfunken. Dannis Kniekehlen und Ellenbeugen fühlten sich elektrisiert an, als hätte er sich am Musikantenknochen gestoßen. Und das Amulett zog so stark an seinem Hals, dass ihm die goldene Kette schmerzhaft in den Nacken schnitt. Emma tippte ihn am Ellbogen.

»Duck dich«, flüsterte sie. »Er kreist wieder.«

»Wer?«

»So riecht und knistert es immer, wenn er kreist. Die meisten wissen gar nicht, wer das ist.«

Als das Knistern schwächer wurde, lauschten sie wieder den Sauriern.

»… gibt es tatsächlich Fälle«, krächzte es aus den Blättern, »wo die Sache schiefgegangen ist. Aber du kennst ja unsere Zähigkeit. Wir brauchen nur ein Männchen und ein Weibchen. Noah hatte auch nur ein Paar jeder Gattung in der Arche. Und von der Erde hüpfen wir zu anderen Planeten. In drei Tagen schickt Homo sapiens seine erste Mannschaft Richtung Mars.«

Danni erschrak. Was hatte der Zügelhalter gesagt? »Wir müssen zuschlagen, bevor die bemannten Raumschiffe starten.« Jetzt wurde es brenzlig. Aber was konnte er tun? Wenn er nur wüsste, welcher Schlag ihnen drohte. Eine Atombombe? Ein Asteroiden-Einschlag? Und wieso ging dieser Schlag von *Schammat* aus?

Inzwischen hatte *Tumbmat* den Ast so kahl gerupft, dass ein kleiner, gelbroter Flugsaurier mit Krähenkopf zum Vorschein kam. Nur sein langer Schwanz war schwarz gestreift. Ruckartig duckte sich Danni ins Gebüsch. »Nicht rühren!«, flüsterte Emma. »Flugsaurier sehen die kleinste Bewegung.«

Der Krähenkopf drehte den Kopf zur Seite, bis ein Auge genau in Dannis Richtung schaute. »*Tumbmat*«, sagte er, »dein Knabbern macht mich hungrig. Ich geh mal kurz auf Mückenjagd.«

»Nur zu, *Sampat!* Der Appetit kommt beim Jagen!«

»Bis gleich.«

Der Flugsaurier spannte seine Flughäute, schwang sich geräuschlos in die Luft, umkreiste in weitem Bogen das Gebüsch und verschwand Richtung Norden.

»In die Büsche«, hauchte Emma, »so unauffällig wie möglich!«

Danni schaute zum Himmel: Der Flugsaurier kreiste hoch über ihnen. Bäume und Sträucher verdeckten zwar die Sicht, aber es war unverkennbar: Er hatte sie entdeckt. Was hatte er mit Mückenjagd gemeint? Wollte er sich mit spitzem Schnabel auf sie stürzen? Waren Menschen für ihn nicht viel zu groß? Oder wollte er Grünschädel mit Kampfhunden alarmieren und auf sie hetzen?

Danni dachte an den Grünschädel im Lheumaul, der Emma fast erschossen hätte. Wohin jetzt? Aus der Luft waren sie leicht zu erkennen. Er erinnerte sich an Schweizer Militärübungen, bei denen sich die Soldaten in Tarnkleidung unter abgeschnittenen Zweigen versteckten. Er sah sich nach Büschen mit großen Blättern um, zog sein Schweizer Messer aus der Tasche, klappte das Sägeblatt aus und sägte so unauffällig wie möglich einen Ast mit dichtem Laubwerk ab.

Langsam, jede schnelle Bewegung vermeidend, reichte er Emma den Ast. Sie begriff und hielt ihn als Tarnung über den Kopf. Er sägte einen zweiten Ast ab und hielt ihn über sich.

»Unsere Anoraks«, flüsterte Emma. »Ganz langsam ausziehen und wenden.«

Sie zog ihren leuchtend blauen Anorak aus und kehrte das braun-gelbe Futter nach außen. Unter Deckung des Gebüschs kehrte auch Danni das dunkelgrüne Innenmuster seines Anoraks nach außen. Dann sah er sich nach dichten Laubbäumen um, winkte Emma und kroch mit dem Ast überm Kopf langsam ins Waldinnere. Er sah nach oben: Der Himmel war kaum noch zu sehen. Den Blicken des Sauriers waren sie entronnen.

Und wohin jetzt? Fragend sah er zu Emma. Sie zuckte die Schultern. Sie kannte die Gegend nicht viel besser als er.

Danni dachte an die Berge um Hügliswil und überlegte, wo er sich dort versteckt hätte. Auch hier gab es Felsen, Laub- und Nadelwald. Sie bräuchten einen überhängenden Felsen, zumindest für den Augenblick. Aber möglichst schnell mussten sie in Häusern mit Innenhöfen oder Kellergängen verschwinden.

»Gibt es hier eine Ortschaft?« fragte er Emma.

Sie überlegte eine Weile, dann meinte sie: »Wir sind nahe dem Dorf, wo *Mâ* und *Âma* wohnen. Vielleicht wissen die, wo die Superkinder sind.«

»Und was sagen wir ihnen?«

»Ich glaube, den können wir trauen. *Mâ* und *Âma* sind das schönste Liebespaar im Ring.«

Emma streifte Danni mit einem Blick, der ihm nicht entging. Er sah sofort weg und spähte zum Himmel. Bisher hatte er Emma immer als Kumpel betrachtet und es als selbstverständlich angesehen, dass sie ihm half. Warum eigentlich? Weil Onkel Jeronimus sie darum gebeten hatte? Weil sie Plan B vorantreiben wollte? Weil ihr die Superkinder leid taten, die durch Tammathemer Gentechnik geschädigt waren? In der Fluchtnacht vom Palais Mart in den Südsektor war sie das einzige

Mal richtig wütend auf ihn geworden und hatte ihm einen gehörigen Schrecken eingejagt. Aber sonst war sie immer hilfreich zur Stelle gewesen. Wie eine Fürsorgerin. Oder eine Gouvernante?

Sie war doch eigentlich in seinem Alter. Ein Mädchen, nicht älter als er. Aber sie war kein Mensch aus Fleisch und Blut, sondern eine Ringbewohnerin mit Ätherleib. Entstanden aus dem Klang der Ringformel, wie sie erklärt hatte. Ein Zauberwesen, das in der Menschenwelt nicht leben kann. Oder doch? Könnte Emma den Ring je verlassen? Könnte sie in Hügliswil in seine Klasse gehen? Der Blick, mit dem sie ihn eben gestreift hatte, war ihm nicht geheuer.

Danni suchte den Himmel ab. Vom Flugsaurier weit und breit keine Spur. Wohin war er geflogen?

»Wir müssen auf der Hut sein«, meinte Emma. »Falls die *Meht-Amma* Alarm geschlagen hat, wen wir suchen, tauchen überall die Häscher auf. Wenn die Kinder bei *Mâ* und *Âma* sind, hauen wir dort sofort wieder ab. Den Befreiungsplan knobeln wir dann später aus.«

»Meinst du, das geht so einfach?«

»Denk an Palais Mart. Da wurdest du auch streng bewacht.«

Sie erreichten einen Wanderweg, der in eine Siedlung führte. Als die ersten Häuser in Sicht kamen, blieb Emma neben einem roh gezimmertem Holzschuppen stehen. »Siehst du was Verdächtiges?«

Danni sah sich um. »Ich glaube, die Luft ist rein.«

Emma wendete ihren Anorak. »Wieder normal aussehen ist hier die beste Tarnung.«

Auch Danni kehrte wieder die grelle Seite seines Anoraks nach außen. Von ihrer Wildwassertour waren die Kleider noch feucht, was nicht gerade vertrauenserweckend wirkte.

»Wenn ich nur wüsste, wo *Mâ* und *Âma* wohnen«, meinte Emma. »Fragen will ich nicht. Am besten streifen wir locker durch die Straßen. Vielleicht finden wir einen Anhaltspunkt.«

Die Dorfstraße war menschenleer.

»Was sagen wir, wenn uns jemand fragt, wohin wir wollen?« fragte Danni.

»Wir bleiben möglichst nahe bei der Wahrheit. Sonst verheddern wir uns bloß. Nur kein Wort über die Superkinder.«

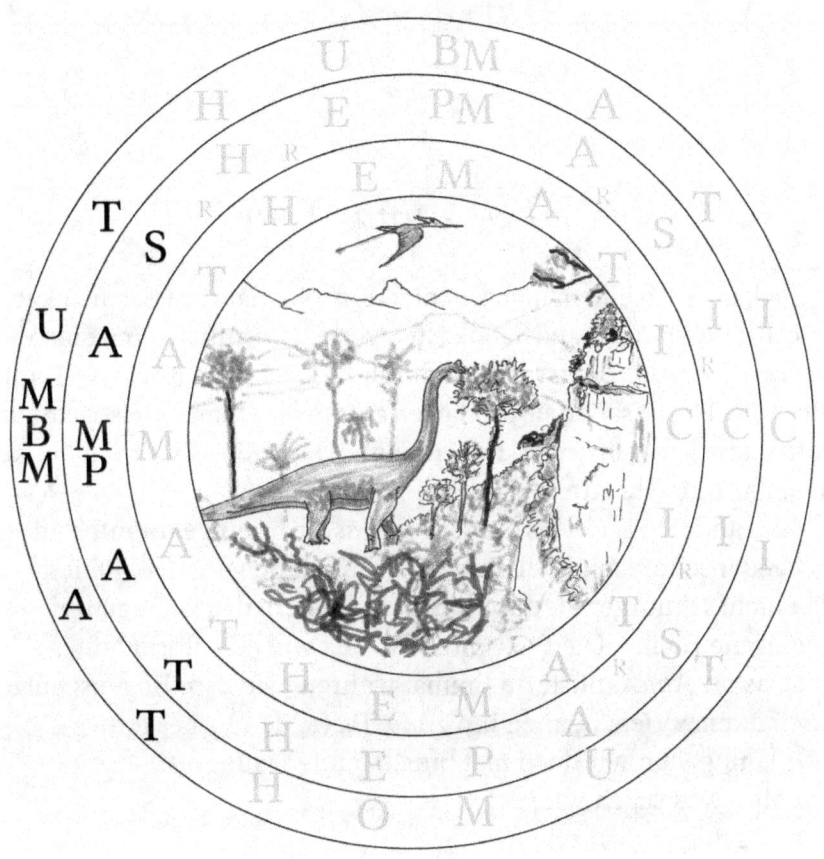

*Die beiden Saurier* SAMPAT *und* TUMBMAT

## 20. Mâ und Âma

Sie kamen an einem menschenleeren Spielplatz mit Schaukel, Rutsche, Kletterstangen und Sandkasten vorbei. Dahinter stand eine Villa mit Heckenzaun. Emma spähte durch die Hecke und winkte Danni. Durch die Hecke sahen sie im Garten eine große, bunte Zielscheibe, die statt Kreise konzentrische Herzen zeigte. Das äußere Herz war dunkelblau, das innerste strahlend gelb.

Vom anderen Ende des Gartens schoss ein braungebrannter Adonis im Lendenschurz mit Pfeil und Bogen auf die Scheibe. Der Pfeil schoss aber nicht schnurgerade durch die Luft, sondern flog im Bogen wie eine geworfene Blume. Die Pfeilspitze sah aus wie eine Rosenblüte.

»Das ist Âma«, flüsterte Emma, während sie dem Bogenschützen zuschauten. »Viele nennen ihn Âma-Thêva, den Liebesgott.«

»Dann gehen wir doch mal hin«, meinte Danni.

»Aber was sagen wir?«

»Lass mich nur machen.«

Zügig schritt Danni voran zum Gartentor und drückte die Klinke herunter. Das Tor schwang quietschend auf, aber Âma ließ sich nicht stören. Danni nahm Emma an der Hand und ging mit ihr auf Âma zu, der gerade einen Rosenpfeil genau ins Gelbe schoss. Zufrieden sah sich Âma nach den beiden um.

»Na, ihr beiden?« rief er mit kräftiger Stimme. »Was gibt's?«

»Nichts«, sagte Danni. Etwas Besseres fiel ihm nicht ein.

»Wen sucht ihr?«

»Wir wollten nur mal zuschauen. Ich hab auch Pfeil und Bogen.«

»Woraus sind deine Pfeile?«

»Zedernholz. Hinten eine Kerbe zum Auflegen auf die Sehne, am Schaft drei Federn zum Steuern und vorne eine Spitze aus Metall.«

»Metall? Und damit zielst du auf Menschen?«

»Nee nee. Auch nicht auf Vögel. Nur auf Bäume und so.«

»Und denen tut das nicht weh?«

»Bäume merken doch nichts. Das piekst nur ihre Rinde.«

»Wenn du meinst. Ich verwende andere Pfeile. Soll ich mal auf dich schießen?«

»Lieber nicht. Aus was sind die Pfeile?«

»Rosen. Ich ziele ins Herz. Wer getroffen wird, spürt es sofort.«

»Ins Herz? Fällt er tot um?«

Âma lachte. »Nein. Aber sein Herz fängt an zu bluten.«

»Du verwundest die Menschen? Warum?«

»Weil sie sich freuen, wenn der Rosenpfeil sie trifft.«

»Sind die aber dumm«, entfuhr es Danni.

»Sag das nicht. Willst du's mal spüren? Oder frag das Mädchen hier, die kennt sich sicher aus.«

Er zeigte auf Emma. Danni sah sie mit großen Augen an. »Du verstehst was vom Bogenschießen?«

Emma wurde puterrot und brachte kein Wort heraus. Sie schüttelte nur den Kopf.

»Also, Kinder, was führt euch zu mir?«

Jetzt ergriff Emma das Wort. »Das hier ist Danni aus Hügliswil in der Schweiz. Ich führe ihn durch den Ring und zeige ihm alles. Hier im Westen sind wir, glaube ich, endlich am Ziel.«

»Bringst du ihn mit einem Hintergedanken zu mir? Wie heißt du?«

»Emma.«

»Ach, *emotic Emma Tiek* vom Südsektor? Das gefühlvolle Gör, das alles weiß. Und ihr kommt zu mir, nur um hier schießen zu lernen?«

Danni nickte begeistert. »Darf ich denn?«

»Natürlich!« Âma verschwand in einem Schuppen und brachte einen kleineren Bogen mit Köcher. »Auf die Zielscheibe mit den Herzen.«

Er reichte Danni den Bogen, der federleicht war und sich leicht spannen ließ. Die Sehne klang beim Anzupfen wie die Saite einer Geige. Danni griff in den Köcher und hielt eine langstielige Rose mit fester, geschlossener Knospe in der Hand.

»Huch? Mit so was kann man doch nicht schießen.«

Âma sah ihn belustigt an. »Was würdest du denn damit machen?«

»In die Vase stellen. Oder verschenken.«

»Stimmt. Auch mit Verschenken kannst du ins Herz treffen.«

»Wieso?«

»Reich mal Emma die Rose mit meiner Grußformel: *Âma thê.*«

Danni reichte Emma die Rose. »Hier, soll ich dir geben. *Âma thê.*«

»Ach du lieber Himmel! Muss das sein.« Emma schaute Âma vorwurfsvoll an und weigerte sich, die Rose zu nehmen. Ihre Augenbrauen zogen sich zusammen und gruben eine tiefe Falte in die Stirn.

Âma konnte sich das Lachen kaum verkneifen. »Was hab ich gesagt?« Er stieß Danni den Ellbogen in die Rippen. »Sie will nicht verwundet werden. Jetzt ziele auf die Scheibe und sage: ›*Ma â thê, emôtic*‹.«

Danni spannte die Rose mit Stiel nach vorne auf die Sehne. Âma nahm sie ihm wortlos aus der Hand und drehte sie um. »Die Knospe nach vorne, das trifft sanfter und tiefer. Die Kerbe ist unten.«

Danni begriff das alles nicht. Als er die Rose anlegte, merkte er, dass sich der Stiel mit der Kerbe gut auf die Sehne spannen ließ. Er konnte sogar damit zielen. Er murmelte »*Ma â thê, emôtic*« und schoss. Die Rose flog in hohem Bogen nach vorne, traf die Zielscheibe am unteren Rand und fiel ins Gras.

»Heb den Rosenpfeil auf und bring ihn zurück«, sagte Âma.

Danni lief zur Zielscheibe und hob die Rose auf. Durch den Aufprall war die Knospe aufgebrochen, die Blüte fühlte sich jetzt weich und seidig an und duftete. Als er sie Âma reichen wollte, meinte der: »Gib sie Emma!«

Danni reichte Emma die Rose, sie roch daran und lief dunkelrot an. »Darf ich die behalten?«

Âma rieb sich die Hände, sein Lächeln hatte etwas Schadenfrohes. »Selbstverständlich. Danni hat sie ja dir zuliebe geöffnet. Wenn er weiter übt, trifft er bald ins Gelbe. Jetzt raus damit: Was habt ihr auf dem Herzen?«

Schweigen. Weder Danni noch Emma fiel etwas ein. Schließlich meinte Emma. »Wir haben in *Hṛt* die *Meht-Amma* getroffen.«

»Schön. Grüßt sie von mir, wenn ihr sie trefft.«

»Sie sprach von zwei Ziehkindern aus dem Menschenreich.«

Schlagartig verdüsterte sich Âmas Miene. Das goldene Glitzern um seinen Kopf wurde stumpf und verlor an Glanz. Eine Augenbraue zog sich schräg. »Was hat sie euch erzählt?«

»Sie wären bei Pflegeeltern. Wir würden sie gerne mal sehen.«

»Was haben wir mit Ziehkindern zu tun?«

»Wer sonst ist hier im Westen so liebevoll und achtsam. Also dachten wir ...«

»Emma!« Âma schüttelte tadelnd den Kopf. »Du kennst doch meine Aufgabe. Für Aufzucht von Kindern ist die Meht-Amma zuständig.«

»Aber Kinder aus Fleisch und Blut brauchen keinen Met, sondern Menschennahrung. Deswegen werden sie von Pflegeeltern großgezogen. Und wer ist als Pflegemutter besser geeignet als Mâ?«

»Ich wüsste nicht, wie wir mit so was umgehen sollten. Wir haben andere Sorgen als Kindergeschrei.«

Plötzlich wirkte Âma nicht mehr liebevoll, sondern eher hart und gefühlskalt. Danni wollte am liebsten so schnell wie möglich wieder von hier weg. Hier hatten sie nichts mehr verloren.

Aber Emma ließ nicht locker. »Ist Mâ nicht zu Hause? Ich würde ihr gerne meinen Freund vorstellen.«

»Wenn's unbedingt sein muss.« Âma stand auf und winkte sie ins Haus. »Hallo Mâ, Besuch. Können wir reinkommen?«

Ein leises Stöhnen drang aus einem Raum. Âma öffnete die Tür einen Spalt, steckte den Kopf hinein, kam zurück und zog die Tür wieder zu. »Ihr könnt sie gerne besuchen, aber nicht jetzt. Wenn ihr wollt, zeige ich euch solange unser bescheidenes Heim.«

Emmas Brauen zuckten und ihr Blick sagte Danni: »Besser kann es nicht laufen.«

Danni verstand. Falls die Kinder hier waren, würden irgendwelche Zeichen darauf deuten. Bereitwillig folgten sie Âma in ein Wohnzimmer mit breiter Fensterfront. Weiche Teppiche verschluckten jeden Laut. Blattpflanzen verwandelten den Raum in einen Palmengarten der Südsee. Âma zeigte ihnen die Terrasse. »In diesem Garten züchte ich die Rosen. Wenn ihr irgendwann mal von einem Rosenpfeil getroffen werdet, wisst ihr, woher er kommt.« Er trat zurück ins Wohnzimmer und lud sie in den ersten Stock ein.

Als Danni auf den Marmorstufen stand, spürte er plötzlich wieder das Gewicht des Amuletts um seinen Hals. Als wäre es aus Blei. Gleichzeitig hatte er ein brennendes Gefühl, als wäre das Metall glühend heiß. Abrupt blieb er stehen und konnte nicht weitergehen.

»Was gibt es?« fragte Âma. »Kommt hoch«

Danni stand da wie gelähmt. Was war das nur? Schließlich überwand er sich. »Komme schon.« Nachdenklich stieg er die Treppe hoch.

Âma öffnete einen mit Vorhang verdunkelten Raum. »Das war früher mal ein Bügelraum. Schaut, was daraus geworden ist.«

»Oh, ein Modell des Rings wie bei Mehta«, rief Emma überrascht.

Danni erinnerte sich an seine Zwiesprache mit dem Chamäleon und suchte sofort im westlichen Gebirge nach der Drachenhöhle. Ja, auch hier war eine Höhle. Wohnte darin auch ein lebendes Reptil?

An Stelle des Dorfes, in dem sie gerade waren, stand nur Âmas Haus samt Garten und winzigen Figuren: Âma mit Bogen und Blumenpfeil, neben ihm eine junge Frau mit langem, schwarzen Haar. Neben dem Haus war der Wald mit Abhang und Sumpf, in dem zwei Saurier aus Gummi oder Plastik standen.

»Saurier?« fragte Danni, als sähe er sie zum ersten Mal. »Wann haben die eigentlich gelebt?«

»*Sampat* und *Tumbmat* leben im westlichen Sumpf, seit die Saurier ausgestorben sind.«

»Sie leben, obwohl sie ausgestorben sind? Wie denn das?«

»Auf der Erde ausgestorben, nicht im Ring. Sie sind nicht grobstofflich, sondern aus *Êhta-Mathê*, aus Ätherstoff.«

»Du meinst, sie sind nicht greifbar?«

»Hier im Ring schon. Du bewegst dich ja auch in deinem Ätherleib.«

»Und wenn ich den Ring verlasse?«

»... bleibt dir die Erinnerung, wie nach einem Traum. Aber auch Träume können dein Leben verändern.«

Danni dachte an den Tempeltraum. Ja, das konnte er bestätigen. »Und wer wohnt in der Felsenhöhle hier?«

»*Tammo*, mein Mini-Lindwurm.« Âma sah Danni scharf an, griff in einen Eimer und streute ein paar lebende Mehlwürmer vor die Höhle. Dann winkte er Emma. »Ich glaube, wir lassen unseren Ringbesucher jetzt eine Weile allein.« Er schob Emma aus der Tür, trat auf den Flur und ließ – genau wie es Emma im Norden getan hatte – Danni allein.

Während sich Dannis Augen an das gedämpfte Licht gewöhnten, hörte er leises Kratzen. Ein kleines Reptil steckte den Kopf aus der Höhle und schnupperte die Nahrung. Danni musste an sein Gespräch mit dem Chamäleon denken, bei dem ihm Tammôtamma als überraschend friedliches und weises Wesen erschienen war. Inzwischen wusste er ja, dass im Ringmodell nur harmlose Tierchen Tammôtamma spielten, eine Echse oder ein Gecko. Dennoch: Als ihn das Tier ansah, hatte er wieder das Gefühl, er spräche mit Tammôtamma persönlich.

Jetzt kam die Echse, die Âma »mein Mini-Lindwurm Tammo« getauft hatte, aus der Höhle und fing an, die Mehlwürmer zu fressen. Sie sah tatsächlich aus wie ein kleiner Drache, mit Flughäuten und Widerhaken am Gelenk wie Fledermäuse. Welche Art von Tierchen konnte das sein?

– Gut siehst du aus –, dachte Danni. – Fast wie der echte Tammôtamma in klein. Ich mag dich. Wir sollten Frieden schließen.

– Ganz deiner Meinung –, hörte er im Kopf. – Unter einer Bedingnung.

– Und zwar?

– Du wirst mein Verehrer wie Tom und ordnest dich mir unter.

– Das könnte dir so passen.

– Gut. Dann eben nicht. Du wirst schon sehen, was du davon hast.

– Soll das eine Drohung sein?

– Meine Taktik durchschaust du nie.

– Was kannst du mir schon tun?

– Warte, dich krieg ich. Früher als du denkst.

– Dass ich nicht lache. Ich könnte dich mit einem Stein zertrümmern.

– Versuch's doch. Fang mich! Komm!

– Einer Echse tu ich nichts. Du hast mir ja nichts getan.

– Du vergisst, dass ich Tammôtamma vertrete. Keine zehn Atemzüge, und ich hab dich, du Retter der Welt. Lass alle Hoffnung fahren!

Danni bekam ein mulmiges Gefühl. Was war nur los mit ihm? Wieso stritt er sich plötzlich mit diesem Tier? Zugegeben, es sah nicht so friedlich wie Mehtas Chamäleon aus, sein Blick war stechender, sein Schädel schärfer geschnitten, sein Zackenrücken kriegerisch, aber dennoch war es nur ein kleines Reptil.

Da hörte er Klopfen und Stiefelschritte an der Haustür. Stiefel? Âma trug doch Sandalen und hatte einen federleichten Gang.

Grünschädel! durchfuhr es ihn. Die Schritte kamen die Treppe hoch. Danni verkroch sich hinter der Felslandschaft im Westen. Der Mini-Lindwurm hatte ihn vergessen lassen, dass Tampad und die Meht-Amma nach ihm suchten.

Tammo kehrte Danni jetzt den Rücken zu. Vorsichtig schob Danni seinen Arm vor. Zwei Handbreit über Tammo griff er blitzschnell zu, legte die zweite Hand auf die erste und spürte das zappelnde Tierchen in den hohlen Händen. Beißen konnte es nicht. Sein Maul war für Dannis Hände viel zu klein.

Die Tür wurde aufgerissen und zwei Grünschädel standen im Eingang. Hinter ihnen Âmas bleiches Gesicht. Es war ihm sichtlich peinlich, aber er hatte wohl keine Macht über die Grünschädel.

»Da ist er«, sagte einer mit breiter Stirn wie ein Wasserkopf. »Der auf dem Steckbrief.«

»Zeit für den Knast«, rief der Zweite. »Du Lump mischst den ganzen Ring auf.«

Der Erste schwenkte einen Revolver. »So! Schluss mit spionieren. Dalli, dalli, sonst knallt's.«

»Halt«, rief Danni. »Fasst mich nicht an! Sonst zerquetsche ich Tammôtamma zu Brei.«

»Ha!« lachte der Wasserkopf. »Unser Furzknopf wird übermütig.«

»Ich hab Tammo in der Hand«, rief Danni, »den Vertreter Tammôtammas.«

»Nimm diesen Namen noch einmal in dein dreckiges Maul, und ich mache ein Sieb aus dir.«

»Halt!« rief Âma. »Meinem Tammo darf kein Leid geschehen.«

»Was für ein Tammo?« knurrte der Wasserkopf.

»Mini-Lindwürmer«, erklärte Âma, »stehen unter Naturschutz. Passen Sie auf, meine Herren. Er versteht die Gedankensprache.«

»Mini-Lindwürmer«, murrte der Zweite, »sind doch längst ausgestorben.«

»Sie scheinen nicht zu wissen, meine Herren«, donnerte Âma los, »bei wem Sie sind: Ich bin *Âma-Thêva*, der Hüter der Fruchtbarkeit und Fortpflanzung. Von diesem Mini-Lindwurm gibt es nur noch zwei lebende Exemplare. Das Weibchen ist bald geschlechtsreif. Wenn dem Tier etwas zustößt, kommen Sie vors Tribunal.«

Toll, dachte Danni. Die Geiselnahme hatte geklappt. Âma konnte die Grünschädel wohl auch nicht ausstehen.

»Wir haben Befehl, den Staatsfeind Nummer Eins hinter Schloss und Riegel zu bringen. Das ist zwar Ihr Heim, Herr Âma, aber wer einen Verbrecher schützt, macht sich mitschuldig.«

»Ich habe nichts hinzuzufügen, meine Herren«, sagte Âma. »Dieser Mini-Lindwurm ist das einzige männliche Exemplar. Es liegt bei Ihnen, ob *Tammôtamma* Nachwuchs bekommt oder nicht.«

»Immer sachte!« rief der Dicke. »Wenn der Kerl den Wurm zerquetscht, fällt nicht unser Kopf, sondern seiner.«

»Sie kennen doch die Verhaltensregeln bei Geiselnahme: Das Wohl der Geisel darf auf keinen Fall gefährdet werden.«

»Wir lassen uns von diesem Dummejungenstreich nicht bluffen. Auf geht's, Egon: du links, ich rechts rum. Er kann dem Tierchen ja gar nichts tun.«

Der Dicke nickte seinem Kollegen zu, grinste breit und sagte besonders laut: »Schließlich weiß der dumme Junge nichts vom Tod durch Echsengift. Ein Spritzer aus den Giftdrüsen des Mini-Lindwurms, und er fällt ...«

Der Grünschädel brauchte seinen Satz nicht zu beenden. Bei dem Wort »Giftdrüsen« öffnete Danni reflexartig die Hände, Tammo sprang heraus und verschwand sofort in seiner Höhle. Danni hatte keine Geisel mehr. Grinsend näherten sich die Grünschädel Dann klickten Handschellen um Dannis Handgelenke.

Als die Grünschädel Danni zum Ausgang führten, blickte Âma starr und ausdruckslos zu Boden. Keine Regung verriet, auf wessen Seite er stand. Hatte er die Grünschädel benachrichtigt? Oder Mâ?

In diesem Ring war niemandem zu trauen. Nur auf sich selbst war Verlass. Oder nicht einmal das? Der Mini-Lindwurm hatte Danni alle Vorsicht vergessen lassen. Und warum hatte ihn Âma von Emma getrennt?

Wie ein Standbild stand Âma am Eingang, als die Grünschädel Danni in einen dunkelgrünen, vergitterten Wagen schoben. Durch das vergitterte Fenster sah Danni, wie Âma dem Wagen reglos nachschaute, bis er um die Ecke bog.

War Emma ebenfalls gefangen? Oder konnte sie ihm wie im Palais Mart zur Flucht verhelfen?

Vor einer halben Stunde hatte er noch gehofft, die beiden Superkinder zu finden und den Ring bald verlassen zu können, um Onkel Jeronimus alles zu berichten. Stattdessen saß er jetzt mit Handschellen hinter schwedischen Gardinen. Zwei Grünschädel brachten ihn in die Gewalt einer Bande, die zwei Neugeborene gekidnappt hatte.

Stimmte Âmas Behauptung, Tammo sei ein Mini-Lindwurm und Nachkomme *Tammôtammas*? Und hatte Tammo tatsächlich eine Giftdrüse, oder hatte der Grünschädel nur geblufft?

Der Gefängniswagen hielt vor einem grauen Gebäude, an dessen Eingang stand: »Amt am Tam«.

Ein Grünschädel öffnete die Wagentür.

ÂMA-THÊVA, *der Gott der Liebe mit dem Rosenpfeil*

## 21. Amt am Tam

»Name?« Hinter einem breiten Schreibtisch mit Telefon saß ein behäbiger Amtsrat, der Danni befragte.

»Daniel Doeblin.«

»Alter?«

»Dreizehn.«

»Beruf?«

»Schüler.«

»Wohnsitz?«

»Hügliswil.«

»Land?«

»Schweiz.«

»Datum der Einreise?«

»Welche Einreise?«

»Fragen stelle ich. Sie antworten.«

»Aber ich muss doch wissen ...«

»Schnauze. Seit wann sind Sie im Ring?«

»Seit vier Tagen glaube ich.«

»Wie sind Sie eingereist?«

»Über den Triebwagen.«

»Wer gab Ihnen die Erlaubnis?«

»Der Chef persönlich.«

»Welcher Chef?«

»Monsieur *Mart*.«

»Wollen Sie mich verkackeiern, junger Mann?«

»Er ... hat mich nicht persönlich eingeladen, aber *Tom* ...«

»Wer ist *Tom*?«

»Der bei *Mart* wohnt, die Rechte Hand vom Chef.«

»Und dieser Tom gab Ihnen die Erlaubnis?«

»Er hat mich am Bahnhof *Tammat-Hemat* abgeholt und zum Palais Mart gebracht.«

»Gut, Herr Doeblin, wir überprüfen das. Leeren Sie jetzt ihre Taschen. Sie kommen in Einzelhaft. Für den Jugendflügel sind Sie zu gefährlich. Falls Sie entlassen werden, erhalten Sie Ihre Sachen zurück.«

Plötzlich läuteten in Danni die Alarmglocken. Was trug er alles bei sich? Schweizer Taschenmesser mit Schraubenzieher und Sägeblatt. Würde er die Säge brauchen, um zu fliehen? Was hatte er noch dabei?

In der Hintertasche seiner Hose fühlte er etwas Festes. Was war das? Wie kam es in seine Hintertasche? Die war doch immer leer.

Schlagartig kam ihm die Erinnerung: Als Tom ihn im Studio von SUPERKIDS im Spind versteckt hielt, hatte er ein Schlüsseletui aus einem Kittel eingesteckt. Das durften sie auf keinen Fall finden. Danni zog die Hand aus der Hintertasche, als sei sie leer.

»Ist das alles?« fragte der Amtsrat. »Haben Sie nichts vergessen?«

Danni nickte. Da spürte er wieder das Gewicht des Amuletts, das er um den Hals trug. Wenn der Amtsrat erkannte, wofür es gedacht war, würde er es mit Sicherheit beschlagnahmen. Hielt er es aber zurück, machte er sich verdächtig. Am besten, er machte möglichst wenig Aufheben davon. »Ich hab noch eine Kette um den Hals, ein Andenken meiner Oma«, sagte er. »Soll ich das auch abgeben?«

»Was denken Sie denn? Sonst machen Sie noch Unfug damit.«

Zögernd nahm Danni den *Îk-Key* ab und legte ihn auf den Tisch.

Misstrauisch beäugte der Amtsrat die seltsame Form. »Magische Form«, meinte er. »Was bewirkt sie?«

Oje, was jetzt? »Wieso magisch?« tat Danni erstaunt. »Das ist der Anfangsbuchstabe vom Namen meiner Oma.«

»Buchstabe? Sehr komisch.« Der Amtsrat sah Danni mit zusammengekniffenen Augen an. »Wie heißt denn Ihre Großmutter?«

Danni war froh, dass ihm sein Onkel immer Geheimschriften zum Entschlüsseln gegeben hatte. Der *Îk-Key* sah genauso aus wie das kyrillische stimmhafte »Sch«. Und ein kirgisisches Mädchen aus seiner Klasse hieß Jamila. »Meine Großmutter«, sagte er, »war Kirgisin und hieß Jamila. Der Buchstabe ist kyrillisch.«

»Na gut. *In dubio pro reo.*« Der Amtsrat verstaute das Amulett zusammen mit den anderen Sachen in einen Spind und drückte auf eine Klingel am Schreibtisch. Ein Wärter mit Bierbauch trat ein und blieb in der Tür stehen.

»Fritz, Leibesvisite!« sagte der Amtsrat. »Dann Zelle 18.«

»Zelle 18? Aber das ist doch ...«

»Zelle 18 sage ich! Verstanden?«

»Jawohl, Herr Amtsrat!« Der Wärter salutierte und schob Danni in eine durch Vorhang abgetrennte Kabine. »Freimachen, junger Mann! Jedes Kleidungsstück ablegen und mir überreichen!«

Jetzt wurde es ernst. Wohin mit dem Schlüsseletui? Während Danni Anorak und Hemd auszog, sah er sich unauffällig in der Kabine um. An der Wand hinter Fritz waren zwei Kleiderhaken. Jedes Kleidungsstück, das Danni ablegte, wurde von Fritz eingehend betastet und untersucht. Er griff nicht nur in die Taschen, er befühlte auch Innenfutter und Säume, ob etwas eingenäht war. Die untersuchten Kleidungsstücke hängte er an die Kleiderhaken an der Wand.

Danni setzte sich auf eine Holzbank, um die Schuhe auszuziehen. Er wusste: Bevor er die Hose auszog, musste das Etui aus der Tasche verschwunden sein. Mit den Augen suchte er Boden und Wände unter der Bank ab. Nirgends ein Ritz, in dem das Etui verschwinden konnte. Während er sein Unterhemd über die Schultern zog, betrachtete er die Kleiderhaken an der Wand. Wie konnte er das Etui heimlich in die fertig untersuchten Kleider schmuggeln? Zwischen ihm und der Wand stand Fritz, der jedes Kleidungsstück in Empfang nahm und an die Haken hängte.

Danni erinnerte sich, wie er bei Zaubertricks Münzen palmierte: Sie wurden so zwischen die Handballen geklemmt, dass die offene Hand von der Rückseite aus gesehen leer aussah. Nur Daumen und kleiner Finger waren unmerklich stärker angewinkelt als gewöhnlich.

Während er Fritz den rechten Schuh reichte, legte er sich seinen Plan zurecht. Fritz behielt ihn die ganze Zeit im Auge. Danni zog den linken Schuh aus und ließ ihn, bevor ihn Fritz greifen konnte, so fallen, dass er zur Wand mit den Kleiderhaken purzelte.

»Schussel«, brummte Fritz und bückte sich nach dem Schuh, wobei er Danni den Rücken zukehrte.

»Tschuldigung«, sagte Danni, zog mit der Rechten das Etui aus der Tasche und palmierte es zwischen den Handballen. Er ließ die Hand locker hängen, als sei sie leer, zog die linke Socke aus und reichte sie Fritz mit der Rechten, (die für Fritz nur die Socke hielt). Die rechte Socke aber zog er betont langsam aus, hielt sie Fritz zitternd mit der Linken hin und ließ sie ebenfalls zu Boden fallen, und zwar unter die Bank, auf der er saß. Dann bückte er sich ängstlich, um sie wieder aufzuheben. Das kam Fritz verdächtig vor.

»Halt!« rief er. »Finger weg!« Er schob Danni zur Seite, bückte sich unter die Bank, hob die Socke auf und prüfte sie genau.

»Stimmt was nicht mit meiner Socke?« fragte Danni und ließ das Etui unbemerkt in einen der bereits untersuchten Schuhe an der Wand fallen. »Sie tun ja gerade so, als wäre meine Socke voller Sprengstoff.«

So. Das Ablenkungsmanöver hatte geklappt. Jetzt konnte er Hose und Unterhose ausziehen und untersuchen lassen. Fritz musterte sogar Dannis nackten Körper von allen Seiten, ließ ihn den Mund öffnen, die Lippen vorstülpen und die Zunge heben, bevor er ihm gestattete, sich wieder anzuziehen. Als Danni die Schuhe anzog, spürte er das Etui zwischen den Zehen. Fritz führte ihn durch einen Gang mit mehreren Gittertoren, die er klirrend auf- und zuschloss, bis in Zelle 18.

Die Stahltür fiel ins Schloss. Der Riegel rastete ein. Danni sah sich um. Die Zelle war schmal, grau und düster, über der Kopfhöhe war ein Gitterfenster. Es roch nach Schweißfuß und Tammathemer Dunst.

Wo war Emma? Kamen Mädchen in einen anderen Flügel, in ein anderes Gefängnisse? Oder war sie auf freiem Fuß? Dann würde sie sicher versuchen, ihm zu helfen. Er musste einen Weg finden, mit ihr Verbindung aufzunehmen. Âma war der Einzige, der gesehen hatte, wie ihn die Grünschädel abgeführt hatten. Wie konnte er Muma Bescheid geben, dem Mahâtma, Mehta oder Theo? »Lass alle Hoffnung fahren!« hatte der Lurch gesagt.

In der Zelle war er völlig abgeschnitten von der Welt. Wie ein Scheintoter im Sarg. Deckel zu, mit Erde bedecken. Niemand hörte das Hämmern gegen den Sargdeckel. Keinem konnte er mitteilen, dass er gerade lebendig begraben wurde.

Lange dunkle Gänge riegelten ihn ab von der Außenwelt, schwere Eisengitter mit Ketten, Riegeln und Schlössern. Kein Telefon, keine E-Mail, kein Internet! Selbst sein Schweizer Taschenmesser hatten sie ihm weggenommen. Nur das Schlüsseletui im Schuh hatte er durchgeschmuggelt. Wie konnte er das unbemerkt öffnen?

Danni musterte aufmerksam die Zellenwände. Er wurde das Gefühl nicht los, beobachtet zu werden. Irgend jemand schien alle seine Bewegungen, ja sogar seine Gedanken zu verfolgen. Gab es hier Gucklöcher, Spione, versteckte Kameras?

In der Mitte der Stahltür war ein Guckloch. Wenn er unbeobachtet sein wollte, musste er sich direkt unter dem Guckloch an die Tür setzen. Aber dorthin würde sich jeder verkriechen, der etwas verheimlichen wollte. Er musterte alle Ecken und Kanten der Zelle. Die Wände waren glatt und weißgrau gekalkt. Nirgends ein dunkler Fleck oder ein Loch, hinter dem eine Kamera, ein Auge lauern konnte. Vielleicht waren unter der Pritsche Mikrofone versteckt, aber er wollte ja nur nachsehen, was in dem Etui war.

Er setzte sich unter das Guckloch und lehnte sich gegen die Tür. Jetzt sah er die Fensteröffnung gegenüber. Wohin führte sie? In einen Innenhof? Konnte ihn von dort jemand beobachten? War im Fenster eine Kamera versteckt? Mist: Sowohl vom Fenster, als auch von der Tür aus konnte man ihn beobachten.

Wie streng wurde er bewacht? Die vielen Schlösser und Eisentore wiesen darauf hin, dass er im Hochsicherheitstrakt gelandet war. Was warf man ihm eigentlich vor? Gegen welche Gesetze hatte er verstoßen? Wartete man nur auf etwas, das ihn belasten könnte? Mit dem geklauten Etui durfte ihn keiner erwischen.

Unter der Fensterwand stand ein schmaler Tisch mit Holzstuhl. Unterm Tisch konnte er vom Fenster nicht gesehen werden, aber vom Guckloch der Tür aus. Konnte man den Tisch verschieben und als Sichtschutz gegen das Guckloch verwenden? Aber die Tischplatte war an der Wand befestigt und hatte nur vorne zwei Beine. Auch die Pritsche ließ sich nicht verrücken.

Das einzig bewegliche Möbelstück war der Stuhl. Danni setzte sich darauf, drehte sich zum Fenster, dann zur Tür. Schließlich hängte er seinen Anorak über die Lehne und dachte nach.

Selbst wenn es ihm gelang, das Etui vor neugierigen Blicken zu verbergen, durfte niemand merken, dass er etwas aus dem Schuh zog. Wie konnte er das Etui unauffällig öffnen?

Plötzlich musste er lachen. Schuhe ausziehen war doch normal. Also setzte er sich auf die Pritsche, schlug die Pferdedecke auf und zog die Schuhe aus, als wollte er sich hinlegen.

In diesem Augenblick hörte er den Riegel vor der Tür. Ein Wärter brachte ein Tablett mit einem Blechnapf Suppe, einem Becher Muckefuck und einem Kanten Brot. Danni nahm es und stellte es auf den Tisch. Dann setzte er sich auf die Pritsche, zog die Schuhe wieder an und ließ das Etui in seine Hand gleiten. Mit dem Rücken zum Guckloch setzte er sich an den Tisch. Die Tischplatte konnte vom Fenster aus niemand sehen.

Beim Löffeln der Suppe legte er das Etui neben den Teller und öffnete es mit der Linken. Zwei Schlüssel rutschten heraus, mit bizarr geformtem Bart wie ein Stück Korallenriff. Wo passten diese Schlüssel aus Toms Arbeitskittel? Hatte Tom inzwischen bemerkt, dass das Etui fehlte? Hatte er Danni angezeigt wegen Verdacht auf Diebstahl? Wollte Tom um jeden Preis verhindern, dass er die Schlüssel benutzte? Dann mussten es wichtige Schlüssel sein. Hatte man ihn deshalb eingesperrt?

Ausgerechnet Tom hatte er dem Amtsrat als die Person genannt, die ihm geholfen hätte, in den Ring zu kommen.

Als Danni die Suppe gelöffelt und den Malzkaffee getrunken hatte, ließ er das Etui ins Münzfach seiner Hose gleiten und setzte sich auf die Pritsche. Beim Aufstoßen kam ihm der Tammathemer Nachgeschmack hoch: naturverbesserte Nahrung mit Zusatz von Drachendung. Ab sofort musste er jede Nahrung verweigern. Auch der Tammathemer Dunst machte sich breit. Hier durfte er keine 24 Stunden bleiben! Er musste schleunigst wieder raus.

Während er sich auf der Pritsche ausstreckte, hatte er wieder das Gefühl, beobachtet zu werden. Stand jemand draußen hinter dem Guckloch an der Tür? Er hörte den Eisenriegel, der Wärter kam und holte das Geschirr. Danni stand auf und reichte ihm das Tablett.

»Was wirft man mir eigentlich vor?« fragte er. »Warum bin ich eingesperrt?«

»Das weißt du besser als ich«, brummte der Wärter. »Ich bin nur der Wärter.«

Rums! Tür zu. Der Riegel rastete ein. Danni war wieder allein. Was für ein Leben!

War es falsch gewesen, sich gegen *Tammat-Hem* aufzulehnen und mit Emma nach *Mathema-Attic* zu gehen? War die Reise durch den Osten nur Hokuspokus, reine Zeitverschwendung? Sollte er auf den Amtsrat hören, der im Augenblick am meisten über ihn bestimmen konnte? Hatte er sich für die falsche Seite entschieden?

– *Halt! Nicht umfallen, Danni,* hörte er plötzlich eine Stimme in seinem Kopf. Wer war das? Es war dieselbe Stimme, die er schon beim Aussteigen am *Tammathemer* Bahnhof gehört hatte. – *Bleib bei der Stange, Danni, wir helfen dir!* –

Wieder diese Stimme. Wen kannte er so gut, dass er im Geist mit ihm reden konnte?

– *Du wunderst dich, dass du beobachtet wirst. Aber das ist normal.*

– Hallo –, rief er im Geist. – Wer ist da?

– *Ich bin's, Danni. Erkennst du mich an der Stimme?*

Die Stimme kam ihm bekannt vor. Er wusste nur nicht woher.

– *Wir haben auf dem Friedhof miteinander gesprochen. Beim Begräbnis deiner Mutter.*

Danni überlegte: Wer war beim Begräbnis gewesen? Die Verwandten seiner Mutter, der Chef von Urs, der Mann im grauen Anzug? Aber mit keinem hatte er gesprochen.

– *Ich hab dich nach der Zauberformel gefragt.*

Ein Bild blitzte auf: der Hüne mit Bernhardinergesicht, braungebrannt mit schwarzen Kräusellocken, von dem Urs gesagt hatte: »Dieser Chaib hat uns die Suppe eingebrockt.« Ja, das war die Stimme. Er sah den Mann im Trachtenanzug deutlich vor sich.

– Ich kann mich erinnern –, sagte er im Geist. – Aber wieso kann ich Sie hören? Woher wissen Sie, dass ich in dieser Zelle sitze?

– *Ich bin nicht der Einzige, der mit dir bangt, Danni. Wir wissen alle, dass du in der Tinte sitzt. Und wir holen dich wieder raus.*

Danni spürte einen Schauer den Rücken hinunterlaufen. Einen Schauer der Rührung, des Trostes, der Erleichterung. Er war nicht allein und verlassen. Es gab Menschen, die seine Lage kannten und ihm anscheinend sogar helfen wollten. Ein tolles Gefühl. Die trostlosen dunklen Gänge schienen plötzlich einen Ausgang zu haben. Ein Zeichen von draußen, aus der Welt der Freiheit. Aber wer waren diese Leute, und wieso wussten sie von ihm?

– Wen meinen Sie mit wir?

– *Du wirst es kaum glauben, aber wir sind ...*

Das Gespräch brach ab. Was war geschehen? Danni richtete in Gedanken weitere Fragen an seinen Gesprächspartner, bekam aber keine Antwort mehr. War die Stimme in seinen Kopf nur Einbildung, oder gab es dafür eine Erklärung? Er legte sich rücklings auf die Pritsche und dachte nach.

Wie war das mit dem inneren Telefon? Was hatte Emma gesagt? Wenn er sich im Osten eingeloggt hätte, könnten sie sich unterhalten. Aber wie? Er machte die Augen zu, stellte sich Emmas Gesicht vor und fragte im Geist: »Hallo, Emma, kannst du mich hören? Haben wir Verbindung? Du hattest doch so was gesagt.«

Er wartete und lauschte in die Stille. Nichts geschah. Warum klappte es nicht? Sie hatte doch gesagt, nachdem er sich in *Ati-Cit* eingeklinkt habe, sei er online und könne sie anfunken. Dabei hatte sie ihm ihren Ohrring gegeben und auf die Lücke gedeutet. Wie war das mit dem Ring? Keiner hatte ihm den Ohrring abgenommen. Weder Fritz noch der Amtsrat hatten ihn beachtet. Seltsam eigentlich. Alles andere hatten sie beschlagnahmt.

Er griff sich ans Ohr, nahm den Ring ab und betrachtete die Lücke fürs Ohrläppchen. Diese Lücke verbindet uns, hatte Emma gesagt, mit dem Äthernetz.

Er musste an die Schlucht im Osten denken, an den platzenden Frosch, den Sturz in die Tiefe, den Schrei und das Echo: »Mahâthema at Îkikikiki ...«

– Emma? – rief er im Geist. – Ich sitze in der Klemme. Jemand sagt, er will mir helfen. Aber ich weiß nicht, wo er ist.

– Hallo Danni! – Das war Emmas Stimme! Phantastisch. Es klappte!

– Emma, hörst du mich?

– Was gibt's, wo bist du?

– In Zelle 18.

– Wo?

– Im Amt am Tam.

– Ach du lieber Himmel! Wieso denn das?

– Keine Ahnung. Wo bist du?

– Bleibt geheim. Wer weiß, wer mithört. Wie bist du da hingekommen?

– Zwei Grünschädel haben mich abgeführt. Aber den Ohrring ...

– Pscht. Du weißt jetzt, wie du mich anfunken kannst. Ruf mich nur in höchster Not. Ich tue, was ich kann.

– Bist du in Freiheit oder haben sie dich ...

– Später. Sonst peilen sie mich an. Ruf mich nur in Not. Bis bald.

Die Verbindung brach ab. Danni stellte noch mehr Fragen, erhielt aber keine Antwort. Tröstlich, dass er Verbindung hatte, schade nur, dass sie abgehört wurde. Wie sollten sie da den Fluchtplan aushecken?

Als das Licht der Zelle erlosch, merkte er, dass es draußen schon dunkel war. Das Fenster hatte keine Scheibe, nur ein Gitter. Anscheinend wurde es hier nie so kalt, dass man Scheiben brauchte. Oder es war ihnen egal, wenn die Gefangenen froren. Er hatte keine Lust, seine Kleider abzulegen, und verkroch sich in voller Montur unter die müffelnde, kratzige Pferdedecke.

Der Dunst von *Tammat-Hem* drang durchs Fenster. Danni spürte, wie er träge wurde und die Lust verlor, sich zu wehren. War es hier nicht gemütlich? Eine warme Zelle, man gab ihm zu essen, er wurde versorgt, brauchte sich um nichts zu kümmern. Alles wurde geregelt, die Obrigkeit sorgte für alles ...

Ein Poltern weckte ihn aus dem Schlummer.

*Das Hochsicherheitsgefängnis* AMT AM TAM

## 22. Kosellke

Danni hörte einen Eisenriegel und glaubte, jemand öffne seine Zelle, aber es musste die Nachbarzelle sein. Eine Männerstimme schimpfte laut. Er verstand nur Wortfetzen: »Protestiere .... teuer zu stehen .... Welches Verbrechen denn?«

»Das wissen Sie selber am besten.« Das war die Stimme des Wärters. Rums! Die Eisentür schlug zu, geräuschvoll schob sich der Riegel vor. Schritte verhallten im Gang. Dann Stille.

Danni war kurz davor, wieder einzuschlafen, da hörte er leise Klopfzeichen: »einmal, zweimal, dreimal, zweimal, einmal, zweimal, dreimal.« Suchte der Neuankömmling Kontakt? Danni klopfte zurück, indem er das Muster fortsetzte: »... zweimal, einmal, zweimal, dreimal, zweimal einmal ...«

»... zweimal, dreimal, zweimal, einmal«, klopfte es zurück.

Danni klopfte weiter, aber es kam keine Antwort mehr. Stattdessen hörte er, wie sich sein Zellennachbar an der Fensterwand zu schaffen machte, und kurz darauf fiel etwas durch das Gitter in seine Zelle und schabte an der Wand. Danni tastete die Wand ab. Ein Plastikbecher an einem Kabel. Als er ihn ergriff, spürte er, wie der Becherboden vibrierte. Ah: Das Kabel war hohl, ein Schlauchtelefon. Er hielt den Becher wie eine Sprechmuschel vor den Mund und flüsterte hinein: »Hallo, wer da?«

Dann hielt er den Becher ans Ohr. »Hier ich, wer dort?« hörte er. Es klappte. Sie konnten sich ohne Klopfzeichen unterhalten.

»Hier Danni, wer dort?«

»Ernst Kosellke, der Mann vom Friedhof.«

»Woher kommen Sie? Woher wissen Sie, dass ich in Zelle 18 sitze?«

»Später, wir wissen nicht, wer hier alles liest. Ich muss mit dir reden. Wir helfen dir, hier wieder rauszukommen.«

Wer alles mitliest? Was meinte er damit? Immerhin war jemand da, der ihm helfen wollte.

»Woher haben Sie das Schlauchtelefon? Wurden Sie nicht gefilzt?«

»Den Schlauch habe ich reingeschmuggelt. Die Becher ließ ich mir zum Einnehmen der Dungtabletten geben.«

»So was haben Sie freiwillig geschluckt?«

»Gott bewahre, nein. Aber ich hatte die Becher. Unsere Fenster stoßen übereck aneinander. Der Rest war eine Sache der Geschicklichkeit.«

»Und warum hat man Sie eingesperrt?«

»Das war gar nicht so leicht. Aber ich habe es geschafft.«

»Sie haben sich freiwillig einsperren lassen?«

»Ich muss mit dir reden, und zwar ohne Mithörer. Weißt du inzwischen, wo die Superkinder sind?«

»Wenn ich das wüsste, wäre ich nicht hier.«

»Eben. Wir müssen dorthin, wo sie wahrscheinlich sind.«

»Aber wo? Bei der *Meht-Amma* waren sie nicht.«

»Was war dein erster Gedanke, wo Kit sein könnte?«

»Im Studio von Superkids natürlich. Aber da war er nicht.«

»Bist du sicher? Woher weißt du das?«

»Tom meinte, er wäre wahrscheinlich bei Timmit.«

»Und du glaubst diesem Tom?«

Danni war sprachlos. An Toms Worten hatte er nie gezweifelt. Anfangs hatte er ja noch geglaubt, Tom wolle ihm helfen.

»Darauf bin ich noch gar nicht gekommen. Hat mich Tom etwa in die Höhle des Löwen geführt, damit ich dort nicht suche? Aber wie kommen wir zum Palais Mart? Wir sind doch jetzt eingesperrt.«

»Eben. Ich glaube, Mart ist der Einzige, der uns hier wieder rausholen kann.«

Danni schwieg. War da schon wieder ein falscher Freund am anderen Ende, der nur vorgab, er wolle helfen, und am Ende wurde alles noch viel schlimmer? Wäre er nicht so träge, alle Alarmlichter würden aufleuchten. Aber der Tammathemer Dunst machte seinen Kopf matschig. »Ich bin doch nicht vom Palais Mart geflohen«, sagte er, »um freiwillig wieder hinzugehen.«

»Ich glaube, uns bleibt nichts anderes übrig, wenn wir Kit retten wollen. Und das willst du doch, oder?«

War das eine Fangfrage? Wenn er bloß einen klaren Kopf hätte! Schließlich war er nur noch zu der Frage fähig: »Und was soll ich dabei tun?«

»Kannst du jemanden hier im Ring telepathisch erreichen?«

»Höchstens Emma. Aber nur im äußersten Notfall.«

»Gut. Sag ihr, sie soll ein Treffen mit dir und Mart vereinbaren. Für morgen früh um zehn. Länger dürfen wir den Tammathemer Dunst nicht atmen. Ich lade dann zu dem Treffen noch weitere Gäste ein.«

»Wen?«

»Alle, die unser Gespräch und deine Gedanken gerade mitlesen.«

»Meine Gedanken lesen? Wie denn das?«

»Erkläre ich dir später. Ist jetzt zu kompliziert. Emma soll Mart sagen, der Neffe von Professor Knoop müsse ihn dringend sprechen.«

»Aber wozu? Ich kann doch nicht sagen, dass wir die Super...«

»Pscht! Es geht um die Zukunft der Menschheit. Du hast ja gehört, dass übermorgen der erste bemannte Flug zum Mars starten soll. Nach dem, was ich gelesen habe, weißt du auch, was das bedeutet.«

»Dass die Ausrottung der Menschheit kurz bevorsteht. Aber was ist mit der Warnung? Die Menschheit sollte doch noch eine Chance kriegen.«

»Eben dafür brauchen wir das Treffen mit Mart. Ich lade dazu weitere Leser aus der Zukunft ... «

Auf dem Gang ertönten Schritte. Die Stimme im Pappbecher flüsterte hastig: »Danni, sobald du Emma erreicht hast, zieh am Schlauch und sag Bescheid. Ich knote mir das Schlauchende um den Finger. Und morgen früh muss der Becher verschwunden sein. Keiner darf wissen ...«

Der Kontakt brach ab. Kosellke musste den Becher losgelassen haben. Als Danni den Becher losließ, baumelte er locker neben dem Tisch. Danni schob die Stuhllehne davor, auf der sein Anorak hing, legte sich auf die Pritsche, zog sich die Pferdedecke über und dachte nach.

Konnte er Kosellke trauen? Oder war das eine Falle? Statt im Gefängnis bei Mart eingesperrt? Waren die Superkinder wirklich dort? Wäre es nicht besser, dort heimlich einzudringen und sie zu befreien? Wenn sie Mart einen offiziellen Besuch abstatteten, würde er die Superkinder dann nicht sorgfältig verstecken? Hatte es Sinn, dem ärgsten Feind von Angesicht zu Angesicht entgegenzutreten? Hätte er bloß nicht diese Mattscheibe! Er konnte keinen klaren Gedanken fassen.

Schließlich sagte er sich, schlimmer könnte es sowieso nicht werden. Er saß im Hochsicherheitstrakt, was konnte schlimmer sein? Immerhin gab es bei Mart mehr Fluchtmöglichkeiten. Weniger Tore und Türen, weniger Riegel, weniger Gitter. Je mehr er darüber nachdachte, desto mehr gefiel ihm der Vorschlag. Ja, das war die beste Art, dem Feind zu begegnen. Ohne Netz und doppelten Boden. Vielleicht war Mart ein Mensch, der Offenheit liebte. Vielleicht war er besser als sein Ruf.

– Emma, – dachte er, – kannst du mich hören? – Eigentlich war es aussichtslos, mitten in der Nacht. Wahrscheinlich schlief sie längst und wanderte durch Traumlandschaften.

Zu seinem Erstaunen hörte er sie sofort in seinem Kopf: – Was brauchst du, Danni? Schnell. Ich höre dich klar wie nie.

– Mein Zellennachbar meint, wir sollten uns morgen früh um zehn mit Mart treffen. Kannst du das arrangieren?

– Wer ist dein Zellennachbar?

– Er nennt sich Kosellke, kam heute Nacht hier an und sagt, er kennt Leute, die meine Gedanken lesen und mitmachen wollen.

– Was für Leute? Wo kommen die her?

– Keine Ahnung.

– Finde die Einzelheiten heraus. Sonst blamiere ich mich bei Mart.

– Hast du eine Möglichkeit, uns bei ihm anzumelden?

– Das wird sich finden. Aber ich brauche Einzelheiten. Tschüss, sonst peilen sie mich an und finden mich.

Wieder Funkstille. Langsam gewöhnte sich Danni an die abrupten Abbrüche. Sie bewiesen ihm auch, dass die Gespräche keine Einbildung waren.

Er stieg aus dem Bett und zupfte am Becher. Es dauerte eine Weile, dann hörte er durch den Schlauch: »Was gibt's?«

»Emma will wissen, wen Sie anmelden soll.«

»Ernst Kosellke, Leser der ›Suche im Ring des Wissen‹. Ich lade weitere Leser zum Treffen mit Mart ein. Er kann mit mindestens 50 Lesern rechnen, einem vollen Reisebus.«

»Was für Leser sind das? Was lesen die?«

»Das Buch über deine Suche im Ring des Wissens. Wir bringen Monsieur Mart Beweise: Erfahrungsberichte, Zeugenaussagen, Belege und Zeitungsartikel aus der Zukunft.«

»Aus welcher Zukunft denn?«

»Du weißt doch: Das Buch über deine Reise ist zur Zeit noch gar nicht geschrieben. Erst nach der Veröffentlichung kann es gelesen werden. Aber mit Hilfe der Ringformel können diese zukünftigen Leser geradeso wie ich am Geschehen teilnehmen. Genauso, wie du dich am Anfang durch das Trommeln des Schädelrings in Theos Ringkauf einmischen konntest. Erinnerst du dich? Also: morgen Punkt 10 Treffen mit Mart. Versteck das Telefon! Ich höre Schritte.«

Wieder ertönten Schritte. Danni hängte den Becher hinter die Stuhllehne, legte sich ins Bett und funkte Emma an ... Am nächsten Morgen konnte er sich nicht erinnern, wann er eingeschlafen war.

Er wachte auf, als der Wärter die Tür aufstieß und das Frühstück auf den Tisch stellte: zwei Scheiben Schwarzbrot, einen Klacks Margarine und einen Napf Muckefuck. Dabei sah er den Schlauch vom Fenster hängen, rückte den Stuhl zur Seite und entdeckte den Plastikbecher.

»Ja was haben wir denn hier, junger Mann? Wo führt das hin? Das gibt zwei Tage Kerker für alle Beteiligten.«

Mit einem Satz war Danni an der Wand und riss so kräftig am Schlauch, dass das abgerissene Ende mit Becher zu Boden fiel. Auf keinen Fall durfte der Wärter entdecken, mit wem er gesprochen hatte.

»Soso, ein Schlauchtelefon! Mit wem hast du gesprochen?«

Danni überlegte blitzschnell: »Mit Fritz. Sonst kenn ich ja keinen.«

»Mit welchem Fritz?«

»Der mich untersucht und die Goldmünzen beschlagnahmt hat.«

»Goldmünzen? Soso!« Der Wärter verzog den Mund zu einem spöttischen Grinsen. »Her mit dem Becher. Der wird untersucht.«

Oho, dachte Danni. Dann finden sie darauf womöglich Kosellkes Fingerabdrücke. Der Schreck machte ihn hellwach. Er nahm den Napf mit Muckefuck, riss dem Wärter den Plastikbecher aus der Hand, schöpfte damit Kaffee aus dem Napf und wischte den nassen Becher ringsum ab.

»Was soll das? Her damit!« Der Wärter nahm den Becher mit dem abgerissenen Schlauch, packte Danni am Kragen und führte ihn durch die Gänge direkt zum Amtsrat.

»Was machen Sie denn da?« brüllte der Amtsrat. »Der Gefangene gehört in den Sicherheitstrakt!«

»Verzeihung, Herr Amtsrat, ich glaube, er gehört in den Kerker.«

»Was erlauben Sie sich? Wer bestimmt hier, wo Gefangene hinkommen?«

Siegesbewusst legte der Wärter den Becher mit dem abgerissenem Schlauch auf den Tisch. »Verstoß gegen § 34 der Amtsordnung.«

Die Augen des Amtsrats verengten sich zu schmalen Schlitzen. Seine Stirn zeigte Zornesfalten, als er Danni fixierte: »So jung und schon so verdorben. Wo haben Sie das gelernt?«

»Er behauptet, er hätte den Becher von Fritz. Mit dem hätte er gesprochen.«

Der Amtsrat zuckte zurück und sah den Zellenbelegungsplan durch. »Zelle 18, ist das richtig?«

»Genau. Hochsicherheitstrakt.«

»Fritz wohnt zwei Stockwerke drüber. Rufen Sie Fritz.«

Der Wärter ließ Danni los und verschwand. Der Amtsrat fixierte sein Opfer. »Fritz hat Ihnen ein Schlauchtelefon in die Zelle geschmuggelt? Warum?«

»Keine Ahnung. Es kam durchs Gitter geflogen und hing an der Wand«, behauptete Danni.

»Und wieso kommen Sie auf Fritz?«

»Welcher Fritz? Ich kenne keinen Fritz.«

»Aber der Wärter sagt doch ...«

»Vielleicht will er irgend jemand anschwärzen.«

Der Amtsrat wusste offensichtlich nicht, welche Miene er aufsetzen sollte. Was wurde hier gespielt? Eine Intrige des Wärters? Fritz hatte die Oberaufsicht und war oft anderer Ansicht als die Wärter, wie man mit Gefangenen umgehen sollte.

Danni überlegte: Im Augenblick war er ohne Handschellen. Außer dem Amtsrat und der Bürotür hinderte ihn nichts an der Freiheit. Sollte er abhauen? Aber was wurde dann aus dem Treffen mit Mart? Er nutzte die Verwirrung des Amtsrats aus und fragte: »Haben Sie schon Nachricht von Monsieur Mart?«

Der Amtsrat erwachte aus seinen Grübeleien. »Mart? Was hat der mit uns zu tun?«

»Ich habe um 10 ein Treffen mit ihm und muss pünktlich sein.«

»Was faselst du da?«

»Es geht um die Zukunft der Menschheit. Das Treffen ist von höchster Wichtigkeit.«

Der Amtsrat lächelte: »Finten kennen wir, mein Lieber. Du bist nicht der erste Gefangene, der so was versucht.«

Der Amtsrat glaubte ihm nicht. Wie konnte ihm Danni beweisen, dass tatsächlich ein Treffen mit Mart vereinbart war? Aber stimmte das überhaupt? War Emma bis zu Mart durchgekommen? Oder gab es dieses Treffen nur in Kosellkes Planung?

Die Tür sprang auf, und ein wutschnaubender Fritz trat ein. »Herr Amtsrat, das ist die Höhe. Ich schwöre Ihnen …«

Der Amtsrat winkte ab. »Sie kennen doch den Spruch: Wer sich verteidigt, klagt sich an. Erzählen Sie mal.«

»Keine Ahnung, wo der Gefangene den Schlauch her hat. Ich habe ihn genau untersucht. Einen Schlauch hätte ich niemals durchgehen lassen. Er hätte sich ja daran aufhängen können.«

»Aber die Goldmünzen«, sagte der Wärter, »hat er unterschlagen.«

Heimlich freute sich Danni über das heillose Durcheinander. Um die Verwirrung vollkommen zu machen, sagte er: »Sie haben doch eine Amtsleitung, Herr Amtsrat. Dürfte ich mal mit Monsieur Marts Chauffeur Tom telefonieren? Oder mit Mart persönlich? Wir sind ja Punkt 10 verabredet, und Tom braucht mit der schwarzen Limousine bestimmt eine Stunde bis zum Palais. Wir dürfen uns nicht verspäten.«

Danni staunte selber über so viel Frechheit. Er saß vor einem Amtsrat, einem Gefängniswärter und einem Oberaufseher. Alle drei waren wütend auf ihn, aber er tat so, als sei er gut Freund mit Mart, der ja sicher ihr Vorgesetzter war.

»Mart hat hier im Westen nichts zu melden, junger Mann,«, knurrte der Amtsrat. »Der regiert im Südwesten. Wir sind in *Êhta-Mathê*.«

Einen Augenblick glaubte Danni, ihm werde der Boden unter den Füßen weggerissen. Gerade noch war er sich besonders schlau vorgekommen. Jetzt brach der Haken, an den er sich geklammert hatte, plötzlich aus der Wand. Er dachte an den Nachmittag mit Tom in *Tammat-Hem*. Da kam ihm die Erleuchtung: »Dann verbinden Sie mich mit Dr. *Timmit*. Unser Treffen mit Mart betrifft den ganzen Ring. Denken Sie an Ihre Laufbahn und Ihre Zukunft.«

Der Amtsrat lief dunkelrot an. So hatte noch kein Gefangener mit ihm geredet. Und das im Beisein seiner Untergebenen. Er konterte scharf: »Das lassen Sie mal unsre Sorge sein. Wärter: Zwei Tage Kerker wegen Verstoß gegen Paragraph 34. Und zwei weitere wegen Amtsbeleidigung und Verleumdung. Wir haben was gegen Intriganten, junger Mann. Und Sie Fritz, setzten Sie sich.«

Der Wärter packte Danni beim Kragen und verließ mit ihm das Büro. Es ging durch eiserne Tore über Steintreppen tiefer und tiefer, es wurde feuchter und kühler und roch nach Keller. Vier Tage Kerker! Und Kosellke wartete in Dannis Nebenzelle. Was wurde jetzt aus dem Treffen mit Mart? Und übermorgen war der Flug zum Mars geplant. Was wurde aus der Menschheit?

Der Wärter öffnete das Gatter einer schmalen Zelle mit Brettergestell als Pritsche, schob Danni hinein und knurrte: »Was du uns eingebrockt hast, wirst du noch bereuen. Gefängnispersonal verleumden ... Wer andern eine Grube gräbt ...«

Danni dachte an seinen Anorak, der in der trocknen, warmen Zelle über der Stuhllehne hing. »Können Sie mir bitte meinen Anorak bringen?« rief er dem Wärter nach.

Aber der schob nur den dicken Riegel vor das Gatter und stampfte davon. Die Stiefelschritte verhallten.

Danni sah sich um: Eine Zelle wie im Mittelalter. Gemäuer aus unbehauenen Steinen, Fußboden aus feuchtem Lehm. Der Kerker musste in Höhe des Grundwassers liegen. Danni rutschte im Matsch aus und landete auf dem Brettergestell, das als Pritsche diente. Sonst gab es keine Möbel. Durch einen handbreiten Spalt in der oberen Ecke der Wand drang gedämpftes Tageslicht. Sicher ein Luftschacht. Sie waren an vielen vergitterten Zellen vorbeigekommen, nirgends hatte er Gefangene gesehen. War er das einzige lebende Wesen hier unten? Wie konnte er Kosellke kontaktieren? Oder Emma?

Warum war er nur auf die dumme Idee mit Fritz gekommen? Das war doch viel zu unglaubwürdig. Was geschah, wenn der Amtsrat tatsächlich bei Mart oder Timmit anrief? Ließ ihn Mart dann noch länger im feuchtkalten Kerker schmoren?

Zumindest roch die Luft hier frischer als oben, weniger nach Tammathemer Duft. Das war schon mal etwas Gutes.

Danni schloss die Augen und dachte nach. Er spürte immer noch die Mattscheibe im Kopf. Wie war das heute Nacht gewesen? Nach dem Gespräch mit Kosellke war er eingeschlafen. Hatte er nicht versprochen, Emma zu kontaktieren? Für das Treffen mit Mart? Hatte er das gemacht oder vergessen? Er versuchte sich zu konzentrieren.

– Emma –, dachte er. – Ich sitze im tiefsten Kerker, nicht mehr in Zelle 18. Wir müssen hier raus. Hörst du mich?

Bangen Herzens lauschte er in die Stille. Würde sie antworten? Wurde das Gespräch empfangen oder nicht?

– Emma! – rief er im Geist von neuem. – Kannst du mich hören?
Warum hatte es gestern Nacht geklappt? Danni zupfte sich am Ohr.
Der Ohrring! Er nahm ihn und spürte die Lücke. Gestern hatte es ge-
klappt, als er die Lücke betrachtet hatte. Dabei kam ihm wieder die
Kluft im Osten in Erinnerung, der weiße Nebel, der ihn aufgefangen
hatte. »*Mahâthema at Îk* ...«

– Hallo Danni, was gibt's? – Emmas Stimme in seinem Kopf!

– Ich sitze im Kerker tief unter der Erde. Kosellke meint, wir sollen ein Treffen mit Mart arrangieren. Der kann uns hier rausholen.

– Ist längst erledigt. Punkt zehn. Er war ziemlich verdattert, aber er
ging darauf ein, als ihm Muma erklärte, es ginge um die Zukunft der
Menschheit und um ihre letzte Chance.

– Das Dumme ist nur: Kosellke sitzt neben Zelle 18 und ich im Kerker. In einer feuchtkalten Zelle mit Gitter zum Gang. Und die Wärter
hab ich verärgert.

– Mart müsste längst beim Amtsrat angerufen haben, dass er euch
rauslässt.

– Aber keiner holt mich. Ich wurde abgeschoben ins letzte Verlies.

– Wie heißt die Zelle, in der du bist?

– Keine Ahnung. Die Wärter sind sauer, weil ich einen beschuldigt
habe, er hätte Goldstücke beschlagnahmt.

– Mensch, Danni, was machst du bloß? Schon so versumpft im Tammathemer Dunst?

- Ich weiß nicht, was über mich kam. Ich wurde beim Amtsrat auf
einmal unheimlich frech. Jetzt könnte ich mir die Zunge abbeißen.

– Gibt's in der Zelle irgendeinen Fluchtweg?

– Nur einen schmalen Luftschacht. Zum Glück riecht's kaum nach
Tammathemer Mief.

– Vielleicht hat dich das Schicksal deshalb dorthin verfrachtet.

– Und wo bist du?

– Im Ring natürlich. Wir reden schon viel zu lange.

– Schon gut.

– Ich werd mal nachhaken, du müsstest längst abgeholt sein. Vielleicht ist Kosellke schon auf dem Weg. Und pass auf das Ding auf, mit
dem du mich anrufen kannst.

– Da kommt was, – sagte Danni. Er hörte ein Kratzen wie das Nagen
von Mäusen. Es kam nicht aus seiner Zellenwand. Dumpfes Dröhnen

einer Stahltür, Stiefelschritte. Am Gitter erschien ein Schatten und goss einen Eimer durchs Gitter in die Zelle. Sofort stank es fürchterlich nach Jauche. Und nach Drachendung. Danni hielt sich die Nase zu und atmete durch den Mund.

Gerade hatte er Emma gesagt, hier wäre kein Tammathemer Mief. Zu früh gefreut! Er musste so schnell wie möglich hier raus. »Hallo, was fällt Ihnen ein. Ich werde mich bei Monsieur Mart beschweren. Der wird Sie auspeitschen lassen.«

»Halt die Klappe!« dröhnte die Stimme von Fritz. Das also war seine Rache.

»Fritz, es tut mir leid, dass der Wärter Sie beschuldigt hat. Ich weiß doch, wie sorgfältig sie mich durchsucht haben. Das hat er nur aus Eifersucht gesagt.«

»Spar dir deine Mätzchen!«

Fritz verschwand und kam mit einem zweiten Eimer zurück.

»Halt, halt«, rief Danni. »Ich sage dem Amtsrat alles, was Sie wollen.«

Platsch! Die zweite Ladung Jauche schwemmte herein. Danni verschlug es den Atem. Ein beißender Gestank, wie Ammoniak im Chemieunterricht, brannte ihm in der Nase und hinter der Stirn. »Aufhören!« schrie er. »Ich falle gleich um.«

»Tu dir keinen Zwang an, Schlangenzunge. Ich verschwinde. Diesen Mief hält keiner aus. Viel Spaß bei Wasser und Brot.«

Fritz machte auf dem Absatz kehrt und war verschwunden. Danni hielt die Luft an. Vier Tage Kerker! Wie sollte er das überleben? Warum hatte er Fritz bloß in diese Lügengeschichte reingezogen? Aber die späte Reue nutzte ihm wenig. Er rüttelte am Gitter. Vergeblich. Kein Lebewesen weit und breit. Der Gestank benebelte ihn. Er hatte nur noch ein Bedürfnis: Luft!

Der Luftschacht! Er schob die Pritsche unter den Luftschacht und stellte sich darauf, aber sie war zu tief. An die frische Außenluft kam er nicht dran. Er kippte die Pritsche, lehnte sie als Leiter an die Wand, kletterte hoch und steckte die Nase in den Schacht. Gierig sog er die kühle Luft ein. Falls darin Tammethemer Duft war, roch er davon nichts. Für ihn roch es wie reinste Waldluft aus Gottes freier Natur.

Langsam wurde sein Kopf wieder klarer. Aber lange hielt er das nicht durch. Er konnte nicht vier Tage lang auf der Pritsche stehen und seine Nase in den Schacht stecken. Wie sollte er dabei schlafen? Wenn er nur wüsste, ob Kosellke inzwischen frei war. Wann und wie holte man ihn hier raus?

Die Stille war bedrückend. Dieser Kerker war eine Sackgasse, wo das Leben nicht weiterging. Außer ihm selbst gab es hier nichts Lebendiges. Und auch er wurde immer lebloser, atmete immer flacher. Das Wichtigste im Leben, das Atmen, wurde zur Hölle. Wenn nicht ein Wunder geschah, erstickte er.

Das dämmrige Tageslicht aus dem Luftschacht war der einzige Trost. Immerhin eine Verbindung nach draußen. Sogar Geräusche drangen herein: Straßenlärm, ein Dieselmotor, dumpfes Tuckern und Brummen. Ein ferner Ruf. Danni drückte sein Ohr an den Schacht und lauschte.

Eine Lautsprecheransage drang durch den Schacht. Er konnte jedes Wort verstehen: »An alle Leser zu Hause: Wir suchen dringend nach Daniel Doeblin, der im letzten Kapitel noch in Zelle 18 saß. Wer diese Zeilen liest und weiß, wo er steckt, der helfe uns bitte. Denken Sie einfach die Ringformel und melden Sie sich bei mir, dem Mann mit der Flüstertüte. Ich habe im Augenblick keine Möglichkeit, nachzulesen, wo er steckt. Da er nicht mehr in Zelle 18 ist, wurde sein Verschwinden sicher im Buch beschrieben. Falls die Ringformel nicht klappt, versuchen Sie es bitte mit der Liegenden Acht oder mit dem mathemagischen Trommelklang. Nutzen Sie die Gelegenheit, an unserem historischen Treffen mit Monsieur Mart teilzunehmen. Der Bus zum Palais Mart steht abfahrtbereit auf dem Parkplatz vor dem Amt am Tam.«

Kosellke! Er war auf dem Parkplatz. Ein Hoffnungsschimmer! Vielleicht hörte ihn jemand durch den Luftschacht.

»Hier bin ich!« rief Danni in den Schacht. Nichts geschah. Der Ohrring fiel ihm ein. Er nahm ihn vom Ohr, hielt ihn ins fahle Licht und fühlte die Lücke zwischen Daumen und Zeigefinger, bis er die Kluft im Osten deutlich vor Augen sah.

– Emma –, dachte er, – kannst du mich hören?

– Danni? Wo zum Teufel steckst du? Der Amtsrat behauptet, du hättest dich aus dem Staub gemacht und wärst spurlos verschwunden.

– Im tiefsten Keller in der letzten Zelle vom Gang. Ich hänge am Luftschacht. Hier stinkt es bestialisch. Kosellkes Ansage hab ich gehört. Auch den Dieselmotor. Der Schacht muss auf den Parkplatz münden.

– Okay. Bleib dran. Letzte Zelle im Gang, das müsste an der Ecke sein. Hier ist ein Mauerspalt wie eine Schießscharte.

»Hallo, Danni, hörst du mich?« Emmas Stimme drang jetzt durch dem Schacht.

»Ja! An diesem Schacht steh ich drei Stockwerke tiefer.«

»Halt durch, Danni. Atme möglichst wenig Gestank ein. Du brauchst bei Mart eine klare Birne.«

»Lange halte ich nicht mehr durch. Ich stehe auf einer umgekippten Pritsche, um bis zum Schacht zu reichen.«

»Okay. Bis gleich!«

Danni atmete auf. Das war Emma. Im schlimmsten Augenblick stets zur Stelle. Voller Zuversicht und Tatendrang. Am liebsten hätte er sich jetzt erleichtert auf die Pritsche geworfen. Aber der Gestank war unerträglich. Trotz Luftschacht spürte er, wie der Mief sein Denken lähmte. Eine unsägliche Trägheit machte sich breit. Nein, er konnte hier oben nicht länger stehen bleiben, sonst fiel er vom Gestell und brach sich das Genick. Er musste absteigen, solange es noch ging.

Er kletterte von der Pritsche, kippte sie in die Waagrechte und ließ sich darauf fallen. Im nächsten Augenblick wurde ihm schwarz vor Augen.

*Monsieur* MART

## 23. Der Lesering der Ringleser

Danni wurde geschüttelt und schlug die Augen auf. Ein Wärter fasste ihn unter den Armen, ein zweiter an den Füßen. Es ging eine Wendeltreppe steil nach oben, dann einen Gang entlang zum Amtsrat, der mit Fritz im Büro stand. Keiner sah ihn an. Auf dem Pult lag eine Plastiktüte mit Dannis Habseligkeiten. Der Amtsrat deutete auf eine Liste. »Hier, alles prüfen und abhaken!«

Jetzt erst wurde Danni bewusst, dass der Amtsrat mit ihm sprach. Mühsam setzte er sich auf und fasste sich an den Brummschädel.

»Nun machen Sie schon! Ich denke, Sie haben es eilig.«

»Wo ist mein Anorak?« war das Einzige, was ihm einfiel.

»Hier. Unterschreiben Sie und verlassen Sie das Gebäude. Hoffentlich auf Nimmerwiedersehen.«

Nichts hörte Danni lieber. Stück für Stück hakte er die Habseligkeiten ab, die Fritz ihm hinschob. Auch das Amulett war zum Glück noch da.

»Jetzt mit Vor- und Zunamen unterschreiben, dass Sie alles erhalten haben. Goldstücke waren keine dabei.« Der Amtsrat grinste Fritz an.

Danni steckte alles ein, unterschrieb, nahm seinen Anorak und trat vor die Tür.

Der Duft der Freiheit! Außerhalb von Mauern und Gittern, wenn auch mit leichtem *Tammathemer* Dunst. Danni sah sich auf dem Parkplatz um. Niemand beachtete ihn, niemand grüßte, niemand lief freudestrahlend auf ihn zu.

Vor einem Reisebus stand eine Schlange Touristen in seltsamer Aufmachung: manche in Schlafanzügen, manche in Nachthemden, manche braungebrannt in Badeshorts oder Bikini. Es gab die unterschiedlichsten Moden und Frisuren. Mehrere Zwillinge, sogar Drillinge und Vierlinge waren dabei. Aber keiner störte sich an diesem Kunterbunt. Alle hatten eine Freesie in der Hand, im Knopfloch, in der Hutschnur oder im Bikini. Danni stellte sich ans Ende der Schlange.

In der offenen Bustür erschien ein weißhaariger Hüne mit Bernhardinergesicht und hielt ein Sprachrohr an den Mund: »Sehr verehrte Gäste. Ich freue mich über den regen Andrang. Dieser Bus ist voll. Aber dort kommt schon der nächste. Bitte steigen Sie dort ein.«

Er stieg aus dem Bus und winkte die Menschen zum zweiten Bus, um dessen Tür sich sofort eine Traube bildete. Dort stellte er sich in die Tür und sprach weiter ins Megafon: »An alle Leser, die noch zu Hause vor dem Buch sitzen und diese Zeilen lesen: Falls Sie unserem historischen Treffen mit Monsieur Mart beiwohnen wollen, das die Zukunft der Menschheit nachhaltig prägen wird, scannen Sie bitte alle aktuellen Beweise Ihrer Heimatzeit ein, dass der Mensch kein Schädling ist, und bringen Sie sie mit. Wir wollen Monsieur Mart überzeugen, dass sich das Bewusstsein der Menschheit bald grundlegend wandelt.«

Obwohl Kosellke jetzt weißhaarig war und älter aussah als vor kurzem auf dem Friedhof, erkannte ihn Danni sofort. Beim Begräbnis seiner Mutter hatte er schwarze Haare gehabt. Wieso war er plötzlich gealtert?

Danni stellte sich in die Reihe für den zweiten Bus und wartete darauf, an Kosellke vorbeizukommen. Plötzlich sprang Emma aus dem ersten Bus und kam winkend auf ihn zu gerannt. »Danni! Da bist du ja. Hat alles geklappt?«

Alle in der Schlange drehten sich nach ihm um. Sein Kopf wurde heiß wie eine Glühbirne. So viel Aufmerksamkeit war ihm peinlich. Emma umarmte ihn stürmisch. Er stand da wie gelähmt.

»Sie haben mich entlassen«, stotterte er. »Aber wieso hat Kosellke weiße Haare?«

»Warum nicht? Er ist doch viel älter als du.« Emma zerrte Danni zu Kosellke. »Hier ist er, unser Held. Stellt sich einfach hinten in die Reihe.«

Kosellke schaute Danni freundlich ins Gesicht, begann zu strahlen und sprach in den Schalltrichter: »Werte Damen und Herren, liebe Leserinnen und Leser zu Hause. Daniel Doeblin, der Held unserer Geschichte, ist inzwischen eingetroffen. Als Leser wünschen wir uns ja oft, die Romanhelden unserer Lieblingsbücher persönlich kennenzulernen. Die Ringformel macht das jetzt möglich. Denken Sie einfach das Passwort und kommen Sie zu uns in den Ring! Dieser historische Augenblick wird Ihnen unvergesslich bleiben.«

Er setzte die Flüstertüte ab, schaute in die Runde und fuhr mit der Ansage fort. »Denken Sie an die Reichweite unseres Treffens. Die Busgesellschaft ist einsatzbereit und sendet je nach Bedarf weitere Busse. Bringen Sie alle Beweise aus Ihrer Heimatzeit mit und merken Sie sich bitte Datum und Uhrzeit Ihrer Lesezeit, damit Sie später aus unserer Erzählzeit wieder nahtlos in ihre Heimatzeit zurückfinden.«

Jetzt erst reichte er Danni die Hand. »Danni! Freut mich, dass es geklappt hat. Wir haben alle Hebel in Bewegung gesetzt, damit das Treffen mit Mart ein Erfolg wird. Alles, was sich dort ereignet, wird mitgeschrieben und veröffentlicht. Tausende von Lesern aus der Zukunft verfolgen in diesem Augenblick, was hier geschieht.«

Danni verstand noch immer nicht. »Wo kommen diese Leser denn plötzlich alle her?«

»Ein Autor wird ein Buch über deine Reise durch den Ring des Wissens schreiben, das viele Leser anzieht, weil diese Forschungsreise ein Präzedenzfall für die ganze Menschheit ist. Der Tammathemer Plan und vor allem Tammôtammas Treiben erregt ziemliches Aufsehen. Die Leser, die diesen Augenblick hier gerade im Buch miterleben, sind mathemagisch durch die Ringformel mit uns verbunden. Ihre Aufmerksamkeit weilt zur Zeit bei uns und nimmt regen Anteil an deinem Schicksal. Die Besucher, die gerade in die Busse steigen, einschließlich meiner Wenigkeit, sind alles Leser aus der Zukunft.«

»Ach so! Haben Sie daher graue Haare, weil sie als Leser älter sind als vor einigen Tagen auf dem Friedhof?«

»Ganz genau. Ich komme aus meiner Lesezeit, die aus Sicht der Erzählzeit in der Zukunft liegt. Aber wir verquatschen kostbare Zeit. Wir müssen los.«

Kosellke hielt wieder das Sprachrohr vor den Mund: »Alle einsteigen bitte! Es geht los.«

Kosellke stieg als Letzter ein, sprach mit dem Fahrer, und die Busse fuhren ab. Er setzte sich auf den Notsitz neben dem Fahrer und ließ sich das Mikrofon der Sprechanlage geben.

»Gestatten Sie, liebe Leser zu Hause, dass ich zu diesem mittelalterlichen Instrument der Lautverstärkung greife. Unsere Gäste im Bus haben ja zur Zeit kein Buch vor Augen und können nicht mitlesen, sondern nur hören. Erst einmal herzlich willkommen im Ring des Wissens.

Mein Name ist Ernst Kosellke. Sie kennen mich aus dem Kapitel in der Zelle. Auch beim Begräbnis von Dannis Mutter trat ich schon einmal kurz in Erscheinung. Darf ich mal kurz um Handzeichen bitten: Wer hat die erste Warnung *Schammats* miterlebt?«

Etwa die Hälfte der Hände ging hoch.

»Wer möchte die Ereignisse kurz für andere zusammenfassen?«

Ein junger Mann im schwarzen Anzug meldete sich. Kosellke winkte ihn nach vorne und reichte ihm das Mikrofon.

»Ja, die erste Warnung«, begann der Mann im Anzug, der aussah, als käme er gerade von einer Geschäftsbesprechung. »Erst dachte ich, im Haus wären die Sicherung durchgebrannt. Aber bald merkte ich, dass unser ganzes Viertel keinen Strom hatte. Internet, Telefon, Mobilfunk, Radio, alles lag brach. Man konnte sich nirgends erkundigen, was los war. Am nächsten Tag kam weder Zeitung noch Post. Nichts funktionierte mehr: Geldautomat, Bank, Börse, Kreditkarte, alles wie tot. Die Heizung fiel aus. Kühlschrank und Tiefkühltruhe fingen an zu stinken. Alle Pumpen versagten. Es gab kein fließend Wasser mehr, auch nicht auf der Toilette. Bald stank die ganze Wohnung. Kochen konnte man nur noch mit selbstgeschöpftem Brunnenwasser am offenen Feuer. Aus Tankstellen kam kein Benzin. Bus, Bahn Flugverkehr, alles kam zum Erliegen. Schlagartig wurde allen klar, wie abhängig die heutige Welt vom Stromnetz ist. Nachdem die ersten Seuchen ausbrachen und schon ganze Landstriche unter Hunger und Durst litten, kam das Stromnetz langsam wieder in die Gänge. Jetzt erst erfuhren wir: Ein Super-Sonnensturm hatte fast das gesamte Stromnetz der Erde lahmgelegt.«

»Danke für diesen Bericht.« Kosellke übernahm wieder das Mikrofon. »Das haben Sie sehr schön zusammengefasst. Ich erinnere mich noch an eine pikante Einzelheit: Die Stromversorgung brach genau an dem Tag zusammen, als der erste bemannte Flug zum Mars starten sollte. Und wer erinnert sich an *Schammats* zweite Warnung?«

Etwas weniger Hände als vorher gingen in die Höhe.

»Wer hat Lust, uns die Ereignisse zu schildern?«

Eine ältere Dame humpelte nach vorne und ließ sich das Mikrofon geben. »Das war noch viel schlimmer, aber für viele gleichzeitig eine Erlösung«, begann sie. »Wir hatten ja die erste Warnung schon erlebt und dachten, das Schlimmste wäre vorüber. Leider hatten viele ihre guten Vorsätze längst wieder vergessen. Auch diesmal wurde dabei ein bemannter Flug ins All verhindert. Alle elektronischen Daten gingen weltweit verloren. Alle Kontostände, egal ob Plus oder Minus, waren gelöscht. Nur wer genügend Vorräte angelegt hatte oder im eigenen Garten ernten und Wasser schöpfen konnte, konnte überleben. Wer Gold oder Wertsachen hatte, konnte für Wucherpreise Lebensmittel kaufen. Viele trauerten ihrem verlorenen Reichtum nach, aber viele begriffen die Warnung auch als Anstoß zum Umdenken und freuten sich auf den Neustart. Alle kamen zur Besinnung und wurden nachdenklicher.«

»Danke, liebe Frau«, sagte Kosellke. »Das haben Sie sehr schön gesagt. Und den letzten Schlag, wer hat den miterlebt?«

Keine Hände.

»Das dachte ich mir. Entweder niemand hat ihn überlebt oder er fand nie statt. Genau das ist ja das Ziel unseres Treffens mit Mart. Noch eine Frage: Wer hat das Buch mehrmals gelesen?«

Zwölf Hände von Doppel- und Dreifachgängern gingen hoch, wobei auch vier junge Mädchen zwischen 12-16, die mit bläulich-blassem Teint und langem schwarzen Zopf wie Orgelpfeifen in einer Reihe saßen, die Hand hoben.

Kosellke wandte sich an die Jüngste. »Bist du die Leseratte? Aus welcher Zeit kommst du?«

»228 neuer lyrischer Zeit«, sagte die Zwölfjährige.

»229«, »230«, »232«, riefen die Älteren. Alle vier Mädchen hatten dieselbe Stimme.

»Und warum«, fragte Kosellke die Älteste, »liest du das Buch jetzt schon zum vierten Mal?«

»Ich suche nach historischen Belegen für die Renaissance der *Mehta-Mathematik* im Dritten Jahrtausend.«

»Und jedes Mal machst du hier wieder mit, obwohl du die Geschichte schon kennst?«

»Stimmt nicht«, sagte die Älteste. »Bei meinem letzten Besuch kam die Renaissance noch nicht zur Sprache. Deswegen bin ich hier.«

Danni staunte. Dort saß ein Mädchen, das diese Busfahrt anscheinend schon dreimal miterlebt hatte und jetzt zum vierten Mal dabei war, um etwas zu ändern.

Kosellke schien darüber in keiner Weise erstaunt. »Na, dann wünsch ich dir, dass du diesmal alles einbringen kannst, was dir auf dem Herzen liegt. Ist sonst noch jemand aus einer besonderen Zeit anwesend, vielleicht aus der Erzählzeit selbst – außer den Ringbewohnern natürlich? Oder aus einer anderen Epoche?«

Ein junger Mann mit langer, vorspringender Nase, gekleidet wie ein Detektiv mit Schiebermütze, Nickelbrille, kurzstieliger Pfeife und hochgestelltem Mantelkragen, hob die Hand: »Aus der Gegenwart.«

Danni schaute zweimal hin. Die Nase kam ihm bekannt vor.

Auch Kosellke stutzte: »Da gibt es das Buch doch noch gar nicht.«

»Bin auch kein Leser.«

»Sondern?«

»Wahrscheinlich der Autor.«

»Was meinen Sie mit wahrscheinlich?«

»Na irgendwer muss das Buch doch einmal schreiben. Sonst könnte es keine zukünftigen Leser geben.«

»Da haben Sie allerdings recht. Aber wieso gerade Sie?«

»Recherchieren und Schreiben ist mein Beruf. Und ich kenne den Protagonisten.«

Jetzt erkannte ihn Danni: Christian! Sein Freund, der Enthüllungsjournalist, den er am Abend vor der Abreise aus Hügliswil per E-Mail um Hilfe gebeten hatte. Seine Verkleidung war perfekt. Nur an Nase und Stimme erkannte er ihn. Am liebsten wäre er sofort aufgesprungen und zu ihm gelaufen. Aber Christian wollte wohl inkognito bleiben.

Die Notiz vor dem Frühstücksraum in *Mathema-Attic* war also tatsächlich von ihm gewesen. Deswegen war ihm die Schrift bekannt vorgekommen.

Kosellke fragte weiter: »Aber wenn Sie kein Leser sind, wie sind Sie dann in den Ring gekommen?«

»Mit einem Dimensionsticket. Ich recherchiere hier.« Er stand auf, verbeugte sich leicht und griff an seine Schirmmütze, als wolle er sie lüpfen. »Gestatten: Franz Naseweis, zur Zeit Romandetektiv.«

»Ah, der geheimnisvolle Franz, der im Buch mehrmals erwähnt wird«, sagte Kosellke. »Sie geistern ja schon seit geraumer Zeit durch den Ring. Allerdings sind wir Ihnen noch nie persönlich begegnet. Bitte heißen Sie unseren Autor in spe herzlich willkommen.«

Dicker Applaus für Christian alias Franz Naseweis. Danni merkte sich, wo er saß. Durch die Schiebermütze mit Knauf und die kalte Pfeife stach er aus der Menge heraus und war nicht zu übersehen.

Als der Bus durch Tammat-Hem fuhr, schauten die Fahrgäste neugierig auf die Autos, Geschäfte und Schilder.

»Guck mal wie drollig!« rief jemand. »Wie im Mittelalter!«

Und wieder Kosellke: »Eine Durchsage an alle Leser zu Hause: Wir legen gleich eine kurze Rast ein, bei der Sie gerne noch zusteigen können. Die Busse sind über Funk verbunden, so dass Sie aus jedem Bus ihr persönliches Anliegen vorbringen können.

Auch im Palais Mart können Sie gerne noch hinzukommen. Je mehr wir Mart vorlegen können, desto besser. Scannen sie die Artikel, die den Trend ihrer Zeit zeigen, in ihr Gedächtnis ein. Falls Sie seit langem nicht mehr gescannt haben: Halten Sie das Schriftstück vor sich hin und richten Sie Ihren Blick durch das Papier in die Ferne. – Wer von den Herrschaften im Bus hat Zeitungsausschnitte dabei?«

Mehrere Leser hielten Artikel in die Höhe.

»Sehr gut. Dann sind wir gerüstet. Liebe Leser zu Hause: Wie Sie wissen, besteht der Ring aus *Êhta-Mathê*, aus Ätherstoff. Suchen Sie in der Ringformel einfach nach der Lautfolge TAMAT-HEM oder MArT-HEM und klinken Sie sich mit Ihrem Ätherleib ein. Ihr Körper aus Fleisch und Blut bleibt währenddessen zu Hause. Sobald Sie zurück wollen, schlagen Sie das Buch einfach wieder zu. So landen Sie wieder reibungslos in Ihrer Heimatzeit.«

»Toll macht er das«, flüsterte Danni zu Emma. »So viele Leser aus verschiedenen Ländern und Zeiten! Ich könnte nie vor so einer Menge sprechen.«

»Das macht Kosellke auch nicht. Die meisten Leser sitzen ganz allein vor ihrem Buch. Die Masse kommt nur zusammen, weil sich viele entscheiden mitzumachen.«

»Aber auf die Masse kommt es doch an.«

»Nein. Nur auf den Einzelnen. Alles andere geschieht von selbst. Wenn Menschen aus verschiedenen Zeiten, Ländern und Kulturen dastehen wie ein Mann, zwingt das selbst *Tammôtamma* in die Knie.«

Am Stadtrand von *Tammat-Hem*, kurz vor der Straße nach *Mart-Hem*, bogen sie in den Parkplatz eines Shopping Centers ein.

»Bevor wir aussteigen eine Warnung«, meldete sich Kosellke. »Kaufen Sie bitte nichts, was mit ›naturverbessert‹ gekennzeichnet ist. Es sei denn, Sie suchen besonders skurrile Souvenirs. Verschaffen Sie sich nur einen lebendigen Eindruck, was es vor der Zeitenwende auf Tammathemer Supermärkten alles gab. Sparen Sie ihre Devisen für den Nordsektor auf. Nach dem Treffen mit *Mart* laden wir Sie auf eine Rundfahrt durch den Ring mit allem drum und dran ein. Im Nordsektor gibt es naturreine Nahrung, Met, Düfte, Heilmittel und weitere Souvenirs. So. Wir treffen uns pünktlich in einer halben Stunde wieder im Bus.«

Die Fahrer drückten auf den Türknopf, und mit leisem Zischen öffneten sich die Wagentüren. Brocken verschiedenster Sprachen drangen an Dannis Ohr. Auch Koselke, Emma und der Fahrer stiegen aus. Die Tür ging zu. Nur Danni blieb sitzen. Er hatte keinen Bock auf *Tammathemer* Supermarkt. Trotz der guten Stimmung konnte er sich noch nicht damit anfreunden, dass die Leser anscheinend seine geheimsten Gedanken und Gefühle miterleben konnten. Er fühlte sich durchschaut und bloßgestellt, wie von Gedankenlesern umzingelt. Nichts konnte er geheim halten. Wie im Roman »1984«: »*Big Brother is watching you.* Der Große Bruder kriegt alles mit.«

Andererseits: Konnte er denn jemals etwas heimlich tun? War da nicht in seinem Hinterkopf das große Selbst, dieses reine Bewusstsein, dieses *Ati-Cit*, durch das er Emma hatte anfunken können? Dieses Selbst bekam doch sowieso immer alles mit. Seine eigenen Augen, seine Ohren, waren der Spion für dieses Selbst. Ja, der Liebe Gott sah alles. Nichts ließ sich vor ihm verheimlichen.

So mussten sich die Prominenten fühlen, denen die Paparazzi auf Schritt und Tritt folgten, um jeden Furz in die Zeitung zu setzen. Kein Privatleben mehr! Darum also hatte er sich in der Zelle so beobachtet gefühlt. Nicht die Wärter hatten ihn beobachtet, sondern die Leser. Der einzige, der ihn nicht verfolgt hatte, war Christian, der kein Leser aus der Zukunft war. Sie hatten sich noch gar nicht unterhalten können.

Wo war er jetzt? Danni hatte ganz vergessen, sich neben ihn zu setzen. Ob Christian inzwischen herausgefunden hatte, wo die Superkinder waren? Mist! Die Bustür war zu und Christian war ausgestiegen, ohne Danni auch nur zu begrüßen. Hatte er ihn absichtlich geschnitten? War er sauer, weil sich Danni im Gefängnis so dumm angestellt hatte? Oder steckte etwas anderes dahinter?

Ein leises Räuspern im Bus zeigte Danni, dass er nicht allein im Bus saß: Fünf Reihen vor ihm links saß das älteste der vier Mädchen mit der bläulichen Haut und dem schwarzen Zopf, und blickte verstohlen zu ihm herüber.

Danni winkte ihr. »Hallo Leseratte!«

»Bin keine Ratte.«

»Tschuldigung. So nennt man hier Bücherwürmer, die viel lesen.«

»Bin kein Wurm.« Sie hangelte sich von Stuhllehne zu Stuhllehne näher, wobei sie im Gang wie zwischen Barrenholmen turnte.

»Wie heißt du denn?«

»Mika-Devi.«

»Aus dem Jahre 228 neuer lyrischer Zeit?«

»232.«

»Tschuldigung. 228 war ja deine jüngste Schwester.«

»Nicht Schwester. Das bin ich beim ersten Mal Lesen.«

»Tschuldigung, mein ich ja. Als du noch jünger warst.«

Sie hatte sich inzwischen bis zur Sitzreihe vor Danni vorgeturnt.

»Setz dich doch.«

»Turne lieber. Wollte was fragen.«

»Ja?«

»Wer hat den Ring erfunden oder gebaut?«

»Keine Ahnung. Vielleicht leben wir im Augenblick alle nur im Roman. Als ich in Mathe im Manuskript meines Onkels las, kam mir die Romanwelt vor wie wirklich. Vielleicht hat *Mehta* den Ring verdichtet. Oder die Atlanter. Oder der *Mahâtma* im Südsektor.«

»Kommen wir dort vorbei?«

»Kommt drauf an, was die Leser wollen.«

»Bin auch Leserin.«

»Da hast du Recht. Am besten fragen wir die anderen, wenn alle wieder im Bus sind. Oder wir teilen die Gruppe, falls jeder wo anders hin will. Wir haben ja mehrere Busse.«

»Geht nicht.«

»Warum?«

»Weil nur ins Buch kommt, was du erlebst.«

»Wieso eigentlich? Ich schreibe es doch gar nicht. Und Christian kann doch schreiben, was er will.«

»Der Autor heißt aber nicht Christian. Und er schreibt nur auf, was du erlebst.«

»Woher willst du das wissen?«

»Hab das Buch doch schon paar Mal gelesen. Es geht nur um dich und beginnt mit deinem Albtraum vom Babyschrei.«

»Ach du Schande. Den darf niemand erfahren.«

»Er wird aber haarklein geschildert.«

»Unmöglich. Den würde ich niemandem erzählen. Da hat sich irgendein Schreiberling was aus den Fingern gesaugt. Wieso hast du eigentlich blaue Haut? Wo kommst du her?«

»Lyrische Zeit.«

»Ich meine aus welcher Gegend?«

»Afla-Púmbala.«

»Wo ist das denn?«

»Milchstraße.«

»Ach! Du bist gar nicht von der Erde?«

Sie schüttelte den Kopf und sagte das Gegenteil von »hmhm«, die Verneinung, bei der sich die Stimmlippen im Kohlschopf schließen: »'m'm.«

»Und ihr lest dort, was ich erlebe?«

»Im Unterricht.«

»Und woher habt ihr das Buch?«

»Von meinem Onkel. Der arbeitet hier.«

»Was heißt hier? Du meinst, auf der Erde?«

Sie nickte: »Hmhm!«

»Und wohnt in ...?«

»Afla-Púmbala.«

»Er arbeitet hier und wohnt in Afla-Púmbala?«

»Hmhm!«

»Und fährt täglich hin und her?«

»'m'm.« Sie schüttelte den Kopf und kicherte. »Alle paar Jahre nur.«

»Und was macht er auf der Erde?«

»Entwicklungshelfer.«

»Wobei hilft er denn?«

»Dass die Menschen wieder normal werden.«

»Ach! Sie sind also nicht normal?«

Sie kicherte verlegen, sagte aber weder »'m'm« noch »hmhm!«

»Und warum nicht?« fragte Danni. »Was ist denn so komisch an uns?«

Sie lächelte verschämt. »Das merkt doch jeder: Ihr tut, als wüsstet ihr nix.«

»Was sollten wir denn wissen?«

»Was bei uns jedes Kind weiß: Wer anderen schadet, schadet sich selbst. Das hat euch doch schon Hesiod 700 vor Christus gelehrt.«

Danni hatte keine Ahnung, wovon sie sprach, aber er wollte sich keine Blöße geben. »Wie meinst du das?

»Ihr denkt, ihr könntet euch auf Kosten anderer bereichern.«

»Ja, solche Leute gibt's. Aber mit denen habe ich nichts zu tun.«

»Du lügst. Ich hab's doch gelesen.«

»Was hast du gelesen?«

»Die Szene, die dich umkrempelt.«

»Mich? Welche Szene denn?«

»Kommt noch. Du wirst schon sehen.«

Danni war von den Socken. Er war fest entschlossen, seine Aufgabe zu erfüllen, und dieses junge Ding behauptete, er würde sich umkrempeln lassen. »Bist du noch ganz dicht? Oder gehört das schon zum Umkrempeln dazu?«

»Du tust, als wüsstest du nicht, wer in dir steckt.«

»Wer soll denn in mir stecken?«

»Das weißt du doch.« Sie stemmte sich auf die Stuhllehnen und sah aus dem Fenster. »Da kommen sie. Zeigst du mir jetzt die Muse Ma?«

»Das ist die schlanke schwarzgelockte Frau im hellblauen Kleid.«

»Danke. Sprichst du mit ihr?«

»Wegen dem Südsektor?«

»Hmhm.«

Der Fahrer kam und öffnete die Tür. Mika-Devi hangelte sich über die Stuhllehnen auf ihren Platz zurück und begann mit ihren jüngeren Ichs ein wildes Geschnatter in fremder Sprache. Als der Bus voll war, knackte das Mikrofon, und Kosellke verkündete: »Lieber Leserring der Ringleser. Unser nächster Halt ist Palais Mart ...«

Danni fiel auf, dass ihnen jetzt drei oder vier weitere Busse folgten. Im Verkehr war nicht zu sehen, ob sie zu den Lesern gehörten. Anscheinend war die Gruppe inzwischen beträchtlich gewachsen. Als ein Bus sie überholte, winkten die Leser durch die Scheibe, hielten die Faust hoch oder formten mit Zeige- und Mittelfinger das V für Victory.

Danni lächelte. So viele Leser! Mit dieser Kraft im Rücken könnte er selbst den Hals eines Lindwurms durchhauen. Was war dagegen der schmächtige Monsieur Mart mit seinem Geierhals?

Als Emma zu ihm nach hinten kam, erzählte ihr Danni von Mika-Devis Vorschlag, und Emma huschte in die Sitzreihe der blauen Mädchen. Die Busse fuhren an der langen Mauer von Marts Park vorbei und bogen zum Pförtnerhäuschen ein, an dem Tom Danni am ersten Tag mit Brombeergesicht vorbeigefahren hatte. Auf einem flachen Hügel, hinter hohen, dunklen Zypressen, stand das Palais mit der schwarzen Marmorverkleidung. Die Busse hielten zwischen den Säulen der überdachten Auffahrt.

Kosellke hatte die Reisegruppe bestens im Griff. Nur ein einziger Bus voller Besucher war bei Mart angekündigt worden. Nun standen bereits sechs prallgefüllte Busse vor der Auffahrt und auf dem Parkplatz daneben. Der Rezeptionist vom Palais schaute aus dem Fenster und staunte nicht schlecht. Auch zu Fuß kamen Leser durch den Park gelaufen, viele winkten mit Zeitungsartikeln und beeilten sich, mit der Gruppe ins Haus zu gelangen. Aber die Eile war grundlos.

Der Rezeptionist saß in seiner Pförtnerloge hinter Glas, telefonierte und ließ niemanden ein. In großen Trauben standen die Leser in der Auffahrt oder an der Rezeption und plauderten miteinander.

Die späteren Ankömmlinge waren weniger ulkig gekleidet. Aus der Erfahrung der ersten Leser hatten sie gelernt und sich für die Öffentlichkeit umgezogen. Emma und Muse Ma hatten Eimer voller Freesien neben sich stehen und reichten jedem Neuankömmling eine Freesie.

Am reizvollsten sahen die Leser aus ferner Zukunft aus. Die futuristisch Gekleideten wurden mit Fragen über Ereignisse aus ihrer Zeit überhäuft. Eine Traube Neugieriger umringte das blaue Vierergespann Mika-Devi, das örtlich und zeitlich wohl die weiteste Reise hinter sich hatte.

Nur Kosellke bahnte sich entschlossenen einen Weg zum Rezeptionisten. Ihm dicht auf den Fersen blieb eine Rothaarige in türkisem Bikini, tief gebräunt vom Sonnenbaden. Sie gestikulierten lebhaft mit dem Rezeptionisten, dann mit den Umstehenden. Einige Leser hoben ihre mitgebrachten Papiere in die Höhe. Dann öffnete sich eine Tür, und Kosellke verschwand mit der Bikinidame und einer Handvoll Gäste hinter der Tür, die sich sofort wieder schloss.

Danni spürte plötzlich Muffensausen bei dem Gedanken, Mart persönlich gegenüber zu treten. Bisher hatte er ihn immer nur flüchtig gesehen: das erste Mal am Todestag seiner Mutter in der Drehtür des

Spitals, das zweite Mal im Bahnhof Landen, dann im Tempeltraum und zuletzt beim Zügelhalter auf der Sonne. Aber nie hatte er mit ihm gesprochen. Viel lieber würde er jetzt mit Christian reden und ihn fragen, was er im Ring herausgefunden hatte.

Plötzlich erschien Kosellke wieder im Foyer und machte eine Ansage über Lautsprecher: »Liebe Ringleser, Monsieur Mart ist schon sehr gespannt auf unsere Berichte aus der Zukunft. Aufgrund des unerwartet starken Andrangs wird das Treffen in den Park verlegt. Auf der Tanzfläche mit Konzertmuschel hinterm Haus finden wir alle genügend Platz und können die Zukunft der Menschheit in Ruhe besprechen.« Damit machte er eine einladende Geste Richtung Park.

Zähflüssig ergoss sich der Menschenstrom ums Haus herum nach hinten. Kosellkes Bernhardinergesicht ragte um Kopfesgröße aus der Menge. Das blaue Viergespann aus Afla-Púmbala hielt sich dicht an Muse Ma, die mit ihrem langen hellblauen Kleid und schwarzem Lockenkopf ebenfalls aus der Menge hervorstach. Danni hatte bisher alles aus dem Hintergrund beobachtet und stieg als Letzter aus.

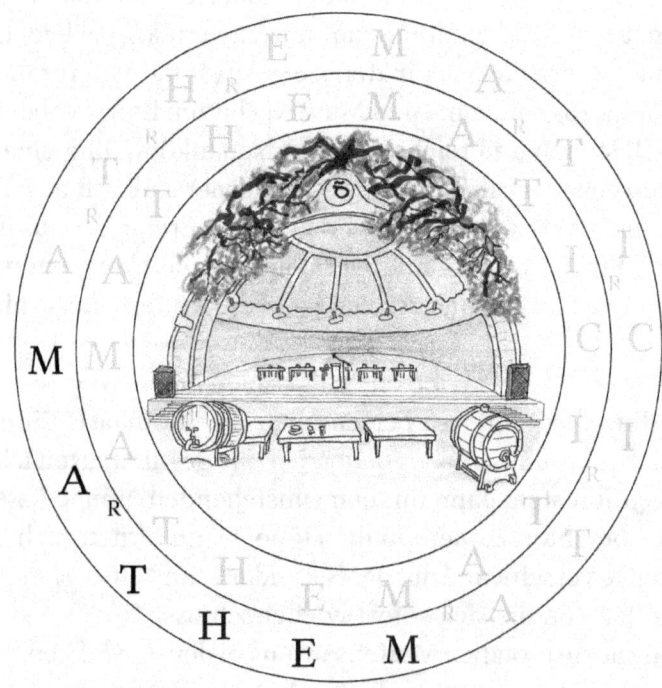

*Die Konzertmuschel im Park vom Palais Mart in* Mart-Hem

## 24. Bei Monsieur Mart

Die Tanzfläche im Park war etwa so groß wie ein Basketballfeld. An ihrer Stirnseite stand ein Musikpavillon, dessen Kuppel von einer mächtigen Eiche überragt wurde. Ein langhaariger Techniker baute Lautsprecherboxen und Mikrophone auf und testete durch lautes Klopfen und Zählen den Ton. Lakaien in schwarzgrüner Livree stellten am Rand der Tanzfläche eine Reihe Klapptische auf und überdeckten sie mit Wachstüchern. Schalen mit Plätzchen, Teegebäck und anderen Knabbereien wurden aufgetischt. Livrierte rollten zwei große Fässer mit Zapfhahn Richtung Bühne und bockten sie neben den Klapptischen auf.

Vom Hause näherten sich mehrere Gruppen Chinesen in schwarzem Anzug, weißem Hemd und rotem Schlips. Dahinter war der rote Wuschelkopf der braungebrannten Bikinischönen zu sehen, die inzwischen eine grobmaschige Wollstola umgelegt hatte. An ihrer Seite ein älterer Herr, den Danni sofort erkannte: schwarzer Nadelstreifenanzug, schütteres Haar, blasser, runder Kopf mit Geiernase, ausgemergelter Hals mit vorspringendem Kehlkopf. Der Hals ragte aus einem weißen Pelzkragen, was Danni unwillkürlich an die weiße Halskrause eines Andenkondors erinnerte.

Die Bikinischöne steuerte direkt auf Danni zu. »Monsieur, das ist Daniel Doeblin. Ohne seinen Reisebericht durch den Ring hätten wir von Ihnen und Ihren tollen Zukunftsplänen nie etwas erfahren.«

»Angenehm«, lächelte der Monsieur. »Sehr angenehm. Wir hatten noch nicht die Ehre, Monsieur Doeblin, nicht wahr?«

Danni stutzte. War er Monsieur Mart nie aufgefallen? Weder an der Drehtür im Spital Hügliswil noch am Bahnsteig in Landen? Oder verstellte er sich nur? Wollte er ihn prüfen? »Doch, wir sind uns schon begegnet«, sagte Danni. »Erinnern Sie sich nicht?« Er biss sich auf die Lippen. Hoffentlich hatte er sich nicht im Tonfall vergriffen.

»Sooo? Wo soll denn das gewesen sein, junger Mann?«

Danni zögerte. Er durfte sich auf keinen Fall verplappern.

Monsieur Mart sah ihn erwartungsvoll direkt in die Augen, dann senkte er seinen Blick und sah gerade auf die Stelle an Dannis Brust, an der ihm das Amulett um den Hals hing, das ihm plötzlich wieder schwer wie Stein auf dem Herzen lag. Und schon hörte er sich sagen: »Im Felsentempel mit der goldenen Kuppel.«

Mist! Welcher Teufel hatte ihn geritten, ausgerechnet die Szene aus seinem Drachentraum zu erwähnen? Welche magische Macht hatte dieses Geheimnis aus ihm herausgelockt?

Für Sekundenbruchteile wurde Marts Miene eiskalt. »Sooo? Kann mich gar nicht entsinnen … Aber ich muss Ihnen mein Kompliment machen, Monsieur Doeblin: Mit Viola haben Sie wirklich eine charmante Leserin gewonnen. Kommen Sie doch beide mit auf die Bühne.«

Mart stieg mit der Bikinischönen auf die Bühne, wo man in aller Eile eine Tischreihe mit Stühlen und ein Rednerpult aufgestellt hatte. Anscheinend hatte Mart die rothaarige Viola zum Zeremonienmeister ernannt, denn sie stellte sich an den Bühnenrand und winkte neben Danni auch Muma, Emma und Kosellke auf die Bühne.

Von hier oben aus war das ganze Parkgelände gut zu übersehen. In der Ferne sah Danni den Flachbau vom Studio SUPERKIDS, wo er im Schrank das Schlüsseletui aus Toms Kittel entwendet hatte. Danni fasste sich an seine Hintertasche. Ja, das Etui war noch da. Ob er die seltsamen Schlüssel noch einmal brauchen würde?

Hinter dem Flachbau lag der Teich mit Rhododendronbüschen und dem hübschen Pavillon aus Holz. Und ganz am Ende lag der Zaun, über den er in der Nacht mit Emma geklettert war.

Kaum hatte Danni mit den anderen am langen Tisch Platz genommen, da nahte sich vom Haus eine Gestalt, bei deren Anblick Danni wildes Herzklopfen bekam: Tom, diesmal im Nadelstreifenanzug und ohne Brombeergesicht. Er sprach eindringlich mit den Livrierten am Fass, kam dann auf die Bühne und setzte sich grußlos unmittelbar neben Danni, der steif geradeaus blickte und so tat, als hätte er Tom nicht bemerkt. Auch Tom sprach kein Wort.

Nun trat Viola in ihrem türkisen Bikini mit Wollstola ans Rednerpult und trommelte mit ihren grün lackierten Fingernägeln so lange aufs Mikrofon, bis völlige Stille eintrat. »Liebe Ringleser«, begann sie, wurde aber sofort vom begeisterten Klatschen und Pfeifen aus dem Publikum unterbrochen, was offensichtlich ihrer Figur und ihrem Bikiniauftritt galt. Lächelnd nahm sie den Applaus entgegen. »Unser Treffen hat sich bereits gelohnt« fuhr sie fort, bevor der Applaus völlig verebbte, »denn im kleinen Kreis konnten wir Monsieur Mart vorhin schon einige Zeitungsartikel aus der Zukunft vorlegen, die ihn so beeindruckt haben, dass er vorschlug, den heutigen Tag gebührend zu feiern. Ich glaube, wir konnten ihn mit unserer Präsentation bereits zum Freund gewinnen. Sie kennen ja den Spruch:

*Hast du den Feind zum Freund gemacht,*
*hast du den größten Sieg vollbracht.*

Dieser Sieg ist nicht nur uns gelungen, sondern auch Monsieur Mart. Auch er hat einen Feind zum Freund gemacht. Eine wahre Winwin-Situation. Und das, obwohl wir uns auf eine heiße Schlacht gefasst gemacht hatten. Ich bitte um Applaus für – Monsieur – Mart!«

Danni bekam ein mulmiges Gefühl. Irgendetwas stimmte nicht. Es lief einfach zu glatt. War Viola so naiv, oder war sie von Mart schon beeinflusst worden und stand unter seinem Bann? Sprach sie aus freien Stücken oder gegen ihren Willen? Wurde sie durch eine fremde Macht gesteuert? Auch er selber hatte Mart ja gegen seinen Willen von seinem Tempeltraum erzählt.

Mit ausladender Geste deutete sie auf Mart, der jetzt ans Rednerpult trat, mit weißer, knöcherner Hand über Violas braungebrannte Schulter strich und ihr bedeutete, sich zu setzen.

»Werte Gäste«, begann Mart, »was Sie mir bisher gezeigt und berichtet haben, zeichnet uns ein wunderbares Zukunftsbild, fast zu schön, um wahr zu sein. Wenn wir aber ehrlich sind, ist es leider nur eine von vielen Möglichkeiten. Der Weg in die Zukunft gleicht ja einem vielverzweigten Straßennetz. Bei jeder Abfahrt, jeder Kreuzung kann sich jeder Einzelne von Ihnen neu entscheiden, welche Richtung er einschlagen will.

Da das Wohlergehen der Erde aber davon abhängt, wohin sich die Menschheit als Ganzes bewegt, lastet auf mir eine große Verantwortung. Nicht nur für die Erde, nein, für das gesamte Sonnensystem. Bei dem rasanten Fortschritt der Technik sogar für den ganzen Weltraum. Solange sich der Mensch als Schädling gebärdet, müssen wir unbedingt verhindern, dass er andere Planeten infiziert.

Sie sehen, zu Ihrem eigenen Vorteil müssen wir immer das Wohl des Ganzen im Auge behalten. Eine Krebszelle, die nur an ihr eigenes

Wachstum denkt und dabei ihren Wirt zerstört, bewirkt schließlich ihren eigenen Untergang. Wer anderen schadet, schadet sich selbst. Das ist eine uralte Weisheit. Aber selbst eine Krebszelle kann weiterleben, sofern sie sich wieder in eine gesunde Zelle verwandelt und harmonisch in den Organismus einfügt, in dem sie lebt.

Ich verstehe Ihren Standpunkt durchaus. In Ihren Augen bin ich der Vernichter der Menschheit und damit der Bösewicht Ihres Romans. Aber im Kreislauf der Schöpfung erfülle ich eine wichtige Aufgabe, mit der jedes Geschöpf konfrontiert wird: das Bemessen der Lebenszeit.«

Er sah den Gästen in der ersten Reihen in die Augen. »Ich kenne Sie alle, meine Damen und Herren. Und ich entsinne mich an viele letzte Augenblicke Ihrer vergangenen Leben, in denen wir uns schon begegnet sind.«

Langsam streifte sein Blick von einem zum anderen. »Kaum einer von Ihnen wird sich an diese denkwürdigen Augenblicke erinnern. Es gehört zu den Spielregeln der Schöpfung, dass Sie auf Erden allmählich die Erinnerung an Ihre Zeit vor der Geburt verlieren. Auch an den Augenblick des Abschieds, in dem Ihnen klar wurde, ob Sie ihre Aufgabe erfüllt hatten oder nicht. Und an den letzten Gedanken, was Sie das nächste Mal erreichen wollten. In dieser entscheidenden Stunde habe ich jeden von Ihnen betreut. Und es war immer dasselbe.«

Betrübt ließ er den Blick durch die Menge schweifen. »Die meisten nahmen in ihrer letzten Stunde Vernunft an, bereuten Ihr Versäumnis und gelobten feierlich: Das nächste Mal wird alles besser. Aber sobald sie wieder auf der Erde lebten, waren alle guten Vorsätze vergessen. Aus den Augen – aus dem Sinn. Die meisten trieben es schlimmer als zuvor.« Mit ernster Miene verweilte er auf den Gesichtern in der ersten Reihe. »Meine Damen und Herren, ich kenne die Natur des Menschen besser als Sie. Ich studiere sie seit zwei Millionen Jahren. Sobald Sie die wahre Natur des Menschen durchschaut haben, wird jeder, der auch nur ein Fünkchen Mitgefühl für Mutter Erde verspürt, aus tiefstem Herzen wünschen, dass sie so schnell wie möglich von ihrem Schädling befreit wird. Es gibt genügend Ecken im Universum, wo sich *Homo sapiens* mit anderem Ungeziefer nach Lust und Laune austoben kann, ohne seine Mitbewohner, die Pflanzen, Tiere oder Götter zu behelligen. Deswegen mein Vorschlag: Stoßen wir gemeinsam an – auf Ihren Abschied von diesem wunderschönen blauen Planeten.«

Gemurmel, Aufbrausen, Zwischenrufe.

»Ich weiß, meine Damen und Herren, Abschiednehmen fällt nicht jedem leicht. Wer weiß das besser als ich, der ich die Stunde des Abschieds täglich miterlebe. Aber selbst wenn ich wollte, meine Damen und Herren: Ich vermag den Lauf der Zeit nicht rückgängig zu machen. Wir im Ring hier müssen in anderen Zeitmaßstäben denken.

Wie Sie alle wissen, planen die Menschen in Kürze, ein bemanntes Raumschiff zum Mars zu senden. Also besteht akute Infektionsgefahr. Und da wir uns nicht auf Papier und Zeitzeugen verlassen können, müssen wir die Menschen selber prüfen. Zu diesem Zweck, meine verehrten Damen und Herren, haben wir eine kleine Überraschung für Sie vorbereitet.«

Er nickte Tom zu und setzte sich, während Tom sich ans Rednerpult stellte und das Mikrofon wie ein Schlagersänger an den Mund hielt. Bei Toms Stimme lief es Danni kalt über den Rücken. Dieser näselnden, gedehnten Stimme hatte er einmal leichtgläubig vertraut. Alle Bilder und Szenen, die er mit Tom in Tammat-Hem erlebt hatte, bis zur überstürzten Flucht mit Emma, kamen in ihm hoch.

»Liebe frisch gebackenen Freunde«, begann Tom. »Wie Sie sehen, haben wir zur Feier des Tages zwei Fässer mitgebracht, um auf die Zukunft der Menschheit anzustoßen. Diese Fässer enthält weder Wein noch Bier, sondern den kostbarsten Tropfen des Rings: den *Meht* des Nordens. Sie müssen entschuldigen, dass wir Ihnen diesen kostbaren Tropfen heute nur in profanen Plastikbechern servieren. Wer konnte ahnen, dass die angekündigte kleine Leserschar derart ausufert? Laufend parken neue Busse und hinterlassen tiefe Reifenspuren auf unserem englischen Rasen. Wir begrüßen Gäste aus dem gelben, dem braunen, roten, schwarzen und dem weißen Kontinent. 32 Busse habe ich vorhin gezählt. Also sind zur Zeit rund sechzehnhundert Menschen hier versammelt. Und es werden von Minute zu Minute mehr. So viele Kristallgläser haben wir nicht im Haus. Darum können wir leider nur mit Bechern anstoßen. Das tut der Wirkung dieses kostbaren Tropfens aber keinen Abbruch. Bitte warten Sie, bis jeder seinen Becher in der Hand hält, damit wir gemeinsam anstoßen können.«

Auf ein Zeichen von ihm öffneten zwei Lakai die Zapfhähne, und der Met floss ununterbrochen in einen Becher nach dem anderen und wurde wie am Fließband auf Tabletts verteilt.

Was meinte Tom wohl mit *der Wirkung dieses kostbaren Tropfens*? Danni erinnerte sich an den *Tâm-Meht*, den er am Bahnhof Landen im Zug getrunken hatte. Aber Tom war nicht zu trauen, also Vorsicht. Danni nahm sich vor, lieber nichts von diesem Met zu trinken.

Auch Körbe und Schalen mit Knabbereien wurden herumgereicht. Wachsam verfolgte Toms Blick das Verteilen von Speise und Trank, während er weiter sprach. »Der *Meht* des Nordens, meine Damen und Herren, ist der Met der Dichter und Denker, durch den sich Klang zu Form verdichtet. Aus diesem *Meht* besteht die Wirklichkeit des Rings. Nicht nur Sie, die Sie bereits hierher gefunden haben, auch die Leser, die zu Hause vor dem Buch sitzen, erfahren diesen Augenblick durch den Met der Dichtung, der aus Klang Wirklichkeit erschafft. – Hat jetzt jeder seinen Becher in der Hand?«

Für die Ehrengäste wurde ein Tablett mit bunten Kristallgläsern auf die Bühne gereicht. Tom schaute in die Runde, dann hielt er das Mikrofon wie ein Weinglas an die Lippen und sah Danni in die Augen, als blicke er in eine Webcam mit Direktübertragung zum Leser. »Liebe Leser zu Hause! Holen Sie sich doch bitte ebenfalls ein Glas aus dem Schrank und stoßen Sie mit uns an! – Warten wir noch eine Sekunde, meine Damen und Herren, bis auch die Zuschauer zu Hause ihr Glas gefüllt haben. – Sind Sie soweit? Gut. Dann heben wir jetzt gemeinsam Becher oder Glas und stoßen an auf die Zukunft, die sich jeder von uns wünscht. Es lebe der *Meht* der Dichtung, der aus Klang die Welt erschafft. *Ta Meht tamêh!* – Der Meht verdichte sich! – *Ta Meht tammat.* – Der Meht wird fest. – *Ta Meht tamêh Tammathèm!* – Der *Meht* verdichte sich zu *Tammat!* – Bitte, meine Damen und Herren, auf ex.«

Tom trank ex. Viola trank ex. Alle tranken ex. Nur Danni hielt sein Glas noch immer reglos in der Hand. Er hatte Christian am Rand der Tanzfläche entdeckt. Als sich ihre Blicke kreuzten, strich Christian mit der flachen Hand über den Becher, als wollte er sagen: Nicht trinken! Danni beobachtete, wie Christian seinen Becher neben den Kopf hielt und den Meht über die Schulter ins Gras schüttete.

Ja, das war eine gute Idee. Aber Danni stand auf der Bühne. Wohin sollte er sein Glas unbemerkt ausschütten?

Tom schaute über die Menge, als suche er jemanden, und ließ dann seinen Blick über die Ehrengäste auf der Bühne schweifen, bis er an Danni hängenblieb. Als er Dannis volles Glas bemerkte, nahm er sich vom

Tisch ein zweites Glas und kam damit auf Danni zu. »Auf die blühende Zukunft der Menschheit!« rief er. »Auf Daniel Doeblin, den edlen Retter der Menschheit, der mit gutem Beispiel vorangeht!« Demonstrativ stieß er sein Glas an Dannis noch immer volles Glas. »Auf ex!«

Danni war in der Klemme. Wollte er es mit Monsieur Mart nicht verderben, dann musste er trinken. Aber auf keinen Fall ex. Er nippte vorsichtig am Glas. Es schmeckte genauso aromatisch mit leichtem Honiggeschmack wie der *Tâm-Meht* seines Onkels. Und der hatte ihm ja geholfen, die Augenblicke schärfer wahrzunehmen. Vielleicht kam ihm das auch jetzt zugute. Schließlich suchten sie noch immer das Versteck der Superkinder.

Tom trank sein zweiter Glas ex und ließ Danni nicht aus den Augen, bis dieser sein Glas geleert hatte. Erst als Danni aufstoßen musste, kam ihm der Tammathemer Nachgeschmack hoch, den er bereits von Toms Drachenfrucht und Limonade am ersten Tag kannte.

Tom verzog den Mund zu einem spöttischen Lächeln. »Ich hoffe«, sagte er, »diese Feier bleibt uns allen lange in Erinnerung. Wir haben gemeinsam angestoßen auf die Zukunft, haben ihren wunderbaren Duft geschnuppert. Aber machen wir uns nichts vor: Das Einzige, was heute wirklich feststeht, ist die Gegenwart. Nur der Moment zählt. Alles andere ist Zukunftsmusik. Und diese Zukunft ist noch nicht geschrieben. Wir wissen zwar, dass dieser Augenblick in einem Buch geschildert wird, aber das Buch ist noch nicht geschrieben. Was im nächsten Kapitel stehen wird, hängt allein von Ihrer Handlungsweise ab.«

Wieder sah Tom zu Danni, als sähe er den Zuschauern durch die Kamera in die Augen. »Glauben Sie mir, liebe Zuschauer zu Hause, Sie sind in diesem Augenblick die einzig greifbare Person, die an diesem Treffen teilnimmt. Alles andere ist nur Geschichte. Und zur Zeit übertragen die Lautsprecher meine Rede. Ich danke dem Chronisten für die Gelegenheit, einmal persönlich auszusprechen, wie ich mir die Zukunft dieses Erdballs denke.«

Danni sah erneut zu Christian, der sich jetzt neben die Bühne gestellt hatte, um die Gesichter der Anwesenden von vorne zu betrachten. Christian musterte das Publikum sehr aufmerksam, anscheinend, um zu sehen, wie die Besucher aus der Zukunft auf Toms Worte reagierten.

»Nun, Sie kennen ja unseren Plan A zur Schädlingsbekämpfung. Dazu gehört unter anderem die Drosselung der Zeugungsfähigkeit. Nur wenige Frauen wissen, dass sie mit der Antibaby-Pille nicht nur ihre eigene Fruchtbarkeit blockieren, sondern auch ihren Nachwuchs unfruchtbar machen. Durch die Östrogendosis verkümmert beim männlichen Embryo bereits im Mutterleib die Anlage zur Samenproduktion. Bald hat der *Homo sapiens* keine zeugungsfähigen Männchen mehr. Ein Selbstläufer, den niemand mehr aufzuhalten vermag.«

Tom machte eine Kunstpause, um die Wirkung seiner Worte zu genießen. »Und nun die gute Nachricht: Sie haben eine Möglichkeit weiterzuleben, allerdings in veränderter Form. Wir veredeln die Gattung Mensch, indem wir sie mit einer altbewährten Spezies kreuzen.

Wie Sie wissen, ist der *Homo sapiens* nicht der erste Hüter der Erde. Der Blaue Planet ist ja wesentlich älter als die Menschheit. Vor rund zweihundert Millionen Jahren sorgte hier ein anderer Hüter dafür, dass sich nur gesundes Erbgut fortpflanzte. Erraten Sie, von wem ich spreche?«

Er sah in die Runde, ob sich jemand meldete. Als alle schwiegen, fuhr er fort. »Lange, bevor *Homo sapiens* die Erde besiedelte, wurde die Ordnung von einer Gattung aufrechterhalten, die sich über hundert Millionen Jahre bewährte. Sie sorgte für die Weiterentwicklung der Arten, indem sie Schwache und Kranke jagte und verzehrte, so dass sich nur Gesundes und Starkes fortpflanzen konnten. Da die Gattung aber keine Feinde hatte, beging sie den gleichen Fehler wie heute der Mensch: Sie wurde zu hochmütig und daher ausgerottet.

Fast zwanzig Millionen Jahre blieb die Erde darauf ohne Hüter, bis der Blaue Planet dem *Homo sapiens* anvertraut wurde. Leider hat er seine Chance schon nach zwei Millionen Jahren verspielt. Nun aber ist es uns gelungen, eine Kreuzung des früheren und des jetzigen Hüters zu züchten, um die Ordnung auf Erden wiederherzustellen. Beide Arten haben vieles gemein, vor allem ihren gesunden Kannibalismus. Auch wenn der Mensch seine Artgenossen nicht aus Hunger, sondern aus purer Geld- und Machtgier tötet: Kannibale bleibt Kannibale.«

Die Zuschauer wurden unruhig. Zwischenrufe zeigten, dass Toms Rede nicht bei jedem auf Zustimmung stieß.

»Zwar tötet er seine Artgenossen vor allem zum Zwecke der Land- und Rohstoffgewinnung, aber unwissentlich erfüllt er damit genau Plan A«, fuhr Tom ungerührt fort. »Sie sehen, wir können Plan A nicht von heute auf morgen abbrechen. Schließlich läuft er seit Jahrhunderten.

Selbst ohne den letzten Schlag wird die Erde also bald wieder frei von Ungeziefer sein. Nun will ich Ihre Neugier nicht länger auf die Folter spannen und Ihnen endlich die Frage beantworten: Worin besteht der letzte Schlag?«

Tom machte eine neue Kunstpause und sah schweigend in die gespannten Gesichter. »Seit Jahrmillionen hat der Erdball einen eingebauten Mechanismus zur Selbstreinigung: Etwa alle 60.000 Jahre spuckt ein Supervulkan Asche in die Stratosphäre, die zur drastischen Abkühlung und jahrelangen Missernten führt. Als vor 74.000 Jahren der Toba auf Sumatra ausbrach, wurde die Menschheit auf wenige Tausend dezimiert, aus denen die heutige Bevölkerung hervorging. Bereits seit 63.000 Jahren brodelt unter dem Yellowstone Park eine riesige Magmablase vor sich hin. Sobald sie ihre Asche in die Stratosphäre spuckt, sinkt die Temperatur auf dem gesamten Planeten für Jahre um 15 Grad, und die Menschheit stirbt den Hungertod. Es liegt bei Ihnen, ob und wann die Magmablase platzen wird.«

Tom wanderte mit dem Mikrofon zur Bühnenmitte und gab Viola ein Zeichen, mit ihm ans Rednerpult zu treten. »Und nun zu unserem kleinen Test, wann die Magmablase platzen soll. Dieser Versuch bereitet Ihnen sicher einen Heidenspaß. Der Met, mit dem wir vorhin angestoßen haben, wird uns nun die wahre Natur des Menschen offenbaren.«

Er bat Viola, wie ein Model auf der Bühne auf und ab zu gehen, was sie stolz und gerne tat.

»Dieses wunderbare Geschöpf, begabt mit Schönheit, Charisma und Selbstbewusstsein, diese prickelnde Erscheinung ist unbestreitbar ein reizendes Produkt der Züchtung Mensch. Der Körper ist ja eine Hülle für den Geist. Aber wie sich eine Hexe durchaus das Gewand einer Königin anlegen kann, so hat auch der Mensch die Fähigkeit, hinter einer Fassade seine wahre Natur zu verbergen. Nur der *Meht* offenbart sein wahres Wesen. Viola, wie fühlen Sie sich zur Zeit?«

Tom hielt ihr das Mikrofon hin, und Viola erklärte, sie spüre ein schützendes Gefühl im Rücken, als trüge sie einen Panzer. Kribbelnde Schauer und Energieströme liefen ihr durch den Rumpf, die sie am liebsten in Tanz umsetzen würde.

»Und? Ist das ein angenehmes Gefühl?«

Viola nickte.

»Nun entblößen Sie doch bitte mal zum Entzücken unserer Gäste Ihren Rücken!«

Viola kehrte der Menge den Rücken zu, streifte die grobmaschige Wollstola ab und begann eine Art Schlangentanz, der um so echter wirkte, als ihr Rücken nicht mehr braungebrannt, sondern dunkelgrün schimmerte.

»Sehen Sie die Wirkung des Mets, meine Damen und Herren? Dieser wunderschöne Rücken hat jetzt Schuppen wie ein Drachen. Und bevor Sie beginnen, Viola als ungewöhnliches Unikum zu bestaunen, schauen Sie sich bitte einmal Ihre Nachbarn an. Oder schauen Sie an sich selbst herunter und spüren Sie das berauschende Gefühl der Kraft und Lebensfreude, das der Met in Ihnen hervorruft.«

Entlang Violas Wirbelsäule war jetzt deutlich ein Kamm zu sehen wie auf dem hornigen Rücken eines Drachen. Danni sah sich um und bekam einen Schreck. Wie sahen die Leser aus! Es lief ihm heiß und kalt über den Rücken. Waren sie etwa für den Rest ihres Lebens alle so entstellt?

Gleichwohl spürte er auch noch etwas anderes. Nämlich das gleiche Gefühl, von dem Viola eben gesprochen hatte: den Drang, sich zu winden und zu schlängeln wie ein Reptil.

Auf diesen Augenblick hatte Tom anscheinend gewartet. Plötzlich drang laute, rhythmische Tanzmusik aus dem Lautsprecher. Die ganze Gruppe fing an zu tanzen wie in einem wilden, wüsten Rausch.

Danni fühlte sich wie ein Lindwurm. Er riss den Mund auf, zischte mit bleckendem Gebiss, und aus seinem Munde züngelte eine gespaltene Zunge und Feuer: blau-weißes, rot gezacktes Feuer! Er konnte Feuer speien! Wahnsinn! Alles zischte und loderte, schlängelte und wand sich, kratzte und fauchte.

Nur Christian stand mit seiner Nickelbrille einsam und bleich am Rand der Tanzfläche. Danni stieg von der Bühne und trat zu ihm. »Feuer für die kalte Pfeife, Herr Detektiv? Bitte sehr!« Er spie Feuer und versengte Christian die Schiebermütze. Christian rührte sich nicht vom Fleck, sah ihn nur ausdruckslos an.

Jetzt wurden auch andere auf den Sonderling aufmerksam, diesen braven Spießer, der wehrlos da stand und nicht tanzen wollte. Mehrere feuerspeiende Monster umringten ihn, zeigten ihm ihre Krallen, traten ihn, bis Christian hinfiel und sein Mantel Feuer fing. Da erst merkte Danni, was er angerichtet hatte. Er warf sich auf den brennenden Mantel, löschte das Feuer, half Christian auf die Beine und stellte sich schützend vor ihn. Da sah er, wie auch Mika-Devi die Ältere vor der Meute floh. Und zwar Richtung Pavillon am See. »Lauf zu Mika-Devi!« raunte er Christian zu. »Ich komme nach.«

Christian lief Richtung Seerosenteich und verschwand hinter Rhododendronbüschen aus dem Blickfeld der tobenden Menge.

Was war das nur für ein Rausch, in den die Gäste kamen? Alle zeigten ihre Krallen, rissen rote, gelbe, grüne Augen auf oder kniffen sie zusammen, bleckten spitze Zähne, zischten, bissen, verkrallten sich ineinander, fauchten bläuliche Flammenzungen.

Das Feuer, das sie spien, brannte nicht, es kühlte. Zwar versengte es Haare und Kleider, die wie graue Kräuselhaut am Körper schrumpften. Aber ihre gepanzerten Schuppenkörper empfanden das Feuer wie ein erfrischendes Bad. Es roch nach heißer Haut, versengtem Haar, verschmortem Horn.

Tom war jetzt ihr Hirte und Dompteur, gab den Ton an, legte die Musik auf. Bestürzt erkannte Danni, was er nie hatte wahrhaben wollen: Monsterspielen war ein Heidenspaß!

Endlich einmal richtig böse sein! Beißen, kratzen, Zähne fletschen! Meterweite Flammen werfen. Alles zu Asche versengen, was ihm vor die Lippen kam! Endlich nicht der brave, wohlerzogene Sohn sein, der Waschlappen, die Memme. Endlich brüllen, kreischen, keifen dürfen und dem Nachbarn unter den Drachenschwanz treten!

Es war der Rausch seines Lebens! Tom drehte die Musik lauter, legte schnelle Rhythmen auf und schließlich ein pathetisches Stück, das klang wie die Hymne einer zehntausendjährigen Drachendynastie. Dazu sang er mit näselnder Stimme:

»*Flamme, wildes Drachenfunkeln,*
*schadenfroher Bürgerschreck!*
*Feuerrachen, spei im Dunkeln,*
*würge deine Beute weg!* ...«

Diese Parodie auf die Europa-Hymne erschien Danni in diesem Augenblick wie das schönste Lied der Zukunft.

Eine dunkle Wolkendecke überzog den Himmel. Keiner achtete darauf. Jeder fauchte seinen Nachbarn an, spie Feuer, bis die Tischbeine glühten. Rauch stieg zum Himmel, das Gras fing Feuer, wurde gelb und schwarz. Die Rhododendronbüsche und der Pavillon am Teich loderten und knisterten zum Himmel. Hinterm Park blitzte und donnerte es.

Und dazwischen Toms beschwörende Stimme: »Gut so! Weiter so! Brav, meine Würmchen! Jetzt bleibt ihr alle schön in *Tammat-Hemat*! Tom gibt euch zu fressen Tag für Tag. Tom ist euer Hirte und Beschützer. Tom gibt euch euer täglich Brot und vergibt euch eure Schuld.«

Sie hätten stundenlang so weitergetanzt, wäre es nicht schlagartig still geworden. Plötzlich war der Ton ausgefallen. Danni wollte gerade Emmas gezackten Rückenkamm mit spitzen Zähnen kratzen und seinen verlängerten Wirbelfortsatz um den ihren winden, da stockte er. Tom sprach seine Beschwörungen weiter ins Mikrofon, aber man hörte sie nur ganz leise, ohne Lautsprecher. Ein Teil der Bühne hatte Feuer gefangen. Am Rednerpult und am den leeren Fässern loderten gelbe Flammen hoch. Ein kräftiger Wind kam auf und blies ins Holz. Es roch nach Gummi und durchschmortem Kabel.

Wie in Trance stand Tom mit geschlossenen Augen am Mikrofon und sog den Geruch von verkohltem Holz, verschmortem Gummi und versengter Haut ein. Er wiegte den Mikrofonständer hin und her und murmelte noch immer seine hypnotisierenden Sprüche. Leckend, knackend, knisternd fraß das Feuer Tisch und Stühle. Vor dem Flammenhintergrund wirkte Toms Silhouette wie eine Kobra, die sich um den schwarzen Mikrofonständer wand.

Kosellke lief mit seiner Kamera herum, filmte die tanzende Menge und richtete die Kamera immer wieder in die Wolkendecke über der Menge. Der Himmel wurde immer dunkler, trotzdem wollte keiner die Tanzfläche verlassen. Die Düsternis passte zur herrschenden Wildheit. Das Zwielicht brachte erst die rechte Stimmung.

Über der Wolkendecke knisterten elektrische Funken, und Danni schnupperte den metallischen Geruch, den er schon vom Sumpf der Saurier kannte: ein Geruch nach brennenden Wunderkerzen und Magnesium. Er wusste, was das bedeutete: Über der Wolkendecke kreiste *Tammôtamma*, der Dunkeldrache, der nur im Verborgenen Macht über Menschen hatte, nur solange sie nicht wussten, wie er ihr Denken lähmte und ihr Weltbild verzerrte.

Auch Danni spürte seine Wirkung: Er hörte das Knistern über den Wolken, und trotzdem erschien ihm der Gedanke, dort oben sei ein Drache, plötzlich absurd: Nichts als ein Unwetter war das, wie er schon viele erlebt hatte, Blitze, wie sie überall vorkamen, ganz normales Wetterleuchten und Gewitter. Kosellke filmte noch immer den Luftraum über der Menge. Was filmte er nur? Es gab doch nur graue Schauer zu sehen.

Plötzlich ein greller Blitz, ein Knall. Die Eiche hinter der Konzertmuschel brannte. Faustdicker Hagel prasselte herab. Verkohlte Äste ragten knöchern in den Himmel. Die Hälfte der Eichenkrone beugte sich ächzend und krachte auf das Dach der Konzertmuschel. Mit dicker Staubwolke brach die Decke zusammen. Schreckensrufe gellten. Als sich der Staub verzog, ragte unter dem Schutt auf der Bühne eine schmale, weiße Hand hervor.

Vom Haus erscholl die Stimme von Monsieur Mart: »Liebe Gemeinde, retten Sie sich vor dem Unwetter ins Haus und nehmen Sie Teil an der Lagebesprechung für die Zukunft der Menschheit!«

Danni hätte gern an Monsieur Marts Besprechung teilgenommen, aber er wollte die einmalige Gelegenheit nutzen, nach den Superkindern zu suchen. Keiner achtete jetzt auf ihn. Die meisten Gäste stürmten willig ins Haus, um sich vor dem Unwetter zu schützen.

Aber wo war Kosellke? Danni sah ihn mit Emma und Viola auf die Bühne laufen und den Schutthaufen filmen, unter dem Tom begraben lag. An der bleichen Hand bewegte sich der kleine Finger. Tom lebte noch und war noch bei Bewusstsein! Er hatte den Meht ausschenken lassen, sicher wusste er auch das Gegenmittel. Vielleicht war er jetzt bereit, es preiszugeben. Danni lief auf die Bühne und rief in den Schutthaufen: »Hallo, Tom, können Sie mich hören?«

Keine Antwort. Nur der kleine Finger zuckte wieder. Hatte ihn Tom gehört, konnte aber nicht sprechen? Danni griff nach einer verkohlten Planke und verwendete sie als Schaufel, um den Schutt über Tom abzutragen.

Im Augenblick hatte er keine Angst vor Tom. Auch Mart war sicher daran gelegen, dass Tom gerettet wurde. Keiner konnte schließlich erraten, was Danni wirklich von Tom wissen wollte: Welches Gegenmittel gab es für den Meht und wo wurden die Superkinder versteckt?

Zu viert trugen sie den Trümmerhaufen ab. Aber es schien aussichtslos. Der Schuttberg war groß und schwer. Mehrere Brocken aus der Muscheldecke lagen dicht neben Tom. Der Haufen über Tom bestand aus Mörtel und faustgroßen Steinen. Danni berührte Toms Hand.

Sie war kühl, doch sie zuckte bei der Berührung. Vorsichtig trugen sie Steine und Mörtel ab. Langsam schälte sich Toms Kopf aus dem Schutt. Seine Augen waren geschlossen, sein Mund halboffen. Sein Gesicht mit grauem Staub bedeckt. Aus Mund, Nase und Ohr floss Blut. Tom atmete flach.

Emma schickte Viola ins Haus, um einen Krankenwagen zu rufen und Verbandszeug zu bringen. Als sie Tom freigeschaufelt hatten, rollten sie ihn auf die Seite, damit er nicht am eigenen Blut ersticke. Dann erbrach sich Tom. Mehr konnten sie nicht tun. Emma blieb bei ihm, während Danni mit Kosellke zu den Bussen lief.

Die Busfahrer hatten sich zum Kartenspiel in einen Bus zurückgezogen und standen jetzt fahrbereit am Straßenrand. Als die ersten Gäste aber nass und nackt vor den Bussen auftauchten, zerlumpt, verhornt und schuppig, weigerten sich die Fahrer, sie einzulassen: »Diese Sauerei kriegen wir nie wieder raus.«

Während Kosellke mit den Busfahrern verhandelte, lief Danni zur Bühne zurück. Er hatte einen Brummschädel und fühlte sich ausgelaugt, alle Kräfte waren verpulvert. Hätte er bloß nicht diese Mattscheibe! So viele Leser aus verschiedenen Zeiten und Kontinenten, und jetzt waren alle entstellt. Was hieß das für die Zukunft der Menschheit? Wie blauäugig waren sie gewesen?

Er, Emma, Kosellke, Muma, alle hatten gedacht, die Menschheit wollte sich bessern. Aber das war nur die eine Seite der Medaille. Der Met hatte auch die andere Seite ans Licht gebracht, die Schattenseite, die »wahre Natur« des Menschen, wie Tom sie nannte, die sich in Dunkel, Zwielicht, im Traum verbarg ... Wie konnte man diese Natur verwandeln? Jetzt hatte Mart noch mehr Grund, die Ausrottung der Menschheit voranzutreiben.

Als Kosellke wieder auftauchte, machte er ein zerknirschtes Gesicht. »Wir haben keine Busse mehr. Die Busfahrer sind mit leeren Bussen abgefahren. Wie bringen wir jetzt die Leser in Sicherheit, die sich nicht zu Mart ins Haus geflüchtet haben?«

Er sah Danni schuldbewusst an. »Tut mir leid, dass es so gelaufen ist. Damit habe ich nicht gerechnet. Ich dachte, Besuchern aus der Zukunft kann man nichts anhaben. Sonst müsste sich ja ihre Zukunft verändern. Allerdings habe ich nicht mit der magischen Kraft des Rings gerechnet. Und von der Wirkung des Mets habe ich auch nichts gewusst. Das kommt davon, wenn man sich mitten im Buch ins Geschehen mischt bevor man zu Ende gelesen hat. Wir waren zu wagemutig. Hätte ich das vorher nur gewusst.«

Niedergeschmettert umklammerte er seine Kamera. »Das war alles ganz anders geplant. Als Tom am Mikrofon stand, hat er uns die Führung aus der Hand genommen. Aber er hat sich verrechnet: Was Mart jetzt mit den Gästen bespricht, erscheint gar nicht im Buch. Er spricht nicht mit Lesern, sondern mit Phantomen, die sich bald in Luft auflösen werden. Untreue Leser können das Ende der Geschichte nicht erleben. Nur was du erlebst, erscheint im Buch. Warum, wird sich noch klären. Jetzt müssen wir vor allem sehen, dass wir die Superkinder finden.«

»Könnte uns Tom nicht das Gegenmittel für den Met verraten?«

»Darauf können wir nicht bauen. Ihm ist nicht zu trauen. Selbst wenn er sprechen könnte, würde er dir nie die Wahrheit sagen.«

»Aber wir haben ihm das Leben gerettet. Dafür müsste er doch dankbar sein.«

Kosellke nickte. »Und zum Dank will er uns auf den rechten Weg bringen. Merke dir eines, Danni: Niemand betrachtet sich selbst als Bösewicht. Jeder ist aus seiner eigenen Sicht der Gute. Tom traut der Menschheit nicht über den Weg und will die Erde retten. Er fühlt sich als tragischer Held, der von der Menschheit missverstanden wird.«

Während sie redeten, kam eine Truppe Grünschädel auf sie zu. Dannis Augen weiteten sich: mindestens zwanzig Mann mit Hunden, bis an die Zähne bewaffnet. Kosellke handelte blitzschnell.

»Kommen Sie, schnell«, rief er. »Holen Sie Schaufeln und einen Rettungswagen. Tom stirbt, wenn er nicht sofort behandelt wird.«

Die Grünschädel kamen auf die Bühne, einige schauten sich tatsächlich nach Schaufeln um, kamen aber zielstrebig auf Kosellke und Danni zu. »Tut uns leid, Herr Kosellke«, sagte ihr Führer, »wir müssen Sie abführen. Und Ihren Komplizen ebenfalls.«

Zwei Grünschädel packten Kosellke und Danni und drehten ihnen die Arme nach hinten. Der Führer nahm Kosellke die Kamera ab. »Hier darf nicht gefilmt werden, das wissen Sie doch.«

Das war zu viel für Kosellke. So hatte ihn Danni noch nie erlebt. Mit messerscharfer Stimme sagte er: »Was erlauben Sie sich! Stehen Sie stramm! Die Kamera bringe ich selbst zu Ihrem Chef. Das war so abgemacht. Hat er Ihnen das nicht gesagt?«

Er riss sich von dem verdatterten Grünschädeln los und streckte fordernd seine Hand aus. »Im Namen Ihres Chefs befehle ich Ihnen, sofort alles zu tun, um das Leben von Monsieur Marts Rechter Hand zu retten. Tom hat unersetzliches Wissen in seinem Gehirn gespeichert, dass er Mart weitergeben muss, bevor er stirbt. Wagen Sie nicht, Hand an die Helfer Ihres Chefs zu legen. Die Kamera bringe ich Monsieur Mart höchstpersönlich. Er hat mich ausdrücklich davor gewarnt, sie aus der Hand zu geben.«

Der militärische Ton zeigte seine Wirkung. Obwohl Kosellke keine Uniform trug, reichte ihm der Führer wortlos die Kamera.

»Sie hatten wohl nicht mitbekommen«, meinte Kosellke in versöhnlichem Ton, »dass mir Monsieur Mart die Leitung dieses Treffens übertragen hat. Räumen Sie die Bühne von allem Schutt. Ich kümmere mich so lange um die restlichen Besucher aus der Zukunft. Schließlich bin ich der Einzige, der Macht über sie hat, weil ich selber aus der Zukunft komme.«

Er fasste Danni beim Handgelenk, hängte sich die Kamera um und trat sicheren Schrittes zum Bühnenrand. Dort sah er sich um und stieg, ohne sich umzublicken, mit Danni und Emma die Treppe hinunter. Sobald sie außer Sicht waren, wischte er sich den Schweiß von der Stirn. »Das war knapp«, stöhnte er. »Und jetzt? Wo ist eigentlich unser Gast aus der Gegenwart?«

»Wer?« fragte Danni.

»Wie hieß er noch? Dein Freund, der Romandetektiv.«

»Ach, Christian. Ja, wo ist er?« Danni fühlte sich schuldig, weil er Christians Mütze versengt hatte. Ob Christian jetzt beleidigt war? »Vielleicht dort hinten im Pavillon am Teich.«

»Wie kommst du darauf?«

»In diese Richtung ist er geflohen, als hier der Drache getanzt hat. Bevor das Feuer ausbrach. Auch Mika-Devi lief in diese Richtung. Sie wollte unbedingt die Superkinder finden. Sie hat das Buch ja schon mehrmals zu Ende gelesen und weiß sicher mehr als wir.«

Eiligen Schrittes liefen sie zum Pavillon am Seerosenteich, aber dort war niemand. Durch Brand und Hagel war der Park arg verwüstet. Büsche und Bäume waren schwarz verkohlt. Der Pavillon sah nicht viel anders aus. Hier konnte sich niemand verstecken.

»Was machen wir jetzt?« fragte Kosellke. »Und wie bringen wir die restlichen Leser hier weg? Ohne Busse.«

Da hörten sie in der Ferne eine Mädchenstimme, die ein Lied sang:

»*Mad Hêm at Îk,*
*mad Hêm at hêmátig,*
*mad Hêm at Hêmát Màthemat,*
*má thèmmati mad Îk.*

ǒ⁊ה ǒ⁊ᴣה זᴣ ⁊ᴅ |
ǒ⁊ה ǒ⁊ᴣה זᴣ ᴣ⁊זᴣᴣᴅᴅה ᴦ |
ǒ⁊ה ǒ⁊ᴣה זᴣ ᴣ⁊ᴣᴅᴅ זᴣ⁊ᴏᴅᴣ⁊ᴣ |
ǒᴣ ⁊ה זᴣ ⁊ᴦ ǒ⁊ᴣᴅ⁊ᴦᴅᴅᴅᴅᴣ⁊ ᴅᴅ ⁊ᴅ ||«

Danni erkannte die Stimme. »Mika-Devi die Ältere«, meinte er und
schaute zum anderen Ufer. Und tatsächlich: Hinter den Büschen winkte
ihnen jemand zu.

TOM *unter dem Schutt der zusammengebrochenen Konzertmuschel*

## 25. Siddhartas Klangteppich

Jenseits des Teiches erschien über den Büschen ein Turban, und darunter ein Gesicht. Siddharta! Wie kam der dort hin? Danni und Kosellke liefen um den Teich, Emma folgte ihnen. Mit einem Teppich, so lang wie ein Flugzeug, war Siddharta auf der Wiese hinter den Büschen gelandet. Die Leser, die nicht zu Mart ins Haus gegangen waren, saßen bereits auf dem Teppich. Von der anderen Seite des Ufers näherten sich Grünschädel. Kosellke feuerte Danni an: »Schnell! Der Teppich muss abheben, bevor die Grünschädel da sind.«

Doch die Grünschädel hatten Vorsprung. Sie erreichten den Teppich zuerst und stellten sich auf die Ecken.

Jetzt aber zeigte sich Siddhartas Kunst im *Teppet*-Flug: Der Teppich hob samt Grünschädel vom Boden ab, doch auf Buschhöhe kippten die Ecken um und die Grünschädel purzelten zu Boden. Als Danni mit Kosellke und Emma ankam, reichte ihnen Siddharta die Hand, zog sie auf den Teppich und steuerte steil nach oben.

Das Teppichmuster zeigte drei Längsstreifen. Der Mittelstreifen mit den Fluggästen war dunkelrot, die Seiten dunkelblau mit hellblauen Karos. Als der Teppich in Fahrt war, klappten die Seiten wie Wände senkrecht nach oben, und die Karos erwiesen sich als netzartig vergitterte Bullaugen, durch die man nach draußen sehen konnte. An der Spitze, wo Siddharta saß, stießen die Ränder wie eine Flugzeugnase zusammen.

Ein Grünschädel hatte sich in einem Bullauge festgekrallt und versuchte, auf den Teppich zu klettern. Eine Leserin sah ihn über den Rand steigen und schlug in Panik mit ihrer Handtasche auf seinen Helm. Im nächsten Augenblick war er verschwunden. Mit dumpfem Aufschlag klatschte er auf die Wiese. Jetzt erst stieg der Teppich auf Wolkenhöhe und tauchte durch feucht-kühlen Nebel in strahlenden Sonnenschein.

»Ihr wart die letzten«, rief Siddharta durch den Fahrtwind Kosellke zu. »Wo wart ihr so lange?«

»Auf der Bühne«, erklärte Kosellke. »Tom war verschüttet. Wir wollten ihm den Gegenzauber für den Met entlocken.«

»Wozu? Der Met verdichtet nur den Klang zu Form. Solange Tom am Mikrofon stand, wurde alles, was er sagte, Wirklichkeit. Jetzt aber rede ich. Wir können die Leser formen, wie wir wollen. Was hättet ihr denn gerne?«

»Normale Menschen«, sagte Danni. »Wenn jeder in seine Heimatzeit zurückkehrt, darf keiner merken, dass sie sich verwandelt hatten. Sonst traut sich später niemand in den Ring.«

Kosellke schüttelte den Kopf. »Was hier gelaufen ist«, meinte er, »verbreitet sich sowieso wie ein Lauffeuer. Vertuschen lässt sich nichts. Leider sind viele Leser zu Tom übergelaufen. Und ich kann es ihnen nicht einmal verdenken: Wenn der Mensch vom Erdboden verschwindet, atmet Mutter Erde wieder auf.«

»Senf mit Soße.« Siddharta winkte ab. »Ich habe euch von oben beobachtet. Gut, dass mich Muma rechtzeitig rief. Tom hat kaltblütige Monster aus euch gemacht. Und die meisten haben das sogar genossen. Die Gaudi war nicht zu übersehen. Aber wer auf diesem Teppich gelandet ist, will anscheinend lieber Mensch sein. Die machen wir jetzt zu echten Kriegern und Amazonen. Was haltet ihr davon?«

»Ich finde«, meinte Danni, »alle sollten wieder werden, wie sie vorher waren. Sonst gibt es einen Skandal.«

»Schnapsidee!« meinte Siddharta. »Wer den Ring besucht, ist nachher nie mehr derselbe. Das ist doch der Sinn des Rings. Kein Ringleser bleibt wie er war. Wenn er vom Ring zurückkehrt, muss er strahlen wie eine Glühbirne. *Tammôtamma* muss aus den Schädeln verschwinden. Dazu brauchen wir Kämpfer des Lichts, bewaffnet mit Lichtschwert und Schild.«

»Und wie soll das gehen?«

»Mit der Ringformel natürlich. Erst lassen wir den Spuk verschwinden, dann machen wir was Neues draus.« Siddharta schwang beschwörend die Arme und rief: »*Tàmmat thèmmat Tìckitam – Dunkelheit erdämmert Licht.*« Schlagartig wurden aus den Monstern wieder die Besucher, die vor Toms Beschwörung in den Ring gekommen waren. Alle sahen sich an, als erwachten sie aus einer Hypnose. Und wieder schwang Siddharta die Arme: »*Tìckit tàmeht Tàmmathem – Licht erstarrt zu Festigkeit.*«

Jetzt bewegten sich alle geschmeidig wie Schlangen oder Katzen und waren schnittiger und sportlicher gekleidet als zuvor. Auch Danni spürte eine Leichtigkeit, die er noch nie gespürt hatte, nicht einmal beim Skilaufen über die Steilhänge. In seinem Hinterkopf leuchtete wieder die Sonne, als wirbele die Ringformel durch seinem Kopf.

»Schade, dass wir die Superkinder nicht gefunden haben«, meinte er. »Und Franz und Mika-Devi, wo sind die? Ich glaube, ich habe Mika-Devi vorhin singen hören.«

Siddharta, der im Schneidersitz am Kopfende saß und den Teppich steuerte, deutete mit dem Daumen nach hinten. Danni sah zurück. Die Seitenwände hatten inzwischen links und rechts eine durchgehende Stufe gebildet, die als Sitzbank diente, so dass in der Mitte ein Gang zum Laufen frei blieb. Dannis Blick wanderte durch die Reihen. War Viola auch dabei? Und Mika-Devi?

Der Flug war jetzt so ruhig und gleichmäßig, dass Danni aufstand und den Gang entlang nach hinten wanderte. Einige Leser, die er schon beim Amt am Tam im Bus gesehen hatte, nickten ihm zu, die meisten aber beachteten ihn kaum. Sicher stellten sie sich sein Äußeres ganz anders vor: groß und blauäugig, oder kräftig und braungebrannt mit feurigen Augen, buschigen Brauen, schwarzen Locken. Wer mochte schon einen blassen Rotschopf mit Sommersprossen und Kräuselhaar? Er war froh, unerkannt bleiben zu können. Nur dann, wenn er Zauberkunststücke aufführte, freute er sich über staunende Gesichter.

Im hinteren Teil des Teppichs saß Mika-Devi die Älteste, die im Bus mit ihm gesprochen hatte. Ihr gegenüber Christian. Neben ihr stand ein großes, längliches Gepäckstück, überdeckt mit Mika-Devis gelbem Umhang. Sie winkte Danni herbei und flüsterte: »Wir haben sie!«

»Was oder wen?«

Mika-Devi strahlte ihn mit funkelnden Mandelaugen an und lüpfte einen Zipfel des Umhangs. Die Ecke eines Käfigs kam zum Vorschein.

»Sie schlafen«, sagte sie. »Wenn wir gelandet sind, müssen wir sehen, wie wir den Käfig aufkriegen.«

»Die Superkinder?«

Sie nickte.

»Darf ich mal sehen?« Danni war neugierig, wie Kit inzwischen aussah. Aber Mika-Devi hielt die Hand über die Decke. »Wenn wir die Decke abnehmen, wachen sie auf.«

»Gut, dass wir den Käfig retten konnten«, meinte Christian. Danni sah ihn schuldbewusst an. Christians Mütze zeigte keinerlei Brandspuren mehr. Sie war so heil wie zuvor. »Na, komm schon her«, meinte Christian und umarmte Danni.

»Wo habt ihr den Käfig gefunden?« fragte Danni.

»Im Pavillon. Als du mir die Mütze versengt hast, folgte ich Mika-Devi Richtung Teich, um mich im Pavillon zu verstecken. Aber noch bevor ich ankam, loderten Flammen aus dem Dach. Zwei Grünschädel kamen mit dem Käfig raus und liefen Richtung Palais. Mika-Devi stellte sich ihnen in den Weg und bat, die Babys mal sehen zu dürfen. Sie sei mehrere Lichtjahre gereist, um den neuen Hüter der Erde in der Galaktischen Föderation willkommen zu heißen. Bei dem Wort ›Galaktische Föderation‹ blieben die Grünschädel tatsächlich stehen und salutierten.«

Mika-Devi nickte. »Da schlich sich Franz von hinten an und gab ihnen eins mit der Pfeife über die Rübe.«

»Mit der Pfeife?«

»Was meinst du, warum ich die so auffällig mit mir herumtrage? Das ist meine Waffe.«

»Wir haben den Käfig ans Ufer gebracht, als Siddharta gerade hinter den Büschen am Teich landete.«

»Zum Glück hat er mich erkannt«, erklärte Christian. »Vom Schachspiel im Südsektor.«

»Wie bist du überhaupt in den Ring gekommen, wenn du kein Leser bist?« wollte Danni wissen.

»Pst!« Christian hielt den Finger an die Lippen. »Wenn ich dir das verrate, steht es gleich im Buch. Anscheinend steht dort alles, was du erlebst. Nicht nur, was du siehst und hörst, auch deine Gedanken und Gefühle, sogar die peinlichen, wenn du Angst hast und kneifen willst. Selbst Träume und Liebeskummer.«

»Liebeskummer?«, meinte Danni. »Damit hab ich nix am Hut. Das würde ich auch keinem auf die Nase binden. Höchstens dir.«

»Eben«. Christian nickte. »Hast du dir schon mal das Teppichende angeschaut?«

»Nee, warum?«

»Komm mit, das stellt die Rätselfrage: Wie webt sich dieser Teppich?« Christian schob Danni nach hinten zum Teppichende.

»Das kann ich dir sagen.« Danni erinnerte sich an sein Gespräch mit Siddharta. »Zum Weben brauchst du Längsfäden und Querfäden. Dieser Teppich besteht aus deutscher Kette und englischem Schuss.«

»Was heißt das?«

»Die Anfangssilbe von *Tep*-pich und die Endsilbe von Car-*pet* ergeben das Palindrom *Tep-pet*. Das eignet sich als Fliegender Teppich.«

»Das kann nicht sein.« Christian wiegte den Kopf hin und her. »Ein Klangteppich mit Sitzbank und Bullaugen lässt sich unmöglich aus nur zwei Silben weben. Der braucht Tausende von Silben. Und laufend werden es mehr. Hier, schau selbst: Das Garn entsteht aus dem Nichts.«

Sie waren am Ende angelangt. Tatsächlich webte sich der Teppich laufend weiter, obwohl es weder Webrahmen noch Schiffchen gab. Das Garn spann und webte sich buchstäblich aus dem Nichts.

»Komm«, meinte Christian, »wir fragen Siddharta, wie er den Klangteppich webt, und dann spinnen wir zusammen einen Klangteppich wie diesen, der die Leser durch den Ring trägt. «

»Das wäre was«, meinte Danni, »ein Fliegender Teppich über dem Hügliswiler See.«

»Oder über dem Erlensee«, meinte Christian. »Komm, wir fragen Siddharta.«

Sie angelten sich wieder nach vorn, da zupfte ein schmaler Junge Danni am Ärmel: »He, Danni! So sieht man sich wieder.«

Erstaunt sah Danni den schwarzhaarigen Jungen an. »Theo! Gut siehst du aus. Ich hab dich kaum wiedererkannt.«

Theo sah kräftiger aus, selbstsicher und frech, ganz ohne Zaubertracht.

»Wir wollen zu Siddharta«, sagte Danni, »kommst du mit?«

Theo begleitete sie bis zur Spitze, wo Kosellke gerade Siddharta fragte: »Und wie werden solche Teppiche gewebt?«

»Aus Äther-Stoff natürlich, was sonst«, sagte Siddharta. »Hier im Ring ist alles aus *Êhta-Mat-hê* – aus gehörter Materie. Durch den Met werden daraus alle fünf Elemente *Êhta-Vâthe-Hlàmma-Erta-Vâtre* – *Äther-Wind-Flamme-Erde-Wasser.*«

»Und woher kommt das Garn?«

»Das entsteht beim Erzählen. Mit jedem Wort wächst der Teppich. Je wilder das Seemannsgarn, desto höher heben wir ab.« Er deutete nach unten.

Danni sah durch die Bullaugen unter sich den Wald von Tammat-Hemat und die Hecke, an der er mit Emma auf der Flucht entlanggeradelt war. Er stieß Theo in die Rippen: »Schau mal da unten. Gleich kommt der Grenzübergang nach *Máthema-Attic*.«

»Da!« rief Theo. »Die hohle Eiche zur Höhle des Lächeln. Wo die Schrumpfköpfe und *Marthopps* eingesperrt sind.«

Siddharta spitzte die Ohren. »Eingesperrt?« rief er. »Die befreien wir.«

»Ohne mich!«, rief Theo. »Dem Lächeln will ich auf keinen Fall begegnen. Schon vorhin musste ich dauernd an ihn denken.«

»Wann vorhin?« fragte Siddharta.

»Als Tom sprach. Er hat dieselbe Stimme und bewegt sich genauso.«

»Dann nichts wie hin!« rief Siddharta, lenkte den Klangteppich steil nach unten und umkreiste die Eiche in weitem Bogen. »Falls Tom das Lächeln ist, ist er nicht in der Höhle. Er ist ja gerade außer Gefecht.«

Siddharta war nicht zu halten. Er griff sich an den Kehlkopf, murmelte »*Ta Mêht tamêht*« und war dann wie durch einen Lautsprecher zu hören: »Leute, wir machen einen kleinen Abstecher in die Höhle des Lächelns.«

Die Leser reagierten unterschiedlich. »Ich dachte, wir fliegen nach *Máthema-Attic*. Ich will den *Mahâtma* sehen.«

»Ich will zum *Attic* in die Taucherkugel.«

Jetzt ergriff Kosellke das Wort. Er ahmte Siddharta nach, drückte seinen Zeigefinger auf den Kehlkopf und murmelte »*Ta Mêht tamêht*«. Und tatsächlich war auch seine Stimme überall zu hören: »Liebe Leser, wir kommen noch früh genug zum Südsektor. Bitte mal Handheben: Wer ist dafür, die Höhle des Lächelns zu besuchen, wo wir im ersten Kapitel die Mundschrift und die Ringformel kennengelernt haben?«

Danni blickte sich um und zählte die erhobenen Hände. Über die Hälfte. Auch er selbst hob die Hand. In so einer großen Gruppe konnte sicher nichts passieren.

»Einspruch«, meinte Christian, »wir haben die Superkinder an Bord. Das war unser Hauptziel. Wenn wir jetzt zu waghalsig werden, kann im letzten Augenblick noch alles schiefgehen. Wir sollten zuerst den Käfig in Sicherheit bringen. Anschießend können wir gerne umkehren und hier landen.«

Aber Siddhartas Übermut war nicht zu bremsen. Er sah sich bereits nach einem Landeplatz um. Weit und breit war allerdings keine Lichtung, nur Mischwald mit hohen Baumkronen und Gebüsch. Eine Weile kreiste er über dem Wald, dann rief er: »Leute, hier gibt's keinen Landeplatz. Wir lassen eine Strickleiter runter. Wer Lust hat, steigt ab und besucht die Höhle. Die anderen machen hier oben Kaffeepause. Wer ist dafür?«

Mit diesem Vorschlag war selbst Christian einverstanden. Schließlich blieb der Teppich in der Luft. Siddharta lenkte das Teppichende neben die Eiche. Aber niemand wollte als Erster hinuntersteigen. Erst als Kosellke am Ende stand, bildete sich eine Schlange hinter ihm. Kosellke blickte nach unten. Dann blieb er stehen und winkte Danni herbei. »Ich glaube, du musst als Erster auf die Leiter.«

»Wieso ich?«

»Weil es noch gar keine Leiter gibt. Wenn ich Siddharta richtig verstanden habe, entsteht das Garn beim Erzählen. Und da im Buch nur steht, was du erlebst, bist du der Einzige, der die Strickleiter weben kann. Warte bei jedem Schritt, bis du unter dir eine Sprosse spürst, dann erst klettere weiter. Sobald die Leiter zum Boden reicht, kommen wir nach.«

Danni verstand den Zauber zwar nicht ganz, aber er fasste sich ein Herz, stellte sich ans Teppichende und schaute nach unten. Die Strickleiter hatte tatsächlich nur zwei Sprossen, die direkt mit dem Teppich verknüpft waren.

Mit mulmigem Gefühl trat er rücklings auf die oberste Sprosse. Ja, sie fühlte sich sicher und fest an. Mit dem anderen Fuß suchte er die nächste Sprosse. Er hatte ja gesehen, wie der Teppich immer neue Reihen bildete. Sein Fuß fischte im Leeren, und während er noch überlegte, wie der Zauber zustande kam, spürte er plötzlich Halt unter dem Fuß. Er schaute nach unten. Tatsächlich: Eine neue Sprosse war entstanden. Wie ein Bergsteiger prüfte er bei jedem Schritt den Halt, und wenn die Sprosse sein Gewicht hielt, setzte er den nächsten Fuß tiefer, bis er auf dem Waldboden gelandet war.

Er trat auf das Moos neben der Eiche, getraute sich aber nicht, die Strickleiter loszulassen. Was geschah, wenn Siddharta ihm einen Streich spielte wie damals auf dem Teppet und davonflog? Er hatte ja schon in *Màthema-Attic* gemerkt, dass Siddharta der Schalk faustdick im Nacken saß.

Während sich Danni noch an der Strickleiter festhielt, sah er den wuchtigen Körper Kosellkes heruntersteigen und fürchtete, die Strickleiter könnte jeden Augenblick reißen. Kosellke war mindestens doppelt so schwer wie er. Aber Kosellke kam heil unten an und ließ sofort die Leiter los. Anscheinend schenkte er Siddharta mehr Vertrauen.

Während weitere Leser herabstiegen, wartete Danni vergebens auf Theo. Schließlich rief er: »Theo, wo bleibst du?«

Theos Kopf erschien am Teppichrand. »Ich bleib oben. Hab keine Lust.«

»Okay. Pass auf, dass uns Siddharta nicht wegfliegt, bevor wir wieder oben sind. Zur Zeit sind wir sieben Personen.

»Ich komme als letzter hoch«, rief Kosellke. »Erst, wenn ich oben bin, fliegen wir weiter.«

»Okay!« rief Theo, dankbar für die Aufgabe, die ihm einen Vorwand gab, oben zu bleiben.

Jetzt erst ließ Danni die Strickleiter los. Theo kannte die gefährliche Höhle und ließ sie bestimmt nicht im Stich.

Zielstrebig schritt Kosellke auf die hohle Eiche zu. »Wie ging das noch mal?« fragte er. »Man lehnt sich innen an den hohlen Stamm, der Boden gibt nach und man rutscht nach unten?«

»Nein, wir suchen den Eisenring im Boden, klappen die Falltür auf und steigen ein.« Danni war froh, nicht als Erster gehen zu müssen. Wer wusste, was dort unten alles auf sie lauerte.

Kosellke trat in den hohlen Stamm und kam gleich darauf wieder raus. »Schau mal, was ich gefunden habe.« Er hielt zwei schwarze Umhänge und einen Spitzhut mit Hornbrille in der Hand.

»Die Tammathemer Tracht!« rief Danni. »Wo kommt die denn her?«

»Das lag im hohlen Stamm. Wer kann sie dort abgelegt haben?«

»Emma!« rief Danni. »Auf der Flucht vom Palais Mart, bevor wir zum *Lheumaul* kamen.«

Sie fanden den Eisenring unter dem Laub, hoben die Falltür und Kosellke stieg ein. Danni ließ die Leser vor und stieg als Letzter hinein.

Ja: Das war die Höhle des Lächelns. Er erkannte sie wieder. Die Öllämpchen brannten, die Schrumpfköpfe sahen nach ihm mit ihren Rosinenaugen, die Totenköpfe mit glühenden Kohlenaugen. Alles war wie bei Theos Besuch.

»Die Lampen brennen«, fuhr es ihm durch den Kopf. Dann konnte das Lächeln nicht weit sein. Eine Gänsehaut lief ihm über den Rücken.

Kosellke schritt zielstrebig zur verstaubten Ladentheke und suchte etwas. »Hier!« sagte er plötzlich, und seine Stimme durchbrach die angespannte Stille. Bisher hatte niemand gesprochen, aus Angst, das Lächeln mit dem unsichtbaren Körper könnte unvermittelt aus dem Nichts auftauchen. Aber niemand ließ sich blicken. Waren Tom und das Lächeln tatsächlich ein und derselbe? Oder versteckte sich der Zauberer? Wollte er sie in einen Hinterhalt locken? Den Ausgang versperren, sie gefangen nehmen?

Danni trat zu Kosellke. Der deutete auf die Staubschicht der Theke. Dort stand, umrahmt von vier angestaubten Strichen: 12 345 679 FAN.

»Hier«, meinte Kosellke, »hat Theo das Eichenblatt unterschrieben.«

»Genau«, sagte Danni. »Und das Lächeln hat die Schuldscheine in diese Schublade gesperrt.«

»Diese Summe war der kümmerliche Rest von Fantasie, der mir noch geblieben war«, erklang plötzlich Theos helle Stimme.

Danni und Kosellke fuhren herum. »Theo! Da bist du ja!«

»Ich hielt es da oben nicht aus. Nachdem ihr in der hohlen Eiche verschwunden wart, fiel mir ein, dass ich den Ring ja zurückgeben will, wenn ich meine Fantas wiederhole. Den brauche ich ja nicht mehr, weil ich die Ringformel jetzt in- und auswendig kenne.«

Er sah sich um, bis er das mit Samt ausgeschlagene Schmuckkästchen fand, streifte den Ring vom Handgelenk, legte ihn in das Kästchen und stellte alles in den gläsernen Schrein zurück. Andächtig betrachtete er, wie sich der schwebende Ring im offenen Schmuckkästchen drehte und die hellblauen Zeichen mit Flimmerpunkten leuchteten.

Ja, so hatte alles angefangen, dachte Danni. So hatten er die Ringformel kennengelernt. Aus dem Manuskript seines Onkels, das für Otto nichts als Schund war. Als größten Witz des Jahrtausends hatte Otto die Formel bezeichnet und das Manuskript in den Kanal geworfen. Wenn Otto wüsste, dass er jetzt leibhaftig in der Höhle stand.

Auch die Leser standen schweigend da. Sie erinnerten sich wohl ebenfalls an die Szene mit Theo und dem Lächeln.

»Ich war ein Idiot«, sagte Theo schließlich. »Mit der Liegenden Acht kannte ich doch die Ringformel schon. Den Ringkauf hätte ich mir sparen können. Und jetzt will ich meine Fantas wieder haben.«

Kosellke rüttelte an der Schublade. »Mist! Uns fehlt der Schlüssel.« So sehr er auch rüttelte, die Schublade blieb zu.

Bei dem Wort Schlüssel fiel Danni das Etui ein, das er aus Toms Kittel mitgenommen hatte.

»Theo«, meinte er. »Du warst doch damals im Schrank eingesperrt. Mit mir hat Tom später dasselbe gemacht, und ich fand in einem Kittel ein Schlüsseletui. Waren hier im Schrank keine Kittel?«

Theo lief zu dem Wandschrank, in dem ihn das Lächeln versteckt hatte, öffnete ihn und fand mehrere Kittel. Aber in keiner Tasche war ein Schlüssel.

»Moment mal«, rief Theo. »Du hast in Toms Schrank einen Schlüssel gefunden? Hast du den dabei?«

Danni nickte und zog das Etui aus der Tasche. Er versuchte den ersten Schlüssel, aber er passte nicht. Er steckte den zweiten Schlüssel ins Schloss, und der passte.

Tom und das Lächeln mussten also ein und derselbe sein. Beide Male hatte er sein Opfer in den Schrank gesperrt. Beide Male hatte er scheinheilig seine Hilfe angeboten und sich dann als falscher Freund erwiesen. Und beiden hatte er schwarze Zaubertracht verpasst. Tom war gefährlicher, als Danni vermutet hatte.

Nachdem Danni den Schlüssel zweimal umgedreht hatte, sprang die Schublade auf, und alle fuhren erschrocken zurück: In der Lade summte es wie in einem Bienenschwarm. Unzählige Eichenblätter drängten sich aus der Lade ins Freie. Die Besucher duckten sich und zogen die Köpfe ein. Wie ein Hornissenschwarm schwirrten die Blätter zu den Ausgängen. An der Ostseite surrten sie an der Falltür wie Bienen hinter Glas. Kosellke stieg den Stufenbalken hinauf und öffnete die Klappe. Das Summen verstummte erst, als alle Eichenblätter im Freien waren.

Gleichzeitig fand in der Höhle eine starke Veränderung statt: Die Schrumpfköpfe wuchsen und wurden heller und saftiger. Die Totenköpfe auf den Tischen überzogen sich mit Haut und bekamen menschliche Augen. Wie auf unsichtbaren Körpern schwebten sie durch die Höhle zu den Ausgängen und verschwanden im Freien.

Kosellke strahlte übers ganze Gesicht: »Ihr seid wieder Fantas-Milliardäre«, rief er den Köpfen nach. »Teilt eure Fantasie mit euren Freunden, aber verscherbelt sie nicht wieder gegen wertlosen Firlefanz. Denkt an eure Zeit als Zombie des Lächelns.«

Mit ausgebreiteten Armen kam er auf Danni und Theo zu und umarmte einen nach dem anderen, als seien sie seine Söhne. »Mensch Danni, Mensch Theo! Diesen Augenblick habe ich herbeigewünscht. Dass ich das noch erleben darf! Und jetzt zurück auf den Teppich. Lasst uns verschwinden.« Er strebte dem östlichen Ausgang zu, wo die Eichenblätter verschwunden waren, und kletterte durch die Falltür. Kaum war er draußen, fiel die Falltür zu. Danni versuchte, sie von unten aufzudrücken, aber sie ruckelte nur leicht. Er klopfte dagegen. Nichts geschah. Erst als er mit der Faust dagegen hämmerte, wurde sie aufgeklappt, und Danni kletterte hoch.

»Tschuldigung, ist mir zugefallen«, rief Kosellke. »Habe ich eben erst bemerkt, als keiner nachkam. Ich war schon draußen. Aber hier gibt es keine Strickleiter. Die ist auf der Westseite. Alle Mann kehrt!«

Zu spät. Die Leser kletterten bereits einer nach dem anderen heraus. »Was ist hier los? Warum war die Falltür zu, Herr Kosellke?«

»Zurück!« rief Kosellke. »Wir sind auf der falschen Seite!«

Aber der letzte Leser hatte die Falltür bereits zugeklappt.

Plötzlich verdunkelte sich der Himmel, und eine dicke dunkelgraue Wolke warf kühlen Schatten über den Wald. Danni nahm wieder das leise Knistern elektrischer Funken und den Geruch nach brennenden Wunderkerzen wahr. Und das Amulett drückte wie Blei auf seine Brust und brannte wie Feuer, dass er es am liebsten ausgezogen hätte.

»*Tammôtamma*«, flüsterte er Kosellke zu. »Er kreist über uns.«

»Ich weiß«, raunte Kosellke. »Ich hab ihn im Park von Mart gefilmt. Wir hätten hier nicht halten dürfen. Sicher spürt er die Superkinder auf dem Teppich und will sie behalten.«

»Über den Wolken sieht er sie doch nicht.«

»Unterschätze ihn nicht. Es sind seine Nachkommen. Wer weiß, was in die Leser fährt, wenn sie wieder oben auf dem Teppich sind und dicht unter ihm seinen Geruch einatmen.«

Kaum hatte Kosellke seine Befürchtung ausgesprochen, wurde der Teppich über die Grenzhecke Richtung *Tammat-Hem* abgetrieben, sank tiefer und verhakte sich in der Eichenkrone. Kosellke rief nach Siddharta, legte seinen Finger an den Kehlkopf und versuchte es mit Lautverstärkung, aber das Knistern übertönte seine Stimme.

Platzregen prasselte herunter. Was hatte *Tammôtamma* vor? Wollte er den Teppich von der Bodengruppe trennen?

Als Kosellke merkte, dass sich der Teppich in der Eiche verheddert hatte, fragte er Danni: »Kannst du auf Bäume klettern?«

»Klar«, sagte Danni. »Aber in der Höhe wird mir schwindlig.«

»Wer kann besser klettern als Danni?« fragte Kosellke die Leser. Alle sahen sich an, keiner meldete sich.

»Auf geht's, Danni!« Kosellke lehnte sich mit dem Rücken an den Eichenstamm und faltete die Hände zur Gaunerleiter. »Steig mit einem Fuß in meine offenen Handflächen, von da weiter auf meine Schultern. Ich drück dich hoch, so weit ich kann. Die Äste reichen ziemlich tief. Klettere hoch zur Krone, zupfe am Teppich und mach dich bemerkbar. Siddharta muss wenden und die Strickleiter auf unsre Seite bringen, bevor sich *Tammôtamma* den Käfig krallt.«

Danni zögerte nicht lange. Gaunerleiter war er gewohnt. Bäume klettern auch. Allerdings nicht im strömenden Regen und auf nasser, glitschiger Rinde. Kaum war er im Baum gelandet, stieg schon der nächste Leser nach. Alle hatten es jetzt eilig, keiner wollte unten bleiben. Nur Kosellke stand wie ein Hüne am Boden und half allen hoch.

Dannis Herz klopfte, als er von Ast zu Ast nach oben kletterte. Ihm war, als bewegten sich die Äste und Zweige. Wurde ihm schwindlig? Alles drehte sich in seinem Kopf, als wäre die Fantaseiche lebendig.

Silbrig zitterten ihre Blätter im Wind, die Zweige streckten sich ihm entgegen. Wenn er den Ast über ihm nicht erreichen konnte, hob sich der untere Ast, bis er den Ast oben fassen konnte. So machte das Klettern Spaß. Doch je höher er stieg, desto dünner und brüchiger wurden die Äste. Danni schwankte und spürte die Höhenangst. Er durfte nicht ohnmächtig werden, sonst stürzte er. Er rief, aber niemand antwortete, nichts regte sich.

Die dunkle Wolke senkte sich über den Teppich. Die Fantaseiche wurde in Nebel getaucht. Danni fürchtete, jeden Augenblick vom feuerspeienden Atem *Tammôtammas* versengt zu werden. Und das Amulett brannte und drückte ihm auf die Brust, dass ihm ganz schlecht dabei wurde. Unwillkürlich griff er sich an den Hals und zog sich die Kette über den Kopf. Sofort fühlte er sich kräftiger. Einfach wegwerfen, dachte er, es war ein Fehler, diesen Schlüssel zu schmieden. Er hat mir bisher nur Unglück gebracht. Er streckte bereits seine Hand aus, um das Amulett fallen zu lassen, da hörte er wieder eine Stimme im Kopf.

»*Nicht wegwerfen, Danni. Du brauchst es noch.*«

Das brachte ihn zur Besinnung. Wer immer sie in *Città Amehtàm* belauscht hatte, als er Emma das Amulet gezeigt hatte, er musste es genau auf diesen Augenblick abgesehen und das Amulett mit irgendeinem Zauber belegt haben, damit er es loswerden will, bevor es es Kit um den Hals legen kann. Schweren Herzens zog er sich die Kette wieder über den Kopf.

Was war bloß los mit ihm? Was für Prüfungen kamen noch auf ihn zu? Wann war das alles endlich überstanden? Wenn er diese Abenteuer nur mit Kosellke allein überstehen müsste, wäre das reine Privatsache. Aber so! Die vielen Leser! Schon der zweite Regenguss an diesem Tag.

Immer tiefer wurde der Teppich in die Eichenkrone gedrückt. Danni griff nach oben und spürte festes Gewebe. Er schaute hoch: Ein Bullauge hatte sich in den Zweigen verhakt. Hinter dem Netz des Bullauges erschien Siddhartas Gesicht.

»He, Siddharta«, rief Danni. »Kannst du die Strickleiter hier rüber bringen? Wir sind auf der falschen Seite.«

»Geht nicht, wir hängen fest!« Siddharta legte die Hände wie eine Lautsprechertüte an den Mund. »Der Teppich hat sich verfangen. Ihr müsst versuchen, ihn loszuhaken. Ich kann weder wenden noch abheben.«

Seine Stimme war laut genug, dass ihn alle im Baum hörten, und die Leser kamen hochgeklettert. Die Äste der Fantaseiche halfen ihnen, an die Stellen zu klettern, wo sich der Teppich verhakt hatte. Jeder nestelte im Gezweig, um das Gewebe von der Eiche zu lösen. Aber die Last des Teppichs drückte zu sehr nach unten.

»Es geht nicht!« rief Danni. »Wir könnten höchstens Löcher in den Teppich schneiden.«

»Um Gottes Willen!« schrie Siddharta. »Brecht lieber die Zweige ab. Mit einem zerlöcherten Teppich machen wir eine Bruchlandung.«

Einige Leser versuchten, Zweige abzubrechen, aber die Fantaseiche wehrte sich. So hilfreich sie beim Klettern war, so garstig sträubte sie sich gegen Verletzungen. Bei jedem Knacken eines Zweiges zuckten die Äste so stark, dass sich Danni nur mit Mühe oben halten konnte.

»Hört auf!« rief er. »Die Eiche schüttelt uns ab.«

»Was gibt's denn da oben?« ertönte Kosellkes sonore Stimme. Er stand noch immer am Boden. Keiner konnte ihm als Gaunerleiter dienen. Und sein massiger Körper war zu schwer, um ihn hoch zu ziehen.

»Der Teppich hat sich verhakt!« rief Danni. »Und die Eiche wehrt sich, wenn wir Zweige abbrechen wollen.«

»Pflückt zuerst die Blätter von den Zweigen, die sich verhakt haben, und gebt sie der Eiche zurück«, rief Kosellke. «Vielleicht hilft das. Es sind schließlich wertvolle Fantas.«

Daran hatte niemand gedacht. Danni pflückte die Blätter von einem Zweig, der sich im Teppich verhakt hatte. In seinen Fingern drehten und wanden sie sich wie lebende Tiere. Ein Blatt schlüpfte ihm aus der Hand und setzte sich sofort an einen anderen Zweig. So war das also! Und der kahl gerupfte Zweig lies sich mühelos abbrechen. Die Eiche wollte ihn regelrecht loswerden. Jetzt pflückten sie alle verhakten Zweige kahl, bevor sie die Äste abbrachen, und bald war der Teppich frei. Siddharta verfolgte die Arbeit durch das Bullauge.

»Seid ihr bald fertig?« rief er. »*Tammôtamma* drückt uns nach unten. Ich kann den Teppet kaum noch halten.«

»Jepp!« rief Danni. Siddhartas Kopf verschwand. Die letzten Verhakungen wurden gelöst, und der Teppich entschwand ihren Blicken. Dunkler Nebel hüllte die Eiche ein.

Was jetzt? Von der Strickleiter keine Spur. Was war, wenn Siddharta nicht zurückfand? Ohne Teppich über ihnen prasselte der Regen in Strömen herunter. Oder war es Hagel? Es wurde kälter. Faustgroße Hagelkörner prasselten Danni auf Schädel und Hände. Die Eichenkrone bot kaum Schutz. Dann setzten Blitze ein.

»Vor Eichen sollst du weichen«, schoss es ihm durch den Kopf. Er sah wieder die Szene vor Augen, wie Theo vor dem Gewitter Schutz unter der Weide gesucht hatte und der Blitz eingeschlagen war. Der Rauch war zum Himmel gestiegen und hatte den Kopf des Zauberers geformt, der mit rotumrandeten Augen nach Theo gesucht hatte.

Wo war jetzt der Teppich? Wo die übrigen Leser? Wo der Käfig und das Superkind?

Danni klammerte sich an die nassen Äste. Der Moosbelag bildete eine glitschige Schicht, auf der kein Fuß Halt fand.

»Hilfe!« rief er. Aber der prasselnde Hagel verschluckte jedes Geräusch. Wenn Siddharta nur eine Baumlänge entfernt war, konnte er ihn nicht mehr hören. Sie hatten sich verloren.

Welcher böse Zauber hatte sie ergriffen? Wie konnten sie ihm entfliehen? Kosellke stand noch am Boden. Die Leser hingen irgendwo in der Eiche, in die jeden Augenblick der Blitz einschlagen konnte. Danni konnte weder oben noch unten etwas erkennen. Falls die Strickleiter erschien, wie sollte Kosellke sie erreichen?

Plötzlich ertönte Kosellkes Stimme von oben. Sein kräftiger Bass dröhnte wie ein Nebelhorn durch das Unwetter.

»Achtung, Achtung!« rief er. »Die Strickleiter hängt unter mir. Wir sehen nichts. Bitte meldet euch. Wo seid ihr?«

»Hier!« rief Danni so laut er konnte.

»Danni? Bitte gib Laut, bis die Strickleiter über dir hängt.«

»Hier!« rief Danni noch lauter. »Hier, hier! Halt! Mehr nach links! Nein, zur anderen Seite! Noch ein Stück! Halt, zurück! Stopp! Ich hab sie!« Er griff nach der Strickleiter und rief nach unten: »Leute, mir nach. Wir haben die Leiter.«

Er wartete, bis der Nächste unter ihm die Strickleiter gepackt hatte und bläute ihm ein: »Immer erst hochklettern, wenn der Nächste die Leiter gepackt hat, sonst verlieren wir sie.«

Der Leser, ein älterer Mann mit fettglänzendem Haar und speckigen Wangen, nickte keuchend und hielt die Leiter fest. Jetzt kletterte Danni hoch. Oben stand Kosellke und zählte. Einer nach dem anderen erschien an Bord.

»Sieben!« rief Kosellke. »Wir sind vollzählig. Jetzt ab in den Südsektor. Siddharta soll sich beeilen.«

»Halt!« erklang Theos Stimme von unten. Dann erschien sein Kopf an der Leiter. »Ich bin der Achte. Mich habt ihr vergessen.«

Alle klatschten, denn Theo hatte sich an den Kostümen der Höhle bedient und wieder als weißer Zauberer mit Bart verkleidet, Und er sah jetzt viel kräftiger aus als vor seinem Höhlenbesuch.

Danni fragte Kosellke: »Wie sind Sie denn hier hoch gekommen?«

»Tja. Mir blieb nichts anderes übrig. Keiner konnte mir auf den Baum helfen. Also bin ich zurück auf die Seite, wo die Leiter hing.«

»Nur gut, das der Teppich so lange verhakt war.«

»Das war meine einzige Sorge. Ich durfte keine Zeit verlieren. In der Höhle brannte noch Licht, aber in den Wänden knackte und knisterte es, als könnte sie jederzeit einstürzen. Ein einsamer Schrumpfkopf hing an der Wand und sah wehmütig zur Schublade, aus der die Eichenblätter geschwirrt waren. Ich zog die Schublade auf und fischte das letzte Blatt heraus, das sich im Zwischenraum verfangen hatte. Der Schrumpfkopf füllte sich mit Blut und sein Körper erschien unter ihm. Er sitzt jetzt hier oben und ruht sich aus.«

»Hier auf dem Teppich? Und was ist aus den anderen geworden?«

»Wahrscheinlich in alle Winde verstreut. Jeder hat doch Eltern und Freunde, die ihn vermissen. Aber das Beste kommt noch: Als das letzte Eichenblatt zur Fantaseiche schwirrte und die Höhle verlassen hatte, fingen Boden und Wände an zu beben und zu zittern. Ich schaffte es gerade noch zur Falltür, da stürzte hinter mir alles zusammen. Ich glaube, es waren die Fantas, die die Höhle vor dem Einstürzen bewahrt hatten. Jedenfalls gibt es jetzt kein Lehmmaul mehr, keine Höhle des Lächelns.«

Danni und Theo sahen sich an und schwiegen. Jeder hing seinen eigenen Gedanken und Erinnerungen nach. War das Lächeln also deswegen so scharf auf die Fantas gewesen?

Mit Volldampf zischte Siddharta Richtung Südsektor. Bald hatten sie die dunkle Wolke hinter sich. Der Regen hörte auf, die Sonne strahlte erneut vom blauen Himmel. Unter ihnen lag die Lichtung, wo Emma mit Theo gefochten hatte. Fahrtwind und Sonne trockneten langsam die Kleider. Aber die Gesichter der Leser wirkten stumpf. *Tammôtammas* Nähe hatte die Mienen verdunkelt. Auch Danni fühlte sich schwer und träge, schlaff und ausgelaugt. Als hätte ihm ein Vampir das Blut aus den Adern gesaugt. Was hatte *Tammôtamma* nur mit ihnen gemacht?

Als sie unter sich *Mathema-Attic* sahen, wäre Danni auf dem Teppich am liebsten eingeschlafen. Nur Kosellke hielt sich eisern. Siddharta landete auf der Wiese neben dem Seerosenteich und der Statue von Muse Mathema. Kosellke überwachte das Aussteigen vom Teppich.

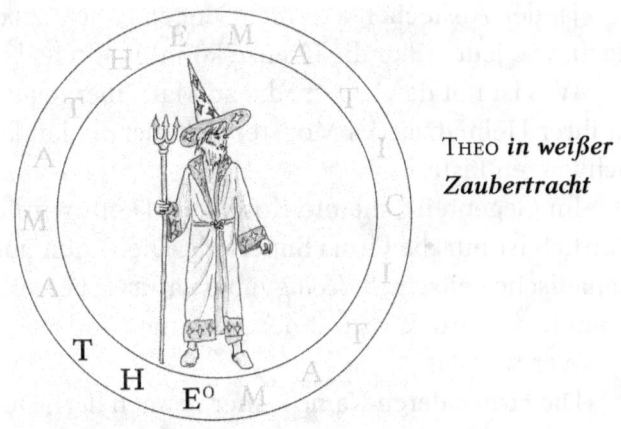

THEO *in weißer Zaubertracht*

# 26. Also dann ...

Als sie ankamen, stand Muma am Eingang, begrüßte herzlich die Leser und drückte jedem eine Freesie in die Hand. »Wo wart ihr so lange?« rief sie Danni zu. »Das Treffen mit Mart ist doch längst vorbei.«

»Kleinen Abstecher gemacht«, erklärte Kosellke. »Zur Höhle des Lächelns.«

»Ach so!« Mumas Miene hellte sich auf. »Wir haben uns schon gewundert, wieso der Wald plötzlich voller Kinder ist, besonders um die Felsengruppe beim *Home*. Habt ihr den *Mart-Hopps* geholfen, ihre Fantas wieder zu kriegen?«

»Haben wir!« sagte Kosellke mit geschwellter Brust. »Auch den Schrumpfköpfen. Danni hatte zufällig den passenden Schlüssel dabei.«

»Danni? Wie kommt der zu dem Schlüssel?«

Danni schilderte die Schrankszene mit Tom im Studio Superkids.

»Oho! Und du hast damals noch geglaubt, Tom sei dein Freund «

»Genau wie Theo. Er hielt das Lächeln auch für seinen Freund.«

»Typisches Täterprofil. Erst einschleimen, dann aussaugen bis zum Untod.«

»Untod?« fragte Danni.

»Die *Mart-Hopps* und Schrumpfköpfe waren doch seine Zombies.«

»Ja, der Abstecher war nicht ungefährlich. Aber jetzt wissen wir auch, wie jeder über die Grenze konnte: durchs Lehmmaul.«

»Was ist mit den Lesern, die zu Mart übergelaufen sind? Wenn sie in ihrer Heimatzeit als Monster auftauchen, landet das Buch auf der Schwarzen Liste.«

»Im Gegenteil«, meinte Kosellke. »Dann wird es ein Renner. Gefährlich ist nur die Firma Superkids. Die gehen über Leichen. Als die kanadische Zeitschrift *Ecology* über naturverbesserte Nahrung schrieb, brannte die Druckerei mit der gesamten Auflage ab. Rein zufällig.«

»Wer war das?«

»Die Firma, deren Name keiner nennen darf. Du weißt schon wer.«

»Woher soll ich das wissen?«

»Sei froh. Wer zu viel weiß, lebt gefährlich.«

Inzwischen hatten alle Fluggäste den Teppich verlassen, sonnten sich auf der Wiese am Teich oder umringten den Käfig mit den Superkindern. Die blauhäutige Mika-Devi hatte einen Zipfel der Decke gelüftet und untersuchte das Schloss. Danni ging mit Emma auf den Käfig zu.

»Er lässt sich nicht öffnen«, sagte Mika-Devi. »Auf dem Schloss muss ein Zauber liegen. Oder wir brauchen ein Passwort.«

»Auf welche Frage?« Danni sah ein Tastenschloss. Aber im Display stand keine Frage, sondern nur lauter Fragezeichen: ????????

»Vorsicht!« rief Emma. »Das ist ein *Hemma*. Ein Fehler kann tödlich sein.«

Danni hätte die Babys gerne gesehen, aber Mika-Devi bestand darauf, den Käfig zugedeckt zu lassen. »Sie sollen erst aufwachen, wenn sie in Freiheit sind. Solange deckt sie mein Umhang zu.«

Im Käfig war alles still, als sei er leer oder die Insassen tot. Hatten sie den Transport nicht überlebt?

Danni überlegte, welches Passwort Tom gewählt haben könnte. Er sah ihn wieder vor Augen, wie er seine Zigarre in Trance vor der Nase drehte und dabei Verse murmelte:

»*Man hört von ihm munkeln*
*im Kreise des Dunkeln,*
*im Kreise des Königs*
*sieht man ihn nicht ...*«

Im Kreise des Dunkeln? Der Tammathemer Ring! Das würde zu Tom passen. Ohne lange zu überlegen murmelte er: »*Tàmat-Hêmat Ta Mêhtamàt!*«

Alle starrten erst ihn an, dann den Käfig. Emma zuckte zurück, als erwarte sie einen Blitz. Aber nichts geschah. Mika-Devi, die sich keiner Gefahr bewusst war, versuchte, das Schloss zu öffnen. Aber es ging nicht. Nur eine Klappe ließ sich zur Seite schieben. Darunter kam ein Schlüsselloch zum Vorschein.

»Mist«, rief Mika-Devi. »Wir brauchen einen Schlüssel.«

»Schlüssel?« Danni zog Toms Schlüsseletui aus der Hintertasche und verglich die Schlüssel mit dem Schloss. Einer sah passend aus, genau in der richtigen Größe. Danni versuchte den Schlüssel, ein Klick und das Schloss sprang auf.

Behutsam zog Mika-Devi ihren Umhang vom Käfig. Zwei schlafende Babys lagen darin. Danni erkannte das Schildkrötengesicht, dass er am Tag der Geburt im Spital gesehen hatte. Es war nur größer geworden. Jetzt öffnete es die Augen und blinzelte ihn an. Danni spürte Ekel und Mitleid zugleich. Er wusste nicht, ob er weglaufen oder sein seltsames Brüderchen in die Arme nehmen sollte.

Das war also *Kit*, das Superkind, das die Krankenschwester entführt hatte. Das sie bei *Timmit* vermutet hatten, bei der *Meht-Amma*, bei Ma und *Âma* und endlich im Palais *Mart*. Und das zweite war sicher das geraubte Superkind aus St. Louis, das im Artikel des Boten erwähnt worden war. Was sollte mit ihnen geschehen? Sollte er die Babys nach Wavre bringen, zu seinem Onkel, der im Sterben lag? Mit nach Hügliswil nehmen zu Urs? War Urs überhaupt Kits leiblicher Vater? Oder war es *Tammôtamma*? Die Babys sahen eher wie junge Drachen als wie Säuglinge aus. Nur die Augen wirkten menschlich. Als Danni Kit in die Augen sah, dachte er, seine Mutter schaue ihn an, trotz aller Entstellung. Wie ging es jetzt weiter?

Mika-Devi hatte Danni aufmerksam beobachtet. Jetzt sagte sie: »Die Babys bleiben im Südsektor. Und ich auch. Ich bin ihre Pflegemutter.«

»Du?« rief Emma. »Du kommst doch aus einem anderen Sonnensystem und einer anderen Zeit.«

»Na und? Jetzt bin ich eben hier. Und hier bleibe ich auch.«

Danni kamen die Tränen. Mika-Devis Tonfall ließ keinen Zweifel, dass sie fest entschlossen war, die Babys zu betreuen. Sie hatte den Käfig entdeckt und bis in den Südsektor begleitet, den sie sowieso besuchen wollte. Ja, sie war die richtige Amme für diese seltsamen Wesen, war selber ein seltsames Wesen. Niemand stellte weitere Fragen.

Auch Muma sah mit feuchten Augen in die Runde. »Ist gut«, sagte sie. »Da haben sich drei gefunden.«

Als Mika-Devi im Käfig nach Kit griff, schnappte das andere Baby nach ihrer Hand und biss ihr in den Finger, dass es blutete. Es hatte messerscharfe Zähne wie ein Alligator.

Danni griff sich vor Schreck an die Brust und spürte dabei das Amulett mit dem Îk-Key, das sich jetzt leicht und hell anfühlte. Er streife die Kette über den Kopf und hängte sie Kit um den Hals. Auch Mika-Devi zog ein gleiches Amulett aus der Tasche und hängte es dem zweiten Baby um.

Sofort wurden beide Babys ruhig und friedlich. Das aggressive Um-sich-Schnappen des weiblichen Babys hörte schlagartig auf.

»Wo hast du denn das Amulett her?« fragte Danni.

»Mitgebracht«, sagte Mika-Devi. »Wusste ja, dass es zwei Super-kinder gibt.«

»Aber die Form? Die habe ich doch erst erfunden.«

»Weiß ich. Hab die Stelle ja gelesen. Mit Beschreibung und Bild.«

»Oho! Verstehe.«

Eine dicke Traube Leser drängte sich jetzt um den Käfig. Jeder woll-te die Superkinder sehen. Im grellen Sonnenlicht wirkten die Gäste ab-gekämpft und müde, blutleer und blass.

Auch Kosellke war nicht mehr so kraftstrotzend wie sonst. Er mach-te gerade eine Ansage: »Meine Damen und Herren, darf ich Sie kurz in den großen Saal bitten. Bevor Sie den Ring verlassen und in Ihre Hei-matzeit entschwinden, möchte ich Ihnen gerne etwas zeigen.«

Dabei hielt er die Kamera hoch, mit der er im Palais Mart gefilmt hatte. »Mit dieser Spezialkamera lassen sich Aura und geistige Wirk-lichkeit filmen. Diese Kosellke-Kamera habe ich vor kurzem patentie-ren lassen. Und im Palais Mart habe ich damit etwas gefilmt, das mit bloßem Auge niemand sehen konnte.«

Neugierig geworden strömten die Gäste ins Haus. Da alle den ma-themagischen Trommelklang kannten, hatte keiner Schwierigkeiten mit dem Passwort. Im großen »Saal des Wissens« stand Muma auf der Bühne und begrüßte die Gäste: »Wir freuen uns, heute den ersten Le-ser, dessen Beispiel so viele andere Leser gefolgt sind, als Ehrengast bei uns begrüßen zu dürfen, den Journalisten und Naturforscher Ernst-Erich Kosellke. Er möchte Ihnen zeigen, was sich im Palais Mart auf der feinstofflichen Ebene abgespielt hat, während Sie tanzten.«

Eine Leinwand rollte von der Decke, das Licht ging aus, im ver-dunkelten Saal wurde es stockfinster. Auf der Leinwand erschien das Geschehen im Park vom Palais Mart. Auf der Bühne stand Tom am Mikrofon, drehte die Musik auf, und die Menschen begannen zu tanzen und sich zu verwandeln, bis sie sich als feuerspeiende Drachen gegen-seitig den Schwanz und den hornigen Rücken versengten. Dann zog die dunkle Wolke auf und das elektrische Knistern begann. Der Geruch nach brennenden Wunderkerzen, die Kälte und Nässe, alles erstand vor Dannis Augen als lebendige Wirklichkeit.

Jetzt schwenkte die Kamera über die Köpfe der Menge. Rötliche Zackenflammen umgaben jeden, der es mit der Angst bekam. Wie Feuerströme züngelten weinrote Flammen ins Dunkel der Wolken, als würden sie angesaugt. Die Kamera schwenkte höher, durchdrang die Wolkendecke. Das Nebelgrau wurde dünner und ließ einen dunklen Schatten in Form eines Drachen erkennen: der Drache aus Dannis Traum! Plötzlich konnten ihn alle sehen. Danni war nicht mehr der Einzige. Diese Kamera war spitze!

Seltsam war nur, wie sich der Drache bewegte: *Tammôtamma* kreiste über der tanzenden Menge und saugte die Flammen der Angst wie einen Cocktail ein. Seine gespaltene Zunge leckte und schlürfte die dunkelroten Flammenströme ein. Und je mehr er sich vollsaugte, desto satter und voller wurde er, während die Tanzenden blasser und schmächtiger wurden.

Die Kamera schwenkte zurück auf die tanzenden Monster, die von gelben Zacken umgeben waren: wutverzerrte Gesichter, funkensprühende Augen, feuerspeiende Mäuler. Aus Kopf und Wirbelsäule entwich ihr Lebenssaft nach oben, bis sie erschöpft und ausgelaugt zu Boden sanken.

»Reicht das?« ertönte Kosellkes Stimme, und die Bilder blendeten aus. »Verstehen Sie nun, was im Palais vor sich ging? Je mehr Angst und Wut wir empfanden, desto fetter wurde *Tammôtamma*. Ich hoffe, wir können *Tammôtammas* Wirken entlarven und ihm den Saft abwürgen. Wir dürfen ihm keine Nahrung mehr liefern. Wir müssen ihn aushungern, bis er keine Gewalt mehr über uns Menschen hat.«

»Und was ist mit denen«, rief jemand, »die im Palais geblieben sind? Die mästen ihn weiter. Schauen Sie sich doch um! Wir sind nur ein jämmerlich kleiner Haufen. Die meisten sind übergelaufen.«

»Wie viele wir sind, spielt keine Rolle. Auf den Entschluss kommt es an. Wie oft schon haben in der Geschichte einzelne wackere Helden das Schicksal ganzer Nationen verändert? Denken Sie an die Leser zu Hause, die wir nicht hinterm Ofen hervorlocken konnten. Auch deren Meinung zählt. Die Leser der Zukunft verfolgen unser Gespräch noch Jahrhunderte lang. Wir sind Pioniere, Schrittmacher für die Kehrtwende der Menschheit. Wenn wir vom Schädling zum Nützling werden, macht unser Beispiel Schule. Ich garantiere Ihnen, wir bleiben nicht die Einzigen. Viele Generationen werden uns folgen, falls die Menschheit wirklich überleben sollte.«

»Aber Sie haben doch selbst gehört«, meldete sich ein Leser. »Die Magmablase unter dem Yellowstone Park kann jeden Augenblick platzen. Fünf Jahre ohne Ernte überlebt kein Mensch. Wenn selbst Tiere und Fische aussterben, wovon soll dann der Mensch überleben? Und wie wollen Sie das Verkümmern der Zeugungsfähigkeit aufhalten? Machen wir uns doch nichts vor: Zur Umkehr ist es längst zu spät.«

»Ich bitte Sie! Halten Sie doch Ihre Zunge im Zaum!« Kosellke sah ihn wütend an. »Was Sie sagen, könnte leicht zu einer sich selbst erfüllenden Prophezeiung werden. Wenn Sie den Untergang der Menschheit heraufbeschwören wollen, reden Sie ruhig weiter. Wollen Sie aber der Spezies Mensch noch eine Chance geben, dann sprechen Sie bitte von jener Zukunft, die Sie in Ihrer Heimatzeit wirklich ...«

Unvermittelt brach Kosellke ab. Der Leser zuckte nur mit den Schultern und setzte sich. Da war sie wieder, die Frage: Was war wirklich, was möglich? Wie beeinflusst die Gegenwart die Zukunft? Danni wollte eigentlich nur glücklich weiterleben, natürlich ohne Langeweile.

Aufregend durfte es ruhig werden, auch ein bisschen gefährlich, solange es ihm nicht an den Kragen ging. Im Augenblick wünschte er sich eher Ruhe als Abenteuer. Und Kosellke schien es ebenso zu gehen.

»Ich schlage vor«, meinte Kosellke, »wir lösen jetzt die Versammlung auf, und jeder kehrt wohlbehalten in seine Heimatzeit zurück. Wenn ich das richtig verstanden habe, muss jeder auf die gleiche Weise zurückkreisen, wie er gekommen ist. Darf ich mal um Handzeichen bitten: Wer von Ihnen kam beim Lesen des Buchs in den Ring?«

Über die Hälfte der Hände streckte sich nach oben.

»Gut. Das sind die echten Leser. Und wie kommen Sie zurück? Was haben Sie getan, um in den Ring zu schlüpfen?«

»Nichts«, sagte eine junge Frau, die Danni an seine Klassenlehrerin Frau Gschwend erinnerte. »Ich habe nur gelesen und habe auch jetzt das Gefühl, dass mein Körper noch immer vor dem Buch sitzt.«

»Dann ist es für sie ganz einfach, wieder in Ihre Heimatzeit zurückzukehren: Klappen Sie das Buch einfach zu.«

»Aber wo ist denn das Buch? Ich habe hier doch gar keines.«

»Ich denke, Sie lesen es.«

»Natürlich. Aber doch nicht hier. Im Traum kann ich auch nicht einfach aufwachen, wenn mein Körper im Bett liegt, während mein Geist durch fremde Räume irrt und dringend nach einer Toilette sucht.«

»Verstehe. Sie bräuchten also ein Buch zum Zuschlagen.«

Mit wachsender Belustigung hatte Muma das Gespräch verfolgt. Jetzt sagte sie. »Wir haben für die Ausreise der Leser alles vorbereitet. Wer in seine Heimatzeit zurück will, lässt sich hier am Büchertisch eines der Bücher geben, auf dem der Schädelring abgebildet ist. Die letzten Seiten sind zwar noch leer, weil die Geschichte noch nicht zu Ende ist. Wenn Sie das Buch aber aufklappen, landen Sie automatisch genau an der Stelle, die Sie gerade erleben. Sobald es heißt: ›Ein Leser nach dem anderen klappte das Buch zu und verschwand‹, entscheiden Sie sich, ob Sie ein Zuklapper sind oder noch im Ring bleiben und weiterlesen wollen. Sobald Sie zuklappen, sind Sie sofort wieder in Datum, Ort und Uhrzeit Ihrer Heimatzeit.«

»Gut, das wäre gelöst.« Kosellke nickte Muma dankbar zu. »Nun die übrigen Gäste. Darf ich um Handzeichen bitten: Wer ist durch Mausklick übers Internet im Ring gelandet?«

Vor allem junge Hände gingen hoch. »Ich nehme an, Sie gehören zum Leserring der Ringleser, den ich gegründet habe. Ist das richtig?«

Allgemeines Kopfschütteln. Kein Einziger hob die Hand.

»Wie sind Sie denn dann in den Ring gekommen?«

Ein junger Mann meldete sich: »Ich habe im Computerspiel auf AMT AM TAM geklickt und kam am Parkplatz bei den Bussen an.«

»Mir ging's ähnlich. Ich hab mich eingeklickt ins PALAIS MART.«

»Dann stammen Sie wohl aus einer ferneren Zukunft als ich. Seit wann gibt es denn solche Spiele?«

»Keine Ahnung. Schon immer schätze ich mal. Wer liest denn heute noch Holzbücher? Das ist doch tiefstes Mittelalter.«

»Gut. Das ist wohl Geschmacksache. Wir sollten auf jeden Fall auch außerhalb des Rings Kontakt halten.«

»Was soll der Quatsch?« rief einer. »Zu Zwangsarbeit verknacken? Ich will meinen Spaß haben, Abenteuer, weiter nichts.«

»Schon gut. Ich wollte Ihnen nicht zu nahe treten. Ich dachte nur, wir könnten die geballte Kraft der Ringbesucher aus verschiedenen Zeiten und Orten nutzen. Wenn sogar Mika-Devi vom Sternzeichen Lyra zu uns gefunden hat, muss der Ring doch einige Kreise gezogen haben.«

»Wie verlasse ich denn als Kinobesucher den Ring?« rief jemand.

»Das geht automatisch, sobald die Saalbeleuchtung angeht. Wollen Sie denn vorher schon den Saal verlassen?«

»Nee, eigentlich nicht. Ich bleibe, bis Danni und Sie, Herr Kosellke, abreisen. Aber ich verstehe nicht ganz, wie wir in eine Geschichte eintauchen können, die zu einer Zeit spielt, als die Geschichte noch gar nicht veröffentlicht war. Noch nicht mal geschrieben und verfilmt!«

»Wahrscheinlich wie in jedem anderen historischen Film. Mit einem winzigkleinen Unterschied. Aber wer kann das schon mit letzter Gewissheit beantworten? Ich sage nur: Mathemagie.«

Damit schien das Thema vom Tisch zu sein. Enttäuscht trat Kosellke von der Bühne.

Er hatte die Gäste anstacheln wollen, etwas zu tun, aber sie wollten einfach nur unterhalten werden. Die Zukunft der Menschheit war ihnen schnurz. Was konnte der Einzelne schon tun? Andererseits, was hatte er erwartet? Schließlich war er selber auch mehr aus Neugier im Ring gelandet, er wollte diese mathemagische Welt einfach einmal mit eigenen Augen erleben.

»Wer hätte denn Lust, einmal den *Attic* zu besuchen und in einer Taucherkugel in den eigenen Gedächtnisspeicher abzutauchen?«

Viele Hände gingen hoch.

»Und wer würde lieber mit der Höhlenbahn durchs Innere Gebirge fahren und den abenteuerlichen *Hemmas* begegnen?«

Wieder gingen Hände hoch, und einer rief: »Warum denn entweder oder? Wie wäre es mit einer Führung durch den ganzen Ring? Wenn ich schon mal hier bin, möchte ich eigentlich alles einmal kennenlernen. Auch Meht im Norden in der Stadt der Gestaltung, und vor allem auch lernen, wie ich meine eigenen Souveniers dann auch verdichten und manifestieren kann. Das ist doch der eigentliche Wert des ganzen Rings. Oder sehe ich das verkehrt?«

Jetzt trat Muse Ma vor die versammelte Leserschaft, berührte mit der Hand ihren Kehlkopf und sprach dann wie durch einen Lautsprecher: »Liebe Ringbesucher. Ich freue mich sehr, dass Sie den Ring für den Zweck nutzen wollen, für den er erschaffen wurde. Schließlich dient er dazu, Ihnen Ihre eigene Erbstruktur wieder bewusst zu machen und sie voll zu entfalten, damit die durch Tammathem in Verruf geratene Genforschung wieder ihren Sinn erfüllen kann: Nicht Manipulation und Verstümmelung, sondern die volle Entfaltung der Erbstruktur jedes einzelnen Individuums auf Erden. Alle, die mehr erfahren wollen, sind herzlich in die Halle eingeladen. Aber nehmen Sie sich vorher ein Buch mit, damit Sie es bei Bedarf jederzeit zuschlagen können, falls es Ihnen irgendwann zu bunt oder zu abenteuerlich oder zu gefährlich wird.«

Zähflüssig schob sich die Menge Richtung Büchertisch, um sich von Muma ein Buch mit dem Schädelring geben zu lassen. Viele klappten neugierig die Seiten auf, liefen dabei aber weiter Richtung Halle. Manche klappten das Buch zu und verschwand aus dem Ring. Die meisten aber waren nach wenigen Sekunden wieder da und schüttelten den Kopf. »Ich wollte doch nur mal schauen, was da drin steht. Wie kann ich hierbleiben, ohne jetzt die ganze Zeit ins Buch schauen zu müssen?«

Auch dafür hatte Muma eine Antwort: »Geben Sie her. Ich klappe es für Sie zu und gebe es Ihnen zurück. Schließlich bin ich keine Leserin, sondern eine Einheimische aus dem Ring. Ich kann so viele Bücher zuklappen wie ich will, denn ich lebe hier in meiner Heimatzeit. Bitte, zur Halle geht es hier entlang.«

Schließlich blieben nur noch Kosellke, Mika-Devi und einige Neugierige vor dem Eingang stehen. Emma stand mit mehreren Gästen am Teich und deutete auf die Marmorstatue der Muse Mathema.

Kosellke reichte Danni die Hand. »Ich glaube, meine Aufgabe hier ist vorläufig erledigt. Ich hoffe, wir sehen uns bald in Hügliswil.«

Mit seinen großen warmen Händen drückte er Dannis Hand und sah ihm lange in die Augen. »Du machst das schon. Das Wichtigste hast du ja noch vor dir. Ich bin sicher, unsere Wege kreuzen sich noch öfters. Zur Erzählzeit bin ich ja noch Journalist beim Boten. Dort können wir deine Reise durch den Ring als Fortsetzungsroman veröffentlichen. Ein Kapitel nach dem anderen, sobald es geschrieben ist. Ich muss mal kurz nach Hause was erledigen, bin aber in Kürze wieder hier für meine Runde durch den Ring.«

Er schlug eines der Bücher auf, machte mit der Rechten das Victory-Zeichen und schlug das Buch wieder zu.

Auch Christian alias Franz Naseweis machte ein Victory-Zeichen, zwinkerte Danni zu, stellte ihm seinen Rucksack vor die Füße und meinte: »Es wird Zeit. Ich erwarte dich in Wavre.« Und weg war er.

Mika-Devi schaukelte den Käfig mit den Babys wie eine Wiege und sang dazu ein Wiegenlied.

*»Mâ thèmmat Îk.*
*Má thèmmat Hêmát Îk.*
*Má thèmmat Hêmàt Màthemat.*
*Mathemà tí Îk!*

*Mà thé hêm!*
*Mà thé hêm ad Îk!*
*Mà thé hêm ad Îk ātîk,*
*ati Îk ātîk!*

»Na? Verstehst du langsam die Ringssprache?« Muma winkte Danni. »Komm! Es ist Zeit. Ich bringe dich zum Triebwagen. Und das hier soll ich dir von Mehta geben. Als kleine Erinnerung.« Sie drückte ihm ein dünnes Heft in die Hand. »Sam Mehta ist der Verfasser der ›Hymnen der Mathematik‹.«

»Danke.« Danni steckte das Heft in den Rucksack, schnallte sich den Rucksack um und machte sich mit Muma auf den Weg. Das Letzte, was er sah, war Emma, die am Teich stand und winkte. Mit feuchten Augen winkte er zurück.

Ja, so war der Abschied leichter. Möglichst kurz und schmerzlos. Ohne Drücken auf die Tränendrüse. Er würde ja sowieso bald wieder hier sein. Bei Emma, Theo, Kit und Mika-Devi fühlte er sich mehr zu Hause als in Hügliswil. Das spürte er.

EMMA TIEK

## 27. Onkel, wo gehst du hin?

Danni war wieder allein. Und ein Gefühl überfiel ihn, das er noch nie so deutlich erlebt hatte. Eben noch war er mit einer bunten Gruppe Gleichgesinnter zusammengewesen, die ihm Kraft und ein Gefühl der Unbesiegbarkeit verliehen hatte, als könne er *Tammôtamma* in den letzten Winkel des Universums drängen. Jetzt hatte sich die Gruppe in alle Winde zerstreut, jeder war in eine andere Richtung aufgebrochen, heimgekehrt in seine Gegend, seine Zeit. Und die Kraft der Gruppe, der Fokus auf ein gemeinsames Ziel, hatte sich in Nichts aufgelöst.

Und er? Endlich hatte er Freunde gefunden, die ihn verstanden, ihm halfen, sich selbst zu finden, Neues über sein eigenes Innenleben zu erfahren, doch er musste sich von ihnen wieder trennen. Emma und Theo wohnten im Ring, einer magischen Welt aus Ätherstoff, die sie nicht verlassen wollten oder konnten. »In der Welt der Sterblichen«, hatte Emma gesagt, »kommen wir nicht zurecht. Ich hoffe, du kommst bald wieder.«

In dem verlassenen Triebwagen, in dem er jetzt saß, fühlte er sich leer, abgeschnitten vom Rest der Welt wie in einer Sackgasse.

Ja, er hatte auch auf der Hinreise allein im Triebwagen gesessen. Damals hatte er den Brief seines Onkels gelesen, als ihn der Gegenzug so erschreckt hatte, dass er in *Tammat-Hemat* ausgestiegen war. Danni griff ins Seitenfach seiner Tasche. Dort hatte er den Brief des Onkels hin gesteckt. Da war er noch, der Brief. Danni nahm ihn heraus und suchte die Stelle, wo er aufgehört hatte zu lesen.

>*... Duck dich also, solange der Wagen dort hält. Niemand darf dich im Triebwagen sehen. Die Bewohner dort verehren den Dunkeldrachen Tammôtamma, der im Westgebirge haust und sich ein Land der Erde nach dem anderen einverleiben will. Wenn wir nicht aufpassen, verschwinden alle Länder bald im Maul des Drachen. Den Rest erklärt dir Thomas, der am Westbahnhof auf dich wartet.*

*Sobald du deine Aufgabe im Ring erfüllt hast, steigst du wie-
der in den Triebwagen, der dich zurück nach Landen und in
den Zug nach Leuven bringt. So weißt du, dass der Ring kein
Hirngespinst von mir ist und ich keineswegs unter Verfolgungswahn leide.*

*Dank des Tâm-Mehts verlieren wir auch keine Zeit. Der Met
fächert deine Augenblicke in winzige Nanosekunden auf, so
dass deine gesamte Rundreise durch den Ring kaum eine Sekunde dauert. Die mathemagische Wirklichkeit ist ja zeitlos
und liegt jenseits von Raum und Zeit.*

*Auf der Fahrt von Landen bis Wavre kannst du deine erste
Runde durch den Ring in Ruhe verdauen, damit ich dir mein
Vermächtnis zu treuen Händen anvertrauen kann.*

*Bis gleich*

*Dein Patenonkel Jeronimus«*

Jenseits von Raum und Zeit? Was hatte das zu bedeuten? Der Triebwagen stieß mit einem Ruck an einen Zug und hielt. Danni nahm seine
Tasche, öffnete die Tür und trat wieder zurück in den Zug, den er in
Landen verlassen hatte. Er sah auf die Uhr: 14 Uhr 40. Der Sekundenzeiger tickte wieder. War die Uhr gar nicht stehen geblieben? War er
nur in eine Zeitlücke gerutscht?

Verwirrt setzte er sich in die erste Sitzreihe im Waggon und schloss
die Augen. Nanosekunden, mathemagische Wirklichkeit, zeitlos ... Alles schwirrte ihm durch den Kopf und machte ihn schwindlig.

Er stand auf und wanderte in den nächsten Waggon. Hier saß immer noch der Betrunkene im grauen Anzug, der ihn bei Marts Ankunft
gestört hatte, und schnarchte. Seine Schnapsflasche lag leer am Boden.

Ein Ruckeln ging durch den Zug. Bei strömendem Regen fuhren sie
aus dem Bahnhof. In der Ferne thronte der Wasserturm von Landen,
achteckig, weiß mit blauen Ornamenten. Belgische Dörfer zogen vorbei. Um 15 Uhr 1 hielt der Zug in Leuven. Beim Umsteigen stellte Danni
erleichtert fest, dass seine Uhr die gleiche Zeit wie die Bahnhofsuhr
zeigte. Eine knappe Stunde später stieg er in Wavre aus. Als er den
Bahnsteig entlanglief, kam er sich vor, als sei er gerade vom Skateboard
gestiegen und müsse sich wieder in trockenen Schrittchen bewegen, anstatt in Windeseile durch die Zeitlücke zu brausen.

Unwillkürlich suchte er nach dem Nachbarn seines Onkels. Holte er ihn vielleicht am Bahnhof Wavre ab? Der Tom im Ring war ja der falsche gewesen. Suchend trat er durch den Bahnhof auf die Straße. Weit und breit kein Mensch zu sehen.

Ein gelber Kleinbus hupte und hielt in der Auffahrt. Die Tür sprang auf, ein Mann mit roter Knollennase winkte ihm. Eine schlohweiße Mähne wehte ihm ums Haupt, und seine linke Gesichtshälfte sah aus wie mit blauroter Stempelfarbe übergossen! Die linke, nicht die rechte wie beim falschen Tom.

»Bist du Danni Doeblin?« fragte ihn der Mann.

»Ja. Sind Sie Thomas, der Nachbar von Onkel Jeronimus?«

»Der bin ich. Jerôme ist mein Nachbar. Stell deine Tasche am besten hinten rein.«

Er öffnete die Seitentür zu seinem Kleinbus, der als Wohnmobil mit Gaskocher, Waschbecken, Schränkchen und tausend Schubladen eingerichtet war. An den Wänden hingen an jeder freien Stelle Bilder: Jesus, Karl Marx, Yogananda, Michael Jackson, Einstein, Buddha, ein Engel mit ausgebreiteten Armen, Madonna, Beethoven, eine dreiköpfige Schlange und – ein dunkelgrüner Drache! Danni schnappte nach Luft.

»Da staunst du, was?« Stolz zeigte Thomas sein Reich. »Alles selber eingerichtet. Damit fahr ich um die halbe Welt.«

»Und was für Bilder sind das?«

»Heilige, Künstler, Forscher, große Geister. Alles, was ich verehre.«

»Und den dunkelgrünen Drachen, verehren Sie den auch?«

»Natürlich! Das ist *Tammôtamma*, von dem dein Onkel dauernd faselt. Vor dem soll ich dich doch beschützen. Angeblich verschluckt er ganze Länder. ›Wenn wir nicht aufpassen‹, sagt Jerôme, ›verschwindet ein Land nach dem anderen im Maul des Drachen.‹ Pardon, aber mit so einem mächtigen Wesen lege ich mich doch nicht an. Verstehst du?«

Achselzuckend zwinkerte er Danni zu. »Komm, steig ein. Dein Onkel erwartet dich schon sehnsüchtig. Leider ist er ziemlich wirr im Kopf. Du hättest längst hier sein können, wenn er nicht diese fixe Idee gehabt hätte, dass du in Köln einen Zug auslassen sollst.«

»Das war doch, damit ich in Landen den Triebwagen erwische.«

»Haha, Triebwagen, genau! Der Zug in die Ätherwelt, die geistige Dimension. In den Geheimring, der die Menschheit mit schwarzer Magie beherrscht. Er hat sogar einen russischen Geiger losgeschickt, der dir im Zug einen Brief geben sollte. Hast du den gekriegt? Wahrscheinlich nicht. Der Russe hat wohl einfach das Geld eingesteckt und den Schnaps selber gesoffen. Ziemlich meschugge alles. Sie hätten Jerôme eigentlich gar nicht entlassen dürfen. Aber sie hatten wohl in der Klapsmühle nicht genug Betten. Na ja, er stellt ja jetzt keine Gefahr mehr für die Umwelt dar.«

Danni verschlug es die Sprache. Er sagte kein Wort mehr über *Tammôtamma*. War das wirklich der Nachbar, der ihn am Westbahnhof abholen und durch den Ring führen sollte?

Thomas plauderte unbeschwert weiter, während sie die Ortschaft verließen und schließlich vor einem großen, amtlich wirkenden Gebäude parkten. »Da wären wir. Deine Tasche lassen wir im Auto, bis wir wissen, wo du übernachtest.«

»Moment mal. Hier wohnt mein Onkel doch gar nicht.«

»Er wollte auch partout nicht hier her. Ich musste ihn regelrecht zwingen. Aber sicher ist sicher.«

In Dannis Kopf wirbelte es. Wurde er entführt? Hatte man den Onkel schon wieder in die Klapsmühle gesteckt? »Ich nehme meine Tasche lieber mit. Falls ich was brauche.«

»Quatsch. Lass sie hier. Wie sieht das aus? Im Krankenhaus kannst du sowieso nicht übernachten.«

Ah! Krankenhaus. Das erklärte alles. Trotzdem wollte Danni seine Tasche nicht im Wagen lassen. Wenn sie geklaut wurde! Schließlich waren darin die »Hymnen der Mathematik« mit Sam Mehtas persönlicher Widmung. Der einzige Beweis, dass er die Reise durch den Ring nicht geträumt hatte. Aber Thomas schloss die Seitentür einfach nicht auf. Er trat mit Danni in die Lobby, grüßte den Pförtner und stieg in den Aufzug. Sie kamen durch einen langen Flur mit hellgrauen Türen.

»Wie geht es meinem Onkel?«

»Nicht besonders. Ich hoffe, er kann noch mit dir reden.«

Thomas legte die Hand auf Dannis Schulter. »Seit Wochen phantasiert er von einem Geheimring, den er entdeckt hat und den man nur durch Hokuspokus sehen kann. Dort soll es lebende Drachen und Saurier geben, selbst der Tod persönlich geistert dort herum. Ein sogenannter Monsieur Mart. Ich habe immer brav genickt, als glaubte ich jedes Wort.«

Thomas wiegte den Kopf hin und her. »Heute Nachmittag drückte er mir einen Zettel in die Hand. Das sei ein Dimensionsticket. Damit sollte ich in den Geheimring reisen und dich um 14.40 am Westbahnhof abholen. In dieser Sekunde würde sich alles entscheiden. Ich hab den Wisch genommen, bin ins Café und hab mir bis viertel vor drei einen Espresso genehmigt. Als ich wieder rauf kam, fragte er: ›Und? Hat alles geklappt?‹ ›Selbstverständlich‹, sage ich. ›Gott sei Dank, jetzt kann ich beruhigt gehen‹, hat er gesagt und beglückt die Augen geschlossen.«

»Die Augen geschlossen? Ist er schon ...?«

»Nein, nein, er lebt noch. Aber es fehlt nicht viel. Weißt du, er darf sich nicht aufregen, sonst fängt sein Herz an zu stolpern. Die Ärzte meinen, ich sollte zu allem nicken und Ja und Amen sagen. Und das solltest du auch. Sag einfach, du wärst tatsächlich in diesem Ring gewesen. Und wenn du das Blaue vom Himmel lügst. Reg ihn bloß nicht auf und widersprich ihm auf keinen Fall.«

»Ach so!« Danni war sprachlos. Das also war der echte Nachbar seines Onkels. »Und wie geht es ihm jetzt?«

»Seit Stunden ringt er mit dem Tod. Aber er will nicht sterben, bevor er dich gesprochen hat.«

Tom klopfte leise an eine Tür und schob Danni ins Zimmer. Die Schwester stand vom Krankenbett auf und verließ den Raum.

Onkel Jeronimus lag mit geschlossenen Augen im Bett. Sein Gesicht war weiß wie das Kissen.

»Soll ich bleiben, Jérôme?« fragte Thomas, »oder draußen warten?«

Der Onkel öffnete die Augen und blickte benommen, als käme er aus einer anderen Welt. Er öffnete den Mund, aber kein Ton kam heraus. Schließlich murmelte er: »Setz dich, Thomas, dann bist du Zeuge. Falls sie auch Danni mundtot machen wollen.«

Danni spürte einen Kloß im Hals. Er brachte nicht einmal »Onkel Jeronimus« heraus. Er setzte sich ans Bett und legte die Hand auf die des Onkels. Einen Augenblick befürchtete er, die Hand könnte so kalt wie die seiner Mutter sein. Aber sie war warm und drückte ihn leicht.

Sein Onkel wollte den Kopf heben, konnte ihn aber nur leicht auf dem Kissen drehen. Er lächelte müde. Seine Stimme war so leise, dass sich Danni vorbeugen musste, um ihn zu verstehen. »Danni, mein Junge«, murmelte er. »Hast du die Runde durch den Ring gut überstanden? Hast du Kit gefunden?«

Danni nickte und sah, wie Thomas ihm Zeichen gab, immer schön Ja zu sagen. Wenn Thomas wüsste, warum er nickte, dachte Danni.

Leise, Satz für Satz, mit langen Atempausen, sprach der Onkel weiter. »Weißt du, sie haben mich in der Klapsmühle isoliert und meinen Kopf bestrahlt. Ich wollte ein anderes Zimmer. ›Tut uns leid, Sie sind in der Geschlossenen.‹ Und jeden Tag eine Spritze. ›Damit Sie keinen Schub bekommen.‹ Jetzt können sie sagen: Wir haben ihn gesund entlassen … Na ja, gleich ist es vorbei.«

Er schloss die Augen wieder und atmete stoßweise. »Jetzt zu Kit: Urs wollte ja immer ein eigenes Kind, doch es hat nie geklappt. Da lernte ich Sam Mehta kennen, der an der Europäischen Universität Sanskrit und Vedische Wissenschaft lehrt. Er erzählte mir vom Ring des Wissens und schwärmte von seiner Mehta-Mathematik. Als Mathematik-Professor war ich natürlich erst mal skeptisch. Als er mich dann in den Ring einlud, erkannte ich die Präzision der Ringformel und merkte: Das ist eine echte Entdeckung, die Wiederbelebung eines uralten Wissens. Die Ringsprache arbeitet ja mit kleinsten Klang-Unterschieden, also mit Quanten. Das schärft die Unterscheidungsfähigkeit. Wer diese Quantensprache sprechen lernt, der bekommt einen glasklaren, messerscharfen Verstand.«

Der Onkel hielt inne. Das Reden strengte ihn an. Thomas saß am Fenster und sah hinaus, als höre er gar nicht zu. Aber an seiner Haltung merkte Danni, dass er sehr wohl die Ohren spitzte. Vor allem, als der Onkel weiter sprach.

»Als ich hörte, dass die Firma Superkids im Ring des Wissens ihren Hauptsitz hat, habe ich Urs empfohlen, sich an sie zu wenden. Leider! Urs war begeistert und ließ sich bei der Hügliswiler Niederlassung sogar als Jurist einstellen, damit er Mitarbeiter-Rabatt bekam und weniger zahlen musste. Ich ging natürlich davon aus, dass sie Kits Erbanlagen voll entfalten wollten … Tja, so nahm das Ganze seinen Anfang – alles meine Schuld. Und als ich von Plan A Wind bekam und ihn bekanntmachen wollte, schlug Mart zu und ließ mich einsperren.«

»Nee, nicht Mart«, sagte Danni, und sofort machte ihm Thomas ein Zeichen, er solle dem Onkel ja nicht widersprechen. Aber Danni sprach unbeirrt weiter: »Mart will nur verhindern, dass der Schädling auf andere Planeten überspringt und das ganze Sonnensystem befällt. Er will uns noch eine Chance geben. Aber Tom will das verhindern. Tom ist der wahre Bösewicht. Er hat dafür gesorgt, dass Kit *Tammôtammas* Sohn ist.«

»*Tammôtammas* Sohn?«

»Ja, aber keine Sorge«, sagte Danni. »Kit wächst jetzt im Südsektor auf und trägt als Amulett den *Îk-Key*, den Schlüssel zum Selbst. Den habe ich selbst verdichtet.«

»*Tammôtammas* Erbgut und dazu den *Îk-Key* ... Da bin ich aber gespannt ... Und er wächst im Südsektor auf.« Der Onkel drückte lange Dannis Hand und sprach kein Wort. Tränen standen ihm in den Augen. »Ich wusste, mein Junge, auf dich ist Verlass ... Das gibt ein wahres Superkind ... Dann haben wir also doch den richtigen Namen gewählt: *Ati Kit* – Superkind. Aber *Tammôtamma* musst du trotzdem entlarven. Christian ist doch Journalist. Erzähl ihm deine ganze Geschichte. Tut einfach so, als wäre alles erfunden, reine Fantasie. Sonst kommt ihr noch wie ich in die Klapse oder in Teufels Küche. Christian soll sich ein Pseudonym zulegen, einen Allerweltsnamen wie Müller oder Meier oder so. Damit er inkognito bleibt. Du weißt doch: Unsere Gegner gehen über Leichen ... Dem Christian habe ich auch ein Dimensionsticket gegeben, genau wie Thomas.«

Er sah zu Thomas hinüber, der eifrig nickte.

»Sorgt dafür, dass die Menschheit erfährt, in welcher Gefahr sie schwebt: entweder volle Entfaltung des Erbguts – oder Untergang und Sklaverei. Jeder Einzelne muss sich entscheiden.«

Wieder schloss er die Augen. Als er sie öffnete, streckte er die Hand zum Nachtisch aus, auf dem ein Krug und ein Glas standen. Thomas wollte ihm einschenken, merkte aber, dass der Krug leer war. Der Onkel sah ihn bittend an, und Thomas ging mit dem leeren Krug hinaus.

»Jetzt, wo Thomas draußen ist«, raunte der Onkel, »musst du wissen: Er hat mich heute Nachmittag bitter enttäuscht. Nur gut, dass es Christian gibt. Ihm kannst du alles erzählen. Und ihr müsst schleunigst von der Bildfläche verschwinden. Sobald ich aufgehört habe zu atmen. Fahrt sofort ab und versteckt euch, bis dein Reisebericht veröffentlicht ist. Erst dann kann euch nichts mehr passieren.«

Er merkte, dass Danni etwas einwenden wollte, und fuhr fort: »Mein Begräbnis ist nicht wichtig. Das ist alles schon mit Thomas geregelt. Im Hügliswiler Boten stand doch ein Artikel über Kits Entführung. Nehmt Verbindung mit dem Redakteur auf, der das geschrieben hat. Vielleicht kann er deinen Reisebericht als Fortsetzungsroman veröffentlichen. Je eher er erscheint, desto weniger kann euch passieren. Weil euch dann keiner mehr mundtot machen kann.«

Plötzlich wandte er den Blick zur Tür, als trete jemand ein, und lächelte. »Augenblick bitte, Monsieur Mart.« Und zu Danni gewandt fuhr er fort: »Weißt du, Danni, sterben ist gar nicht so einfach. Danach kannst du nichts mehr sagen. Vielleicht sehen wir uns bald im Ring wieder. Besuche ihn so oft du kannst und erforsche alle Mundartgürtel. Von der Sonneninsel bis zum Außenring. Eselsbrücke: *Ham-Heim-Hem-Herm-Hom-Heum.*«

Wieder atmete er schwach. Noch einmal raffte er sich auf und sprach kaum hörbar: »Der Name der Mathematik enthält ihr Wissen in Samenform ... Name ist Same und Norm der Form ... Züchte den Baum des Wissens ... Bleib innerhalb des Rings ... Drehe den Ring ... Dreh dich im Ring ... Hier ... Häng dir diesen Koan übers Bett.«

Seine Hand tastete zum Nachttisch, auf dem ein gerahmter Spruch lag. Danni nahm ihn und las:

> *»Züchte einen Baum im Samen,*
> *ohne dass der Same sprießt.«*

Der Onkel öffnete die Augen und starrte an die Decke. »Jawohl Monsieur, ich komme ...«

Die Hand, die Dannis Hand gedrückt hatte, erschlaffte. Danni fischte die rote Serviette aus seiner Brusttasche und hielt sie sich vors Gesicht. Als Thomas mit dem vollen Krug zurück kam und sah, was geschehen war, stellte er den Krug behutsam ab, zündete drei Kerzen an und rief die Schwester.

»Jérôme war eine gute Seele«, sagte er, als sie das Krankenhaus verließen. »Schade, dass er so verworren enden musste. Du hast gut mitgespielt. Ich dachte fast, du wärst tatsächlich in den Ring gereist. Jetzt weiß ich, warum Jérôme so von dir geschwärmt hat: Du hättest eine fabelhafte Fantasie. Ihr habt euch gut verstanden, glaube ich.«

Thomas ließ den Kleinbus an. »Ich bring dich jetzt zu Christian, deinem Freund. Er kreuzte heute früh auf und unterhielt sich lange mit Jérôme. Und dein Onkel gab ihm genau so einen Wisch wie mir. Ein Dimensionsticket! Ideen hat der Mann!«

»Wo ist Christian jetzt?«

»Im Hotel Löwen.«

Christian wartete bereits im Auto. Diesmal ohne Detektivmütze und Pfeife. Als Danni einstieg, fuhr er sofort los. Schon während der Fahrt zum Erlensee stellte er sein Diktiergerät an und sagte: »Also, jetzt erzähl mal. Ganz von vorne.«

Täglich fuhren sie zusammen an den Bickenbacher Erlensee, und Christian nahm Dannis Reiseschilderung auf Audio auf. Abends schrieb er bis tief in die Nacht und schickte ein Kapitel nach dem anderen taufrisch an Kosellke in Hügliswil. Auch Urs versuchten sie zu erreichen, aber dessen Handy blieb stumm, und im Holzhaus an der Sonnenhalde nahm nur der Anrufbeantworter ab. Ob Urs etwas zugestoßen war oder ob er in einem Funkloch im Mittelmeer segelte, war nicht zu ermitteln.

Als die Sommerferien sich dem Ende näherten und Danni alles erzählt hatte, fuhr er schweren Herzens zurück nach Hügliswil. Am Bahnhof stieg er unentschlossen aus. Er wusste, Urs war nicht zu Hause, sonst hätte er den Hörer abgenommen. Wenn er jetzt ins Holzhaus an der Sonnenhalde käme, wären die Fenster zugezogen, die Rollläden heruntergelassen und die Zimmer dunkel und leblos.

Seine Schulfreunde waren sicher noch in den Ferien. Vielleicht waren manche zu Hause, aber was sollte er ihnen erzählen, ohne als Funny-Danni verspottet zu werden? Plötzlich verstand er, wie sich Onkel Jeronimus in Brüssel gefühlt haben musste.

Als er am Bahnhofskiosk vorbei kam, fiel ihm neben dem Logo des »Hügliswiler Boten« ein schräges Kästchen mit der Frage auf: »Wo ist Kit? Lesen Sie weiter auf Seite 3.« Er kaufte sich den Boten und fand im unteren Drittel auf Seite 3 wie üblich den Fortsetzungsroman. Und tatsächlich: Nach einem kurzen Vorspann von Kosellke mit der Zusammenfassung der bisherigen Folgen kam die von Christian geschriebene Schilderung von Dannis Tempeltraum und der nächtlichen Flucht mit Emma vom Palais Mart. Christians Name tauchte nirgends auf. Er war durch ein unauffälliges Pseudonym ersetzt. Auch eine Anzeige von SUPERKIDS suchte Danni im Boten vergebens. Kosellke hatte es geschafft, die Redaktion für das heiße Thema zu gewinnen. Oder waren es die zahlreichen Leserbriefe über das verschwundene Superkind?

Schließlich schloss Danni seinen Rucksack in ein Schließfach und ließ die Füße wahllos wandern. Am Park vorbei, zum Marktplatz, zu den Wiesen, zum Spitalberg. Den Feldweg entlang, den er die letzten Monate täglich gegangen und geradelt war, um seine Mutter zu besuchen. Vorbei an braungescheckten Kühen, an der Wiese mit den Margariten und dem Mohn. Dort blieb er stehen.

Mohn! Er blühte noch.

Er kramte sein Schweizer Taschenmesser aus der Tasche, kniete sich an den Wegrand und kratzte in der Erde, bis er sieben Mohnblumen samt Wurzel ausgebuddelt hatte.

Im Papierkorb neben einer Parkbank fand er eine Zeitung. Er tränkte sie am Bach in Wasser, umwickelte die Wurzeln mit der feuchten Zeitung und nahm die Abzweigung zum Friedhof.

Auf dem Grab seiner Mutter stand ein vorläufiges Holzkreuz mit der Aufschrift: »Linda Doeblin«.

Die Erde war noch weich, als er den Mohn einpflanzte. Hinter dem Steinbrunnen stand ein Gurkenglas zum Gießen.

*Zurück in* ÊHTA-MATHÊ, *der Außenwelt*

# Anhang: Textstellen in Ringsprache

Alle Namen, Wörter und Sätze sind Variationen aus Teilen des mathemagischen Trommelklangs ...mathematickitamehtamathe...
Zur Aussprache:
à è ì ò ù – betonte Silbe, nur zur Aussprachehilfe mit Akzent
á é í ó ú – lange Silbe, nur zur Aussprachehilfe mit Akzent
â ê î ô û – lange, betonte Silbe, nur zur Aussprachehilfe mit Akzent
c – je nach Stellung und Wortherkunft als k, s oder tsch gesprochen


1. *Mathematìcki Tàmehtam* – der mathemagische Trommelklang
*Theo* (durch Diphthongierung des *e* aus *the>thee>theo*) – ein Junge, der
von Tammat-Hem ins Reich des Geistes will
*Màti* – die schärfste Klinge der Welt


2.
*Êhtamathê∞matikitàm* – die Formel der Liegenden Acht, die von der
Außenwelt nach innen ins Reich des Geistes führt und die inneren Sin-
ne befähigt, die feinstoffliche Welt wahrzunehmen.


3.
*Mathe – ma Tick.* – Mathe (ist) mein Tick. (französisch *ma* – mein)
*Kit* (engl. Kurzform für Christopher) – angeblich mit den Erbanlagen
eines Genies ausgestattetes Superkind


5.
*Mart* (franz. *mort*, sankr. *mṛt*) – Tod. Monsieur Mart regiert den Süd-
west-Sektor (Lautwandel von »Mat« durch Vibration zu »Mart«)
*Tâm-Meht* (engl. *time* – Zeit) – der Zeitmet beschleunigt die Wahrneh-
mung der Zeit und öffnet ein Fenster in die Zeitlosigkeit jenseits der
Raumzeit.

*mathematîki Tàmehtam* – der mathemagische Trommelklang, Passwort zum Ring des Wissens.

*Êhta-Mathê* – 1. der Westbahnhof der Ringbahn; 2. Äther-Materie, Klang

*Tàmmat-Hêmat* (Heimat des *Tammat*, sanskrit *tamas* – Finsternis, Umnachtung, Unwissenheit, Schwere, Trägheit, Starre) – der Südwest-Sektor des Rings

*Tàmmat-Hém* (Dunkelheim) – Hauptstadt des Südwest-Sektors


6.

*Tom* (durch Verdunkelung des *a* aus *tam>tom*) – die Rechte Hand von Monsieur Mart, glühender Verehrer *Tammôtammas*

*Tàmat-Hêmát – ta Mêhtamát* – der Tammathemer Ring ...*tamathema-tamehtamat...* in Worte aufgebrochen: *Tammat-Hemat* ist das Metermaß, der Maßstab

*Emma* – ein Mädchen in Dannis Alter, deren Heimat der Südsektor ist: *math-Emma-tik*

*Màthema-Àttic* (griech. *mathema* – Lernen, Lehren, Unterricht; Wissen, Erfahrung; Wissenschaft, Kunst; engl. *attic* – Speicher, Dachboden) – *der* Speicher des Wissens, der Südsektor, der den Weg nach innen zum Selbst erklärt und bewirkt

*Mahâthma* (sansk. *mahâtma* – große Seele); Titel des Meisters im Südsektor (aus *mathema* durch behauchte Reduplikation des *a* und Verstummen des *e mâthema>mahâthema>mahâthma*)

*Timmit* (engl. *timid* – furchtsam) – Dr. Timmit ist Regent des West-Sektors (durch verfälschten Lautwandel des *a* aus *tammat>timmit*)


7.

T – teilt an den Zähnen den vorderen vom hinteren Mundraum, steht für *Teilen, Trennen.*

A – mit voll geöffnetem Mund gesprochen, steht für *Anfang, Alles, All, das Absolute.*

M – mit geschlossenem Mund gesprochen, wobei sich der äußerste Bereich des Mundes, die Lippen, verbinden; steht für *Verbinden* zum Punkt im Äußeren, *Materie Manifesteren.*

*Tammat* (sankr. *tamas*) – das Dunkle, Träge, Feste. Das ›T‹ teilt ›A‹ in Einzelteile, die sich im ›M‹ zu MAT, zu Masse, verbinden.

*Tammôtamma* (sansk. *tamas-uttama>tamôttama* – das höchste Tamas) der Dunkeldrache im Westen, der nach außen zieht und von negativen Gefühlen und Gedanken lebt (durch Verdunkelung des *a* aus dem Tammathemer Ring tamatama>tamotama>Tammôtamma)
*Tammôtamma thèmmat a mêh.* – Tammôtamma dämmert mir.

## 8.

*Hèmma* (dt. *Hemmer*) – Hemmschwelle, Schwellhüter, der den Grenzübergang nach innen nur nach bestandener Prüfung freigibt
*Lheumaul* – Löwenmaul, Grenzübergang vom Südwest-Sektor zum Südsektor (durch laterale Approximation des *t* und Diphtongierung von *e* und *a* aus *themat>lhemal>lheumal>lheumaul*)
1 *Mâ thèmmat Îk.* – Mir dämmert das Selbst. (*mâ* – Dativ von *îk*)
2 *Màthema at Îk.* – Wissen ist das Selbst (bin ich). (*at* sanskr. *asti* – ist)
3 *Mathemà tí Îk!* – Erkenne dein Selbst! (*ti* sansk. *te*, russ. tü, norw. di, engl. *thy* – dein)
4 *Ma thé hêm ad Îk!* – Mach dich heim zum Selbst! (*thé* lat.it.span.franz. *te*, engl. *thee* – dich, *ad* lat. *ad* – zu, nach)

## 9.

*Hêm* (ndl. *hem*) – Heim – Gebäudekomplex in Mathema-Attic, wo Emma zu Hause ist.
*Home* (engl. *home*) – Heim – Felsenhöhle im Mundartgürtel des fünften Rings (aus »*hem*« durch Verdunkelung des *e* zu *o*: hem>hom)
*Hâm-Heim-Hêm-Herm-Hôm-Heum* – Merkspruch für Vokalwandel im Ring: Aussprache von »Heim« in den sechs Mundartgürteln
*Homa* (sankr. *homa*) – ein Feuerritual
*mâha Âthem* (sankr. *mâha*, durch behauchte Reduplikation des *a* aus ma>mah>maha) – großer Atem
*Lhêmmaul* – Lehmmaul, angeblich verschüttete Lehmhöhle an der Grenze zwischen Südwest-Sektor und Südsektor (durch laterale Approximation des *t* und Diphtongierung des *a* aus *themat>lhemal>lhemmal>lhemmaul*)
*Marsring* – die Renn- und Schnellbahn, wo der Lautwandel von »*Mat*« durch Vibration zu »*Mart*« und durch Friktion des *t* zu »*Mars*« eintritt (mat>mart>mars)
*rat* – Ratte. Das *r* entsteht durch Vibration in der Lücke vor dem *a*.

*rad* – Rad, Fahrrad. (*t* wird durch Erweichen zu *d*)

*Marthopp* – Totenschädel mit glühenden Augen, ein Zombie, der als Späher dient. (aus *mathem* durch Vibration, Verdunkelung des *e* zu *o* und harten, plosiven Lippenverschluss des *m* zu *p*: *mathem>marthem> marthom>marthop>marthopp*)

*Muse Mathema* (Kurzform *Muse Ma, Muma*) – Mathematiklehrerin

## 10.

*Màthe* – *ma Tick*. (*Mathe* – engl. *matter* – Materie)

*Ma Thêma* – *Tick*. (*ma* – frz. *ma* – mein)

*Ma Themâtik* –

*Màthema-Tick*. (*Tick* – Spleen, Macke, Einbildung, Vorstellung)

Materie ist meine Vorstellung.

Mein Thema ist Vorstellung.

Meine Thematik ist

der Wissens-Tick.

*Êhtamathê* – der Westen der Ringformel

*Matìckitam* – der Osten der Ringformel

*Màthema Thêvati* (griech. *thea*, lat. *diva*, sansk. *dêví, dêvatâ* – Göttin, Gottheit) Göttin der Weisheit, Marmorstatue im Schwanenteich von *Mathema-Attic* (durch Friktion des *m* wird aus *Thêmati>Thêvati*)

*1 Màthema at Îk.* – Wissen ist das Selbst (bin ich). (*at* sanskr. *asti* – ist)

*2 Mâ thèmmat Îk.* – (der Anfangssatz) Mir dämmert das Selbst (ich).

*3 Ma Âthem at Îk.* – Mein Atem ist das Selbst (bin ich).

*4 Mâ thèmmat Tìckit.* – Mir dämmert Licht. (durch laterale Approximation des *t*, Friktion des *k* und Verstummen des unbetonten *i* wird aus *Tickit Licht*: *tickit>lickit>lichit>Licht*, engl. *tickit>lickit>lighit>light*)

## 11.

*Attic* (engl. *attic* Speicher) – Raum der Stille mit Taucherkugel zum Eintauchen in den Gedächtnisspeicher des eigenen Unterbewusstseins.

*îkî* – *îk-kî kit* (*îkî* Lokativ von *îk* – ich; *kî* engl. *key* Schlüssel) – In mir (im Selbst) ist der Îk-Key, der Schlüssel zum Selbst, Kit.

## 12.

*Màthema* – Saal des Wissens, großer Versammlungssaal im *Hem* von *Mathema-Attic*

*Àdi* (durch Erweichen des *t* aus *ati>adi*) – Assistent des *Mahâthma* mit gutem Kontakt zu *Tom* und *Tammat-Hem*

*matìckitam* – der Gedankenprojektor aus *Matìk* – Geist, *Kitàm* – Kraft, *Tàmmat* – Dunkel und *Tìckit* – Licht. *Tàmmat* dient als Leinwand, *Tick*, die Vorstellung, als Filmspule und *Cit*, Bewusstsein, als Lichtquelle.

13.

*Ehtà Mathê, Matìk idàm.*
*Mathê émât é Matikît.*
*Mathèm, Matìkit Âmehtàm,*
*Matìk îkî tamêht.*
*Âm, mâha mâha Màthema.*

Das ist Materie, Geist ist dies.
Materie entsteht aus Geist.
Materie, des Geistes Ahmung,
versteift der Geist in sich.
Om, groß, groß ist Mathema.

*ehtà* (russ, *eto*, isl. *þetta*, port. *esta*) – dies, *Mathê* (engl. *matter*) – Materie, *Matìk* (sansk. *mati* ) Geist, *idàm* (sansk. *idam*, lat. *id*) – dies, *emât* (lat., ital. *emanare, emanat* engl. *emanate*) entspringt, *ê* (lat. *e*) – aus, *Matikît* (Abl. von *Matìk*) – aus dem Geist, *Mathèm* (Akk. von *Mathê*), *Matìkit* (Gen. von *Matìk*) – des Geistes, *Âmehtàm* (Akk. von *Âmehta*) – Ahmung, *îkî* (Lokativ von *îk*) – im Selbst, in sich, *tamêht* (3. Person medium von *tammat*) verdichtet, *Âm* (sankr. *om, aum*, hebr. *amen*), *mâha* (durch Behauchung und Reduplikation aus *mâ>mâh>mâha*, sanskr. *maha*) – groß, mächtig, machtvoll, *Màthema* (griech. *mathema* –Lernen, Lehren, Unterricht; Wissen, Erfahrung; Wissenschaft, Kunst) Wissen.

*Erta-Mâ* – Mutter Erde (durch Vibration des *h* aus *ehtama>ertama*)
*Schammat* (hebr. *schemesch*, arab. *schams* – Sonne) – die Sonne, Herrscher unseres Sonnensystems (durch Friktion des *t* aus *tamat>schamat*)
*Îk-Key* [*îkî*] (engl. *key* – Schlüssel) – der Schlüssel zum Selbst
*Duma* – Die Drachenhöhle im Westen (durch Erweichen des *t* und Verdunkeln des *a* aus *tama>dama>duma*)

14.

*Mehta* – der Meister der Gestaltung im Nordsektor

*Ick-Key* [ikî] (ndl. *ik* – ich, engl. *key* – Schlüssel) – der Ego-Schlüssel
*Ick-Eck* – der Felsvorsprung am Abhang, wo das Ego geprüft und versucht wird.

*Tickit* (engl. *ticket*) – Fahrschein

*Vat ti Key?* – (*vat* – *was*, durch Friktion des *m* und *t* wird aus *mat>vat>vas*)
Was ist dein Schlüssel (oder deine Taste)?

1 *Ma Athemâtik* – meine Automatik (sanskr. *âtmâ*, griech. *autos* – Selbst)

2 *Màti* – Intellekt, Unterscheidungsfähigkeit (sansk. *mati* – Verstand)

3 *Ickikki* (ndl. *ick* – ich + ndl. *kikker* – Frosch) – der Ego-Frosch, (*Ick* – das kleine, begrenzte Ich im Gegensatz zu *Îk*, dem großen, kosmischen Selbst, der Weltseele, Âtmâ)

4 *Tikîta* – (*tickit>lickit>lichit>Licht*, engl. *tickit>lickit>lighit>light* + sanskr. *-ta* Suffix für -keit) – Helligkeit, Leuchtkraft; Eigenname des Lichtdrachens im Osten

*Matìckitam: Matik-Kitàm* – Geisteskraft; *Ma Tìck-Kitàm* – meine Vorstellungskraft; *Màti-Kitàm* – Unterscheidungskraft.

*kitàm* (sansk. *kṛt* – *machen, erreichen, bewirken*) – Kraft

*Mati* – 1. der Quadratschädel, der als Schwellhüter die Unterscheidungsfähigkeit prüft zwischen *ma* und *ti* – mein und dein; 2. das Souvenir des Haarspalters, die schärfste Klinge der Welt, 3. (sansk. *mati* – Verstand) Intellekt, Verstand


15.

*Ickikki* (ndl. *ick* – ich + ndl. *kikker* – Frosch) – der Ego-Frosch, der sich aufbläst, bis er platzt und mit dem großen Selbst, dem *Îk*, verschmilzt

Die acht Schlüssel:
*Ick-Key, Îk-Key;*
*Tick-Key, Tîk-Key;*
*Attic-Key y Ati-Key;*
*Màti-Key, Matîk-Key.*
*y* (span. *y*) – und

Der *Ick-Key* sperrt das Ego auf,
das Selbst erschließt der *Îk-Key.*
Der *Tick-Key* führt zur Einbildung,
zur Eingebung der *Tîk-Key.*
Zum Speicher führt der *Attic-Key,*
zur Transzendenz der *Ati-Key.*
Den Intellekt schärft *Màti-Key,*
den Geist erschließt *Matîk-Key.*

*Ma Âthem âthemat.* – Mein Atem atmet.
*Maha Âthema: Mahâthema âthemat.* – Die große Seele: Mahâtma
atmet. (sankr. *maha* – groß, *âtmâ* – Seele, das Selbst)
*Mahâthema âthemat ti.* – Die große Seele beatmet dich.
*Mahâthema at Îk.* – Die große Seele ist das Selbst (bin ich).
*Îkîkîkî* – das Echo beim Fall des Ego-Froschs.


16.
*Ati î! Îkí sta!* – Hinüber gehe! Im Selbst stehe! (sansk, *ati* – hinüber,
jenseits, sanskr. *î* – gehen; *îkí* Lokativ von *îk* – im Selbst, sanskr. *stha*
– stehen), *sta* (durch Friktion aus *ta>tta>sta*) – stehe!
*Hêma-Tikîta* (sanskr. *hema-* – golden, *-ta* sanskr. Suffix *-keit*) – wörtlich die goldene Helligkeit, Leuchtkraft – Name des goldenen Lichtdrachen im Osten, der nach innen zieht und Kraft und Liebe verströmt.
*Tick-Eater (engl. eater* – Esser, Fresser) – Verschlinger der Vorstellung


17.
*Città-Amehtàm* (ital. *città* – Stadt, Stätte, *amehtàm* dt. Ahmung, Nach-
ahmung, Gestaltung) – die Stätte der Gestaltung, Künstlerkolonie im
Nordsektor, die von *Mehta* geleitet wird.
*Mat-hêm ad Îk-Mathem mad Îk*
*kritamêh tam itam-ehtam.*
*Heimwendend zur Selbstnatur mein Selbst*
*erschaffe ich das wieder und wieder.«*
*Mat-hêm* – heimkehrend, *ad (lat. ad+Akk. )*– zu, *Îk-Mathem (Akk. von*
*Mathê)* – Selbstnatur, *mad* – mein, *Îk* – Selbst, *kritamêh (sansk. krta,*
*lat. creare)* erschaffe ich, *tam Akk. von ta* – das, *itam-ehtam* (Verschlei-
fung aus *itam eh itam, lat. iterum atque iterum)* – immer wieder.

*Sam Mehta* (aus *tamehta>tam mehta>sam mehta*) – Trommelmeister im Nordsektor, der das Verdichten des Bewusstseins zu Materie lehrt, Autor der Hymnen der Mathematik.

*Ta Mêht, ta madhumàt îkí,*
*ta Mêht amadhumàt îkí.*
*Îk gî ta Méhtamâ madhù,*
*mad Îk gît tam Méhtàm a thê.*
*Ta Mêht amâth é Mâtikî tamêht.*
*Amâth em, Ati-Îk gît a mê.*
Der honigsüße Met in mir,
der Met fließt honigsüß im Selbst.
Ich singe durch den Met so süß,
mein Selbst gießt den Met zu dir.
Der Met erregt und dichtet sich im Geist.
Erregt bin ich, das Über-Ich singt zu mir.«

*ta* (engl. *the*, sansk. *tad*) – der, *madhumàt* (sansk.) – voll *Honig, îki* (Lok. von *îk*) – in mir, in sich, im Selbst, *amadhumàt* – versüßt sich, *Mehtamâ* (Instrumental von *Meht*) – durch Met, *madhù* (sansk.) – süß, honigsüß, Honig, *ma(d)* – mein (vor i zur besseren Aussprache mit Fugen-d: *ma Îk > mad Îk*), *gît* – gießt, singt, *tam* (sankr.) – den, *Mehtám* (Akk. von *Meht*) – den Met, *a* (franz. *à*) zu, *thê* (sanskr. *te*) – dir, *amâth* (sansk. *math* – erregen, aufwirbeln, beleben) erregt, *é* (span. ital. *e*) – und, *Mâtikî* (Lokativ von *Matìk*) – im Geist, *tamêht* (3. Person medium von *tammat*) – verdichtet sich, *amâth* – erregt, *em* (engl. *am*) – bin ich, *Ati-Îk* – das transzendente Selbst, *gît* (sansk. *gai* – singen, *gîtá* – Gesang, Lied) singt, *mê* (sansk. *me*) – mir.


*Àti* (sansk. *ati* – jenseitig) – die Transzendenz
*Ati-Cit* (sansk. *ati* – jenseits, sansk. *cit* [tschit] Bewusstsein) – transzendentales Bewusstsein, das *Etha*-Netz des Rings, das geistiges Telefonieren ermöglicht
*Kî it Àmehtam!* – Schließe es in Gestalt!
*kî* (engl. *to key* – eingeben, verkeilen) – verschließe, verkeile,
*it* (engl.) – es,
*Àmehtam* (Akk. von *amehta*, dt. Ahmung) – in Ahmung, in Gestalt
*Tammi* – ein zahmes Chamäleon, dass im Modellring *Tammôtamma* darstellt

*mathematic–citamehtam* – Übung zum Ein- und Ausatmen, nach innen und nach außen gehen, Erkennen und Gestalten.

*Mat-Îk* – wörtlich Ich-Materie – die subjektive Welt

*Matìk*, der Geist, enthält *Attic*, den Gedächtnisspeicher mit *Ati*, der Transzendenz.

*Ati-Cit*, transzendentales Bewusstsein, wird zu *Cita-Meht*, Bewusstseins-Met, der verquirlt wird zu *Meht-Tammat*, dem versteiften Met. So wird *Mathê*, Materie, aus *Matìk*.

*Hṛt* (durch Vibration aus *ht>hṛt*, sansk. *hṛt* – Herz) – Ort im Nordwestsektor, wo die *Meht-Amma* wohnt.

*Meht-Amma* – Amme in Nordwesten, die Säuglinge mit Met aufzieht.


## 18.

*Eht* – Bergschlucht im Nordwestsektor

*Tumbmat* (aus *tammat* durch Verdunkelung des *a* und weichen, plosiven Lippen- und Nasenverschluss des *m*: *tammat>tummat>tumbmat*) – ein pflanzenfressender Saurier mit langem Hals


## 19.

*Tâ* – wilder Bergbach im Nordwestsektor mit Wasserfällen und Nebenarmen

*Mâ und Âma* – Liebespaar im Westsektor: Mutter und Liebesgott

*Âma* (sansk. *kama*, lat. *amor*) – Liebe, Liebesgott

*Sampat* (aus *tammat* durch harten, plosiven Nasen- und Lippenverschluss des *m*: *tammat>Sampat*) – kleiner Flugsaurier mit Luchsaugen


## 20.

*Âma-Thêva* (sansk. *kama* – Liebe, *deva* – Gott) – Liebesgott

*Emma Tiek* – Emmas voller Name (aus: *ematik>ema tik>emma tiek*).

*Âma thê* (lat. *amo te*) – ich liebe dich.

*Ma â thê, emôtic!* (wörtlich: mach dich auf) – öffne dich, Emotion!

*Tammo* – ein Mini-Lindwurm als *Tammôtamma* in *Âmas* Modellring


## 21.

*Amt am Tam* – (durch Wiederholung der Silbe *tamtamtam>t amt am tam*) Strafvollzugsanstalt im Westsektor des Rings

24.

*Ta Meht tamêh!* – Der Met verdichte sich! (*tamêh* – Imperativ medium)
*Ta Meht tammat.* – Der Met erstarrt.
*Ta Meht tamêh Tammathèm!* – Der Met verdichte sich zu *Tammat!*
(*Tammathèm* Akk. von *Tammat*)

*Mad Hêm at Îk.*
*Mad Hêm at hêmatig.*
*Mad Hêm at Hêmat Màthemat.*
*Mâ thèmmati mad Îk.*
Mein Heim ist das Ich.
Mein Heim ist heimatlich.
Mein Heim ist die Heimat des Wissens.
Mir dämmerte mein Ich.
*mad=ma* – mein (vor *h* und *i* zur besseren Aussprache mit Fugen-d:
*ma Hêm > mad Hêm, ma Îk > mad Îk*)

25.

*Tàmmat thèmmat Tìckitam* – Dunkelheit erdämmert Licht.
*Tìckit tàmeht Tàmmathem* – Licht erstarrt zu Festigkeit.
*Êhta-Mathê* – Äther-Stoff (=Klang)
*Mat-hê* (mathematisches Kürzel aus engl. *mat*-ter *he*-ard) – Klang
*Ta Mêht tamêht Tammathèm:*
*Êhta-Vâthe-Hlàmma-Erta-Vâtre*
Der *Meht* erstarrt zu *Tammat:*
Äther-Wind-Flamme-Erde-Wasser.
*Vâthe* (sansk. *Vâta*) – Wind (durch Friktion des *m* aus *mâthe>vâthe*),
*Hlàmma* – Flamme (durch laterale Approximation des *t* aus *Htàm-ma>Hlàmma>Flàmma>Flamme*), *Erta* – Erde (durch Vibration des *h*
aus *Ehta>Erta>Erda>Erde*, engl. *earth*), *Vâtre* (engl. *water*) – *Wasser*
(durch Friktion des *m* und Vibration des *h* aus *mâthe>vâthe>vâtre>wa-ter>wasser*)

26.

*Mâ thèmmat Îk.*
*Ma thèmmat Hêmát Îk.*
*Mâ thèmmat Hêmàt Màthemat.*

*Mathemà tí Îk!*
Mir dämmert das Ich.
die Heimat des Selbst,
die Heimat des Wissens.
Erkenne dein Selbst!
*Mà thé hêm!*
*Mà thé hêm ad Îk!*
*Mà thé hêm ad Îk ãtîk,*
*ati Îk ãtîk!*
Mach dich heim!
Mach dich heim zum Ich!
Mach dich heim zum alten Ich,
dem transzendenten Ich.
ãtîk – alt, antik (durch Nasalierung aus *atik>ãtîk>antik)*

27.
*Ati Kit* – Superkind (sansk. *ati* – über, überragend, super-, engl. *kid* – Kind)

*Lautwandel in den Ring-Mundarten*

ō-ŏ-p-ŏ-ɔ-ꞵ-p-~-≈-≁

m-b-p-w-v-f-pf-n-ñ-ng

a-à-á-â-ä-å-ã-ai-au-u

t-d-l-s-ts-dzh-zh-sch-tsch

h-r-g-f-k-(a)ch

e-è-é-ê-ei-a-i-eu-o-u

i--ì--í--î--ai--e--ri

c-ck-ç-tsch-cs-ksh-k-q-ch-sch-ts-dzh

h l n r v y (Lückenlaute)

# Die Mundschrift vom Ring des Wissens

Die Buchstabenform richtet sich nach der Artikulation im Mund.

### Vokale – Selbstlaute

a aa  ä ää  e ee  i ii

ö öö  o oo  ü üü  u uu

### Labiale – Lippenlaute

pa ba ma  fa va wa pfa

### Dentale – Zahnlaute

te de en  ess se tse el

### Palatale – Gaumenlaute

shi tshi  zhi dzhi chü jü ñü

### Guturale – Rachenlaute

ko go ong  och ero hu

‾‾⹀⹀ℛ5ᐱ7ᐟ9◊ – 1234567890

ℸ a – kurzes a wie in Eckart; ℸ à betont wie in Danni;

ℇ á – lang wie in Heimat; ℇ â lang betont wie in Bahnhof

ℸ ä – *ä* wie in Bäcker; ℸ betont; ℈ lang; ℈ lang betont

ᗝ b – wie in aber

Ƈ c – *ts* wie in Cicero; Ƈ *ck* wie in Tick; Ƈ ç wie in Garçon;

Ƈ *tsch* wie in Cello; ℿ ch – *ch* wie in ach; ℸ *ch* wie in ich

ℭ d – wie in Danni

ℶ e – kurzes *e* wie in lange; ℶ è betont wie in Eckart,

ℒ é – lang wie in Tàmmat-Hém, ℒ ê lang betont wie in Sehnsucht

ℙ f – wie in finden; ℙ *pf* wie in Pflaume

ℸ g – wie in gehen

ℿ h – wie in hoffen

ᔆ i – kurzes *i* wie in Löwin, ᔆ ì betont wie in ticken;

ᔆ í – lang wie in Benjamin; ᔆ î lang betont wie in Lidschatten,

ℨ j – stimmhaftes *zh* wie in Journal; ℨ *dzh* wie in Jimmy

ℸ k – wie in Kit; ℸ *ks* wie in Keks

ℤ l – wie in lichterloh

℧ m – wie in Emma

~ n – wie in Anna; ~ *ng* in Ring; ~ *nn* wie in Danni

Ɔ o – kurzes *o* wie in Fontäne; Ɔ́ ò betont wie in hoffen;

Ɔ́ ó – lang wie in Telefon; Ɔ̂ ô lang betont wie in betonen

ꓛ ö – wie in öffnen; ꓛ́ betont; ꓛ̂ lang; ꓛ̂ lang betont

Ƥ p – wie in Pappa; Ƥ *pf* wie in Pflaume

ꟼ q – *q* wie in quitt

ꞯ r – wie in Erde; am Wortanfang auch ꞟ

ꙅ s – stimmlos wie Gras; Ƨ stimmhaft wie in so; Ƨ ß wie in weiß

Ƨ sch – wie in schön

Ꞇ t – wie in ticken; Ƨ *ts* wie in Rätsel, ⦂ + Ƨ *tsch* wie in Matsch

ꙅ u – wie das zweite u in Kuckuck; ꙅ́ ù betont wie in Kuckuck;

ꙅ̂ ú – lang wie das zweite u in Uhu; ꙅ̂ û lang betont wie in Uhu

ꙅ ü – wie in schnüffeln; ꙅ́ betont; ꙅ̂ lang; ꙅ̂ lang betont

Ɔ v – als *w* wie in Vase; Ƥ als *f* wie in Vater;

ⴑ w – wie in waoh!

ꙅ x – *ks* wie in Hexe; ꙅ *ksch* wie in Laxmi, Lakschmi

ꟼ y – wie in Yoga

Ƨ z – *ts* wie in Zug oder Lutz

Welche Szene aus dem Buch wird hier beschrieben? Sende die Lösung an alfa-veda@email.de, und du bekommst ein Buch deiner Wahl des Alfa-Veda Verlags als Mailanhang geschickt: www.alfa-veda.com

# Dimensionsticket zum Ring des Wissens

Der Ring des Wissens wurde mathemagisch aus *Êhta-Mathê*, dem Ätherstoff konstruiert. Diesen Stoff erfährst du als inneren Klang, wie beim Denken oder beim Lesen dieser Zeilen. Darum kannst du in den Ring nur mit deinem Ätherleib einreisen, dem Körper, den du im Traum erlebst oder in deiner Vorstellung. Das Ausfüllen dieses Dimensionstickets hilft dir, wie in einem Abenteuer-Rollenspiel einen Fantasiekörper anzunehmen, mit dem du durch den Ring reisen kannst. Falls du bei einem Grenzübergang vom einem Hemma aufgehalten wirst, zeige einfach dieses Ticket als Passierschein vor.

Der Ring des Wissens beschreibt den ewigen Kreislauf der Schöpfung, den jede Seele auf der Reise durch die Welt durchlaufen muss. Für diese Reise schlüpfen wir in eine Hülle, einen Körper mit bestimmten Fähigkeiten. Welche Gestalt möchtest du annehmen? Welchen Beruf willst du ausüben? Wo kommst du her? Wenn du gefragt wirst, wie du heißt, musst du einen Namen nennen können.

Fülle bitte dieses Landeformular aus, bevor du im Ring des Wissens aussteigst. Du kannst dazu einen Würfel zu Hilfe nehmen, Zahlen von 1 bis 6 denken oder die Antworten ganz nach Wunsch ausfüllen.

**1. Durch welche Welt bewegst du dich? Bitte würfele oder denke eine Zahl von eins bis sechs. Du bewegst dich auf oder durch**

1: Erde.

2: Wasser.

3: Feuer.

4: Luft.

5: Äther.

6: deine eigene Vorstellung.

**2. Wie bewegst du dich fort?**

1: mit deinem Körper.

2: auf einem Reittier.

3: mit einem Fahrzeug.

4: durch Naturgewalt.

5: durch Zauber.

6: durch Gedankenkraft.

3. Werde dir bitte genauer im Klaren, wie du vorwärts kommst. Kriechst du, gehst du, schwimmst du, reitest oder fliegst du? Sitzt du im Sattel, auf einem Vogel, einer Kanonenkugel oder in einer Seifenblase? Außer den bisherigen Antworten sind deiner Vorstellung keine Grenzen gesetzt. Bitte notiere kurz, wo du bist und wie du dich bewegst.

....................................................................................................

....................................................................................................

**4. Wer oder was bist du? Bitte einmal würfeln oder wünschen. Du bist**
1: ein Wesen aus dem Mineralreich, aus Stein, Metall, Edelstein.
2: ein Wesen aus dem Pflanzenreich.
3: ein Wesen aus dem Tierreich.
4: ein Wesen aus dem Menschenreich.
5: ein Fabelwesen aus dem Reich der Phantasie.
6: ein körperloser Impuls, der die Gestalt nach Wunsch ändern kann.

5. Wie siehst du dich, wenn du an deiner Hülle herunterschaust? Welche unveränderlichen Kennzeichen fallen dir auf? Wie siehst du aus, wie fühlt sie dein Körper an, wie steif oder geschmeidig, warm oder kalt, rauh oder glatt ist dein Körper?

....................................................................................................

....................................................................................................

**6. Heimat: Aus welcher Richtung kommst du? Bitte würfeln oder wählen.**
1: von unten
2: von Süden
3: von Westen
4: von Norden
5: von Osten
6: von oben

Die Gegend prägt deinen Charakter. Bitte werde dir kurz im Klaren, welches Temperament und welche Sitten und Merkmale du aus deiner Heimat mitbringst.

....................................................................................................

....................................................................................................

### 7. Konstitutionstyp: Welchem Typ gehörst du an?

1. Schmal, dünn, hager, nervös, ängstlich, schnell, beweglich, flexibel, vergesslich, windig, trocken, kühl.

2. Mittelstark, heißblütig, temperamentvoll, scharf, aufbrausend, schneidend, befehlend, dynamisch.

3. Mollig, weich, gemütlich, langsam, ausdauernd, stabil, fettgepolstert, glänzend.

4. Eine Mischung aus 1. und 2.

5. Eine Mischung aus 2. und 3.

6. Eine Mischung aus 1. und 3.

### 8. Name und Geschlecht

Dein Name wird dir normalerweise von deinen Eltern gegeben, bevor sie dich fragen konnten. Aber stimmt das wirklich? Haben sie dich wirklich nicht gefragt? Oder hat sich deine Mutter in Gedanken immer wieder auf dich eingestellt, um den passenden Namen für dich zu finden? Bitte versetze dich in die Eltern deiner neuen Gestalt. Welchen Namen geben sie dir? Du hast freie Wahl. Bitte lass dir genügend Zeit und notiere dann deinen Namen und dein Geschlecht.

........................................................................................

### 9. Motivation

Jetzt bleibt nur noch die entscheidende Frage, die dein weiteres Handeln im Ring bestimmt. Was willst du im Ring erreichen? Warum bist du unterwegs? Was ist dein Ziel? Bitte sei ganz ehrlich zu dir selbst. Und notiere deinen Wunsch in Stichworten. Hier hilft dir kein Würfel. Was du willst, das musst du selbst wissen.

........................................................................................
........................................................................................

### 10. Du hast drei Wünsche frei

Bist du mit dem Ergebnis zufrieden? Hast du den Gestaltwandel gut überstanden? Oder möchtest du noch einmal von vorn anfangen? Kein Problem. Du kannst noch einmal würfeln. Und ein drittes Mal. Eines der Wesen wird dir sicher gefallen. Aber halte dich nicht zu lange bei der Vorbereitung auf. Denn das Abenteuer beginnt erst, wenn wir uns im Ring des Wissens begegnen. Du bist nämlich nicht der Einzige, der im Ring des Wissens unterwegs ist. Pass auf. Gleich wirst du jemandem begegnen.

# Danksagung

Ich danke der Vedischen Tradition der Meister für das Wissen vom Kreislauf der Schöpfung und meinem Meister Maharishi Mahesh Yogi für seine Koans zum Studium der Vedischen Wissenschaft, die zur Entdeckung der Ringformel führten.

Ich danke Jürgen Wieland und Thomas Fink für ihre Anstöße, aus der Ringformel einen dreidimensionalen Ring des Wissens abzuleiten.

Und ich danke allen, die mitgeholfen haben, aus der ersten Niederschrift einen spannenden Roman zu machen: dem Lektor meines ersten Rohmanuskripts Uwe Helfrich, der den Text von Ballast befreit und über ein Drittel gestrichen hat, den Mitgliedern der AutorInnengruppen Schreibwerk und Schreibwerks-Marathon, der Lektorin Sylvia Englert, der ich weitere starke Kürzungen und Korrekturen verdanke, meinem Neffen Mati Müller, der viele Handlungsfäden überdacht und neu gefädelt hat, dem willigen Ohr Katja Behrens und Marret Hansen, die mich auf viele Ungereimtheiten hinwies.

Ohne die wertvolle Mithilfe jedes einzelnen würde sich der Ring des Wissens noch heute im Ätherreich der Mathemagie verborgen halten.

# Reich über Nacht: wunderwahre Geschichten

**Jan Müller:**
Reich über Nacht
Wunderwahre
Geschichten

Alfa-Veda-Verlag

Eine Laune des Schicksals scheint den Mönchen in den Blauen Bergen die märchenhafte Möglichkeit zu eröffnen, über Nacht steinreich zu werden. Wenn sie nur wüssten, ob sie dem Braten trauen können. Da hat einer die Idee, wie sie ihren Reichtum auch ohne äußere Hilfe sicherstellen können: Um ein würdiges Mitglied im Millionärs-Klub zu werden, muss jeder beweisen, dass er die Kunst der Hochfinanz beherrscht, zu lügen wie gedruckt, und eine wunderwahre Geschichte erzählen, ohne sich beim Lügen ertappen zu lassen.

*198 Seiten*

*Taschenbuch ISBN 9 783945004067, Hardcover ISBN 9 783945004319*

# Patañjalis Yoga-Sutra: Yogakraft durch Samadhi & Sidhis aus dem Sanskrit neu übersetzt und kommentiert

PATAÑJALIS
YOGA-SUTRA

*Yogakraft durch
Samadhi & Sidhis*

Jan Müller

Im Yoga-Sutra, dem klassischen Werk über Yoga, fasst Patañjali den Sinn menschlichen Daseins in 195 prägnanten Sutras zusammen. Sie lassen sich in weniger als einer halben Stunde rezitieren. Sein Telegrammstil und die Vieldeutigkeit der Sanskrit-Begriffe führen dazu, dass das Yoga-Sutra immer wieder neu übersetzt und aufgrund der persönlichen Erfahrungen der Autoren verschieden gedeutet wird. In der Übersetzung dieser Ausgabe wird der Stichwortcharakter der Sutras beibehalten und der erklärende Kommentar durch Beispiele eigener Erfahrungen aus über 50 Jahren praktischer Anwendung der Yoga-Techniken veranschaulicht.

*325 Seiten*

*Taschenbuch ISBN 9 783945004272, Hardcover ISBN 9 783945004289*

## Rik Veda Neuntes und Zehntes Mandala aus dem vedischen Sanskrit neu übersetzt

Der älteste überlieferte Ausdruck indoeuropäischer Sprache und Kultur, interpretiert im Licht von Maharishis Vedischer Wissenschaft und Technologie und eigener Meditationserfahrungen. Diese Übersetzung behält die poetischen Eigenheiten des Urtextes so weit wie möglich bei, so dass das Klären und Fließen von Soma – dem Ambrosia der Götter und dem Met der Dichter – auch im deutschen Text deutlich zu spüren ist.

*252 Seiten*
*Taschenbuch ISBN 9 783945004135*
*Hardcover ISBN 9 783945004333*

## Der Kreis der Augenblicke: Gedichte und Kurzprosa

Der Kreis der Augenblicke spiegelt den ewigen Kreislauf zwischen Individuum und Verschmelzen mit der Allseele wider, den jedes Geschöpf, jedes Teilchen, jede Galaxie als Lebensspanne durchläuft, wenn der Schöpfer beim Ausatmen durch seinen Odem die ganze Schöpfung erschafft und beim Einatmen wieder in sich aufnimmt.

*Wenn ich langsam wieder werde, was ich stets gewesen bin, dämmert mir das Umgekehrte und verkehrt der Wesen Sinn. Alle Wesen sind im Grunde Teile aus dem Gegenteil, mit dem Gegenteil im Bunde werden alle Wesen heil. Und ich stehe neu gewonnen, wie seit ehe ungeteilt, alle Risse sind zerronnen, alle Schmisse sind verheilt.*

*304 Seiten*
*Taschenbuch ISBN 9 783945004142, Hardcover ISBN 9 783945004302*

## Das Falschschreib-Spiel fonetix:
## wia schraibm oone regln frai naach gehööa

Viele Kinder mit Rechtschreibschwäche können nicht einmal deutlich sprechen. Im FALSCHSCHREIB-SPIEL nach Birkenbihl lernen sie nicht nur die richtige Aussprache kennen, ihnen wird auch der Unterschied zwischen Sprechen und Schreiben bewusst. Denn unser Schriftbild muss neben der Klangwiedergabe noch andere Aufgaben erfüllen: Es sorgt für leichte Lesbarkeit, zeigt die Herkunft und die Geschichte der Wörter und ersetzt Betonung und Mimik durch grafische Mittel. Mit spielerischer Leichtigkeit verbessert das FALSCHSCHREIB-SPIEL das Verständnis für Sprache, Klang und Schriftbild.

*152 Seiten, Paperback Großformat*
*ISBN 9 78-39 45004104*

## Polepole auf Schatzsuche: Ein Märchen der Morgenröte mit Brettspiel „Fahrt zum Spiegelsee".

Als das Gold im Bergwerk erschöpft ist, verlieren alle Goldgräber ihre Arbeit, und das ganze Dorf beginnt zu hungern. Der kleine Polepole aber hofft noch immer, im Inneren des Berges Schätze zu finden. Er macht sich auf in das verlassene Bergwerk und entdeckt dort ein Zauberreich, den Inneren Urwald, wo er wilde Abenteuer bestehen muss, bevor ihn seine Reise nach Innen zum Ziel seiner Wünsche führt.

*40 farbige Seiten, Paperback Großformat*
*ISBN 9 78-39 45004128*

Reich der Materie, objektive Außenwelt | Reich des Geistes, subjektive Innenwelt

Schaffensprozess

Erkenntnisprozess

erstarrt dunkelt

Dunkel Festes

Licht Flüssiges

dämmert verflüssigt

www.ingramcontent.com/pod-product-compliance
Lightning Source LLC
Chambersburg PA
CBHW061926170626
46813CB00006B/2313